Das Feuer einer Frau | Alex Amit

Erstdruck, 2023
Zeilenredaktion: Grace Michaeli
Deutsche Fassung: Eva Wagner

Kontakt: alex@authoralexamit.com
http://authoralexamit.com/

ISBN: 9798865161929

Das Feuer einer Frau

Alex Amit

Dieses Buch wurde durch reale Ereignisse und Personen inspiriert. Viele Passagen und Ereignisse sind jedoch der Fantasie des Autors entsprungen. Einige der Geschehnisse, Orte, Personen und Dialoge wurden verändert. Alle Ähnlichkeiten mit realen Ereignissen sind rein zufällig. Daher sollte dieses Buch nicht als historisches Werk betrachtet werden, denn es erhebt nicht den Anspruch, ein endgültiges historisches Dokument zu sein, das die Tatsachen so wiedergibt, wie sie sich zugetragen haben oder die Personen so darstellt, wie sie sich wirklich verhalten haben.

1. Wien, August 1910

Ein altes Gebäude im verarmten Teil der Stadt

„Wally, nimm deine Sachen und verschwinde!", schreit sie mich an und öffnet den Holzschrank, in dem sich meine Kleider befinden. Wir stehen beide in dem kleinen Schlafzimmer, das wir uns alle teilen. Einst waren die Wände grau gestrichen, aber nun blättert der Putz ab und hässliche rote Ziegelsteine kommen zum Vorschein. „Du bist schon sechzehn. Du kannst auf dich selbst aufpassen." Schnell reißt sie mit ihren Händen die beiden einzigen Kleider, die ich besitze, von der einfachen Kordel im Schrank und wirft sie mit einer raschen Bewegung auf den alten Holzboden. „In Anbetracht dessen, was du getan hast, bin ich mir sicher, dass du alleine zurechtkommst", schimpft sie weiter, während sie meine ordentlich gefalteten Hemden aus dem Regal fegt und sie ebenfalls auf den Boden wirft.

„Mutter, bitte, hör auf!", bettele ich. Dabei gehe ich auf die Knie und versuche, meine verstreuten Kleidungsstücke vom Boden aufzusammeln. Ich raffe sie mit der einen Hand auf und drücke sie an meine Brust. Mit der anderen versuche ich, an einem weißen Mieder zu ziehen, das Mutter auf den Holzboden geworfen hat. Doch mit einer schnellen Bewegung tritt sie mit ihrem alten Lederstiefel auf den zarten Stoff. Als ich kräftig daran ziehe, höre ich, wie das Stück reißt. Warum hört sie nicht auf mich?

„Du und deine große Klappe habt in diesem Haus nichts zu suchen", fährt sie laut zeternd fort, während sie alle Kleider aus dem Schrank auf das im Zimmer stehende

Eisenbett wirft. Es ist das Bett meiner Schwester und mir. Wir haben uns jede Nacht darin zusammengekuschelt und uns mit einer alten Wolldecke zugedeckt.

„Es ist nicht meine Schuld. Er ist schuld", sage ich und hole mir die Hemden vom Bett, um sie mit den anderen in meinem Arm zu bündeln. Was soll ich mit dem zerrissenen Unterhemd machen? Jetzt habe ich nur noch das, was ich in Händen halte.

„Keine Widerrede!", ruft Mutter und sieht mich einen Moment lang an, bevor sie sich wieder dem Schrank zuwendet, um darin meine restlichen Sachen zu suchen. „Ich wusste, dass es so kommen würde. In diesem Haus ist kein Platz für dich." Sie schlägt die hölzerne Schranktür zu und ignoriert dabei meine kleine Schwester Marie, die jämmerlich weint. Die Kleine klammert sich an Mutters Bein. Ihre kleinen Zehen wackeln in Mutters zerrissenen Lederstiefeln. Marie schreit immer wieder los. Ihr Gesicht ist gerötet und voller Tränen. „Ich habe genug Mäuler zu stopfen", schimpft Mutter immer wieder. Sie dreht mir den Rücken zu und geht in die Küche. Marie rennt ihr schreiend hinterher und klammert sich am Saum ihres einfachen grauen Hauskleids fest.

„Aber er hat mich rausgeworfen!", rufe ich und stehe, mit meinen Kleidern im Arm, wieder auf. Ich laufe ihr in die Küche nach, die nur durch einen schmutzigen braunen Vorhang vom Schlafzimmer getrennt ist. Hilda und Antonia, meine beiden jüngeren Schwestern, neun und zehn Jahre alt, sitzen still in der Küche auf einem braunen Holzstuhl und umarmen sich fest. Ihre großen blauen Augen folgen Mutter und mir. Tränen laufen ihnen über die Wangen.

„Du hast immer für alles eine Entschuldigung. Es ist deine Schuld. Du musst lernen, den Mund zu halten. Du bist zu nichts zu gebrauchen. Wie soll ich uns ohne dein

Geld ernähren?“ Sie beugt sich vor und gibt Marie eine Ohrfeige, die sich immer noch an ihrem Kleid festhält: „Genug, Marie, hör auf zu weinen!“, schreit sie das Kind an. Das hat zur Folge, dass Marie nur noch lauter weint und zu dem Stuhl läuft, auf dem Hilda und Antonia schweigend sitzen. Sie klammert sich an die Stuhlbeine, als wären sie der einzige Rettungsanker inmitten eines Sturms, der in der dampfenden und nach Kohlsuppe stinkenden Küche tobt.

„Bitte, Mutter“, flehe ich von hinten und versuche, sie zu umarmen, obwohl ich alle meine Kleidungsstücke auf dem Arm habe, „ich werde mir eine andere Arbeit suchen.“ Dabei rieche ich den säuerlichen Schweißgeruch, der von dem schlichten Kleid, das sie trägt, aufgesogen wird. Sie versteift sich, nimmt einen Holzlöffel und rührt damit in der Suppe auf dem kleinen Herd, der gleichzeitig zum Heizen und zum Kochen dient. Mutter geht nicht auf meine Umarmung ein, rührt weiter und versucht, mich abzuschütteln, als wäre ich ein ausgesetztes Hündchen. Warum weint und schreit Marie so heftig? Ich streichele ihren Kopf und versuche, sie zu beruhigen. Mit der anderen Hand umklammere ich immer noch meine wenigen Kleidungsstücke. Aber Marie schreit weiter, ihre Schreie hallen durch das kleine Haus, und ihr Gesicht läuft rot an.

„Wegen dir wird er mich auch rauswerfen“, wendet sich Mutter erneut an mich und versucht, mich mit dem Kochlöffel zu schlagen. „Ich hätte dich als Kind härter schlagen sollen. Geh mir aus den Augen. Ich will dich nicht mehr sehen. Welches Recht hattest du, ihn anzuschreien? Was glaubst du denn? Dass du die erste Frau bist, die von einem Mann verstoßen wurde? Und du, halt endlich die Klappe“, ohrfeigt sie Marie, die unbeirrt weiter schreit und sich mit ihren pummeligen Fingern und mit aller Kraft an Antonias Bein festkrallt.

„Bitte, ich werde ein braves Mädchen sein. Ich werde alles tun, was nötig ist. Ich werde mich nicht mehr wehren. Nächstes Mal halte ich den Mund", bettele ich und mache einen Schritt zurück. Alles, was ich sehe, sind die großen Augen meiner Schwestern, die mich anstarren, und die verschwitzten Hände meiner Mutter, die mich wegstößt und dabei weiter schreit: „Ich hätte deinen Vater nicht heiraten dürfen! Jetzt ist er tot und hat mir nichts außer euch und den Schulden hinterlassen. Und jetzt bist du nur ein weiteres Maul, das ich stopfen muss. Wenn du glaubst, du kannst dich einem Mann widersetzen, dann wird es Zeit, dass du allein zurechtkommst. Die Straße wartet auf dich." Sie packt meine Hand so fest, dass ich einen Schmerzensschrei ausstoße. Sie öffnet die braune Holztür unserer Wohnung und stößt mich mit Gewalt ins Treppenhaus. Mit einer schnellen Bewegung bückt sie sich, hebt die Kleider auf, die mir auf dem schmutzigen Parkettboden aus den Händen gefallen sind, wirft sie in den Flur und knallt die Tür zu. Ich höre den eisernen Riegel, der die Tür auf der anderen Seite verschließt.

„Mutter, bitte, ich werde ein braves Mädchen sein, wirf mich nicht raus. Ich lasse ihn mit mir machen, was er will!", schreie ich verzweifelt, klammere mich an die Tür und schlage mit den Fäusten darauf ein. Ich ignoriere den Schmerz, als meine Hand über das raue Holz schabt und die Farbe abblättert. Durch die geschlossene Tür dringt Maries unaufhörliches Weinen an mein Ohr. Die Kleidung fällt mir aus den Händen, als ich gegen die Tür schlage. Aber das ist mir egal. Ich kann doch nirgendwo anders hin.

„Was ist denn los? Du bist immer so laut", meldet sich die Nachbarin aus der Wohnung nebenan, die durch den Türspalt lugt. „Was ist das denn?" Sie untersucht die im Treppenhaus verstreuten Kleidungsstücke. „Meinst du, du darfst hier mit deinen Klamotten herumwerfen? Das Treppenhaus gehört allen Mietern.“ Sie kommt auf mich zu und tritt auf die verstreuten Kleider.

„Es tut mir leid, Frau Steiner.“ Ich drehe mich zu ihr um und wische mir die tränenüberströmten Wangen ab, „ich sammle alles sofort ein, keine Sorge.“ Ich knie mich auf den Boden des Flurs und ignoriere meine aufgeschürften, wunden Hände. Ich bücke mich zu ihren Füßen und sammle flink meine Kleidung ein. Meine geschundenen Hände hinterlassen kleine Blutflecken auf dem weißen Stoff meines zerrissenen Unterhemdes.

„Ich werde euch dem Vermieter melden“, sagt sie mit gedämpfter Stimme. „Es wird Zeit, dass er euch hier rausschmeißt. Ich werde ihm sagen, dass du im Treppenhaus geschlafen hast.“ Sie dreht sich um und geht auf die Tür von Herrn Bauer zu, die sich auf derselben Etage befindet. Sie klopft an die Tür. Was wird sie bloß tun? Wird sie es allen Nachbarn erzählen?

„Bitte, Frau Steiner, nein“, rufe ich und blicke zu ihr auf. „Bitte ziehen Sie Herrn Bauer nicht mit hinein.“ Ich habe Angst, dass er ebenfalls herauskommt und mich anschreit. Er wirft mir sowieso immer böse Blicke zu, wenn wir uns im Treppenhaus über den Weg laufen.

„Ich habe immer gewusst, dass deine Familie Ärger machen wird. Eine Familie ohne Mann, der sich um alle kümmert, verursacht nur Ärger“, sagt sie, während sie weiterhin vor Herrn Bauers Wohnungstür steht und darauf wartet, dass er die Tür öffnet.

„Bitte nicht.“ Ich raffe die Kleider zusammen und presse sie an meine Brust, damit sie nicht erneut herunterfallen. Langsam stehe ich auf.

„Ich sorge dafür, dass der Vermieter euch rausschmeißt.“ Nach einem kurzen Augenblick dreht sie sich um und geht zurück in ihre Wohnung. Dabei knallt sie die Tür zu.

„Frau Steiner, ich gehe schon!", rufe ich ihr durch die geschlossene Tür zu und eile die Treppe hinunter, wobei ich darauf achte, nicht zu stolpern. Ich trete auf die Straße und hoffe, dass sie Mutter, Hilda, Antonia und Marie nicht meinetwegen aus der Wohnung werfen. Es ist jetzt zwei Jahre her, dass Papa gestorben ist und wir hierher gezogen sind. Zwei Jahre lang vermisse ich ihn schon. Jetzt stehe ich ganz verloren in dieser Gasse.

Ich gehe die schmale Gasse hinunter und wische mir über die Wangen. Geh, geh, denk nicht nach, geh einfach weiter. Mit meinen Händen drücke ich den Kleiderstapel fest an mich. Mit den Fingern fahre ich über den Stoff, fühle dessen Weichheit. Was werde ich tun? Wohin werde ich gehen? Wer wird sich um mich kümmern? Vielleicht sollte ich zurückgehen und Mutter anflehen, mich wieder aufzunehmen? Warum war sie so wütend, als er mich entlassen hat? Ich gehe weiter und bemerke zwei Kinder in zerrissenen Kleidern, die auf der Straße mit einem Ball aus Lumpen spielen. Das Wichtigste ist nun, diesen Ort zu verlassen, weg von all dem ständigen Geschrei und Geweine.

Ich verlasse die Gasse und gehe auf die Straße, vorbei an einem Messerschleifer und zwei älteren Frauen, die daneben stehen und mich anstarren. Der Messerschleifer steht neben seinem Holzkarren und hält ein großes Messer in der Hand, dessen Klinge mit einem scharfen, metallischen

Geräusch über den Schleifstein fährt. Ich bemerke seinen dicken Schnurrbart und seine braunen Augen, als er mich fixiert. Die beiden Frauen in ihren braunen Mänteln hören auf zu plaudern und schauen mich an. Ihre Blicke verweilen auf meinen tränenüberströmten Wangen und dem Kleiderbündel, das ich fest an meine Brust drücke. Ich wende mich von ihnen ab und wechsle die Straßenseite. Wahrscheinlich werden sie in wenigen Sekunden hinter meinem Rücken über mich tuscheln, aber das spielt jetzt keine Rolle mehr. Ich blicke nach unten, laufe weiter, so schnell ich kann. Mein Blick ist ausschließlich auf meine Schuhe und das graue Kopfsteinpflaster gerichtet. Ich kann alle Augen spüren, die mich anstarren. Nur das metallische Kreischen des Messers auf dem Schleifstein folgt mir wie das schmerzhafte Heulen eines verwundeten Hundes, als ich mich langsam von ihnen entferne.

Weiter die Straße hinunter bleibe ich vor dem Stoffgeschäft von Herrn Walner stehen. Langsam nähere ich mich dem Schaufenster, schaue hinein und presse mein Gesicht gegen das kühle Glas. Ich sehe ihn im Laden hantieren, während er mit einem jungen, unbekannten Mädchen spricht. Er gestikuliert wild, um ihr etwas zu erklären. Ich sollte weitergehen. Wenn er sich jetzt umdreht und mich sieht, wird er herauskommen und mich anschreien. So wie er es heute Morgen getan hat, nachdem er versucht hat, mich zu berühren. Ich spanne meine Oberschenkel an, um weiterzugehen und bemerke, dass ich am ganzen Körper zittere. Ich mache ein paar Schritte zurück und atme schwer. Meine Füße sind wie Blei. Ich kann meinen Blick nicht von seinem Laden abwenden. Über der Glastür steht in fetten schwarzen Buchstaben ‚Walner'. Im Schaufenster ist eine Vielzahl von bunten Stoffrollen ausgestellt. Mein Blick fällt auf die blaue Rolle mit den winzigen Blümchen, ähnlich denen, die ich heute Morgen auf den großen Holztisch in der Mitte des Ladens legen sollte. Der Laden war leer gewesen, als er mir befohlen hatte, ein Stück Stoff zuzuschneiden. Und mir dann zu nahe kam, sich über meine Schulter beugte und versuchte, diese... Sache zu machen.

Ich atme schwer und bemerke, dass ich mich nicht von der Stelle rühren kann, obwohl ich weitergehen sollte. Unabhängig von dem, was passiert ist, hätte ich nicht schreien dürfen. Ich hätte meinen Mund halten sollen. Ich muss lernen, den Mund zu halten. Ich atme schwer und schließe meine Lippen, schaue immer noch auf das Schaufenster und die Personen im Inneren des Ladens. Herr Walner riecht stark nach Tabak. Er kauft ihn in kleinen Metalldosen, die extra aus England geliefert werden. Ich schließe die Augen und spüre, wie der Geruch in meiner Nase brennt, obwohl er auf der anderen Seite der Fensterscheibe steht. Weit weg von mir. Ich spanne meine Oberschenkel erneut an und streichle über die Kleider in meinen Händen. Ich drücke sie fest zusammen, bis meine Finger schmerzen und ich laut schreien möchte. Aber ich bin fest entschlossen, meinen Mund zu halten.

„Pass auf!", höre ich einen Schrei, reiße die Augen auf und schaue zur Seite. Lautes Hufgetrappel erfüllt die Luft, als zwei braune Pferde, die eine Kutsche ziehen, durch die enge Straße auf mich zugaloppieren. Hastig springe ich zur Seite. Sie galoppieren knapp an mir vorbei. Ihr gepflegtes Fell glänzt in der Nachmittagssonne, während sie eine geschlossene schwarze Holzkutsche ziehen, die mit glänzendem Lack überzogen ist. Ich höre das Knallen der Peitsche, als der Kutscher, der hoch auf dem Vordersitz sitzt, die Passanten anschreit, aus dem Weg zu gehen.

Ich lehne mich gegen die harte Steinmauer und schramme mir den Rücken auf, als ich versuche, der vorbeifahrenden

Kutsche auszuweichen. Ich halte meine Kleider fest und erhasche einen Blick auf eine vornehme Dame mit schickem Hut, die in der Kutsche sitzt. Ihr Blick fällt gleichgültig auf mich herab. Als ich wieder auf das Kopfsteinpflaster hinunterschaue, bemerke ich, dass mir eines meiner Kleider aus der Hand gefallen ist und nun auf der Straße liegt. Die Pferde haben es zertrampelt und die Räder der Kutsche sind über den gelblichen Stoff gerollt, sodass er mit schwarzen Flecken übersät ist.

Die Kutsche rast weiter und ich beeile mich, das auf der Straße liegende Kleid aufzuheben. Ich stecke es zu den anderen Kleidern auf meinem Arm und ignoriere die Schlammflecken. Ich höre, wie sich die Hufe der Pferde langsam entfernen und alle Passanten wieder die enge Straße hinuntergehen. Sie ignorieren mich, als ich weiter ziellos umherirre, ohne zu wissen, wohin ich gehen soll, auf der Suche nach einem Ort, an dem ich die Nacht verbringen kann. Bald wird die Sonne untergehen, und die Straße wird sich mehr und mehr leeren.

‚Herberge für junge Mädchen' steht auf dem Schild über dem Eingang eines Gebäudes in der Hafnersteigstraße. Ich trete durch die mit grauem Öl gestrichene Holztür, die gerade von ersten Regentropfen benetzt wird.

„Kann ich Ihnen helfen?", fragt eine Frau, als ich die schwere Tür hinter mir schließe und eintrete. Sie steht hinter einem braunen Empfangstresen aus Holz, direkt am Eingang. Ich betrachte sie im schwachen Licht der einzigen Lampe im Raum. Sie trägt ein adrettes dunkelbraunes Kleid. Als ich mich ihr nähere, stelle ich fest, dass der Stoff ein quadratisches Muster hat. Ich trete auf sie zu und erschaudere. Der Empfangsraum der Herberge ist so kalt wie die Straße draußen.

„Ich suche eine Bleibe für ein paar Nächte“, sage ich und erblicke hinter ihr kleine Holzkistchen. Einige enthalten gefaltete Papiere oder Schlüssel.

„Ich kenne dich.“ Sie bleibt hinter ihrem Schreibtisch stehen und mustert mich mit ihren Augen. „Du bist der Rotschopf der Familie Neuzil. Deine Mutter arbeitet für Herrn Walner. Was ist passiert?“ Ihr Blick verweilt auf meinen Händen, die sich immer noch an meine zerknitterte Kleidung klammern. „Bist du rausgeflogen?“

„Ich brauche eine Unterkunft für ein paar Nächte“, wiederhole ich. Was kann ich sagen, um sie zu überzeugen?

„Was hast du angestellt? Warum bist du rausgeflogen? Hast du etwas Unmoralisches getan?“ Sie kommt um den Tresen herum und stellt sich vor mich.

„So ein Verhalten dulde ich hier nicht.“ Die Empfangsdame streckt die Hand aus und berührt mein Kleiderbündel. „Du scheinst keine guten Manieren zu haben.“

„Nein“, antworte ich leise und senke den Blick, „ich habe nichts Unmoralisches getan.“ Ich mache einen Schritt auf sie zu, doch sie weicht zurück. Sie lässt mich nicht an sich heran. Ich richte meinen Blick auf ihre alten schwarzen Stiefel. Die Schnürsenkel sind fest geschnürt. Für einen Moment erinnert mich der schwüle Geruch im Flur an den Atem von Herrn Walner, als er sich über mich gebeugt und mich berührt hatte. „Ich bin ein braves Mädchen“, füge ich hinzu und schaue auf meine alten, vom Regen nassen Schuhe. Ich werde meinen Mund halten. Ich werde nicht schreien. Ich werde lächeln und lernen zu schweigen.

„Das kostet eine Krone für zwei Tage, Bezahlung erfolgt im Voraus.“ Sie starrt mich weiter an.

„Ich habe kein Geld, aber ich werde eine Arbeit finden und es Ihnen zurückzahlen“, sage ich leise und blicke in den schummrigen Flur und auf die Wendeltreppe, die in den zweiten Stock führt. Ich muss einen Platz zum Schlafen finden.

„Du kannst mir den geben", sagt sie und zieht so kräftig an meiner Hand, dass alle meine Kleider auf dem Boden verstreut werden. Ich weiche einen Schritt zurück, aber sie hält meine Finger weiter fest und versucht, nach dem silbernen Herren-Siegelring an meinem Finger zu greifen.

„Nein!", rufe ich laut, „den kann ich Ihnen nicht geben." Ich schreie weiter und ziehe verzweifelt meine Hand zurück.

„Woher hast du ihn? Hast du ihn gestohlen? Du siehst aus wie eine Diebin", flüstert sie drohend und kommt mir mit ihrem Gesicht sehr nah, während sie meine Hand fest umklammert.

„Er gehört mir. Ich habe ihn nicht gestohlen." Ich schütze den Ring mit meiner anderen Hand und umklammere ihn so fest, dass meine Hand schmerzt. Der schwere Ring ist zu groß für meinen dünnen Finger und könnte leicht abrutschen. Ich muss ihn schützen.

„Also, woher hast du ihn?"

„Das geht Sie nichts an."

„Du musst ihn gestohlen haben. Du verdienst es, aus deinem Zuhause geworfen zu werden. Drei Kronen."

„Was?" Ich schirme den Ring mit meiner Hand ab. Gleichzeitig versuche ich, einen Schritt zurückzutreten und mich aus ihrem Griff zu befreien. Sie tut mir weh.

„Ich gebe dir drei Kronen für den Ring. Dafür kannst du eine Woche lang hier schlafen." Sie lässt schließlich meine Hand los, tritt ein Stück zurück und geht wieder hinter den Tresen. „Ein besseres Angebot wirst du nicht bekommen."

„Das geht nicht." Ich beuge mich hinunter auf den Steinboden. „Ich werde einen anderen Weg finden, Sie zu bezahlen", sage ich und raffe schnell meine Sachen zusammen. Das war der Ring meines Vaters, mein einziges Andenken an ihn.

„Ich akzeptiere keine andere Form der Bezahlung", spottet sie. „Ausschließlich Bargeld in Münzen oder Scheinen. Die Art der Bezahlung, die du anbieten kannst, ist in diesem Etablissement nicht akzeptabel. Das ist wohl der Grund, warum du auf der Straße gelandet bist. Ich werde mal Herrn Walner fragen, wenn ich das nächste Mal bei ihm im Laden bin."

„Schönen Abend noch", sage ich, während ich wieder aufstehe, meine Kleider packe und aus der Herberge eile. Dabei stoße ich die schwere graue Tür mit der Schulter auf und trete hinaus in den Regen. Ich werde eine andere Bleibe finden.

Die Kälte der Nacht lässt mich nicht einschlafen. Obwohl es noch mitten im Sommer ist, weht bereits ein kühler Wind und es regnet stark. Fröstelnd sitze ich unter einem Güterwagen, der auf einem der Plätze abgestellt ist. Alle meine Kleider sind in meinem Schoß gebündelt, um sie vor dem Regen und dem nassen Bürgersteig zu schützen, der im gelblichen Licht der fernen Straßenlaternen schimmert.

Warum musstest du bloß sterben? flüstere ich vor mich hin, während meine Finger über das kalte Metall von Vaters Siegelring streichen. Warum hast du mich allein gelassen? Ich schlinge meine Arme um meinen frierenden Körper und versuche, mich zu wärmen. Aber ich bekomme keine Antwort. Lediglich eine streunende Katze, vom Regen durchnässt, kommt zögerlich auf mich zu, setzt sich in sicherem Abstand zu mir unter den Holzkarren und beginnt langsam, ihr nasses Fell zu lecken.

„Aufwachen!" Ich öffne die Augen, schaue mich um und versuche, mir ins Gedächtnis zu rufen, wo ich bin. Mein ganzer Körper schmerzt. „Aufwachen", wiederholt die Stimme. Ich blicke auf und sehe eine Frau, die ein einfaches Kleid und einen schmutzigen Mantel trägt. Sie beugt sich über mich und rüttelt an meiner Schulter. „Du wirst in dieser Kälte noch erfrieren. Du musst einen Platz finden, wo du bleiben kannst." Ihr silbernes Haar ist von einer alten Wollmütze bedeckt und scheint von Gold durchzogen, als die Morgensonne den kleinen Platz erhellt. Wo bin ich hier?

Ich prüfe meine Umgebung. Ein Marktkarren nach dem anderen kommt auf den Platz. Die Händler stoppen ihre Pferde, bleiben stehen und unterhalten sich. Sie wippen hin und her, um sich in der Kälte des frühen Morgens warm zu halten. Währenddessen sammle ich die Kleidung um mich herum ein. In der Nacht habe ich mich mit einem meiner Hemden zugedeckt, um mich warm zu halten. Das war auch dringend nötig. Meine Muskeln schmerzen vor Kälte. Ich suche nach der Katze, die mir in der letzten Nacht Gesellschaft geleistet hat, um sich ebenfalls zu wärmen, aber sie ist nirgends zu finden. Nur mein zerrissenes Unterhemd, mit dem ich versucht hatte, uns zuzudecken, weil wir beide vor Kälte zitterten, liegt auf dem grauen Pflaster des Platzes.

„Nimm das", sagt die alte Frau. Sie streckt die Hand aus und reicht mir eine Scheibe Brot. Ich nehme sie an und kaue sie langsam. Mein Magen schmerzt vor Hunger. Ich habe seit gestern nichts mehr gegessen. „Verstehst du mich? Bist du eine Einwanderin aus dem Osten?", fragt sie und betont dabei jedes Wort einzeln. Ich schüttle den Kopf.

„Ich bin von hier“, erwidere ich und nehme einen weiteren Bissen Brot.

„Du musst dir eine Unterkunft suchen. Die Polizei nimmt nachts Obdachlose fest und steckt sie ins Gefängnis“, meint sie, während sie aufsteht und sich an den Wagen lehnt, der mir in der Nacht Schutz geboten hat. Ich sehe nur ihre Beine und höre das Geräusch von Holzkisten, die ausgepackt werden. Ich muss weiter und mir einen sicheren Ort suchen, an dem ich mich ausruhen kann. Langsam sammle ich meine Kleider ein und krabbele unter dem Karren hervor. Ich stöhne unter dem Schmerz meiner verkrampften Muskeln, zwinge mich zum Stehen und verliere dabei fast das Gleichgewicht.

„Nimm das“, sagt sie und gibt mir einen Sack aus Sackleinen, den sie aus den Kisten auf dem Wagen holt, „für deine Kleider, damit sie nicht so schmutzig werden.“

Ich bedanke mich, nehme den groben Stoff entgegen und schiebe die zerknitterte Kleidung hinein. „Danke für Ihre Freundlichkeit“, wiederhole ich und mache mich auf den Weg über den erwachenden Markt. Ich will einen sicheren Ort für mich finden. Die Bewegung des Laufens hält mich warm.

„Gehen Sie in das Wohnheim in der Schultergasse. Dort gibt es eine freundliche Frau, die Ihnen helfen wird“, fährt sie fort. Sie dreht mir den Rücken zu und arrangiert die Holzkisten auf ihrem Wagen.

„Sie sind eine gute Frau“, sage ich zu ihr. Aber sie packt ihre Kisten weiter aus und dreht sich nicht mehr um. Es ist für mich an der Zeit, zu gehen. Ich werfe ihr einen letzten Blick zu, laufe zwischen den Hausierern hindurch, betrete eine der Seitengassen und setze mich aufs Steinpflaster. Ich kaue an der Scheibe Brot. Ich will nicht zu dieser Herberge gehen. Die Frau in der Herberge wird wahrscheinlich genau so sein wie die Frau, auf die ich gestern getroffen bin; sie wird ebenfalls versuchen, mir meinen Ring zu stehlen. Ich streichle das Schmuckstück immerfort.

Ich kehre zurück auf den Platz und schlendere zwischen den Ständen umher, auf der Suche nach jemandem, der mir noch eine Scheibe Brot oder etwas zu essen gibt. Ich bin am Verhungern. Doch gegen Mittag kann ich nicht mehr. Einige Marktverkäufer sehen mich misstrauisch an, als wäre ich eine Diebin, die nur darauf wartet, ein Stück Gemüse von ihrem Stand zu klauen, sobald ihre Aufmerksamkeit nachlässt. Meine Beine schmerzen. Ich schwitze unter der sengenden Sommersonne. Ich habe Angst, mich in eine Ecke zu setzen und von einem der Polizisten erwischt zu werden, die auf dem Markt patrouillieren. Ich erkenne sie schon von weitem an ihren schwarzen Helmen mit den goldenen Insignien des Kaiserreichs.

„Nimm!", ruft mir eine Verkäuferin zu und reicht mir eine Kartoffel.

„Danke", entgegne ich, greife mit meiner schmutzigen Hand danach und nehme ein paar kleine Bissen, um den Hunger in meinem Magen zu stillen. Während ich esse, halte ich weiter Ausschau nach einem Polizisten. Was werde ich nur tun, wenn es wieder Abend wird?

Langsam geht die Sonne unter. Die Hausierer packen ihre Karren. Einige binden ihre Pferde vor die hölzernen Wagen, laden die leeren Kisten auf, falten die Stoffschirme zusammen, die sie vor der Sonne schützen, und verlassen den Platz. Ich bleibe in einer der Gassen, von wo aus ich den Platz überblicken kann und beobachte, wie er sich leert und die Stille den Marktlärm verdrängt. Die Frau, die mir am Morgen eine Scheibe Brot gegeben hat, ist nun ebenfalls verschwunden und lässt mich allein auf dem leeren Platz zurück. Ein kalter Nachmittagswind fegt durch die Gassen und lässt mich frösteln. Schließlich gebe ich auf und biege in Richtung Schultergasse ab.

Die schwere hölzerne Eingangstür der Herberge sieht genauso aus wie die vom Vortag. Wie gestern glitzern die Regentropfen auf der Ölfarbe und die Türklinke ist aus demselben glänzenden und glatten Messing. Die einzigen beiden Unterschiede sind die Farbe der Tür - braun statt grau - und der Name der Einrichtung, der auf einem Schild über der Tür angebracht ist.

Meine Hand verweilt auf der Messingklinke, während ich überlege, ob ich eintreten oder mich wieder abwenden soll. Vielleicht sollte ich auf den leeren Platz zurückkehren. Vielleicht hat jemand seinen Wagen zurückgelassen und ich würde mich bis zum Morgengrauen darunter verstecken können.

„Kommst du mit rein?" Ich höre eine Stimme und blicke zu einer jungen Frau auf, die neben mir steht. Sie scheint etwas älter und größer zu sein als ich. Sie sieht mich mit einem Lächeln an. Ihre blauen Augen mustern mich. Ich versuche, meine widerspenstigen roten Haare mit den Fingern zu kämmen.

„Nein", erwidere ich und trete einen Schritt zurück, den Blick auf ihre leuchtend rot geschminkten Lippen geheftet. Mutter hatte immer gesagt, dass nur gewisse Frauen Lippenstift tragen und mir verboten, ihn auf meinen Lippen zu benutzen. Allerdings habe ich in Herrn Walners Laden festgestellt, dass auch angesehene Kundinnen Lippenstift tragen.

„Schönen Abend noch", lächelt sie mich an, öffnet die

Tür, geht hindurch und verschwindet im dunklen Flur. Die braune Holztür schlägt sie mir mit einem dumpfen Knall vor der Nase zu.

Ich greife erneut nach der Messingklinke und fühle das glatte, kalte Metall. Im nächsten Moment überlege ich es mir anders und mache einen Schritt zurück. Ich muss versuchen, erwachsener zu wirken.

An der Ecke der Gasse bücke ich mich und finde einen spitzen Stein. Ich schneide mir damit in die Handfläche und ignoriere den Schmerz. Vorsichtig träufle ich die Blutstropfen auf meine Lippen und genieße den rostigen Geschmack des Blutes. Ich presse die Handfläche meiner verletzten Hand fest um das Jutetuch und hoffe, dass die Blutung aufhört. Dann drehe ich mich in den Wind und warte, bis das Blut auf meinen Lippen getrocknet ist. Ich bin bereit.

Mit meinen Fingern fahre ich durch mein wildes Haar und versuche, es so gut wie möglich zu bändigen. Ich stehe vor der braunen Holztür und wische mir die Tränen des Schmerzes von der Wange. Meine verwundete Hand tut immer noch weh. Noch einmal ergreife ich die Messingklinke, atme tief durch und blicke nach unten. Dann betrete ich den dunklen Gang. Die Frau, die mir am Morgen eine Scheibe Brot gegeben hatte, sagte doch, dass der Laden von einer guten Frau geführt wird, die mir bestimmt helfen würde.

Die Eingangshalle der Unterkunft gleicht exakt der von gestern: Schwach beleuchtet von einer einzigen Wandleuchte, ein Empfangstresen, an dem eine ältere Frau sitzt, dahinter kleine Holzschränke, in denen einige Papiere oder Schlüssel liegen und ein Eingang zu einem Hinterzimmer.

„Guten Abend", sagt sie höflich und begutachtet mich, mein Haar und mein schmutziges Kleid. Sie beugt sich hinunter, sodass ich einen Moment lang denke, sie würde mich ignorieren. Ich überlege, umzudrehen und mir einen anderen Platz zu suchen. Doch dann erscheint die Frau wieder hinter dem Tresen, holt eine silberne Schachtel aus einer kleinen Tasche, zieht eine Zigarette heraus und zündet sich diese an. „Suchst du einen Platz zum Schlafen?" Sie schaut auf den Sack, der an meine Brust gepresst ist. Ihr silbernes Haar ist straff hochgesteckt. Sie hat schmale Lippen und blaugraue Augen, die an Kieselsteine erinnern.

„Ja", antworte ich und blicke ihr direkt in die Augen, auch wenn das vielleicht als unhöflich gilt. Ich bin mir sicher, dass sie mich hinauswerfen wird, wenn sie erfährt, dass ich kein Geld habe. Der Blutgeschmack auf meinen Lippen stört mich, und ich widerstehe dem Drang, das geronnene Blut mit den Zähnen zu entfernen.

„Wie alt bist du?" Sie sieht mir in die Augen.

„Alt genug", entgegne ich schließlich, denn ich möchte ihr mein Alter nicht sagen.

„Bist du nicht", erwidert sie, „das ist kein Ort für junge Mädchen wie dich. Du solltest dich nach einem anderen Ort umsehen."

„Ich kann nirgendwo anders hin", antworte ich leise und blicke weiter nach unten, damit sie meine Tränen nicht sieht.

„Hast du Geld?" Sie bläst den Zigarettenrauch in den feuchten Flur und füllt die Luft mit dem stechenden Geruch von Tabak. In den Zeitungen steht regelmäßig geschrieben, dass Frauen nicht rauchen dürfen. Mutter hat das auch stets gesagt. Sie hat immer gesagt, dass Rauchen ein Vergnügen für Männer ist, welches ihrer Beruhigung dient.

„Nein, ich habe kein Geld", antworte ich und blicke zu ihr auf.

„Tut mir leid", sie zieht an ihrer Zigarette, „umsonst vergebe ich keine Zimmer."

Ich drehe mich um und gehe zur Tür, bleibe dann aber stehen. Ich habe keine andere Wahl. Ich brauche eine Bleibe. Weitere Nächte in der Kälte werde ich nicht überleben. Der Winter kommt bald. „Ich habe das hier", sage ich zu ihr, lasse den Siegelring meines Vaters langsam vom Finger gleiten und lege ihn vor ihr auf den Tresen. Ein letztes Mal spüre ich das kühle Metall auf meiner Haut. Vielleicht wollte er ja, dass ich ihn einsetzen kann, wenn ich keine andere Wahl habe.

„Hast du den gestohlen? Raus mit dir. Diebe dulde ich hier keine!" Sie sieht mich an.

„Ich habe ihn nicht gestohlen!" verteidige ich mich. Es interessiert mich nicht mehr, was sie von mir denkt.

„Woher hast du ihn dann?" Sie mustert mich, als wolle sie herausfinden, ob ich die Wahrheit sage. Ich schaue ihr direkt in die Augen, nach einem Moment senken wir beide den Blick und betrachten den Ring auf dem schmutzigen Holztresen, der im gelblichen Licht der Lampe funkelt.

„Er gehört mir." Ich kämpfe gegen den Drang an, mir den Ring zu schnappen und wegzulaufen. Ich lege meine Hand auf den Holztresen, gehe auf Tuchfühlung mit dem Ring und bin bereit zu handeln. Ich darf dieser Frau nicht über den Weg trauen.

„Und woher hast du ihn?"

„Er gehörte meinem Vater. Er war Lehrer." Ich betrachte

ihre hellen Augen und ihr silbernes Haar. Wird sie bereit sein, ihn mir abzukaufen?

„Und was ist mit ihm passiert?“ Ihr Blick wandert vom Ring zu mir.

„Er ist tot. Der Ring ist fünf Kronen wert“, platze ich heraus. Ich bin bereit zu feilschen.

„Dein Vater war also Lehrer? Kannst du lesen und schreiben?“ Erneut nimmt sie einen tiefen Zug von der Zigarette und bläst den Rauch in meine Richtung.

„Ja, gnädige Frau.“

„Junge Dame, hör auf Frau Bertha, du gehörst nicht hierher.“ Sie lehnt sich gegen die kleinen Holzkisten, die sich hinter ihr befinden und schaut mich weiter beharrlich an. Sie verscheucht mich nicht, macht aber auch keine Anstalten, nach dem Ring zu greifen, der zwischen uns liegt. Meine Hand ruht auf dem Tresen, nach wie vor bereit, den Ring zu schützen, falls sie versuchen sollte, ihn zu nehmen.

„Vier Kronen, mein letztes Angebot“, sage ich und strecke die Hand nach dem Ring aus. Wohin soll ich nur gehen, wenn sie sich weigert, ihn anzunehmen?

„Ich nehme nur Bargeld“, entgegnet sie bestimmt und drückt die Zigarette in dem bronzenen Aschenbecher auf dem Tresen aus. Ich betrachte den zerdrückten braunen Zigarettenstummel auf dem zarten Bronzemuster aus Blumen und Schmetterlingen.

„Danke, Frau Bertha, einen schönen Abend noch“, ich greife nach dem silbernen Ring, drehe ihr den Rücken zu und gehe in Richtung Tür, während ich mir mit der Handfläche die Lippen abwische. Tränen steigen in mir hoch. Es wird schon gut gehen. Ich schaffe das.

„Am Ende der Straße ist ein Pfandleiher“, höre ich gerade noch, kurz bevor die schwere Holztür hinter mir ins Schloss fällt und ich die kalte Abendluft einatme. Ein willkommener Kontrast zur stickigen Luft im Haus.

„Acht Kronen, so viel biete ich dir dafür." Der Pfandleiher begutachtet den Siegelring mit seinen wurstigen Fingern. Er dreht ihn hin und her, setzt seine Brille auf und betrachtet ihn genau. „Entscheide dich schnell, ich schließe in ein paar Minuten", treibt er mich zu Eile mit Blick auf die goldene Uhr, die oben an der Wand zwischen den Metall- und Holzschränken hängt.

„Er ist mehr wert", sage ich mit Blick auf den Ring, der in seiner Handfläche liegt. Ich wünsche mir, dass er mich fragt, woher ich ihn habe und wie es meinem Vater geht. Aber er tut es nicht.

„Acht Kronen, keine einzige mehr, und damit tue ich dir noch einen Gefallen. Es ist kein echtes Gold." Sein Blick verweilt auf meinen Lippen. Er hat einen schwarzen Schnurrbart, der sich langsam silbern färbt. Es fällt mir schwer, mich an seinen Namen zu erinnern, obwohl er in schwarzen Buchstaben auf dem Schild vor dem Laden steht, an dessen Tür drei goldene Kugeln hängen, das Symbol der Pfandhäuser.

„Ich bin einverstanden", nicke ich. Was würde Papa davon halten? Würde er mich in den Arm nehmen und mich für meine Entscheidung loben?

„Du hast ein Jahr Zeit, mir fünfzehn Kronen zurückzuzahlen, sonst verkaufe ich den Ring. Nach einem Jahr und einem Tag gehört er mir. Dem Gesetz entsprechend werde ich ihn dann verkaufen." Er legt seine Finger um den Ring meines Vaters, und ich nicke erneut, wenn auch etwas unsicher. Was werde ich ohne den Ring tun? Ich beobachte, wie mir der Pfandleiher den Rücken zuwendet, einen Umschlag aus einer Schublade holt und ihn auf den Holztresen zwischen uns legt. Mit sauberer Handschrift schreibt er etwas darauf. Anschließend steckt er den Ring hinein. Seine rosa Zunge leckt über den Umschlag und verschließt ihn sorgfältig. Ich schaue zu, wie er ihn in einer der Schubladen des großen Holzschrankes hinter sich verstaut. Eisengitter trennen uns, so eng, dass meine Hand nur in einen schmalen Spalt passt.

„Entschuldigen Sie, gnädiger Herr", sage ich zu ihm.

„Ja bitte?" Er dreht sich zu mir um, aber der Umschlag ist nicht mehr in seinen Händen.

„Ach nichts", resigniere ich und schaue auf den großen Holzschrank mit all den vielen Schubladen. Ich hätte ihm den Ring nicht geben sollen. Ich hätte mir etwas anderes einfallen lassen sollen.

„Bitte sehr, acht Kronen." Er legt die Münzen auf das Holztablett zwischen den Eisenstangen. Dazu reicht er mir einen Zettel, der mit ordentlicher Handschrift ausgefüllt daneben liegt. Darauf steht eine Zahl und ein Datum. „Ein Jahr und ein Tag. Danach werde ich ihn verkaufen. Verstehst du das?" Seine blauen Augen sind auf mich gerichtet. Ich antworte nicht. Schnell schnappe ich mir die Silbermünzen und den Zettel und verlasse eilig den kleinen Laden. Ich werde einen Weg finden, an ausreichend Geld zu kommen. Ich werde mir den Ring zurückholen.

„Da bist du ja wieder", sagt sie, als ich die Herberge wieder betrete. Ich gehe zu ihr an die Rezeption und lege wortlos eine Krone auf den Holztresen. Der Rest der Münzen sowie der Schein sind sicher in einer versteckten Tasche meines Kleides verstaut. Noch während ich in der Gasse stand, habe ich alles dort versteckt, in der Hoffnung, dass niemand vorbeikommt und mich beobachtet. „Ich hätte nicht gedacht, dass du zurückkommst", fügt sie nach einem kurzen Moment hinzu. Ich antworte ihr nicht. Ich blicke sehnsüchtig auf den Korridor und auf das Licht der Gaslampe, das die Treppe zu den oberen Stockwerken erhellt. Ich bin so müde.

„Komm mit“, fordert sie mich auf und geht zur Treppe. Ich folge ihr mit meiner Kleidertasche in der Hand und schaue mich im Wartebereich vor der Treppe um. Auf beiden Seiten des Raumes stehen zwei alte, geblümte Stoffsofas, daneben ein Couchtisch aus Mahagoni. Auf dem Tisch bemerke ich einen Aschenbecher. Er sieht aus, als würde er auf jemanden warten. Das Geräusch ihrer Schritte auf der Treppe lässt mich schneller gehen und ich beeile mich, sie einzuholen. Sie trägt ein langes, dunkelgrünes Kleid, und bei jedem Schritt, den sie macht, erhasche ich einen Blick auf ihre schwarzen Stiefel.

„Kommt schon, Mädels, verschwendet nicht den ganzen Abend damit, euch fertig zu machen. Ihr seid schön, so wie ihr seid“, sagt sie, geht schnell ins Bad am Ende des Ganges und schimpft mit zwei jungen Frauen, die dort stehen. Sie tragen weiße Unterhemden mit Spitzenbesatz und unterhalten sich miteinander. „Komm mit“, sagt sie wieder zu mir. Ich folge ihr, bis sie vor einer der Türen im Flur stehen bleibt und anklopft. „Christina“, klopft sie ein zweites Mal an die Tür, „mach auf, Christina, ich will hier nicht den ganzen Tag auf dich warten.“

„Einen Augenblick, Frau Bertha“, höre ich von drinnen eine Stimme und nach kurzer Zeit öffnet sich die Tür. Durch den Spalt der alten Holztür sehe ich eine junge Frau mit zerzausten goldenen Haaren und großen Brüsten. Sie trägt ein Nachthemd und schwarze Strümpfe, von denen einer leicht zerrissen ist.

„Was gibt es?“ Die Frau sieht Frau Bertha an, dann fällt ihr Blick auf mich. Sie mustert mich mit ihren grünen Augen. Sie scheint etwas älter als ich zu sein und etwa gleich groß.

„Wer ist das?“, fragt sie, den Blick auf die Kleidertasche in meinen Händen gerichtet.

„Das ist deine neue Mitbewohnerin.“ Frau Bertha öffnet die Tür und geht an Christina vorbei ins Zimmer. „Rein mit dir. Ich habe nicht den ganzen Tag Zeit!“ sagt sie. Ich folge ihr und trete durch die schmale Tür, stoße leicht gegen Christina, die wie angewurzelt stehen bleibt, den Türgriff festhält und nicht zur Seite weicht, um mich hereinzulassen.

Ich schaue mich in dem kleinen Raum um. Die Wände sind in einem verblassten Gelb gestrichen und mir fällt der abblätternde Putz auf, der merkwürdige Formen an der Wand bildet. Über dem Bett befindet sich ein winziges Fenster, an der Seite ein Holzschrank und in der Ecke ein Frisiertisch samt Spiegel.

„Das sind deine Regale.“ Frau Bertha öffnet den Schrank und schiebt Christinas Kleidung zur Seite, um Platz für meine zu schaffen. „Ihr werdet euch den Schrank und das Bett teilen. Ich nehme an, du bist daran gewöhnt“, vermutet sie, ohne eine Antwort zu erwarten. Ich werfe einen Blick auf das eiserne Einzelbett, das fast den ganzen Raum einnimmt. Ein Engegefühl breitet sich in mir aus. Seit der Geburt meiner kleinen Schwestern bin ich es gewohnt, so zu schlafen. Jede Nacht kuschelten wir uns unter die Decke und ich umarmte und tröstete sie. Was wird jetzt mit ihnen sein? Ich senke den Blick, um meine Tränen zu verbergen.

„Sie hatten mir versprochen, ich könne ein Zimmer für mich allein haben“, wirft Christina ein und schiebt sich an mir vorbei. Sie hebt eines ihrer Kleider vom Boden auf und legt es auf den Holzstuhl neben dem Frisiertisch.

„Für das, was du mir bezahlst, solltest du dankbar sein, dass ich dir überhaupt Arbeit gebe“, erwidert Frau Bertha und schlägt die Schranktür zu. „Und sei nett zu ihr. Sie ist noch ein junges Mädchen.“

„Von mir aus, Frau Bertha“, antwortet Christina und dreht uns beiden den Rücken zu. Sie beugt sich leicht nach vorne und betrachtet ihr Gesicht in dem schmutzigen Spiegel, der an der Wand über dem kleinen, unordentlichen Schminktisch hängt. „Ich werde sie gut behandeln“, verspricht sie, während sie mit langsamen, bedächtigen Bewegungen ihr helles Haar mit den Fingern frisiert. Obwohl es zerzaust ist, finde ich es sehr schön, wie eine Kaskade aus wildem Hafer in der Brise eines Frühlingsmorgens.

„Wie heißt du?“ Frau Bertha dreht sich zu mir um.

„Walburga, gnädige Frau, aber alle nennen mich Wally.“

„Walburga, willkommen in meiner Herberge. Die Bezahlung ist wöchentlich fällig, sonst wirst du auf die Straße gesetzt. Es gibt keinen Aufschub und keinen Rabatt“, sie mustert mich mit ihren graublauen Augen. Dabei lächelt sie nicht.

„Jawohl, Frau Bertha.“ Ich stehe vor ihr in dem stickigen Raum. Ich werde überleben. Ich werde einen Weg finden, sie zu bezahlen.

„Das Gemeinschaftsbad befindet sich am Ende des Flurs. Du wirst dich mit den anderen Mädchen vertragen müssen, auch mit Christina.“

„Jawohl, Frau Bertha“, erwidere ich mit einem Blick auf meine neue Zimmergenossin, die an der Wand lehnt und uns mit über dem Nachthemd gefalteten Händen beobachtet.

„Und wer sich nicht an die Regeln meines Wohnheims hält, kann jederzeit zurück auf die Straße“, fügt sie hinzu, geht an mir vorbei und stellt sich an die offene Tür.

„Jawohl, Frau Bertha. Ich werde gehorchen und mich gut benehmen,“ Ich senke meinen Blick. Ich muss es hier einfach schaffen.

„Christina, mach dich fertig. Es ist schon fast Abend. Du kannst nicht den ganzen Tag in deinem Zimmer sitzen“, sagt

Frau Bertha und dreht sich um. Sie verlässt den Raum und verschwindet auf dem Flur.

„Jawohl, Frau Bertha", antwortet Christina, aber ich bin mir nicht sicher, ob Frau Bertha sie noch hört.

„Danke, dass ich in deinem Zimmer bleiben darf", sage ich zu Christina.

„Ich habe dich nicht eingeladen. Sie hat mich gezwungen", erklärt Christina. Als sie an mir vorbeigeht, streift der Stoff ihres Nachthemdes meinen Körper. Sie stellt sich vor den Kleiderschrank, öffnet die Türen und legt ihre Kleider zurück in die Regale, die Frau Bertha freigeräumt hat. „Du musst dich damit begnügen", sagt sie nach ein paar Minuten zu mir. Ich bemerke, dass sie mir nur ein Regal übrig gelassen hat. „Ich bin schon länger hier als du. Ich bin älter. Also habe ich mehr Platz verdient."

Ich antworte ihr nicht, sondern setze mich auf das Eisenbett, das mit einer Wolldecke abgedeckt ist und blicke auf das kleine Holzfenster, das mit einem gelblichen Vorhang verhängt ist.

„Das ist übrigens meine Seite des Bettes", fährt sie fort.

„Tut mir leid", entschuldige ich mich und stehe auf, um mich auf die andere Seite zu setzen. Warum ist sie so gemein zu mir? Was habe ich ihr getan?

„Das ist mein Zimmer, nicht deins, nur damit das klar ist", sagt sie und setzt sich auf die andere Seite. Ich höre das Knarzen der Bettfedern, reagiere aber nicht darauf. Ich schaue nur auf die entgegengesetzte Seite und betrachte die vergilbte Wand, den Jutesack immer noch fest umklammert, bis meine Finger weiß werden.

„Du bist so ein Kind. Du solltest nicht wegen allem heulen", stellt sie nach einer Weile fest.

„Ich heule nicht", erwidere ich und wende mich von ihr ab, den Blick starr auf die Wand gerichtet. Ich wische mir nicht über die Augen. „Und ich bin kein Kind mehr. Ich bin sechzehn. Ich bin erwachsen."

„Du musst ihr zeigen, dass du erwachsen bist und keine Angst vor ihr hast, sonst wird sie dich ausnutzen."

„Ich werde es ihr zeigen", murmle ich und wische mir über die Wangen. „Ich werde es ihr zeigen, und sie wird mich nicht aus ihrer Herberge werfen."

„Das hier ist doch keine richtige Herberge", sagt Christina spöttisch, aber das ist mir egal. Ich starre weiter an die Wand und wische mir die Tränen weg.

„Genug, hör auf zu weinen. In ein paar Tagen wirst du dich an diesen Ort gewöhnt haben."

„Danke." Ich schaue in ihre Richtung.

Sie erhebt sich vom Bett, nimmt mir den Jutesack aus der Hand und stellt ihn in den Schrank in mein Regal. „Willkommen in Berthas Mädchenpalast, Walburga, auch Wally genannt." Sie lächelt mich an.

„Danke, Christina", lächle ich zurück und lehne mich an die abblätternde Wand. Morgen werde ich über alles nachdenken, nicht heute. Heute habe ich ein Bett in diesem Frauenwohnheim gefunden.

2. Das Frauenwohnheim

Nachts ist es dunkel im Zimmer. Ich liege mit Christina in dem Eisenbett und kann nicht einschlafen. Die Wolldecke kratzt und fühlt sich unangenehm an. Ich versuche, so nah wie möglich am Rand des Bettes zu bleiben, um nicht aus Versehen Christinas Beine zu berühren. Ich kann ihr leises Atmen hören. Ihr Kopf liegt neben meinen Beinen und meiner neben ihren, so dass beide ausreichend Platz haben. Zu Hause habe ich Hilda und Antonia getröstet, wenn wir nachts aneinandergekuschelt zusammenlagen und nicht einschlafen konnten. Ich sang ihnen Schlaflieder vor und versicherte ihnen, dass alles gut werden würde. Aber hier an diesem Ort habe ich Angst, mich umzudrehen und Christina zu berühren, weil ich befürchte, das könnte sie wütend auf mich machen.

Ab und zu höre ich Geräusche oder gedämpftes Lachen auf dem Flur, und ich drehe den Kopf, um in den schmalen Lichtschlitz unter der Tür zu schauen. Christina murmelt etwas in der Dunkelheit, aber ich kann ihre Worte nicht verstehen. Wenigstens habe ich für ein paar Nächte eine Bleibe gefunden. Aber was mache ich danach? War es falsch von mir gewesen, dass ich ihn angeschrien hatte? Vielleicht hätte ich mich von ihm anfassen lassen und schweigen sollen, so tun, als wäre nichts passiert, nachdem er mich befummelt und angeglotzt hatte. Ich spüre noch immer die Berührung an meinen Schenkeln, und das lässt mich erschaudern. Ich hätte ihn ignorieren und den hellblauen Blumenstoff weiter auf dem großen Tisch ausbreiten sollen, so wie er es verlangt hatte. Ich hätte mich nicht in Panik zu ihm umdrehen und ihn mit der Schere angreifen sollen. Warum habe ich das getan? Jetzt stehe ich mit leeren Händen da.

Langsam drehe ich mich im Bett um und starre an die dunkle Decke. Ich habe noch sieben Kronen, die in einem kleinen Stoffsäckchen dicht an meinen Körper gebunden sind. Ich habe nur zwei Kleider, zwei Unterhemden, eines davon ist zerrissen, ein Hemd, einen Rock, einen dünnen Mantel und zwei Paar Socken. Ich werde schon zurechtkommen. Ich muss dringend eine Arbeit finden und jemanden, der sich um mich kümmert. Trotz der Wärme unter der Decke fröstelt es mich. Was soll ich tun, wenn ich keine Arbeit finde und kein Geld mehr habe? Ich umarme mich sanft und achte darauf, kein Geräusch zu verursachen. Ich stelle mir vor, wie Vater mir eine Gute-Nacht-Geschichte erzählt, so wie früher, als ich noch ein Kind war und Angst vor der Dunkelheit hatte.

Später in der Nacht schiebe ich die Wolldecke langsam beiseite, steige aus dem Bett im dunklen Zimmer und taste mich zur Schranktür vor. Meine Finger finden die Klinke. Ich öffne die Tür und hole meinen mit Kleidern gefüllten Jutesack heraus. Ich hatte noch keine Gelegenheit, meine Sachen zu ordnen. Vorsichtig setze ich mich wieder auf das Bett und lege mich langsam hin, um keinen Lärm zu machen und Christina nicht zu wecken. Ich umklammere den Jutesack fest und halte ihn dicht an meinen Körper, während ich mich zudecke und meine Wange gegen den groben Stoff drücke. Es beruhigt mich, die Rauheit zwischen meinen Armen zu spüren. In der Dunkelheit schaue ich immer wieder an die Decke und stelle mir vor, wie Vater mich umarmt, seine beiden blauen Augen mich liebevoll ansehen und er mir versichert, dass er mich beschützen wird.

„Wach auf!“ Jemand zwickt mir am nächsten Morgen ins Bein und ich öffne die Augen. Wo bin ich nur? „Aufwachen, Karottenkopf, raus aus dem Bett. Ich brauche mein Zimmer!“ Christina zwickt mir erneut in die Beine, ich schließe die Augen und öffne sie wieder. Das hier ist kein Traum.

Durch das kleine Fenster fällt graues Tageslicht durch die schmutzigen Vorhänge. Ich schaue auf die offene Schranktür. Wo ist mein Kleidersack? Panisch setze ich mich auf. Als ich mich umschaue, sehe ich meine Tasche zu meinen Füßen auf dem Boden liegen. Ich erinnere mich. Gestern Abend hatte ich lange gebraucht, um einzuschlafen.

„Rotschopf, raus aus meinem Bett und verschwinde aus dem Zimmer“, knurrt Christina, als sie aus dem Bett aufsteht und sich auf den kleinen Schminkstuhl setzt. Sie öffnet eine kleine Schachtel und betrachtet sich im Spiegel.

Ich lege meine Tasche mit den Kleidern zurück in den Schrank und verlasse das Zimmer, nur mit meinem Nachthemd bekleidet. Ich wünschte, Frau Bertha hätte mir eine nettere Mitbewohnerin zugeteilt.

Sämtliche Augen der Frauen, die vor der Toilette warten, sind auf mich gerichtet, als ich mich nähere, als letzte in der Schlange stelle und nach unten schaue. Es sind fünf oder sechs Frauen, alle in Spitzennachthemdchen, alle älter als ich. Keine von ihnen hat rote Haare. Ich fahre mir mit den Fingern durch die Haarspitzen, während ich meine nackten Füße auf dem kalten Holzboden inspiziere.

„Bist du Frau Berthas neues Mädchen?“, fragt mich eine von ihnen.

„Ja“, antworte ich und blicke auf.

„Sie mag wohl junge Frauen“, macht sich eine andere lustig und alle lachen. Ich senke meinen Blick wieder. Einige von ihnen tragen einfache, aber saubere Schuhe, andere haben nur Socken an.

„Du solltest es mit Wasserstoffperoxid versuchen“, rät eine von ihnen.

„Wozu?“, frage ich sie.

„Für deine Haare, das macht sie blond“, antwortet sie mir, „Männer lieben blondes Haar.“

„Danke“, entgegne ich und berühre meine Haare, die mir über die Schultern fallen. Ich will ihr nicht erklären, dass mein Vater auch diese Haarfarbe hatte.

„Ich bin Erika“, stellt sich eine von ihnen neben mich und lächelt mich an.

„Danke, ich bin Walburga, aber alle nennen mich Wally.“ Ich rücke ein bisschen auf und lächle sie ebenfalls an. Sie ist etwas älter als ich und hat braune Haare und braune Augen. Sie lächelt zurück, ihre Lippen sind dick und rosa.

„Los, macht schon. Wir wollen auch ins Bad. Wir haben nicht den ganzen Tag Zeit“, ruft eine der Frauen den Mädchen im Bad zu, und fügt hinzu, „und wir haben eine Neue, die Walburga heißt, aber von allen Wally genannt wird!“, woraufhin alle lachen.

„Nimm es ihnen nicht übel. Das läuft hier bei neuen Mädchen immer so!“ , meint Erika und reicht mir die Hand. Ich spüre ihre warmen Finger und lächle sie an. Es ist mir egal, ob sie über mich lachen.

„Du bist schon wieder zurück?“, wundert sich Christina, als ich das Zimmer ein wenig später betrete. Ich ignoriere sie und drehe mich um, um mich anzuziehen. Sie sitzt immer noch am Schminktisch, trägt ein cremefarbenes

Spitzenhemd und einen Faltenrock, den sie bis auf die Hüften hochgekrempelt hat. Ich werfe einen Blick in ihre Richtung und betrachte die Strumpfhosen an ihren Füßen. Warum denken die anderen, dass ich Frau Berthas neues Mädchen bin?

Christina ignoriert mich jetzt. Mit einem rosa Pinsel nimmt sie vorsichtig ein wenig Lippenstift aus einer kleinen silbernen Schale, die auf dem Tisch steht und trägt ihn auf ihre Lippen. Ich wende meinen Blick von ihr ab und ziehe mein Kleid an. Ich muss eine Arbeit finden.

„Schönen Tag noch", sagt Christina, als ich mir die Schuhe anziehe. Sie steht auf und verteilt süßen Rosenduft aus einem Glasflakon im gesamten Zimmer.

„Danke, ich wünsche dir auch einen schönen Tag", antworte ich, bevor ich auf den Flur hinausgehe und nach Erika Ausschau halte. Doch sie ist nicht da. Nur zwei andere Mädchen beobachten mich und beginnen sofort zu tuscheln. Ich eile die Treppe hinunter zum Eingang. Ist Erika auch eines von Frau Berthas Mädchen?

Zügig verlasse ich die kleine Gasse, in der sich die Pension befindet und überquere den Platz, auf dem sich die Karren für einen neuen Markttag versammelt haben. Es ist noch früh und nur wenige Kunden schlendern über den Markt, während die Verkäufer miteinander ins Gespräch kommen. Ich suche nach der Frau, die mir gestern die Scheibe Brot geschenkt hat, aber sie ist nirgends zu finden. Stattdessen bleibe ich neben einer Verkäuferin stehen, die einen Korb voller reifer roter Äpfel hat. Soll ich mir jetzt einen kaufen oder noch warten? Mein Geld ist knapp, also beschließe ich, meinen Hunger vorerst zu verdrängen. Ich gehe weiter und lasse die vielen Gerüche aus Pferdedung, Gewürzen und dem verlockenden Duft von heißem Gebäck aus der Bäckerei an der Straßenecke hinter mir. Ich werde später auf der Hauptstraße nach etwas zu essen suchen.

Unterwegs sehe ich elegant gekleidete Männer in schwarzen Anzügen mit Zylinder, die am Kiosk stehen bleiben, um sich ihre Zeitungen zu kaufen und darin die neuesten Schlagzeilen lesen. Andere flanieren einfach nur zwischen schicken Geschäften und Cafés hindurch. In der Straßenmitte fahren mit Waren beladene Kutschen, gelenkt von Fuhrleuten, die die Pferde zu einem etwas schnelleren Tempo antreiben. Ich widerstehe zunächst dem verlockenden Kaffeeduft, der aus den umliegenden Cafés herüberweht, aber schließlich gebe ich der Versuchung nach und kaufe mir ein Gebäck. Ich genieße jeden Bissen des süßen Backwerks und lecke mir beim Gehen die Finger ab. Vielleicht hätte ich mir auf dem Markt etwas zu essen kaufen sollen, wo es billiger gewesen wäre, anstatt mein Geld auf diese Weise zu verschwenden.

In der Nähe der Ringstraße, die die Altstadt dort umgibt, wo einst Stadtmauern standen, die jedoch abgerissen worden waren, um Platz für neuere Gebäude zu schaffen, bleibe ich stehen. Ich beobachte die Straßenbahn, die über die Gleise fährt, während Pferdekarren ihren Weg kreuzen. Mein Blick folgt der Bahn. Ich habe nicht genug Geld, sie zu nutzen. Also gehe ich weiter in Richtung Oper, obwohl mir die sengende Sonne auf den Kopf brennt und mir der Schweiß den Rücken hinunterläuft. Ich sehe Frauen in geblümten Sommerkleidern mit weißen Handschuhen und Spitzensonnenschirmen, die miteinander plaudern, während sie den Boulevard entlangschlendern. Sie schauen auf mein schlichtes Kleid, als ich auf sie zukomme. Verlegen senke ich meinen Blick und gehe weiter.

In der Nähe des Opernhauses bleibe ich einen Moment stehen und bewundere die eleganten Kutschen, die auf dem Platz aufgereiht sind. Die sauberen Pferde stehen geduldig da und warten auf neue Fahrgäste. Plötzlich fährt ein neues Auto vorbei und erfüllt die Luft mit Motorengeräusch und dem stechenden Geruch von Benzin. Ich beobachte den aufrecht sitzenden, uniformierten Fahrer, der den schwarzen Wagen inmitten von Fußgängern, Straßenbahnen und Pferden, deren Hufe auf dem Kopfsteinpflaster klappern, gekonnt durch den Boulevard steuert. Die Straße führt zu den neuen Vierteln und den opulenten Häusern der wohlhabenden Stadtbevölkerung.

Ihre Häuser liegen auf der anderen Seite der Ringstraße, strahlen vor Sauberkeit und sind mit großen Fenstern bestückt. Als ich mich nähere, bleibe ich vor dem ersten Gebäude stehen und bewundere den Blumenschmuck aus Stein, der sich an den Fenstern befindet, dann gehe ich auf die Seitentür der Bediensteten zu und klopfe an die schwarze Oberfläche. Ich brauche eine Anstellung.

„Ja, bitte?“ Eine Frau öffnet die Tür und starrt mich misstrauisch an. Sie trägt Dienstkleidung, ihr Blick ist auf mein Haar gerichtet.

„Ich suche eine Anstellung. Ich bin fleißig“, sage ich und betrachte ihre saubere schwarz-weiße Uniform.

„Warte hier“, weist sie mich an und schließt die Tür, nachdem sie mein Kleid und meine alten Schuhe begutachtet hat. Ich bleibe auf der Straße stehen und beobachte den Fahrer, der neben einem glänzend schwarzen Auto steht, das vor dem Haupteingang geparkt ist. Er ist mit einer dunkelgrünen Uniform bekleidet und geht eifrig um das Auto herum, wobei er die kupfernen Scheinwerfer mit einem Ledertuch poliert.

„Hast du irgendwelche Referenzen?“ Die Tür der Dienerschaft öffnet sich erneut und ich blicke auf eine ältere Frau in einem grauen Kleid, die mich von oben bis unten mustert und auf meine Schuhe und meine einfache Kleidung schaut.

„Nein, gnädige Frau, aber ich bin fleißig und bereit, jede Arbeit zu erledigen.“ Ich stehe auf und sehe sie an.

„Du kannst hier nicht ohne Referenzen anfangen!“ Sie schlägt die Tür zu und lässt mich auf der Straße stehen. Der Fahrer, der immer noch auf seine Aufgabe konzentriert ist, schaut nicht einmal in meine Richtung. Wie kann ich an Referenzen kommen?

Die Nachmittagssonne wirft die Schatten der Bäume auf den Boulevard und lässt sie wie riesige, auf den Bürgersteig gemalte Monster erscheinen, als ich zügig an den fahrenden Straßenbahnen und Wagen vorbeigehe. In keinem der Häuser, in denen ich nachgefragt habe, konnte ich eine Arbeit finden. In den meisten lehnte mich bereits das Zimmermädchen am Eingang kategorisch ab. Sie machten sich nicht einmal die Mühe, die Haushälterin zu rufen, um mich vorzustellen. Wenigstens gab mir eine freundliche Frau eine Schüssel Suppe zu essen. Dafür nahm sie mich mit in die Küche des luxuriösen Hauses und unterhielt sich einige Minuten mit mir, während sie mir eine Schüssel köstlicher Linsensuppe servierte. Als ich mich bei ihr bedankte, gab sie mir noch ein paar Scheiben Brot mit auf den Weg.

Was werde ich morgen tun?

In der Gasse wende ich meinen Blick ab, als ich an der eisenbeschlagenen Fensterscheibe des Pfandleihhauses vorbeikomme. Ich beschleunige meine Schritte in Richtung meiner Herberge. Ich bin fest entschlossen, morgen eine Arbeit zu finden.

„Guten Abend, Walburga." Frau Bertha beobachtet von ihrem Tresen aus, wie ich durch die Tür trete. „Wo warst du denn den ganzen Tag?"

„Guten Abend, Frau Bertha", antworte ich und schaue mich um. Zigarettenrauch hängt in der Luft, und ein Mann sitzt Zigarre rauchend auf einem der Sofas im Eingangsbereich. „Ich war auf der Suche nach einer Anstellung, Frau Bertha", füge ich hinzu, immer noch stehend. Ich beobachte die beiden Mädchen, die auf dem anderen Sofa sitzen. Eine von ihnen raucht ebenfalls. Beide sind in cremefarbene Spitzenkleider gehüllt, lächeln den Mann an und halten die Beine übereinander geschlagen.

„Hast du Arbeit gefunden?", fragt mich Frau Bertha. Ich wende ihr meinen Blick zu weg von den Mädchen, die mit sanften Bewegungen ihre Oberschenkel streicheln.

„Nein, Frau Bertha, niemand wollte mich", antworte ich.

„So ist das auf der Straße, Wally." Sie zündet sich eine Zigarette an. „Such weiter. Irgendwann wird dich jemand nehmen."

„Und was, wenn nicht?", frage ich sie leise und ziehe den Stoff meines Kleides, der meinen Oberschenkel bedeckt, tiefer. Ich bereue es, diese Frage gestellt zu haben. Morgen werde ich etwas finden.

„Keine Sorge, Mädchen", lächelt sie mich von der anderen Seite des Tresens an, „am Ende landen alle, die niemand will, bei Bertha. Dafür bin ich ja da!" Sie bläst den Zigarettenrauch in die Luft, „Bertha ist immer da, um all den Frauen, die niemand auf dieser Welt will, ein warmes

Bett und eine Arbeit zu geben.“ Sie kommt hinter dem Tresen hervor, geht auf mich zu, streicht mir kurz über den Arm, so, als würde sie mich begutachten. „Gitta, Magda, ihr habt eine Arbeit“, wendet sie sich ab und spricht mit den Mädchen. Sie lächeln weiterhin den Mann an, der vor ihnen sitzt. Nach einem Moment stehen beide vom Sofa auf. Mit langsamen Schritten durchqueren sie den Raum und setzen sich neben ihn. Sie sehen aus wie streunende Katzen, die langsam auf einen fetten, leckeren Fisch zugehen, der ihnen aus dem Fischladen zugeworfen wurde. Frau Bertha geht auf sie zu, streichelt die Taille eines der Mädchen, beugt sich vor und flüstert dem Herrn etwas ins Ohr. Er lächelt sie an, während er weiter seine Zigarre raucht.

Mit einem unguten Gefühl im Magen gehe ich an ihnen vorbei in Richtung Treppe.

„Wally, dein Zimmer ist gerade besetzt. Du musst warten“, hält mich Frau Bertha an der Hand fest.

„In Ordnung, Frau Bertha“, antworte ich und schaue nach unten. Ich will den Mädchen und dem Herrn nicht zusehen. Will Frau Bertha, dass ich nach draußen gehe? Was erwartet sie von mir? Dass ich wie die Mädchen hier unten bleibe? Ich lächle unbeholfen und setze mich auf das Sofa ihnen gegenüber. Der schwere Geruch der Zigarre liegt in der Luft. Ich presse meine Beine zusammen und fühle mich unbeholfen. Wo soll ich meine Hände platzieren? Soll ich sie auf meine Oberschenkel legen, wie sie es vorher getan haben? Ich sehe kurz zu ihnen hinüber und versuche zu lächeln, obwohl ich am liebsten die Augen schließen und tief durchatmen würde.

Der Mann mustert mich und atmet den stinkenden Rauch seiner Zigarre aus. Er gibt Bertha ein Zeichen. Sie geht zu ihm hin. Nervös beobachte ich ihr Tuscheln. Reden sie über mich?

„Wally, warte oben, nicht hier", weist mich Frau Bertha an. Ich stehe vom Sofa auf und gehe zur Treppe. Ich umklammere das Metallgeländer so fest, dass meine Fingerkuppen weiß hervortreten. Mit geschlossenen Augen steige ich in den zweiten Stock hinauf, taste mich mit den Füßen vorwärts und atme bei jedem Schritt tief durch.

Oben angekommen, lehne ich mich an die Wand neben Christinas Zimmer. Ab und zu höre ich Seufzer und das Knarren der Bettfedern. Ich muss warten.

Zwei andere Mädchen gehen lachend an mir vorbei. Ich schaue auf meine Schuhe hinunter. Nachdem sie weg sind, setze ich mich auf den Stuhl am Ende des Flurs und warte darauf, dass mein Zimmer frei wird. Was ist mit Erika? Ist sie jetzt auch in einem der Zimmer, deren Türen verschlossen sind? Sanft streiche ich mit meinen Fingern über die glatten Holzgriffe des Stuhls. Morgen muss ich eine Arbeit finden.

„Kein Interesse", geben mir die Dienstmädchen in den folgenden Tagen nacheinander zur Antwort. Eine nach der anderen knallt mir die Tür vor der Nase zu.

„Danke", entgegne ich jedes Mal und mache mich auf zum nächsten Gebäude, nur, um erneut abgewiesen zu werden.

Jeden Morgen bringe ich mein Haar in Ordnung und ziehe mich, so gut es geht, in Frau Berthas Herberge an. Jeden Nachmittag kehre ich niedergeschlagen zurück, verschwitzt von der Sommersonne oder durchnässt vom Nieselregen.

Jetzt verweile ich ein paar Minuten bei der Oper, stelle

mich neben die Pferde, die an den Kutschen festgemacht sind und auf ihre nächsten Fahrgäste warten. Ich streichle Hälse und Nasen sanft und spüre ihr weiches, warmes Fell.

„Verschwinde von hier. Du störst die Pferde", schreit einer der Kutscher und hebt drohend die Peitsche. Ich hebe die Hand, um mein Gesicht vor dem schmerzhaften Peitschenhieb zu schützen, aber er lehnt sich nur auf dem Kutschbock zurück und beobachtet mich, wie ich langsam, ohne mich umzudrehen, zurückweiche. Ich kann nirgendwo anders hin als in die Herberge von Frau Bertha, auch wenn mein Zimmer wahrscheinlich bis zum Abend belegt sein wird und im Empfangsraum Herren auf dem Sofa sitzen. Ich gehe die breite Straße hinunter in die Gassen der Innenstadt und beobachte die Damen in ihren Sommerkleidern, die an mir vorbeiflanieren. Was werde ich tun, wenn ich keine Arbeit finde?

Meine Finger tasten nach den Silbermünzen in der Innentasche meines Kleides. Ich zögere, sie in meinem Zimmer zu lassen oder sie Frau Bertha zu geben. Ich vertraue ihr nicht.

Ich bleibe an einem Schaufenster stehen und betrachte Korsetts und Strumpfhosen eines Wäschegeschäfts. Wie würde es sich wohl anfühlen, so ein Spitzenkorsett zu tragen? Zieht Christina es aus, wenn sie mit einem Mann im Raum ist? Ich spüre den Stoff des einfachen Unterhemdes, das ich trage und fahre mit dem Finger am Saum meines Kleides entlang. Wie würde es sich anfühlen, mit einem Mann zusammen zu sein? Meine Finger streichen erneut über die Münzen in meiner Tasche. Ich habe nur noch vier Kronen und die werden bald aufgebraucht sein. Ich werfe einen letzten Blick auf das Schaufenster, in dem ein weißes Spitzenkorsett neben dem anderen hängt, und gehe weiter die Straße hinunter. Ich werde es schaffen. Ich werde eine

Arbeit finden. Doch nach ein paar Schritten drehe ich mich abrupt um und betrete den Laden. Noch nie habe ich einen Fuß in ein so luxuriöses Geschäft gesetzt.

„Was kann ich für Sie tun?“, spricht mich eine ältere Dame an. Sie trägt ein violettes Abendkleid mit einem engen schwarzen Korsett um die Taille.

„Ich stöbere nur“, antworte ich und erröte. Um mich herum hängen Satin-Korsetts auf Kleiderbügeln, so exquisit, so schön. Eines Tages werde ich auch eines besitzen.

„Dies ist ein Luxusgeschäft. Hier gibt es keine billige Ware für Frauen wie dich“, erwidert sie und tritt näher.

„Danke“, platze ich heraus, öffne hastig die Glastür, stürme aus dem Laden und renne los.

Laufen, laufen, laufen! Die Leute auf der Straße starren mich an, als ich an ihnen vorbeirenne, aber ich kann mich nicht überwinden, stehen zu bleiben. Meine Beine laufen wie von selbst, und mein Körper schmerzt von der Anstrengung. Wie wird es in ein paar Tagen um mich stehen?

Erst als ich den Holzwagen des Messerschleifers erreiche, höre ich auf zu rennen. Ich bleibe einige Minuten stehen, keuche und versuche, wieder zu Atem zu kommen. Ich muss meine Familie sehen, um mich zu vergewissern, dass es ihnen gut geht. Ich werde ihnen erklären, dass ich nie die Absicht hatte, so wie mein Vater zu verschwinden.

Ich gehe durch die schattige graue Gasse und halte Abstand zum Hauseingang. Aus dem Treppenhaus höre ich Kinderstimmen. Ich habe Angst, mich ihnen zu nähern. Was, wenn sich Frau Steiner beim Vermieter beschwert hat und meine Lieben wegen mir rausgeworfen wurden? Was ist, wenn das Kinder einer anderen Familie sind, die hier neu eingezogen ist? Ich glaube, ich erkenne die Stimmen von

Antonia und Hilda, aber ich bin mir nicht ganz sicher. Ich wische mir den Schweiß von der Stirn. Ich muss ins Haus.

„Wally!“ Antonia kommt aus dem Treppenhaus gerannt und umarmt mich.

„Du bist wieder da.“ Hilda folgt ihr auf den Fuß und schlingt ihre Hände so fest um meine Taille, dass ich beinahe umfalle.

„Ja, bin ich.“ Ich umarme sie und schaue ängstlich das Gebäude hinauf. Wo ist Mutter?

„Und verlässt du uns jetzt nicht wieder?“ Antonia wischt sich die Tränen ab und klammert sich an mich.

„Wie geht's Marie?“ Ich streiche ihr übers Haar und wechsle das Thema.

„Wir kümmern uns um sie“, antwortet Hilda stolz. „Wir füttern sie sogar mit Brei, wenn Mutter nicht da ist.“

„Und wo ist Mutter?“, frage ich sie. „Ist sie bei der Arbeit?“

„Warte, ich rufe sie“, sagt Hilda und verschwindet im Treppenhaus.

„Hilda, nein!“, rufe ich ihr nach, aber Antonia umarmt mich und hält mich davon ab, ihr zu folgen. „Hilda, komm zurück“, versuche ich es erneut.

„Bist du jetzt für immer zurück?“ Antonia blickt mich mit tränengefüllten Augen an.

„Antonia, hör mir zu.“ Ich bücke mich und greife in meine geheime Kleidertasche, hole zwei Münzen hervor und lege sie in ihre Hand, die sie fest umschließt. „Das ist für dich und Hilda, falls ihr es jemals brauchen solltet“, sage ich nervös und werfe einen Blick auf den Hauseingang. „Ich verspreche, ich komme wieder.“

„Du gehst wieder?“, beginnt Antonia zu weinen.

„Bewahre diese Münzen gut auf, verlier sie nicht!“ Ich umarme sie, während mir die Tränen über das Gesicht laufen.

„Raus hier“, höre ich laute Rufe. Mutter kommt aus dem Gebäude gestürmt, die kleine Marie an der einen und die weinende Hilda an der anderen Hand. „Warum bist du zurückgekommen? Wegen denen?“ Sie schreit mich an und lässt Hildas Hand los. „Bist du zurückgekommen, um sie mitzunehmen? Ich habe gehört, dass du dich nach einem Platz im Mädchenwohnheim umgesehen hast. Ist es das, was du willst? Willst du sie genauso zu Prostituierten machen wie du eine bist? Hier, nimm sie mit!“ Sie schubst Hilda in meine Richtung. Das kleine Mädchen stolpert und fällt auf das Kopfsteinpflaster. Sofort bricht sie in Tränen aus.

„Es reicht, Mutter!“, schreie ich sie an. Als ich Hilda auf die Beine helfe, laufen mir Tränen über die Wangen.

„Geh weg! Du bist eine Hure, verdirb nicht auch noch deine Schwestern!“ Sie schreit mich an. „Willst du wissen, was ich tun musste, damit Herr Walner mich nicht

rauswirft?“ Sie kommt auf mich zu und versucht, mich mit ihrer freien Hand zu schlagen. Ich löse mich aus Antonias Umarmung und laufe davon, ohne auf die Blicke der anderen Leute zu achten, die in der Gasse stehen geblieben sind, um uns zu beobachten.

Lauf, lauf, lauf, denk nicht nach. Ich werde es schon schaffen. Ich werde eine Bleibe finden. Ich komme zurück und hole Hilda, Antonia und Marie. Lauf weiter, bleib nicht stehen.

„Guten Abend, Wally“, sagt Frau Bertha, als ich schwer atmend und verschwitzt in die Herberge eintrete. Aber ich antworte ihr nicht.

„Fräulein Walburga, wo bleiben denn Ihre Manieren?“ Sie kommt hinter dem Empfangstresen hervor.

„Guten Abend, Frau Bertha“, erwidere ich deshalb den Gruß und gehe an ihr vorbei, während sie mich beobachtet.

Auch die Mädchen, die im Foyer sitzen, schauen mich an und tuscheln miteinander. Am liebsten würde ich mich zu ihnen setzen. Ich möchte jetzt nicht allein sein. Aber Frau Bertha wird mich bestimmt wieder bitten, nach oben zu gehen. Die Männer werden sicher bald kommen. Ich gehe nach oben ins Badezimmer, um mir das Gesicht zu waschen. Anschließend warte ich auf dem Stuhl im Korridor. Vielleicht hatte Mutter recht und ich sollte für Frau Bertha arbeiten.

„Christina", flüstere ich wenig später in die Nacht. Das Zimmer ist dunkel, wir liegen beide im Bett. Ihre Beine sind neben meinem Kopf und mein Kopf liegt neben ihren Beinen. Ich muss einfach jemanden fragen. „Christina", flüstere ich wieder in ihre Richtung. Dabei spüre ich die Wolldecke an meinem Nachthemd.

„Was ist?", flüstert sie zurück.

„Bist du schon lange in der Herberge von Frau Bertha?"

„Viel zu lange", antwortet sie. Ich schweige.

„Christina?", flüstere ich erneut.

„Was ist denn, Wally?"

„Wie bist du hierher gekommen?"

„Ist das wichtig?"

„Wie ist es, es zu tun?", frage ich sie endlich und schaue in den Lichtspalt, der unter der Tür hereinfällt. Wird sie mir antworten?

„Was tun?", fragt sie nach einer Weile.

„Das, was du hier mit den Männern machst." Ich erröte im Dunkeln.

„Das verstehst du nicht. Dafür bist du noch zu jung", antwortet sie.

„Bin ich nicht. Ich bin sechzehn", sage ich. Ich will es wissen. Mutter hat nie mit mir darüber gesprochen. Sie hat mich immer angeschrien, ich solle die Beine zusammenhalten und gehorsam sein. Nachdem Herr Walner versucht hat, mich dort anzufassen, hat sie mich auch angeschrien. Sie hat gesagt, ich hätte versucht, ihn mit meinem Lächeln zu verführen, und ich würde als Prostituierte enden. Es hat nichts gebracht, das abzustreiten. Sie hat mir nicht geglaubt.

„Du machst es einfach", antwortet Christina nach einer Weile.

„Und ist es angenehm?"

„Es geht nicht darum, ob es angenehm ist oder nicht", sagt sie leise.

„Worum geht es dann?" Ich presse meine Beine zusammen und öffne sie dann leicht. Wie fühlt sich das an? Fassen sie die Männer dort an? Lena, eine der Angestellten im Laden von Herrn Walner, hat mir mit gerötetem Gesicht zugeflüstert, dass das bei Männern und Frauen unterschiedlich sei.

„Du trittst mich", sagt Christina. „Rutsch gefälligst zur Seite", ärgert sie sich. Ich höre, wie die Bettfedern knarzen, als sie sich umdreht, ihr Gesicht jetzt neben meinem. Ich kann ihren Atem hören, so nah ist sie vor mir.

„Wie ist es, wenn sie dich besuchen kommen?", flüstere ich noch einmal.

„Ich versuche, sie dazu zu bringen, nett zu mir zu sein", antwortet sie leise, „und höflich ." Durch ihr Nachthemd spüre ich die Wärme ihres Körpers.

„Hast du viele Männer als Freunde?", frage ich. Hat sie mehr als einen?

„Ja", lacht sie bitter, „ich habe viele dieser ‚Freunde'. Du bist so ein Kind. Du verstehst rein gar nichts."

„Ich bin kein Kind", behaupte ich. „Ich bin allein hier bei Frau Bertha und kann auf mich selbst aufpassen." Ich erwähne nicht, dass ich noch keine Arbeit gefunden habe und dass mein Geld bald aufgebraucht sein wird.

„Ich dachte auch, ich komme allein zurecht."

„Und was ist dann passiert?“, frage ich und höre sie leise atmen.

„Am Ende bin ich hier geblieben, bei Frau Bertha, und habe sie gebeten, sich um mich zu kümmern.“

„Und tut sie das?“

„Ich wollte eine Gräfin werden, aber ich habe mich entschieden, eines von Berthas Mädchen zu werden“, antwortet sie, weicht meiner Frage damit aus und versucht, mich zu kitzeln.

„Ich frage mich, wie es ist, eine Gräfin samt Dienerschaft zu sein.“ Ich lächle in die Dunkelheit. Gräfinnen tragen wahrscheinlich den ganzen Tag schöne Kleider und müssen nie hungern.

„Du bist noch jung. Du solltest von hier verschwinden, bevor sie dir anbietet, für sie zu arbeiten.“

„Ich werde weglaufen, das verspreche ich“, sage ich, blicke an die dunkle Decke und streichle sanft meinen Bauch. Ich habe heute das Abendessen ausgelassen. Wie kann Christina das mit ihren Freunden anstellen? Ich presse meine Beine fest zusammen und spüre, wie ihre Füße meine berühren. „Hast du versucht, wegzulaufen?“, frage ich sie.

„Das spielt keine Rolle. Du solltest nicht hier sein. Such dir einfach einen Ort, an den du gehen kannst.“

„Tut es weh?“, frage ich sie, streichle dabei sanft die Wolldecke und zittere. Ich habe so viele Fragen.

„Es tut nicht weh, wenn sie nett sind. Gute Nacht, nun schlaf schon“, antwortet sie, dreht sich um und schläft ein.

„Gute Nacht, Christina“, murmle ich und denke an Frau Bertha, die sich bereit erklärt hat, mich in ihrer Herberge aufzunehmen. Wahrscheinlich wartet sie nur darauf, dass ich scheitere und eines ihrer Mädchen werde. Dieser Ort macht mir Angst aber was kann ich tun? Ich bin hungrig.

„Frau Bertha?" Am nächsten Morgen gehe ich früh die Treppe hinunter in Richtung ihres Tresens. Der ist jedoch leer.

„Ja, Wally, was brauchst du?" Nach einem kurzen Moment kommt sie aus dem Hinterzimmer. Sie hält ein Buch in der Hand.

„Frau Bertha, ich möchte für Sie arbeiten", spreche ich die Worte mit einem flauen Gefühl im Magen aus.

„Das ist es? Du hast dich endlich entschlossen, auf Frau Bertha zu hören? Wie lange bist du schon auf Arbeitssuche?" Ihr Blick streift mein zerrissenes Hemd. Ich hatte keine Zeit, es zu flicken.

„Zwei Wochen", antworte ich und blicke nach unten. Ich brauche Ihre Hilfe. Ich bin hungrig und habe keine andere Möglichkeit mehr. Ich habe seit gestern nichts gegessen.

„Du warst sicherlich zielstrebiger als alle meine anderen Mädchen. Leider ist es kein Wunder, dass du keine Arbeit gefunden hast. Wer würde schon ein Mädchen mit rotem Haar einstellen? Das ist nicht gerade sehr vertrauenserweckend", bemerkt sie und schließt das Buch, das sie in Händen hält. „Ich habe dir doch gesagt, dass alle Mädchen am Ende für Frau Bertha arbeiten", fügt sie hinzu und zieht eine Zigarette aus einer Schachtel, die auf dem Tresen liegt. Sie hält sie zwischen Zeige- und Mittelfinger. „Was für eine Art von Arbeit möchtest du denn?"

„Was immer Sie mir anbieten können", antworte ich und fahre mit den Fingern durch mein rotes Haar, um es so gut wie möglich zu frisieren. Vielleicht leiht mir Christina eines ihrer Korsetts, damit ich mehr wie sie aussehe.

„Ich habe gerade genug Mädchen. Die nehmen es mir übel, wenn ich noch eine dazu nehme", erklärt sie und zündet sich eine Zigarette an. „Außerdem glaube ich nicht, dass du mit ihnen auskommen wirst."

„Doch das werde ich bestimmt", sage ich entschlossen, wende mich ab und gehe in Richtung Treppe. Ich will nicht, dass mich Frau Bertha weinen sieht. Leise betrete ich Christinas Zimmer und schließe die Tür hinter mir. Im Dunkeln setze ich mich auf das Bett. Christina schläft noch. Gleich werde ich mich anziehen und auf den Markt gehen, um dort nach Arbeit zu suchen. Vielleicht gibt mir jemand etwas zu essen.

„Wally", höre ich einen Moment später Berthas Stimme. Gleichzeitig klopft es an der Tür. Will sie mir immer noch Arbeit geben? Ich erstarre, unsicher, ob ich die Tür öffnen soll.

„Komm schon, Walburga, ich habe keine Lust, den ganzen Tag hier zu warten." Ungeduldig klopf sie weiter an die Tür.

„Jetzt antworte ihr schon. Sie will mit dir reden", drängt mich Christina.

„Was ist denn. Frau Bertha?" Ich reiße die Tür auf und verstecke mich dahinter.

„Willst du wirklich eine Arbeit?"

„Ja, Frau Bertha", antworte ich und spüre die Kälte des Metallgriffs an der Tür.

„Ich wusste, dass du ja sagst, du bist ein kluges Mädchen", bemerkt sie und schaut auf meine Finger, die die Tür leicht geöffnet halten.

„Zeig mir deine Hände", fordert sie mich auf. Ich strecke meine Hände durch die Öffnung und spreize meine Finger. Will sie prüfen, ob sie sauber sind?

„Ausgezeichnet, und jetzt wasch deine Kleidung“, fährt sie fort und deutet mit dem Fuß auf einen Edelstahleimer sowie ein graues Stück Seife, die zu ihren Füßen stehen, „und wasch dich auch.“ Mit diesen Worten dreht sie sich um und geht die Treppe hinunter. Mein Blick folgt ihr.

„Was wollte sie?“, fragt Christina verschlafen.

„Sie hat gesagt, ich soll meine Sachen waschen und mich selbst auch. Sie will, dass ich für sie arbeite“, antworte ich.

„Willkommen im Palast“, sagt Christina, als ich mich auf das knarrende Eisenbett setze. Ich möchte mich neben sie legen und von ihr getröstet werden. Aber es ist mir zu peinlich, meine Angst zuzugeben. In Zeitlupe kämme ich mein Haar mit den Fingern, während ich auf die Silhouette des Holzschranks stiere, der im schwachen Morgenlicht fast schwarz erscheint. Ich weiß, dass ich los muss. Die Arbeit wartet auf mich. Im schwachen Licht hole ich mein Kleid aus dem Schrank, greife nach dem Edelstahleimer und der Seife, die im Flur stehen, und gehe ins Bad am Ende des Flurs. Ich schrubbe mein Kleid kräftig im kalten Wasser, bis meine Finger rot sind.

„Ist das dein bestes Kleid?“, fragt Frau Bertha, als sie mich die Treppe herunterkommen sieht.

„Jawohl, Frau Bertha“, antworte ich und schaue auf die geblümte Ledercouch im Foyer. Im Morgenlicht kann ich Flecken darauf erkennen.

„Denk daran, es handelt sich um wohlhabende Männer. Du musst nett zu ihnen sein und höflich antworten, wenn sie das Wort an dich richten“, erklärt sie hinter ihrem Holztresen stehend. Dabei mustert sie mich mit ihren graublauen Augen.

„Jawohl, Frau Bertha.“ Ich nicke und schaue zu Boden.

Mein Körper zittert noch immer vor lauter Kälte. Wer sind diese wohlhabenden Männer?

„Und du musst tun, was man dir sagt, ohne Fragen zu stellen." Was, wenn sie mir etwas antun wollen? Wie soll ich dann ruhig bleiben?

„Jawohl, Frau Bertha", antworte ich und blicke auf ihr silbergraues Haar. Mein Kleid ist noch feucht, weil ich kaum Zeit hatte, es über dem eisernen Ofen am Ende des Ganges zu trocknen. Alle Mädchen im Wohnheim trocknen dort ihre Unterwäsche.

„Achte darauf, stets deinen Blick zu senken. Sie erwarten, dass du sie überhaupt nicht ansiehst. Hör auf, ständig an deinem Kleid herumzufummeln. Das ist doch keine Knetmasse", ermahnt sie mich und wischt meine Hand vom Stoff weg. „Stell dich gerade hin, die Hände hinter den Rücken und die Augen nach unten gerichtet. Du musst dich quasi unsichtbar machen. Mir ist völlig schleierhaft, wie du das mit deinem schrecklichen Haar hinbekommen willst."

„Jawohl, Frau Bertha." Ich verschränke schnell die Hände hinter dem Rücken und bleibe stehen. Ich bin entschlossen, alles zu tun, was nötig ist, damit mich diese Männer mögen. Was sind das für Menschen, von denen sie spricht? Sind es freundliche Herren?

„Und wenn sie dir eine Frage stellen, gibst du ihnen die Antwort, die sie hören wollen", fährt sie fort. Sie mustert mich weiter und geht langsam um mich herum.

„Jawohl, Frau Bertha." Ich höre ihre Schritte hinter mir. Sie untersucht meine gefalteten Hände und meine Fingernägel. Ich habe sie sorgfältig gereinigt.

„Ich hoffe, es macht ihnen nichts aus, dass du rothaarig bist. Woher hast du nur diese schreckliche Haarfarbe?"

„Von meinem Vater", sage ich mit Blick auf das geblümte Sofa und widerstehe dem Drang, mit meinen Haarspitzen zu spielen. Ich hasse meine Haarfarbe. Ich hasse es, so anders zu sein.

„Ich hoffe, sie werden dich annehmen“, sagt Frau Bertha. Was hat sie mit mir vor? Ich gehe zurück zur Treppe.

„Walburga, wohin gehst du?“, schimpft sie. Ich bleibe stehen und schaue weg, um meine Tränen zu verbergen.

„Walburga, sieh mich an.“ Sie kehrt hinter ihren Tresen zurück, bückt sich und holt etwas hervor. Der Geruch von Zigarettenrauch erfüllt die Luft, als sie mit einer Zigarette zwischen den Lippen auftaucht. Sie kommt wieder auf mich zu. „Walburga, stell dich gerade hin.“

Ihre Finger greifen nach meinem Haar, während sie es zu einem Zopf flechtet und an meinem Kopf feststeckt. Ich seufze, als die Nadeln an meiner Kopfhaut kratzen. „Am besten wäre es, diese Karottenhaare abzuschneiden“, sagt sie, „aber wir müssen uns mit dieser Lösung begnügen. Vielleicht akzeptieren sie dich so.“

Sie tritt zwei Schritte zurück und mustert mich noch einmal, von meinem rothaarigen Haar bis zu meinen alten schwarzen Schuhen. Sie streckt ihre Hand aus und rückt den Kragen meines Kleides zurecht. „Jetzt bist du bereit.“

„Danke, Frau Bertha“, flüstere ich und spüre, wie mir Unbehagen die Oberschenkel hochkriecht. Was werden sie da unten mit mir machen?

„Walburga, du hast doch gesagt, dass du lesen und schreiben kannst?“ Ihre Finger fahren schnell über den Ärmel meines Kleides. Dort entfernt sie eine widerspenstige Haarsträhne.

„Ja, Frau Bertha“, antworte ich schnell und bin versucht, ihr von meinem Vater zu erzählen, der Lehrer war und uns in der Küche am Herd das Lesen und Schreiben beigebracht hatte, bevor wir nach Wien gezogen waren. Damals, als ich noch einen Vater hatte. Aber ich spüre, dass sie an meiner persönlichen Geschichte nicht interessiert ist.

„Hör zu. Man sieht es ihnen nicht an, aber Männer mögen keine Frauen, die Bücher lesen können. Sie haben Angst vor ihnen", warnt sie mich und kehrt hinter den Tresen zurück, um etwas auf ein weißes Blatt Papier zu schreiben. Dann steckt sie es in einen Umschlag und gibt ihn mir zusammen mit einem weiteren Zettel, auf dem eine Adresse steht. „Geh zu dieser Adresse und gibt dort diesen Zettel ab, den ich geschrieben habe. Das Gebäude befindet sich im Palastviertel, hinter der Ringstraße."

„Jawohl, Frau Bertha, ich werde niemandem zeigen, dass ich lesen kann."

„Pass auf", sagt sie und sieht mir in die Augen. „Wenn dich das Dienstmädchen an der Tür fragt, von wem der Brief ist, antwortest du, dass du es nicht weißt. Du bist nur die Überbringerin."

„Jawohl, Frau Bertha", sage ich und schaue auf den verschlossenen Umschlag, auf dem der Name eines Mannes steht. Ich atme tief ein und fürchte mich, loszugehen.

„Walburga, worauf wartest du? Geh schon." Sie nimmt die Zigarette aus dem Mund, dreht sich um und geht an ihren Platz hinter dem Tresen zurück. Ich eile aus der Herberge, schließe vorsichtig die schwere Holztür hinter mir und umklammere den Umschlag fest. Ich werde alles tun, was dieser Herr von mir verlangt, und ich werde nicht schreien.

Bald darauf stehe ich vor der braunen Holztür in der Elisabethstraße. Die makellosen Wände des Gebäudes sind grau-weiß gestrichen. Ich betrachte die zarten Blumenornamente über den großen weißen Fenstern. Ich halte den Umschlag, den mir Frau Bertha mitgegeben hat, fest in der Hand. Ich werde es tun. Ich werde an etwas anderes denken, wenn er das mit mir macht.

Ich nähere mich der großen Holztür und klopfe an.

„Die Bedienstetentür ist hinten", höre ich eine Stimme. Ich drehe mich um und sehe einen Fahrer in dunkelgrüner Uniform neben einem glänzenden schwarzen Auto stehen. Er hat eine Schirmmütze auf dem Kopf und sieht mich wütend an.

„Entschuldigen Sie bitte", sage ich und eile zur Tür auf der Rückseite des Gebäudes. Ich läute und warte geduldig. Ich möchte weglaufen, aber ich habe Angst vor Frau Bertha. Und ich habe fürchterlichen Hunger.

„Guten Morgen. Was wollen Sie?" Eine Frau in einem schwarzen Kleid öffnet die Tür und sieht mich an. Sie trägt eine Brille mit dünnem Gestell. Ihr Haar ist zu einem Dutt zusammengebunden.

„Guten Morgen, mein Name ist Walburga." Dann fehlen mir die Worte, um fortzufahren.

„Wir suchen keine Angestellten und wir haben auch kein Essen für die Armen." Sie setzt an, mir die Tür vor der Nase zuzuschlagen.

„Ich habe das hier." Ich reiche ihr den verschlossenen Umschlag.

„Von wem ist der Brief?", fragt sie und dreht den Umschlag um.

„Ich weiß es nicht", erröte ich. „Ich bin nur die Botin."

„Ich werde den gnädigen Herrn fragen. Warte hier." Sie wirft mir noch einen Blick zu und schließt die Tür.

Ich bleibe stehen, während ich auf ihre Rückkehr warte und versuche, wieder zu Atem zu kommen. Was hat Frau Bertha wohl auf diesen Zettel geschrieben? Nervös nestle ich an meinen Fingern, bis sie wehtun. Wird sie zurückkommen?

„Der gnädige Herr hat gesagt, dass ich dich einlassen soll." Sie öffnet mir die Tür und sieht mich an. „Hast du Läuse?"

„Nein."

„Folge mir." Sie lässt mich eintreten, und ich folge ihr in einen großen Raum, der mit Gemüse- und Obstkisten, Einmachgläsern und an Haken hängenden Würsten gefüllt ist. Sie geht weiter und wir kommen an einer Küche vorbei, die größer ist als das Foyer zu Berthas Herberge. Hier arbeiten zwei Frauen in Schürzen. Weiter hinten gibt es einen weiteren großen Raum, der wie ein Wartezimmer aussieht. In dessen Mitte steht ein einfacher Esstisch, umgeben von Schränken.

„Zieh das an", sagt sie und deutet auf einen der Schränke. Dann hängt sie mir ein einfaches, sauberes schwarzes Kleid heraus.

„Soll ich zu ihm hinaufgehen? Zum gnädigen Herrn?" Ich halte mich an dem Kleid fest, das sie mir gegeben hat. Ich werde alles tun, was er mir sagt. Ich werde es einfach tun.

„Auf gar keinen Fall", antwortet sie. Sie holt einen Edelstahleimer und einen Wischmopp aus einem der Schränke. „Du darfst weder den Herrn noch die Dame ansprechen, es sei denn, sie richten das Wort an dich. Ich bin die Einzige, die euch sagt, wo ihr putzen sollt, und die euch eure Aufgaben gibt. Das Mittagessen für die Dienerschaft ist um Punkt zwölf. Jetzt folge mir."

„Jawohl", atme ich tief durch, nehme Eimer und Wischmopp und folge ihr. Ich werde hart arbeiten. Nichts wird mich davon abhalten, mein Bestes zu geben.

3. Die weiße Lacktür mit den goldenen Ornamenten

„Wally, wenn du hier fertig geputzt hast, mach bitte mit dem Abstauben der chinesischen Porzellankrüge weiter“, bestimmt die Haushälterin. Ich nicke und wische mit einem dünnen Tuch weiter über die Bücherregale. Seit zwei Wochen arbeite ich hier als Dienstmädchen in einer großen Villa.

Mit der Hand wische ich vorsichtig den Staub von den Familienfotos, die silber gerahmt auf dem Mahagonischrank stehen. Nach und nach nehme ich die Bilder einzeln in die Hand und betrachte sie von allen Seiten, um sicherzustellen, dass sie glänzend und makellos sauber sind. Die Haushälterin nimmt es mit der Sauberkeit sehr genau. Ich halte einen Moment inne und schaue ein vergilbtes Foto an, das die ganze Familie zeigt. Der Vater ist in einen Anzug gekleidet, sein dunkler Schnurrbart steht ab, während seine Frau in einem cremefarbenen Abendkleid aufrecht zu seinen Füßen sitzt. Die beiden Kinder tragen Schuluniformen einer Privatschule und stehen neben ihr. Ich habe die Kinder noch nie gesehen, auch nicht den Hausherrn. Nur die gnädige Frau ist eines Morgens mit einem gefalteten Spitzenschirm in der Hand an mir vorbei gegangen. Eines Tages werde auch ich einen solchen Schirm haben. Ich lächle die Dame auf dem Bild an. Meine Freundinnen, die gnädigen Frauen, und ich werden in einem feinen Café sitzen und Sachertorte genießen.

„Wally, bist du hier fertig?“, reißt mich die Haushälterin aus meinen Gedanken und ich beeile mich, das Bild wieder an seinen Platz zu stellen. Hat sie mich schon lange beobachtet? Hat sie bemerkt, dass ich das Bild bewundert habe, anstatt zu wischen?

„Ja, Madam.“ Ich wende mich ihr zu und richte mich auf. Sie trägt immer ein bescheidenes schwarzes Kleid. Ich achte darauf, nach unten zu sehen und meinen Blick auf ihre polierten schwarzen Schuhe zu richten.

Sie steht neben dem Schrank, den ich gerade gereinigt habe, und fährt mit dem Finger über die Rahmen und das glänzende braune Mahagoniholz, um zu prüfen, ob ich alles zu ihrer Zufriedenheit gereinigt habe. Seit zwei Wochen kontrolliert sie meine Arbeit auf diese Weise.

„Folge mir“, sagt sie schließlich, dreht sich um und geht aufrecht vorneweg. Ich schnappe mir den Eimer und folge ihr schnell.

Sie steigt die große Treppe vom Haupteingang in den zweiten Stock hinauf, durchquert den Korridor und nähert sich dem Zimmer der gnädigen Frau. Ich bin seit dem ersten Tag, an dem sie mir das Haus gezeigt hat, nicht mehr dort gewesen. Ohne anzuklopfen oder auf eine Erlaubnis zu warten, öffnet sie die weiße Lacktür mit den goldenen Ornamenten. Ich folge ihr. Sie schließt die Tür mit einem leisen Klicken. „Putz den Boden, bis er strahlt.“

„Jawohl“, antworte ich, knie mich hin und beginne, den hellen, glatten Holzboden mit einem Lappen zu bearbeiten. Ich höre, wie sich ihre Schritte hinter mir entfernen, und die Tür ins Schloss fällt.

Ich hebe den Blick und schaue mich in dem großen Raum um. Zwei große Fenster lassen die Morgensonne durch die bestickten Blumenvorhänge eindringen. Neben den Fenstern stehen eine geräumige Kommode, zwei braune Ledersessel und ein Holzstuhl mit einem kleinen Couchtisch. Ein Bett gibt es allerdings nicht. Wahrscheinlich schläft die gnädige Frau in einem anderen Zimmer.

Mit Blick auf meine rot geschufteten Finger, die den feuchten Lappen umklammern, schrubbe ich keuchend vor Anstrengung den Zimmerboden. Nach einer Weile höre ich, wie sich die Tür öffnet und ein Lachen ertönt. Es ist die Stimme der gnädigen Frau. Sie scheint sich mit jemandem zu unterhalten. Schnell richte ich meinen Blick auf den Parkettboden und bewege mich auf den Knien weiter in Richtung Zimmerecke. Weiß sie nicht, dass ich hier bin? Soll ich aufstehen und den Raum verlassen? Was soll ich tun? Ich blicke nach unten und sehe meine roten Finger, die den Lappen fest umklammern.

„Ist dieses Zimmer passend?", fragt sie.

„Dieses Zimmer ist perfekt. Ich mag das Morgenlicht hier", antwortet der Mann. Haben sie gemerkt, dass ich hier bin?

„Und wo soll ich sitzen?", fragt die Frau.

„Hier, ich möchte, dass Sie hier sitzen", antwortet der Fremde. Ich höre seine Schritte und das Geräusch eines Stuhls, der in den Raum geschoben wird. Mein Blick bleibt fest auf den Boden gerichtet.

„Ich verlange nichts weniger als Perfektion."

„Dessen bin ich mir sicher. Ihr, meine Dame, seid einfach makellos", antwortet er, und sie kichert. Es ist mir nicht gestattet, ihr Gespräch zu belauschen. Ich richte meinen Blick auf meine Finger, die den Lappen auf dem Parkett fest umklammern.

Ich höre, wie er sich entfernt und den Raum verlässt. Doch nach einer Weile kommt er etwas tragend zurück und stellt es auf den Boden. Als ich kurz aufblicke, sehe ich in der Mitte des Raumes vor dem Stuhl eine große Staffelei und eine aufgespannte Leinwand. Er steht mit dem Rücken zu mir. Der Mann ist groß, trägt einen braunen Anzug und hat kurzes, lockiges Haar, das früher wohl rot gewesen war und jetzt braun geworden ist. Er scheint etwa so alt zu sein wie mein Vater. Ich darf ihn nicht ansehen, denn wenn er sich bei der gnädigen Frau beschwert, könnte man mich entlassen. Ich betrachte weiter seinen kurzen, ungepflegten braunen Bart, der noch nicht grau geworden ist. Welche Farbe wohl seine Augen haben? Die gnädige Frau steht vor ihm, trägt ein hellgrünes Taftkleid mit einem zarten Blumenmuster. Die Hände hat sie in die Hüften gestemmt. Ich muss den Blick senken und weiterarbeiten. Ich bin nur das Dienstmädchen. Aber ich kann mir nicht helfen, werfe immer wieder einen Blick auf die beiden und betrachte schweigend den Stoff ihres Kleides und seinen Anzug.

„Wird dieses Kleid passend sein?", fragt sie, während sie herumwirbelt und das Kleid wie viele tanzende Blätter in einer Sommerbrise flattert. Sie sieht so schön und königlich aus. Ich werfe einen weiteren Blick auf sie. Ihr Kleid ist tief ausgeschnitten, und ihr Busen scheint fast aus dem Bustier zu fallen. Ich kann meinen Blick nicht abwenden. Als sie den Maler jetzt anschaut, scheint es, als ob sie mich für den Bruchteil einer Sekunde bemerkt. Aber sie sagt nichts und wendet ihm lächelnd wieder ihre Aufmerksamkeit zu. Ich erröte und senke meinen Blick. Ich sollte sie nicht ansehen.

„Dieses Kleid ist perfekt für das Bild."

„So, jetzt sind Sie an der Reihe, sich umzuziehen", erwidert sie und kichert.

Ich kann nicht widerstehen und blicke kurz auf. Er geht hinter eine verzierten Holzparavent, der an der Seite des Raumes steht. Er ist nicht der Mann auf dem Foto, das ich vorhin abgestaubt habe. Soll ich aufstehen und gehen? Man hat mir keine Anweisungen für diesen Fall gegeben. Ich umklammere den Lappen fest.

„Bitte nicht schauen", sagt er und lacht. Als ich einen Moment später aufblicke, sehe ich ihn neben der Staffelei stehen. Er trägt keinen Anzug mehr, sondern einen blauen Malerkittel, der mit Farbklecksen übersät ist. Er beugt sich zu einer großen Ledertasche am Fuß der Staffelei hinunter und holt Pinsel und Farbtuben hervor. Ich bemerke, dass sein Blick auf die Frau gerichtet ist, die sich ihm mit kleinen Schritten nähert, wobei ihr Kleid fast die Pinsel in seiner Hand streift. Blaue Augen hat er.

„Vielleicht kann der Herr mein Porträt aus diesem Blickwinkel malen", flüstert sie, während sie sich bückt.

„Vielleicht gefällt dem Hausherrn dieser Blickwinkel für das Bild nicht, dann können Sie es nicht in Ihrem Wohnzimmer aufhängen", antwortet er und sie lacht erneut. Ich schrubbe den Parkettboden gründlich und sorge dafür, dass das Holz glänzend und lupenrein sauber ist.

„Vielleicht sollte ich Ihnen einen anderen Blickwinkel zeigen. Warten Sie", sagt sie zu ihm. Dann höre ich ihre Schritte auf dem Parkettboden. Als ich kurz aufschaue, sehe ich nur ihn, die Frau, deren Hände ich sehe, befindet sich hinter dem Holzparavent am Ende des Raumes neben dem Frisiertisch. „Sie sind der Maler. Ich würde gerne Ihre Meinung hören, bevor wir anfangen."

„Die Kleider, die Sie wählen, sollten zu Ihrem hellen Hautton passen", antwortet er.

„Keine Sorge, es wird passen", lacht sie. „Könnten Sie das Zimmermädchen bitten, zu gehen, um das Raucherzimmer zu reinigen?"

Er dreht sich um und starrt mich an, als würde er mich zum ersten Mal bemerken. Ich liege auf allen Vieren auf dem Boden und hebe meinen Kopf in seine Richtung. Seine blauen Augen starren mich an, als wäre ich eine streunende Katze, die ein liebevolles Zuhause sucht. Er schenkt mir ein kleines Lächeln. Er wirkt so imposant, und ich fühle mich so klein, während ich auf dem Boden knie. Ich warte gar nicht erst darauf, dass er mich auffordert zu gehen. Ich stehe sofort auf, nehme den Lappen und den Edelstahleimer und verlasse langsam den Raum, wobei ich den Blick gesenkt halte. Vorsichtig schließe ich die weiße, mit goldenen Verzierungen versehene Tür hinter mir.

„Christina", flüstere ich ihr spät in der Nacht zu. Wir liegen eng nebeneinander in dem Eisenbett. „Christina!"

„Was ist, Rotschopf?", flüstert sie zurück.

„Warst du schon mal in einer Kunstausstellung?" Seit heute Morgen kann ich nicht aufhören, an den Künstler im blauen Malerkittel zu denken.

„Kunstausstellungen sind nichts für uns Frauen aus der Unterschicht", wehrt sie ab.

„Ich habe heute einen Maler gesehen", streiche ich über die Wolldecke.

„Wo?" Sie setzt sich auf, dreht sich im Bett herum, legt sich neben mich und deckt uns wieder mit der Wolldecke zu.

„In dem Haus, in dem ich arbeite. Als ich das Zimmer der gnädigen Frau geputzt habe, hatte sie einen Maler zu Besuch. Der sollte sie malen. Sie hat gelacht und sich für ihn umgezogen", ich erinnere mich an die gnädige Frau, wie sie hinter dem verzierten Holzparavent gestanden hat.

„Glaub mir, er wollte sie nicht nur malen.“ Christina lacht laut auf.

„Woher weißt du das?“, frage ich sie. Haben sie es etwa getan? Ich presse meine Beine fest zusammen und fühle mich unwohl.

„Weil sie auch hierher kommen, nicht nur in schicke Damenhäuser. Was denkst du denn? Dass sie nicht in Berthas Herberge kommen?“

„Was machen sie denn hier?“

„Was alle Männer tun, wenn sie hierher kommen, sie sind nicht anders als die anderen.“

„Sie malen die Mädchen?“

„Nein, Rotschopf, mit uns spielen sie. Dann werfen sie uns weg. Gemalt werden nur die anständigen Damen.“

Mir liegt auf der Zunge, sie zu fragen, was sie mit ‚mit uns spielen‘ meint, aber ich schäme mich und schweige. „Er hat sich auch umgezogen. Er hat einen Kittel angezogen“, sage ich nach einer Weile und stelle mir vor, wie er in dem blauen Kittel wie ein großer Bär durch den Raum läuft.

„Ich glaube, er wollte sich darauf vorbereiten, was er mit ihr anstellen würde, nachdem er sie gemalt hat“, lacht sie.

„Und das ist, was alle Männer wollen?“

„Sie kommen bestimmt nicht nur hierher, um uns anzuschauen und Zigarren zu rauchen. Glaub mir, sie kommen nur aus einem einzigen Grund.“

„Wenigstens passt Frau Bertha auf uns auf“, sage ich nach einer Weile.

„Frau Bertha kümmert sich um niemanden. Frau Bertha kümmert sich nur um sich selbst. Sie mag diese Maler, lädt sie hierher ein, damit sie sich Mädchen aussuchen können“, flüstert sie. „Sie bezahlen sie dafür. Wahrscheinlich nimmt Frau Bertha Geld dafür, dass du im Haus der reichen Frau arbeitest“, flüstert Christina weiter, während ich in die

Dunkelheit stiere und ihrem Atem lausche. „Wenn Bertha kein Geld bekommt, macht sie keinen Finger krumm. Es wird Zeit, dass du erwachsen und zur Frau wirst. Hör auf, so naiv zu sein", beendet sie ihre Rede und wendet sich von mir ab.

„Gute Nacht, Christina", sage ich in die Dunkelheit, aber sie antwortet nicht mehr. Ich bleibe wach und starre an die Decke. Ich werde nicht wie Christina sein. Eines Tages werde ich jemanden finden, der mich liebt und mich von hier wegbringen wird. Ich werde so sein wie die gnädige Frau.

„Wally, geh und putz das Zimmer der gnädigen Frau", weist mich die Haushälterin ein paar Tage später an. Ich nicke und mache mich auf den Weg. Ich klopfe vorsichtig an die geschlossene weiße Tür und warte auf die Erlaubnis, eintreten zu dürfen. Ohne diese darf ich das Zimmer nicht betreten.

„Herein", höre ich eine Stimme von drinnen.

Ich trete in das Zimmer und schließe die Tür vorsichtig hinter mir. Die gnädige Frau wendet mir den Rücken zu. Sie sitzt gegenüber der Kommode am anderen Ende des Zimmers. Sie betrachtet sich im Spiegel und kämmt ihr schwarzes Haar. Ihr modernes cremefarbenes Morgenkleid erinnert mich an die Art von Frauen, die auf dem Boulevard flanieren und sich mit Sonnenschirmen und Handschuhen an den Händen vor der Sommersonne schützen. Ich senke den Kopf, wende mich dem Schrank am Fenster zu und stelle den Edelstahleimer vorsichtig auf den Parkettboden. Ich soll das große Fenster reinigen. Mit dem nassen Lappen in der Hand drücke ich gegen das kühle Glas, kann es mir aber nicht verkneifen, ab und zu einen Blick auf die gnädige Frau am Frisiertisch zu werfen.

Das Gemälde, das ich vor ein paar Tagen gesehen habe, scheint verschwunden zu sein, nur der verzierte Paravent steht noch in der Ecke des Raumes. Die Frau fährt fort, sich vor dem Spiegel zu schminken und scheint meine Anwesenheit nicht zu bemerken. An der Wand hinter dem Paravent hängt ein großes, in Gold gerahmtes Bild. Es stellt ein Blumenfeld dar, das sich von der gelblichen Wand abhebt. Ich konzentriere mich auf das Fensterputzen und widerstehe dem Drang, einen Blick auf das Gemälde zu werfen. Es ist mit roten, gelben und grünen Flecken verziert. Ich hoffe, die gnädige Frau dreht sich nicht um und ertappt mich dabei, wie ich ihr hin und wieder einen Blick zuwerfe. Ich reiße ein Stück altes Zeitungspapier ab, das mir die Haushälterin mitgegeben hat, und wische damit langsam über das Fensterglas. Die Haushälterin hatte mir erklärt, dass das Blei im Zeitungsdruck das Glas zum Glänzen bringen wird. Als ich aus dem Fenster schaue, sehe ich Frauen mit weißen Spitzenschirmen auf dem Boulevard flanieren. In ihren cremefarbenen Kleidern wirken sie wie weiße Sommerschmetterlinge, die zwischen den Herren in braunen Anzügen und Zylindern schweben.

„Geh runter zum Fahrer und sag ihm, er soll sich bereithalten. Ich möchte in ein paar Minuten los. Sag ihm, dass er mich in die Vorstadt zum Haus des Malers bringen soll“, weist mich die gnädige Frau an. Schnell lege ich die zerrissene Zeitung weg.

„Jawohl, gnädige Frau", sage ich eilig, verlasse den Raum und flitze über die Seitentreppe in den ersten Stock.

„Er ist nicht hier. Such ihn draußen, in der Nähe des Eingangs", rät mir der Koch. Ich eile hinaus, verlasse das Haus durch den Seiteneingang und trete auf die sonnige Straße. Ich umrunde das Gebäude.

Der Fahrer steht in seiner grünen Uniform mit dem Rücken zu mir am Wagen der Familie. Er hält ein braunes Ledertuch in der Hand und putzt den messingglänzenden Kotflügel.

„Entschuldigen Sie bitte. Die gnädige Frau möchte, dass ich Ihnen sage, dass sie in ein paar Minuten zum Haus des Malers in die Vorstadt gebracht werden möchte", informiere ich ihn und versuche, wieder zu Atem zu kommen.

„Ich danke dir. Du kannst wieder an deine Arbeit gehen", antwortet er, öffnet die Autotür und entfernt die Plane, die die Ledersitze bedeckt. Ich trete noch einen Schritt näher und werfe einen Blick ins Auto. Es sieht aus wie ein schwarzer Metallkasten, der auf weißen Gummirädern steht. Vor dem Fahrersitz befinden sich ein rundes Lenkrad, ein Griff, eine seltsame Uhr und ein paar weitere Knöpfe. Ich gehe noch einen Schritt näher und berühre den kleinen Griff der verchromten Autotür, spüre seine Kühle.

„Fass bloß nichts an", schimpft der Fahrer. Er nähert sich der Tür, dreht mir den Rücken zu und poliert langsam die entstandenen Fingerabdrücke mit seinem braunen Tuch weg.

„Jawohl", antworte ich, drehe mich um und eile zurück zur Seitentür. Zuvor fahre ich mit dem Finger an der Seite des Wagens entlang und spüre das glatte und glänzend schwarzlackierte Metall. Wie muss es sein, ein solches Auto fahren zu können? Ich höre meine Schritte auf dem Kopfsteinpflaster, als ich das Gebäude wieder umrunde und zur Seitentür gehe. Ich hatte bisher nicht mal Gelegenheit, mit einer Pferdekutsche zu fahren.

Als ich den Korridor im zweiten Stock entlanggehe, sehe ich die gnädige Frau auf mich zukommen, die in ihrem Sommerkleid und mit einem breiten, blumengeschmückten Hut gekleidet ist. Schnell nähere ich mich der Wand und mein Blick senkt sich respektvoll. ^ 1qAIhr schönes schwarzes Haar ist zurückgesteckt und ihre Lippen sind geschminkt. In der Nähe der Haupttreppe hält sie inne, um mit der Haushälterin zu plaudern, ihre behandschuhte Hand ruht anmutig auf dem geschwungenen Holzgeländer.

„Wally, was glotzt du denn so?“, schimpft die Haushälterin, nachdem die gnädige Frau die Treppe hinuntergestiegen ist. Sie hat bemerkt, dass ich sie angestarrt habe.

„Ich entschuldige mich“, antworte ich unbeholfen und eile zurück in das Zimmer der gnädigen Frau, um meine Reinigungsarbeiten zu beenden. Diesmal muss ich nicht an die Tür klopfen, um die Erlaubnis zum Eintreten zu erhalten.

Ich drücke mein Gesicht an die saubere Scheibe und beobachte, wie sich der Fahrer beeilt, der gnädigen Frau die Autotür zu öffnen. Sie nickt ihm zur Begrüßung zu, während sie sich auf die Rückbank setzt. Er schließt die Tür und setzt sich hinters Steuer. Bringt er sie zu demselben Maler, der vor ein paar Tagen hier zu Besuch war?

Der Wagen setzt sich in Bewegung und fährt den Boulevard hinunter, verschwindet zwischen den Pferdekutschen und den langsam fahrenden Straßenbahnen in der Straßenmitte. Ich wende meine Aufmerksamkeit wieder dem Zimmer zu. Was soll ich als nächstes putzen?

Da entdecke ich auf dem rosa Stuhl neben der Kommode ein lavendelfarbenes Kleid. Ich hebe es auf und streiche mit den Fingern vorsichtig über den Stoff. Früher, in Herrn

Walners Geschäft, haben wir solche Stoffe an die reichsten Damen der Stadt verkauft. Er hat sich persönlich um diese Kundinnen gekümmert. Wir durften nur die einfache Kundschaft bedienen. Wie würde es sich anfühlen, ein solches Kleid zu tragen? Ich lasse den Stoff über meine Wange gleiten und genieße dessen Weichheit. Mit einer tanzenden Bewegung gehe ich in die Mitte des Raumes, presse das Kleid fest an meinen Körper und stelle mich vor den großen Spiegel. „Eines Tages werde auch ich ein solches Kleid tragen", flüstere ich meinem Spiegelbild zu. „Eines Tages wird ein berühmter Maler zu mir nach Hause kommen, um mich zu malen." Ich versuche, mein Haar mit den Fingern zu bändigen, denn für ein solches Gemälde muss ich perfekt aussehen.

Auf dem Frisiertisch liegt eine Haarbürste, aber ich traue mich nicht, sie anzufassen. Meine Hände greifen nach der Dose mit dem Rouge. Daneben entdecke ich eine Schale mit echtem Lippenstift und einen verlockend aussehenden Kosmetikpinsel. Was würde passieren, wenn ich etwas davon auf meine Lippen auftragen würde? Ich schaue noch einmal zur geschlossenen Tür hinüber, dann nehme ich etwas von dem Lippenstift und reibe ihn an die Innenseite meines Schuhs. Die Haushälterin würde mich sicher entlassen, wenn sie das herausfände.

Am Ende meines Arbeitstages mache ich mich auf den Rückweg zur Herberge. Auf meinem Weg kann ich es mir nicht verkneifen, am Schaufenster des Korsettladens, den ich ein paar Tage zuvor betreten habe, stehen zu bleiben. Vorsichtig vergewissere ich mich, dass mich niemand beobachtet. Ich bücke mich, kratze den Lippenstift mit dem Finger von der Innenseite meines Schuhs und trage ihn vorsichtig auf meine Lippen, während ich näher an die Schaufensterschreibe trete. Der Geschmack des Lippenstifts ist ungewohnt, aber nicht so bitter wie das Blut, das ich bei meiner Ankunft in der Pension auf meinen Lippen hatte. Ich lächle meinem Spiegelbild im Fenster zu und gehe weiter die dunkle Straße hinunter.

„Guten Abend, Frau Bertha", sage ich leise mit gesenktem Blick, als ich beim stickigen Empfang vorbeigehe. Ich stelle fest, dass das Foyer menschenleer ist. Auch auf den geblümten Sofas sitzt kein einziges Mädchen. Der hartnäckige Geruch von Berthas Zigarettenrauch erfüllt die Luft. Ich präsentiere Frau Bertha meine Lippen. Vielleicht hält sie mich jetzt nicht mehr für ein kleines Mädchen.

„Wally, was ist das auf deinen Lippen?"

„Nichts, Frau Bertha", sage ich und lege meine Hand auf das Treppengeländer.

„Wally, komm mal her", ruft sie mir zu. Ich drehe mich um und gehe auf sie zu. Es sollte mir erlaubt sein, Lippenstift zu tragen. Schließlich bin ich jetzt erwachsen. „Hast du etwa Lippenstift aufgetragen?", mustert sie mich, während sie die Zigarette zwischen ihren Fingern hält.

„Ja, Frau Bertha", antworte ich und beobachte sie genau. Sie ist nicht meine Mutter.

„Komm näher", weist sie mich an, verlässt ihren Arbeitsplatz und legt die Zigarette in den Aschenbecher.

„Jawohl, Frau Bertha", sage ich und bleibe vor ihr stehen. Sie ist etwas größer als ich.

„Wally, du darfst keinen Lippenstift tragen", sagt sie bestimmt, greift nach meinem Kinn und hält es fest umklammert.

„Aber... Frau Bertha", versuche ich sie zu beruhigen, während ich das Unbehagen ihrer Finger an meinem Kinn spüre.

„Nimm den Lippenstift ab." Sie lässt mein Kinn los, mustert mich aber nach wie vor.

„Die anderen Mädchen dürfen auch Lippenstift tragen", sage ich leise und senke meinen Blick.

Frau Bertha kehrt hinter den Tresen zurück, nimmt einen Zug ihrer Zigarette und sieht mich einen langen Moment an, wobei sie meine Lippen und mein schlichtes Kleid betrachtet.

„Hör gut zu, Wally. Du bist noch zu jung, und ich bin diejenige, die hier entscheidet und das Sagen hat. Wenn dir das nicht passt, kannst du gerne auf die Straße zurück und dich vor den Polizisten in Sicherheit bringen, die nachts nach Obdachlosen wie dir fahnden", sagt sie und bläst den Zigarettenrauch in den Flur.

„Jawohl, Frau Bertha", antworte ich. Ich drehe mich um und steige die Treppe hinauf. Ich werde ihr beweisen, dass ich reif genug bin, Lippenstift zu tragen.

„Na, musst du wieder hier auf dem Flur den Stuhl hüten?", stichelt eines der Mädchen im Wohnheim. „Was ist passiert? Hat Christina dich durch einen Mann ersetzt?" Sie geht an mir vorbei. Ich bleibe auf dem Stuhl sitzen und warte, bis Christina mit dem Mann in unserem Zimmer fertig ist. Ich habe keine Lust, auf der Straße spazieren zu gehen. Vorhin hat es geregnet und die Eingangshalle ist voller Männer und Mädchen, umgeben von Zigarrenqualm. „Setz dich dicht an die Tür und hör zu. Vielleicht lernst du etwas", sagt das

Mädchen, bevor sie sich auf den Weg zur Treppe macht. Mein Blick folgt ihr und ich strecke ihr als Zeichen meiner Verärgerung die Zunge heraus. Ihr halbdurchsichtiges Kleid flattert um sie herum und ähnelt den schaumigen Wellen eines Wasserfalls. Von den Mädchen im Wohnheim sind nur Erika und Christina nett zu mir. Christina hat vielleicht keine andere Wahl, aber Erika spricht gelegentlich mit mir, wenn ich allein auf dem Stuhl sitze.

Respektieren die Herren die Mädchen, wenn sie zu Besuch kommen? Mit den Fingern streichle ich die Lehne des Stuhls, auf dem ich sitze. Eines Tages, wenn ich erwachsen und berühmt bin, werde ich einen Mann haben, der mich respektiert, wenn er mich in meinem Zimmer besucht. Aber nicht hier, in dieser Herberge. Ich werde ein großes Zimmer haben, genau wie die gnädige Frau, mit großen Fenstern und einem schön verzierten Paravent.

Ich rücke den Stuhl näher an unser Zimmer und setze mich wieder hin. Durch die dünne Holztür höre ich das Knarzen der Bettfedern und gelegentliche Seufzer. Meine Finger fahren geistesabwesend die Nähte meines einfachen Kleides hinunter zu meinen Beinen. Ich erröte und spüre, wie der Stoff sanft meine Schenkel umschmeichelt. Plötzlich öffnet sich eine Tür im Korridor und ein Mann kommt heraus, der gerade sein Hemd zuknöpft. Als er an mir vorbeigeht, mustert er mich. Eilig lege ich die Hand in den Schoß, senke den Blick und warte darauf, dass er die Treppe hinuntergeht. Doch zu meinem Entsetzen geht die Tür nach einem Moment erneut auf und Erika tritt heraus. „Beweg dich mal ein bisschen und mach mir etwas Platz“, sagt sie. Ich rutsche zur Seite, damit sie sich neben mich setzen kann. Sie hat dünne Beine, im Gegensatz zu mir. Im Vergleich zu ihr fühle ich mich unbeholfen.

„Frau Bertha, hat sie dich wieder hierher geschickt?", lächelt sie mich an. Dabei rückt sie das schwarze Strumpfband über ihrem Bein zurecht. Ich beobachte, wie sie ihr Spitzenkleid hochkrempelt und das Strumpfband über ihre Oberschenkel zieht und mich bittet, ihr zu helfen. „Kupferkopf, kannst du mir helfen, es zu befestigen? Es löst sich ständig."

„Hat er dich gut behandelt?" erkundige ich mich, während ich mich zu ihren Füßen knie, das glatte Strumpfband sanft über ihre Schenkel ziehe und versuche, es an der Metallklammer des Strumpfbands zu befestigen.

„Ich sorge dafür, dass er sich wohlfühlt", lächelt Erika, „und wenn er sich wohlfühlt, bekomme ich, was ich will."

„Und was willst du?" Ich setze mich wieder neben sie und rücke näher an sie heran.

„Das ist fast egal. Ich kann alles von ihnen bekommen, alles was ich will", lacht sie, „und obendrein bezahlen sie mich noch dafür. Sie glauben, dass sie die Kontrolle haben, aber sie merken nicht, dass ich die eigentliche Macht habe."

„Frau Bertha findet mich noch zu jung", gestehe ich und blicke auf ihre entblößten Oberschenkel, die teilweise von den schwarzen Strumpfbändern bedeckt sind.

„Kupferschopf, natürlich bist du noch jung, aber schon bald wirst du es nicht mehr sein, und Frau Bertha wird nicht für dich entscheiden", beruhigt mich Erika und steht auf. „Lass uns einen Spaziergang durch die Stadt machen. Gib mir ein paar Minuten, um mich fertig zu machen, dann können wir uns an Frau Bertha vorbeidrücken." Sie verschwindet in ihrem Zimmer und kommt kurz darauf zurück: „Lass uns gehen." Sie zieht mich vom Stuhl hoch. Wir schleichen die Treppe hinunter. Ich beschließe, den Regen von vorhin nicht zu erwähnen. Dieser Ort erdrückt mich, ich muss unbedingt mal raus.

„Erika, wo wollt ihr hin?“ Frau Bertha erhebt sich vom Sofa im Eingangsbereich und kommt auf uns zu. „Erika, dieser Herr möchte dich vielleicht treffen“, sagt sie und weist auf einen schlanken Mann in blauem Anzug und Baskenmütze, der geduldig auf dem Sofa sitzt und wartet.

„Frau Bertha, Wally geht es nicht gut. Ich gehe mit ihr Medizin kaufen“, antwortet Erika.

Frau Bertha mustert uns misstrauisch, sagt aber nichts. Sie setzt sich wieder vor den schlanken Herrn.

„Siehst du?“ Erika lacht, als wir durch die regennassen Gassen laufen, „Wir können alles bekommen, was wir wollen. Wir müssen nur wissen, wie wir es anstellen!“ Sie rennt ausgelassen zwischen den Regentropfen hindurch. Ich versuche ihr zu folgen und dabei trocken zu bleiben. Nach einer Weile finden wir Schutz in einer der Gassen und warten darauf, dass der Regen aufhört.

Der kleine Platz ist mit Pfützen übersät, nur noch wenige Verkäufer sind auf dem Marktplatz. Sie sind damit beschäftigt, die Holzkisten auf ihre Karren zu laden. Zwischendurch versorgen sie ihre Pferde, die zum Schutz vor der Kälte in grobe Decken gehüllt sind. Die geduldigen Tiere vergraben ihre Nasen in Säcke voller Hirse und warten auf das Ende der Arbeit.

„Wally, lauf nicht weg!“, ruft Erika mir her, als ich mich einem der Pferde nähere. Ich breche den Versuch ab, die Nase des Pferdes zu streicheln. Stattdessen gehe ich weiter und folge ihr in Richtung der Hofburg. Als wir näher kommen, bleiben wir am Zaun stehen, in sicherer Entfernung vor dem imposanten Tor und den wachhabenden Soldaten. Wir klammern uns beide an den Eisenzaun und die schwarzen Metallstäbe, während wir die prunkvollen Kutschen und modernen Automobile bestaunen, die draußen geparkt sind. Die Fahrzeuge wirken sehr fremd auf mich, da sie nicht von Pferden gezogen werden und permanent laute Motorgeräusche von sich geben. Ich tröste mich mit dem vertrauten Geräusch der Pferdehufe, die auf dem Kopfsteinpflaster widerhallen.

„Einer der Herren, die ich kenne, hat auch so ein Auto", bemerkt Erika. „Er hat mir gesagt, dass er mich mal mitnehmen wird."

„Eines Tages werden wir als Gräfinnen auf einem großen Ball sein", erkläre ich Erika, löse meine Hände vom Eisenzaun und bewege mich weg vom Schloss. Eines Tages wird mir jemand versprechen, mit mir in einem Automobil spazieren zu fahren.

„Ein hübscher Prinz wird uns zum Tanz auffordern", träumt Erika.

„Lass uns gehen", sage ich, löse mich vom Zaun und gehe zurück auf die schummrige Straße.

„Wo willst du hin?", fragt Erika und holt mich ein.

„Ich will mir ein Kleid aussuchen", kichere ich und nehme ihre Hand. „Wie können wir ohne ein passendes Kleid auf einen Ball gehen?"

Unweit des Schlosses bleiben wir vor einem edlen Stoffgeschäft stehen. Schrittweise nähere ich mich dem Schaufenster, drücke mein Gesicht gegen die kühle Scheibe und erschaffe mir so eine kleine Oase aus Licht und Farbe in der aufkommenden Dämmerung. Drinnen lockt eine Vielzahl von Stoffrollen in verschiedenen Farbtönen. Die Stoffe erinnern an eine leuchtende Frühlingswiese in hellgrünen, türkisfarbenen und goldenen Tönen, die wie Blumen miteinander verwoben sind. Ich fasse an den Saum meines grauen Kleides, ziehe an dem groben Stoff und stelle mir vor, dass ich eine würdevolle Dame bin, die bereit ist, sich von einem Prinzen zum Tanz führen zu lassen.

„Ich werde ein hellgrünes Kleid wählen“, flüstere ich Erika zu.

„Ich werde ein Kleid in Goldtönen wählen.“ Sie drückt ihr Gesicht neben mich ans Fenster, so nah, dass ich ihren Atem hören kann.

„Meine Robe wird einen tiefen Ausschnitt haben, der meine Figur betont“, erzähle ich leise, „wie bei einer Dame.“

„Meins wird einen weißen Spitzenkragen haben, der meine Brust vor allen verbirgt. Nur nicht vor dem Herzog, spät in der Nacht, in unserem Boudoir“, erklärt Erika.

„Ich werde die ganze Nacht durchtanzen“, erkläre ich und wirble mit ausgestreckten Armen herum.

„Noch Tee, Fräulein Wally?“ Erika kommt auf mich zu und ahmt mit erhobener Hand das Einschenken einer Tasse Tee nach. „Dürfen es zwei Würfel Zucker sein oder vielleicht nur einer?“

„Was halten Sie von diesem entzückenden Gemälde, Fräulein Erika?“ Ich mache eine Geste in Richtung eines charmanten Cafés in der Nähe.

„Gleich, Fräulein Wally, ich unterhalte mich gerade mit ein paar Damen bei einem Stück Sachertorte“, erklärt Erika.

„Mit einem wahren Herren tanze ich die ganze Nacht“, verkünde ich, strecke die Hand nach einem imaginären Partner aus und lasse mich von meinen Füßen in rhythmischen Tanzbewegungen tragen. Im schwindenden Licht der untergehenden Sonne betrachte ich den lieblichen rosafarbenen Stoff in einem nahe gelegenen Schaufenster, der mit zarten Rosenmotiven verziert ist. Meine Bewegungen werden größer, ich drehe mich schneller und versuche, mein Kleid wie Blütenblätter im Wind flattern zu lassen.

„Wally, pass auf, sonst fällst du noch hin“, ruft Erika, aber ich halte nicht inne. Meine Füße bewegen sich schnell über das nasse Kopfsteinpflaster, noch eine Drehung, ich muss aufpassen, um nicht das Gleichgewicht zu verlieren. Eine weitere Drehung, den Blick auf die funkelnden Lichter des nächstgelegenen Cafés gerichtet, die einem leuchtenden, mit Sternen geschmückten Kronleuchter ähneln. Und wieder eine Drehung. Ich spüre, wie sich mein Atem beschleunigt.

„Fräulein, geht es Ihnen gut?“ Ich höre eine Männerstimme und öffne die Augen. Kurz ist mir schwindelig. Meine Hände suchen nach etwas, woran ich mich festhalten kann. Ich bekomme etwas zu fassen. Es ist der Spazierstock, den der Mann, der mich angesprochen hat, in Händen hält. „Fräulein, geht es Ihnen gut?“, fragt er mich erneut. Ich blicke keuchend zu ihm auf.

Er ist ein respektabler älterer Herr in einem dreiteiligen Anzug. In der Hand hält er eine Zigarre.

„Entschuldigung, gnädiger Herr, es ist alles in Ordnung.“ Ich löse meinen Griff von seinem Stock und betrachte seinen weißen Bart und seine runde Brille. Dabei merke ich, wie ich erröte.

„Sie hat nur auf der Straße getanzt“, sagt Erika, kommt an meine Seite und fasst nach meinem Arm.

„Anständige Mädchen tanzen nicht derart auf der Straße“, sagt der Herr und schaut mich noch eine Weile an, bevor er höflich seinen Hut lüftet. Er nimmt einen Zug von seiner Zigarre, dann wendet er sich in Richtung des Cafés ab. Er betritt den brodelnden Saal und verschwindet aus meinem Blickfeld. Von drinnen kann ich die Gesprächsfetzen und überschwängliches Gelächter hören.

„Lass uns gehen, Wally“, drängt mich Erika. „Frau Bertha sucht sicher schon nach uns. In der Herberge wartet bestimmt noch ein Herr auf mich.“

„Ich komme“, sage ich, aber mein Blick ist nach wie vor auf die Lichter des Cafés und die Menschen darin gerichtet. Ich werde nicht mein ganzes Leben lang ein Dienstmädchen sein. Ich werde einen Weg finden, aus Frau Berthas Herberge auszuziehen.

Als ich zwei Wochen später nach der Arbeit in die Herberge von Frau Bertha zurückkehre und wie üblich mit gesenktem Blick am Empfang vorbeigehe, fällt er mir auf.

Zuerst bin ich mir nicht ganz sicher, ob er es wirklich ist. Er trägt einen dunkelblauen Anzug, nicht seinen Malerkittel, den er bei seinem Besuch im Damenzimmer getragen hat. Er sitzt auf dem geblümten Sofa und lehnt sich bequem zurück. Er scheint sich hier wohl zu fühlen. Ich halte inne und werfe einen Blick auf Erika und zwei weitere Mädchen, die auf dem gegenüberliegenden Sofa sitzen. Erika lächelt mich an. Ihre Hand bewegt sich langsam, während sie einem anderen Mädchen das Haar mit einer kupferfarbenen Bürste kämmt, die mit rosa Blumen verziert ist.

„Walburga“, höre ich ein Flüstern und drehe mich um. Ich sehe Frau Bertha, die mit dem Maler neben dem Sofa steht. Sie trägt ihr übliches schwarzes Kleid und hält zwei Teetassen in der Hand. „Walburga“, nickt sie mir zu und gibt mir ein Zeichen, dass ich in Richtung Treppe gehen soll. Dann beugt sie sich hinunter, um dem Maler eine Tasse Tee anzubieten. Ich beobachte, wie seine großen Finger die zarte Porzellantasse mit großer Sorgfalt anfassen, als hätte er Angst, sie zu zerbrechen. Wird er sich an mich erinnern, wenn er mich sieht? Ich betrachte seine blauen Augen und seinen braunen Bart, der etwas unbeholfen absteht. Ich beobachte seine großen Hände und sehe, wie er die Teetasse an die Lippen führt. Vorsichtig nippt er daran. Vater hatte auch so einen Bart.

„Wally", flüstert Frau Bertha wieder und weist mir mit einer weiteren Geste den Weg zur Treppe. Der Maler stellt die Teetasse auf seinem Schoß ab. Sein Blick fällt auf mich. Warum habe ich mein rotes, hässliches Haar auf dem Nachhauseweg heruntergelassen? Ich stehe immer noch wie festgewachsen da und möchte mir am liebsten die Haarspitzen in den Mund schieben. Ich fasse nach oben und greife nach ein paar Strähnen.

„Wally!" Frau Bertha wird ungeduldig. Ich senke den Kopf und gehe eilig in Richtung Treppe, die in den zweiten Stock führt. Meine Wangen glühen vor Verlegenheit. Hat er mich erkannt? Als ich meine Hand auf das Geländer lege, drehe ich mich um und werfe einen kurzen Blick auf ihn. Seine blauen Augen starren mich an. Er lächelt. Auch Frau Bertha sieht mich an. Sie ist wütend. Ich gehe weiter die Treppe hinauf. Warum behandelt sie mich ständig wie ein Kind?

Christina ist nicht im Zimmer. Ich stehe vor dem Spiegel und betrachte meine roten Wangen, kneife ein paar Mal fest hinein, um den karminroten Ton zu intensivieren. Ich wünsche mir, dass er mich erkennt. Sieht er meinem Vater ähnlich? Sogar die gnädige Frau vertraut ihm. Ich schließe die Augen und stelle mir seine blauen Augen vor, die mich gerade noch angeschaut haben, bevor ich in mein Zimmer geschickt wurde.

Die Federn des Bettes knarzen, als ich mich auf das Eisengestell setze. Ich löse meine Schnürsenkel, werfe meine Schuhe mit Wucht auf den Holzboden und genieße das Geräusch, das sie beim Aufprall machen. In wenigen Augenblicken wird er sich ein anderes Mädchen aussuchen, um das er sich kümmert. Nicht mich. Ich liege auf dem Bett und starre an die Decke. Wie fühlt es sich an, wenn ein Mann auf einem liegt? Ich wünschte, ich wäre die zarte Teetasse, die er in seinen Händen hält.

Ich richte mich im Bett auf und öffne schnell mein Kleid. Ich muss mich beeilen. Dann öffne ich den Kleiderschrank und schaue mir mein armseliges Kleiderregal an. Christina lässt mich nicht mehr Platz nutzen. Sie sagt, ich sei noch nicht lange genug hier und habe mir noch kein eigenes Regal verdient.

Vorsichtig fahre ich über ihre Spitzenkorsetts, die im Schrank hängen. Ich spüre den weichen Stoff unter meinen Fingern. Einen Moment zögere ich, aber jetzt ist es an der Zeit, sich zu entscheiden. Das ist meine Chance.

Ich greife nach einem weißen Korsett, schlüpfe schnell hinein und ziehe die Schnürsenkel, so gut es geht, fest. Meine Brüste sind nicht so schön wie die von Erika oder Christina. Sie sind kleiner, nicht ganz so voll. Ich halte einen Moment lang inne. Was mache ich hier eigentlich? Christina wird wütend sein, wenn sie erfährt, dass ich ihr Korsett genommen habe. Aber eigentlich ist das egal. Er wird sich nie für mich entscheiden. Er wird sich nicht um mich kümmern.

Ich schnüre das Korsett auf, lege es vorsichtig in den Schrank zurück und wische mir die Tränen von den Wangen. Alles, was ich habe, ist mein einfaches Kleid. Ich ziehe es an und bürste mein Haar mit ein paar schnellen Strichen. Wie kann ich meine Brüste nur besser zur Geltung bringen? Ich nehme ein paar Socken aus dem Schrank und stopfe sie in meinen BH, um sie größer erscheinen zu lassen. Lippenstift? Vielleicht ist noch etwas davon in meinem Schuh. Ich versuche, die Reste des Lippenstifts aus dem Schuh zu kratzen, aber es ist kaum noch etwas übrig.

Obwohl ich mich bemühe, ihn großzügig aufzutragen und meine Lippen fest zusammenpresse, bleiben sie blass und hell, der natürlichen Lippenfarbe gleich.

Ob Christina merkt, wenn ich ihren Lippenstift benutze? Ich öffne das runde silberne Döschen, das auf dem Schminktisch steht, doch ich kann den Pinsel, den sie benutzt, nicht finden. Nach kurzem Überlegen tauche ich meine Fingerspitze vorsichtig in die weiche Masse und trage etwas davon auf meine Lippen auf. Ich betrachte mich im Spiegel, wobei der rote Lippenstift einen krassen Kontrast zu meinen Lippen bildet. Was habe ich nur getan? Damit fühle ich mich den anderen Mädchen gegenüber so unzulänglich. Aber ist das überhaupt noch wichtig?

Im Flur, kurz vor der Treppe, bleibe ich abrupt stehen. Vor lauter Aufregung habe ich ganz vergessen, meine Schuhe anzuziehen. Meine nackten Füße auf dem Holzboden wirken unglaublich blass. Habe ich noch Zeit, umzudrehen und sie rasch zu holen, bevor er sich ein anderes Mädchen aussucht? Unten mischen sich Gespräche und Gelächter mit dem Duft von Frau Berthas Zigarettenrauch.

Schritt für Schritt gehe ich die Treppe hinunter. Ich richte den Blick nach unten und gehe auf das Sofa zu, auf dem die Mädchen sitzen. Ich weiß, dass mich alle mit ihren Blicken verfolgen, aber ich gehe weiter, ignoriere die leisen Rufe von Frau Bertha und weiche ihrem Blick aus. Doch als ich das geblümte Sofa erreiche, stelle ich fest, dass es keinen Platz für mich gibt, um mich zwischen die anderen zu zwängen. Ich bleibe unbeholfen stehen und spüre, wie meine Wangen erneut zu glühen beginnen. Erika lächelt mir aufmunternd zu, während ich mir nervös eine Haarsträhne in den Mund stecke. Wie soll ich mich jetzt verhalten? Ich habe den starken Drang, zurück in mein Zimmer zu laufen, aber meine Füße fühlen sich schwer wie ein Sack Kohle im

Winter an. Ich kann mich nicht bewegen. Schließlich lasse ich mich zu den Füßen der anderen Mädchen auf den Boden sinken und versuche, meine Hüfte und meine Beine unter meinem Kleid zu verbergen, sodass nur meine nackten Füße zu sehen sind. Peinlich berührt senke ich den Blick. Dann spüre ich Erikas beruhigende Streicheleinheiten auf meinem Haar. Langsam und sanft beginnt sie, es zu bürsten. Mein Blick bleibt demütig, ich konzentriere mich auf die braunen Schuhe des Malers. Wie sehr sehne ich mich danach, dass er mich aus dieser Lage befreit, damit ich dem wachsamen Blick von Frau Bertha entkomme.

„Wer ist das?" höre ich ihn fragen. Könnte er sich doch an mich erinnert haben? Ich hebe leicht meinen Blick und sehe, wie Frau Bertha sich zu ihm hinunterbeugt und ihm etwas ins Ohr flüstert. Nach einem Moment sieht sie mich wieder an. Ich senke den Blick, doch sie sagt mir nicht, dass ich gehen soll. Ich spüre, wie mir Erika weiter die Haare bürstet.

„Sie ähnelt einem jungen Rehkitz", höre ich den Maler zu Frau Bertha sagen.

„Herr Klimt, sie ist noch jung. Sie ist neu hier", antwortet Frau Bertha.

„Junges Rehkitz, können Sie mich einmal ansehen?" Er wendet seinen Blick in meine Richtung. Langsam sehe ich ihm in die Augen. Er lehnt sich auf dem Sofa nach vorne und schaut auf mich herab. Sein Blick gleicht dem eines neugierigen Bären, der mich, die ich im Gras sitze, untersucht.

Ich lächle ihn an und werde mir meiner angemalten Lippen bewusst. Warum habe ich sie bemalt? Instinktiv will ich den Lippenstift abwischen und fahre mit dem Finger über meine Lippen. Erikas sanftes Bürsten der Haare beruhigt mich ungemein. Erneut beugt sich Frau Bertha zu ihm und flüstert ihm etwas zu. Ich kann seine Antwort nicht hören, aber ich fühle, dass ich nicht hier sein sollte. Ich sollte aufstehen, in den zweiten Stock laufen und mich in meinem Zimmer einschließen.

„Sehr gut", wendet er sich wieder Frau Bertha zu und gibt ihr etwas zu verstehen. Ich wünschte, er würde mich weiter ansehen.

„Ruhe", signalisiert Frau Bertha mit einem Nicken und fordert eines der Mädchen auf, sich vor Herrn Klimt zu positionieren. Er erhebt sich und nimmt ihre ausgestreckte Hand. „Monika, Erika", fährt sie fort und tippt auf ihre Hand, woraufhin beide aufstehen und nach oben verschwinden.

Mein Blick folgt dem Maler, Herrn Klimt, der an Liesels Hand langsam die Treppe in den zweiten Stock hinaufsteigt. Ich bleibe auf dem Boden sitzen und verfolge die schwarzen Stiefel von Frau Bertha, wie sie sich mir nähern und vor mir zum Stehen kommen. Ich spüre den kalten Boden unter meinen nackten Füßen.

„Du kannst jetzt aufstehen. Deine Vorstellung ist vorbei", teilt sie mir mit, als die Schritte des Malers auf der Treppe verklungen sind.

„Was meinen Sie, Frau Bertha?" Ich halte die Spitzen meiner Haare zwischen den Fingern.

„Wally, ich habe ein ganzes Wohnheim voller Mädchen. Du bist nicht die Erste und wirst auch nicht die Letzte sein, die versucht, hier Spielchen zu spielen", stellt sie sich über mich. „Geh zurück auf dein Zimmer. Bald kommt ein weiterer

Herr . Ich will nicht, dass er dich hier herumlungern sieht."

„Es tut mir leid, ich wollte nur so sein wie alle anderen Mädchen", sage ich. Ich werde ihr nicht sagen, dass ich will, dass mich jemand von hier wegbringt. „Wally, du bist kein kleines Mädchen mehr. Es wird Zeit, dass du aufhörst, dich so zu benehmen." Sie kommt näher, beugt sich vor und schlägt mir auf meine Hand, die meine Haarspitzen im Mund hält.

„Jawohl, Frau Bertha", antworte ich, stehe auf und gehe hoch in den zweiten Stock. Ich setze mich auf den Stuhl im Flur und warte.

„Ach, und Wally", ruft sie, als ich mit der Hand das Geländer umfasse.

„Ja, Frau Bertha?" Ich bleibe stehen und schaue sie an.

„Dein kleiner Auftritt hat funktioniert. Er wollte dich."

„Was meinen Sie?" Ich sehe sie an. Er hat sich doch ein anderes Mädchen ausgesucht. Mich hat er nicht gewollt. Will er mich jetzt auch? Einen Moment lang überkommt mich eine kalte Welle der Angst.

„Er möchte, dass du morgen Abend mit Erika zu ihm kommst."

„Danke, Frau Bertha." Große Erleichterung verdrängt meine Angst. Ich werde alles tun, was nötig ist, damit er mich bemerkt. Ich werde einen Weg finden, um hier wegzukommen.

„Wally!" Sie sieht mich an.

„Ja, Frau Bertha?"

„Du wirst von ihm nicht das bekommen, was du glaubst, das er dir gibt", sagt sie und wendet sich ab. Sie geht zu ihrem Tresen, nimmt eine braune Zigarette aus der silbernen Schachtel, zündet sie an und bläst den Rauch langsam und bedächtig aus.

4. Das erste Porträt

„Hast du nichts anderes, was du anziehen kannst?“ Frau Bertha läuft im Kreis um mich herum und mustert mich wie jeden Morgen, bevor ich zur Arbeit gehe. Jetzt aber ist es Nachmittag und ich bin zurück. In meinem schlichten Kleid stehe ich erwartungsvoll vor ihr.

„Nein, Frau Bertha, das ist mein bestes Kleid.“

„Vielleicht könnte ein Gürtel helfen?“, schlägt Erika vor, als sie gerade die Treppe hinunterkommt. Sie umweht ein Duft von süßen Rosen. Als ich aus dem Haus der gnädigen Frau zurückgekommen bin, hat sie gerade ein Bad in der Edelstahlwanne in unserem gemeinsamen Badezimmer genommen. Ich beobachte sie, wie sie sich heißes Wasser aus einem Eimer übergießt, den sie zuvor auf dem Herd erhitzt hatte.

„Nein, ein Gürtel wird nicht ausreichen. Sie braucht ein neues Kleid“, antwortet Frau Bertha und zieht mein Haar fest zu einem Dutt zusammen. Sie steckt mir Haarnadeln ins Haar. Ich versuche, ein Zucken zu unterdrücken. „Und auch modernere Schuhe“, fährt sie fort und spricht dabei mehr zu sich selbst. Als sie die Schnüre meines Kleides fest zuzieht, stockt mir kurzzeitig der Atem. Ich schaue auf meine alten Schuhe hinunter. Vielleicht habe ich genug Zeit, um nach oben zu gehen und etwas Fett aufzutragen, um wenigstens einen Hauch von Glanz zu erzeugen.

„Eines Tages wird sie eine von uns sein“, lacht Erika.

„Dafür ist sie noch zu jung“, antwortet Frau Bertha, die mich mit ihren blaugrauen Augen mustert, als würde sie eines ihrer Schafe inspizieren, das sich in ihrer Obhut befindet. Sie sieht aus wie ein deutscher Schäferhund, der eine Schafherde streng bewacht. „Erika, dreh dich mal, damit ich dich ansehen kann", sagt sie schließlich und kontrolliert ihre Kleidung.

„Bin ich vorzeigbar?" Erika lächelt und wirbelt einmal um die eigene Achse. Ihr Kleid flattert wie ein gelber Schmetterling im Sommer.

„Du solltest jetzt gehen, bevor ich es bereue, dass ich dich gehen lasse. Schließlich kommen bald die Herren und wollen dich vielleicht ganz für sich allein, Wally. Hast du die Adresse von Herrn Klimt?" fragt Frau Bertha.

„Jawohl, Frau Bertha", bestätige ich und greife in die Tasche meines Kleids, um mich zu vergewissern, dass der Zettel mit der Adresse, den sie mir gegeben hat, noch da ist.

„Lass uns gehen, Rotschopf", sagt Erika, die einen breitkrempigen Hut mit einer Schleife trägt. Sie greift nach meiner Hand, um mich zur Haustür zu führen. „Auf Wiedersehen, Frau Bertha", lächelt sie sie an. „Wir werden nicht allzu lange weg sein."

Der Regen hat aufgehört, und die letzten Strahlen der Herbstsonne fallen in die stille Gasse. Hand in Hand gehen wir die Straße hinunter, vorbei an einem alten Pferd, das langsam einen Versorgungswagen zieht. Vor dem Pfandhaus bleibe ich kurz stehen und spähe durch das vergitterte Fenster. Wie lange ist es her, dass ich hier meinen Ring versetzt habe? Ich versuche, mich zu erinnern. Dieser Tag kommt mir wie eine ferne Erinnerung vor, obwohl erst so wenig Zeit vergangen ist.

„Wally, wir müssen uns beeilen", Erika zieht mich weiter und wir gehen auf die Hauptstraße zu, die zum Palast und dann zur Ringstraße führt. Wir kommen an einem Laternenanzünder vorbei, der an einer Straßenlaterne steht und eine Leiter in der Hand hält. In diesem Teil der Stadt gibt es noch keinen Strom. Aber das Schloss und die umliegenden Straßen haben schon welchen, und die Leute schalten das Licht ein, indem sie einfach einen kleinen Schalter umlegen.

Ein glänzend schwarzes Auto fährt an uns vorbei, der Motor brummt wie ein ausgewachsenes Schwein. Der Fahrer hupt zweimal, um uns zu signalisieren, dass wir die Straße räumen sollen. Ich werfe einen Blick auf die Dame, die neben einem Herrn auf der Rückbank sitzt. An ihrem Hals blinkt eine Diamantenkette. Sie blickt geradeaus, ohne unsere Anwesenheit zu bemerken. Ich bleibe auf der Straße stehen und beobachte, wie das Auto in Richtung Schloss Schönbrunn davonfährt.

„Mit dem Geld, das wir von dem Maler bekommen, könnten wir uns eine solche Kette kaufen", kichert Erika. Mich überrollt eine Welle aus Eis, die meine Füße zum Erstarren bringt. Was wird er von mir erwarten? Was ist, wenn Mutter recht hat und ich zur Hure werde?

Ich lasse Erikas Hand los und beobachte den Laternenanzünder, wie er zum nächsten Licht geht, die Leiter anstellt und schnell hinaufklettert. Ich sollte in die Herberge zurückkehren. Was, wenn Frau Bertha recht hat und ich ihm nicht vertrauen sollte? Am Straßenrand sitzt eine ältere Frau und bettelt um Almosen. Bald wird es Nacht werden, und sie wird sich vor der Polizei verstecken müssen.

„Wally, wir kommen zu spät", klingt Erikas Stimme aus der Ferne und veranlasst mich, ihr nachzulaufen. Keuchend erreiche ich sie. Ich werde nicht so enden wie diese Frau. Ich werde eine Dame sein, die vor einem Maler sitzt, kein Dienstmädchen, das in einem luxuriösen Haus den Parkettboden schrubbt. Ich werde ein exquisites Kleid tragen und vornehme Herren im Salon meines eigenen

Hauses empfangen, wo es duftende Zigarren gibt und über Politik und die Erfolge des Kaisers gegen die serbischen Nationalisten debattiert wird.

Wir laufen die Hauptstraße hinauf Richtung Straßenbahn, vorbei an einem Bekleidungs- und einem Stoffgeschäft, die an eine Konditorei grenzen. Vor der Konditorei steht ein Auto mit dem Symbol des Kaiserreichs. Zwei Personen in blauen Uniformen laden Kuchen aus der Konditorei in das Fahrzeug. Eines Tages werde ich diese Konditorei betreten, ein Stück Zitronenkuchen bestellen und die berühmte Süßigkeit genießen, von der alle reden.

„Entschuldigen Sie bitte", sage ich zu einem Herrn im Anzug, der eine gefaltete Zeitung in der Hand hält, nachdem ich nur knapp einem Zusammenstoß mit ihm ausgewichen bin. Wir bleiben stehen, um einen offenen Wagen passieren zu lassen. Der Fahrer nickt mir zu und wir eilen weiter. Wir können es uns nicht leisten, zu spät zu kommen. Auf der Ringstraße beschleunigen wir unser Tempo und erwischen die langsam fahrende Straßenbahn. Außer Atem schaffen wir es, in den überfüllten Waggon einzusteigen. Ich quetsche mich zwischen Männer in Anzügen, die von der Arbeit kommen. Erika steht mit dem Rücken zu mir. Sie findet sich zwischen einem älteren Mann mit Zylinder und grauem Schnurrbart, der von ihrem goldenen Haar fasziniert ist, und einem jüngeren Mann wieder, der in eine aufgeschlagene Zeitung vertieft ist. „Kaiser Franz Josef droht, Truppen gegen serbische Nationalisten zu entsenden", lese ich die Schlagzeile der Zeitung. Ich lasse meinen Blick zu Erika schweifen, die mit dem älteren Mann ein Lächeln austauscht. Ich erinnere mich an die Worte meines Vaters, ‚Frauen sollten sich nicht mit Politik beschäftigen', als ich als Kind versuchte, die Artikel in der Zeitung auf unserem Wohnzimmertisch zu lesen. Ich muss mehr lächeln.

Christina sagt, dass Männer Frauen mögen, die lächeln.

„Die Fahrkarte bitte“, spricht mich der Schaffner an. Widerwillig überreiche ich eine Münze. Ich gebe sie mit einem Hauch von Traurigkeit ab. Auch wenn ich kaum Geld habe, bleibt mir nichts anderes übrig, als die Straßenbahn zu nehmen. Das Haus des Malers liegt am Rande der Stadt, und es ist schon spät.

Weit hinter dem verblassten Schloss Schönbrunn steigen wir aus und beginnen zu laufen. Hier sind die Straßen breiter und die Häuser haben weniger Stockwerke, meist nur ein oder zwei. Die mit Kopfsteinen gepflasterten Straßen haben sich in einen unbefestigten Feldweg verwandelt. Gelegentlich halten wir vor einem Hauseingang und vergleichen die Adresse mit dem Zettel, den ich in der Hand halte. Schließlich bleiben wir vor einem schwarzen Eisentor stehen. Dahinter liegt ein blühender Garten und ein Weg, der zu einem einstöckigen Haus führt. Wir haben das Haus des Malers erreicht.

Draußen wird es dunkel. Ich ziehe am Griff des Tores, höre, wie es sich knarrend öffnet. Wir schlendern den Kiesweg entlang, der zu einem weißen Haus führt. Ich stecke die Hand in die Tasche meines Kleides und streiche über den Zettel mit der Adresse. Ich bin versucht, die Nadeln zu lösen, die mein langes rotes Haar zusammenhalten und es zu einem Zopf zu flechten.

„Miau...“ Ich höre ein anklagendes Jammern, schaue

hinunter und entdecke eine weiße Katze mit schwarzen Flecken, die sich an meinem Bein reibt und jault.

„Hallo, du Süße“, sage ich und streichle ihr weiches Fell, während sie ihren Kopf in meine Handfläche drückt.

„Wally, komm schon“, flüstert Erika mir zu. Ich höre das leise Tapsen ihrer Schuhe auf dem Kiesweg zwischen den Blumensträuchern, aber ich bleibe bei der Katze und streichle sie. Ich genieße ihr weiches Fell. Meine Nervosität macht es mir schwer, weiterzugehen.

„Miau...“, maunzt die Katze noch einmal. Während ich versuche, mich zu beruhigen und sie in meine Arme zu nehmen, wandert mein Blick zur Tür. Da sehe ich ihn.

Er steht ganz in der Nähe, nahe bei Erika, und trägt einen weiten blauen Kittel, der mich an den erinnert, den er damals bei der gnädigen Frau getragen hat. Panik durchströmt mich und ich mache instinktiv einen Schritt zurück, die pummelige Katze fest in meinen Händen. Ich hatte nicht bemerkt, dass er aus dem Haus getreten war.

„Darf ich?“, kommt er auf mich zu und streckt die Hand nach der Katze aus.

Ohne ein Wort reiche ich ihm die Katze. Seine Finger berühren kurz meine, als er die Katze in seine Arme nimmt. Von seiner großen Hand geht eine Wärme aus, die mir einen Schauer über den Rücken jagt, obwohl, vielleicht könnte auch die kühle Abendbrise dafür verantwortlich sein.

„Katze“, informiert er mich, während sein Blick über mein Haar und mein Gesicht wandert.

„Ich entschuldige mich für die plötzliche Störung“, sage ich schnell. Meine Wangen werden heiß. Nur Erika weiß, wie sie mit der Situation umgehen muss und lächelt ihn an.

„Katze. Sie heißt Katze“, sagt er und streichelt das Tier, das in seinen Armen liegt. Er dreht sich um und beginnt, den Kiesweg zwischen den Büschen und

Bäumen hinunterzugehen. Die Katze ruht sicher in seinen muskulösen Armen. „Bitte, kommt herein", sagt er, ohne sich umzudrehen.

Ich folge ihnen und Herr Klimt wartet geduldig bis ich drin bin. Dann schließt er die Eingangstür. Ich bleibe stehen und nehme die Umgebung in Augenschein. Das Haus unterscheidet sich stark von dem der gnädigen Frau, bei der ich arbeite. Das geräumige Zimmer ist weiß gestrichen, die Schlichtheit ist bemerkenswert. An den Wänden fehlen Bücherregale oder vergoldete Spiegel, die das andere Haus schmücken. Opulente Teppiche, prunkvolle Statuen und zartes chinesisches Porzellan gibt es hier offensichtlich auch nicht. Die Deckenbeleuchtung ist eine bescheidene Lampe und kein prächtiger, glitzernder Kronleuchter. Der einzige Kontrast zu den makellos weißen Wänden bilden die schwarz gestrichenen Türrahmen.

Herr Klimt lässt die Katze los, die ihm aus der Hand springt und in einem der Zimmer verschwindet. Ohne ein Wort zu sagen, wie ein Hirte, der über das Feld schreitet und darauf vertraut, dass ihm die Herde folgt, geht Herr Klimt weiter über das polierte und glänzende Parkett. Wir folgen ihm und gehen durch eine offene, schwarz gestrichene Tür in einen noch größeren Raum - könnte dies sein Atelier sein?

Mehrere Staffeleien mit Bildern in verschiedenen Stadien der Fertigstellung stehen an der Seite. Daneben befinden sich Holzkisten mit Pinseln. Ich betrachte die unvollendeten Gemälde und erkenne die gnädige Frau auf einem von ihnen. Ihr stolzes und erlesenes Antlitz ist bereits dargestellt, ebenso ihre ebenholzfarbenen Locken. Doch ihre Kleidung ist noch unvollendet. Die Leinwand ist mit gelben und goldenen quadratischen Pinselstrichen verziert.

„Herr Klimt, sollen wir uns dort positionieren?“ fragt ihn Erika und zeigt auf das große Bett in der Ecke des Raumes. Es ist mit einer schwarz-weiß gestreiften Tagesdecke bedeckt. Ist das der Grund für unsere Einladung?

Ich suche nach der Katze. Obwohl ich weiß, dass es widersinnig ist, kann ich mich nicht dazu durchringen, dem Maler oder Erika in die Augen zu sehen. Ich könnte die Katze ausfindig machen, sie in den Arm nehmen und ihr samtiges Fell streicheln, dann wäre sicher alles in Ordnung. Wird Erika mich beschützen?

„Was immer Ihr für richtig haltet, fühlt euch wie zu Hause“, lächelt Herr Klimt ihr zu. „Ich bin gleich wieder da.“ Er verlässt den Raum, und ich bleibe in der Mitte des Zimmers stehen. Ich sehe Erika an, wie sie ihre Schuhe auszieht und sich auf das große Bett setzt.

„Rotschopf, setz dich“, sagt sie und gibt mir ein Zeichen, neben ihr Platz zu nehmen. Aber ich bleibe in der Mitte des Raumes stehen und halte weiter Ausschau nach der Katze. Im Stehen fühle ich mich sicherer.

„Geht es dir gut?“, fragt er mich, als er aus dem anderen Zimmer zurückkommt. Er hat sich einen anderen Kittel angezogen. Er ist schlichter und mit Farbe befleckt. Wahrscheinlich ist es derselbe Kittel, den er im Zimmer der gnädigen Frau anhatte. Ich muss Erikas Beispiel folgen und mich ebenfalls aufs Bett begeben.

„Ja, es ist alles in Ordnung.“ Ich versuche ein Lächeln, „ich wollte nur Ihre Bilder betrachten.“ Ich schaue in seine blauen Augen. Er ist viel älter als ich. Ich sollte keine Angst vor ihm haben. Ich sollte ihm vertrauen, so, wie die gnädige Frau es tut. Es war meine Entscheidung, in sein Haus zu kommen.

„Bitte setz dich aufs Bett, damit wir beginnen können." Er legt seine große Hand auf meine Schulter, und ich spüre die Wärme seiner Finger, als er mich zum Bett führt. Die Wärme seiner Hand beruhigt mich. Er wird mir zeigen, was zu tun ist.

„Sollen wir uns ausziehen?", fragt ihn Erika. „Wally, kannst du mein Kleid aufmachen?" Prompt wendet sie mir den Rücken zu, ohne eine Antwort abzuwarten. Ich öffne die Schnüre an ihrem Kleid. „Danke", lächelt sie mich an und zieht schnell ihr Kleid aus. Sie steht da, nur mit ihrem Mieder und den Strümpfen bekleidet. „Wir sind so weit", sagt sie zu Herrn Klimt, während sie das Oberteil ihres Mieders, das ihre helle Haut bedeckt, aufknöpft und ihre Brüste entblößt.

„Leg deine Hand auf deinen Oberschenkel", weist Herr Klimt sie an. „Ich zeige es dir", sagt er, nimmt ihre Hand und legt sie genau dorthin, wo er sie haben will. Ich höre nur ihren Atem. Was soll ich tun? Soll ich es ihr gleichtun? Es wird von mir erwartet, aber ich habe das Gefühl, nicht hierher zu gehören. Es ist, als würde ich mich selbst vom Eingang aus beobachten.

„Jetzt nicht mehr bewegen", weist er sie an, geht zur Staffelei, legt hellbraunes Papier darauf und beginnt zu zeichnen. Erika lächelt ihn an und bleibt in ihrer starren Position. Was ist mit mir? Erwartet er, dass ich mich ausziehe, bevor er mich malt? Warum will er nicht mit mir reden? Warum gibt er mir keine Anweisungen? Ich möchte so gerne mitmachen.

Ich trete ans Bett, nähere mich Erika, berühre sie fast und

fühle mich unwohl in dem Kleid, das ich trage. Ich will mich ausziehen. Meine Finger versuchen, die Schnüre des Korsetts zu öffnen, aber es gelingt mir nicht. Erika kann ich auch nicht um Hilfe bitten. Der Maler hat sie angewiesen, sich nicht zu bewegen. Was soll ich mit meinen Schuhen machen? Soll ich sie ausziehen? Ich schaue zu ihm auf. Er ist voll auf Erika konzentriert. Seine Hand hält den Stift und bewegt sich schnell über das Papier. Gelegentlich wirft er mir einen Blick zu, aber Erika steht im Fokus seines Interesses. Ich suche nach der Katze. Wenn ich sie nur halten könnte, würde ich mich entspannen. Aber sie ist nirgends zu sehen. Ich bleibe auf dem Bett sitzen, angezogen neben Erika. Nervös wende ich den Blick von ihren entblößten, weißen Brüsten ab. Er wird mich bestimmt nicht mehr einladen. Er wird mir auch nicht mehr die Hand auf die Schulter legen und mich anweisen, die richtige Position einzunehmen, wie er es bei Erika getan hat.

„Danke“, sagt er nach einiger Zeit zu Erika, „Du kannst dich wieder anziehen.“

„Kann ich das Bild sehen?“, sie steht auf und geht auf ihn zu. Sie macht sich nicht die Mühe, die Knöpfe ihres Unterhemds zu schließen. Ich beobachte, wie sie barfuß auf die Staffelei zugeht. Ihre schönen Brüste wippen bei jedem Schritt mit. Ich schäme mich, ihr dabei zuzugucken.

„Es ist eine Skizze, kein Gemälde“, antwortet er. „Willst du es sehen?“, wendet er sich an mich. Er beobachtet mich mit seinen blauen Augen und ich spüre eine unangenehme Kurzatmigkeit, trotz des geräumigen, aufgeräumten und gut beleuchteten Raumes. Ich schüttle ablehnend den Kopf und stelle mich an der Tür auf, um so zu tun, als würde ich die Katze suchen.

Er hat Erika vorgezogen. Warum konnte ich mich nicht ausziehen so wie sie? Welche Chance habe ich gegen ihre verführerischen Brüste und ihr entwaffnendes Lächeln, mit dem sie ihn anstrahlt? Liebevoll berührt sie seinen Arm, als er ihr beim Anziehen hilft. Sie wendet sich von ihm ab und erlaubt ihm, die Schnürsenkel ihres Kleides zu binden.

„Ich bin froh, dass du gekommen bist, Erika." Er legt ihr die Hand auf den Rücken und begleitet sie zur Tür.

„Danke, gnädiger Herr", antwortet sie.

„Dir auch eine gute Nacht. Du hast mir nicht einmal deinen Namen verraten", wendet er sich mir zu. Dabei steht er so dicht vor mir, dass ich aufblicken muss.

„Ich heiße Walburga, gnädiger Herr, aber alle nennen mich Wally", sage ich. Er riecht gar nicht nach Zigarette.

„Du bist ein wahres Fuego, mein kleines Rehkitz." Er streichelt meine Hand und beugt sich vor, um mich auf die Wange zu küssen, so wie es in Frankreich üblich ist. „Das Wort ‚fuego' bedeutet Feuer auf Spanisch", flüstert er mir ins Ohr, während er sich auf die andere Seite beugt, um meine zweite Wange zu küssen. „Du bist wie ein Feuer, das darauf wartet, entzündet zu werden. Ich spüre seine warmen Lippen, die über meine Wangen flattern, als wären es Liebkosungen einer liebenden Hand. Am liebsten möchte ich mich an seine Lippen klammern. Es ist mir so peinlich.

„Danke, gnädiger Herr", sage ich, öffne die Tür und eile hinaus in die kalte Luft des Gartens. Mein Gesicht ist hochrot. Von hinten höre ich, wie Erika sich von ihm verabschiedet und mir im Dunkeln auf dem Kiesweg folgt.

„Wally, kannst du nochmal kurz herkommen?", höre ich ihn sagen.

„Jawohl, Herr Klimt", drehe ich mich um, gehe auf ihn zu und an Erika vorbei, die auf mich wartet. Ob er merkt, dass ich rot geworden bin?

„Mein kleines Rehkitz“, lächelt er mich in der Dunkelheit an, legt seine Handfläche an meine Wange und streichelt sie sanft. Seine Berührung ist warm und angenehm, auch wenn seine Handfläche so riesig ist. „Ja, Herr Klimt?“, hebe ich ihm meinen Kopf entgegen und lege meine Wange an seine warmen Finger.

„Rothaariges Fuego, ich möchte, dass du morgen früh allein kommst.“ Er nimmt meine Hand und hält sie fest. Dann holt er einige Münzen aus seiner Tasche und legt sie in meine Handfläche. Ich spüre die kühle Abendbrise auf meiner Haut, wo eben noch seine warme Handfläche war. „Ich möchte dich mit meinem Bleistift besser kennenlernen.“

„Danke, Herr Klimt“, hauche ich.

„Du kannst mich Klimt nennen.“ Er lächelt mich an, aber ich kann ihm nicht antworten, weil ich Angst habe, meine Worte durcheinander zu bringen. Ich drehe mich um und laufe zu Erika, die am offenen Eisentor auf mich wartet.

„Worüber habt Ihr gesprochen?“, fragt sie, als ich das Tor hinter uns schließe und wir den dunklen Feldweg hinunter in Richtung der Straßenlaterne gehen, die die Hauptstraße markiert.

„Er hat mich gefragt, ob ich die Katze mag.“ Ich stecke meine Hand in die Tasche meines Kleides und halte die Münzen fest, die er mir gegeben hat. Ich spüre noch immer die Berührung seiner Lippen und seiner Handfläche auf meiner Wange. Ich lächele in der Dunkelheit vor mich hin. Er will, dass ich morgen früh wieder zu ihm komme, diesmal allein. Aber dann höre ich auf zu lächeln. Wie soll ich das mit meiner Arbeit im Haus der gnädigen Frau vereinbaren?

„Walburga, du bist fertig", sagt Frau Bertha, als sie am nächsten Tag um mich herumgegangen ist. Sie mustert mein Kleid und mein sorgfältig frisiertes Haar. Wird sie merken, dass ich sie anlüge? Kann sie meine Gedanken lesen? Ich drücke meine Daumen so fest, bis es weh tut. Ich hoffe, sie merkt nicht, wie angespannt ich bin.

„Danke, Frau Bertha." Ich richte meinen Blick auf das geblümte Sofa im Eingangsbereich und höre mein Herz klopfen. Meine Hand fährt wie von selbst nach oben und versucht, sich an meinen Haarspitzen festzuhalten, aber sie sind zusammengerafft. Eben noch hat Frau Bertha mein Haar zu einem Dutt aufgesteckt. Vor ihr kann ich die Nadeln nicht entfernen.

„Hände hinter den Rücken. Benimm dich", schiebt sie meine Hand weg. Ich richte mich auf und lege meine Hände wieder auf dem Rücken ab. Ich spüre, dass ich erröte.

„Worauf wartest du noch? Sie werden nicht den ganzen Tag auf dich warten. Es ist eine angesehene Familie." Sie wendet sich von mir ab und geht in den zweiten Stock, um die anderen Mädchen zu wecken. Ich atme erleichtert auf und eile in die Morgenbrise hinaus auf die regnerische, kalte Straße. Sie hat nicht bemerkt, dass ich sie belogen habe.

Später, als ich den breiten Boulevard überquere und die Straßenbahnen an mir vorbeiziehen, wähle ich absichtlich eine Straße fernab vom Haus der gnädigen Frau und nehme damit einen großen Umweg in Kauf. Werden sie Frau Bertha Bescheid geben, dass ich nicht zur Arbeit erschienen bin? Sie könnten sich auf die Suche nach einem Ersatz für mich machen und ich würde meine Anstellung verlieren. Jedes Mal, wenn ich ein Auto kommen höre, wende ich mich instinktiv ab, in der Hoffnung, dass es nicht das Fahrzeug der Familie ist und dass mich der Fahrer nicht erkennt, um in der Folge die Haushälterin zu benachrichtigen. Noch kann ich meine Meinung ändern, an meinen Arbeitsplatz eilen und erklären, dass ich auf dem Weg aufgehalten wurde. Die ganze Nacht habe ich wach gelegen und Christinas Atem gelauscht. Ich wollte sie um Rat fragen, hatte aber Angst, dass sie versuchen könnte, mich von meinem Vorhaben abzubringen.

Meine Finger umklammern den Kragen des Mantels und verschließen ihn fest gegen den kalten Herbstwind. Ich erblicke einen schwarzen Wagen, der auf der grauen Straße vorbeifährt und gehe weiter auf sein Haus zu. Er hat den Wunsch geäußert, mich wiederzusehen. Er erwartet mich. Ich kann es mir nicht leisten, ihn zu enttäuschen.

Als ich vor dem schwarzen Eisentor stehe, halte ich einen Moment inne, atme tief durch und versuche, meine Nerven zu beruhigen. Mit den Fingern spiele ich mit meinem aufgesteckten Haar. Ich genieße dessen Geschmeidigkeit. Ich darf es nicht durcheinanderbringen, ich muss es ordentlich halten, so wie Bertha es mir am Morgen zurechtgelegt hat. Unter meinem einfachen Kleid trage ich ein Spitzenmieder, das ich mir von Erika geliehen habe. Ich habe ihr gesagt, dass ich mein eigenes waschen muss und sie gefragt, ob sie mir eins leihen kann.

Ich drehe den Griff des Tores und öffne es langsam, wobei ich das Knarren der rostigen Scharniere höre. Ich zögere, den Weg zur Tür zu gehen, aber es ist zu spät, um etwas zu bereuen. Das ist meine Chance, mich aus Frau Berthas Griff zu befreien.

„Katze“, murmle ich und gehe den Weg entlang. Flüsternd durchsuche ich das Gebüsch, „Katze, wo bist du?“ Aber ich entdecke sie nicht, und schließlich stehe ich vor der Tür und sehe mich um. Soll ich weiter nach der Katze suchen? Meine Finger fassen noch einmal in meinen Mantelkragen. Der glatte Stoff des Mieders jagt mir einen kurzen Schauer über den Rücken. Dann öffnet sich die Tür.

„Komm rein“, sagt Herr Klimt zu mir, während er im Eingang steht und die Katze in Händen hält. Ich husche in das warme Haus. Hat er mich vom Fenster aus beobachtet und gesehen, dass ich in seinem Garten spazieren gegangen bin? Ich stehe mitten im Zimmer und höre, wie sich die Tür hinter mir schließt. Ich bemerke, dass ich unhöflich gewesen bin, weil ich ihn an der Haustür nicht begrüßt habe. Ich spüre seine Präsenz, die den ganzen Raum erfüllt, aber ich bin zu schüchtern, um etwas zu sagen.

Auch Herr Klimt sagt nichts, sondern tritt ein und geht an mir vorbei, als wüsste er, dass ich ihm folgen würde. Ich erinnere mich an Erikas Verhalten und tue es ihr gleich, um mich wie jemand mit Erfahrung zu verhalten. Er soll mich auf keinen Fall für ein unerfahrenes Mädchen halten.

„Herr Klimt, so wie beim letzten Mal?“ sage ich, als ich ihm ins Atelier folge. Ich weiß schon, was ich zu tun habe, denn ich habe beobachtet, wie Erika es gemacht hat, als wir zusammen hier waren.

Ohne auf eine Anweisung zu achten, gehe ich zu dem großen Bett an der Wand, setze mich darauf und ziehe meine Schuhe aus. Die Wärme des Parkettbodens umhüllt meine Füße. Was hatte Erika als nächstes gemacht? Ich stehe auf, gehe auf ihn zu, drehe ihm den Rücken zu und sage: „Könnten Sie mir bitte mit meinem Kleid behilflich sein?“

Durch den Stoff meines Kleides hindurch spüre ich, wie seine Finger meinen Rücken berühren und die Bänder des Korsetts lösen. Mit einer geschickten Bewegung zieht er sie aus den Schlaufen und streichelt dabei meinen Rücken. Trotz des dicken Stoffes spüre ich die Wärme seiner Finger und seinen Atem. Er ist mir so nah. Auch Herr Walner hat mich damals auf ähnliche Weise berührt, aber er ist mit seiner Hand viel tiefer gerutscht und war alles andere als sanft. Ganz anders als Herr Klimt. Ich spanne meine Schenkel fest an.

„Alles in Ordnung? Du zitterst ja“, fragt mich Herr Klimt, während seine Finger weiter meinen Rücken berühren.

„Alles in Ordnung“, antworte ich ihm. Er ist nicht wie Herr Walner, der fürchterlich nach Tabak gestunken hat. Er wird mir nicht das antun, was Herr Walner versucht hat. Er wird mich beschützen.

„Fertig. Dein Körper ist von allen Schnüren und Schlössern befreit“, flüstert er mir zu und umarmt für einen Moment meine Taille. Ich löse mich von ihm und bewege mich auf das Bett zu, das auf mich wartet. Jetzt muss ich tun, was Erika getan hat, ohne nachzudenken.

In einem Ruck kremple ich mein Kleid hoch, werfe es auf den Boden, setze mich vor ihn auf das Bett und beginne, mein Mieder aufzuknöpfen. Dann entblöße ich meine Brüste vor seinen Augen. Ich sehe an mir herunter und merke, wie ich erröte. Meine Finger haben große Mühe, die kleinen Knöpfe des Mieders zu öffnen, aber ich mache weiter. Ich werde jetzt nicht aufhören. Ich bin aus einem bestimmten Grund in dieses Haus gekommen.

Ich höre seine Schritte auf dem Boden, als er sich nähert. Die Matratze verrutscht, als er sich auf das Bett setzt. Er ist sehr nah. Meine Hände erstarren und mein Blick ist auf meine weißen Schenkel gerichtet, die das kurze Mieder nicht bedecken.

„Ruhig, mein verängstigtes Rehkitz.“ Er greift mit seiner warmen Hand sanft nach meinem Kinn und zwingt mich, es anzuheben. Ich schaue in seine blauen Augen und sein Gesicht. Er ist so nah bei mir, dass ich seinen Atem hören kann. „Ganz ruhig, keine Angst“, lächelt er mich an, „ein Knopf nach dem anderen.“ Er führt seine Finger an mein

Mieder und schließt zwei Knöpfe, so dass nur noch einer offen ist und meine Brüste wieder bedeckt sind. Ich schaue ihm weiter in die Augen. Will er mich nicht? Ist ihm Erika lieber?

„Aber ich will es", gelingt es mir, ihm zuzuflüstern.

„Ich weiß, dass du es willst. Du bist Fuego, du bist Feuer", seine Finger streicheln meine Wangen und wandern zu meinen Haaren, beginnen, eine Haarnadel nach der anderen herauszuziehen. Er wirft sie weg, als wäre er ein Hufschmied, der ein Hufeisen von einem Pferdefuß löst. Ich höre das leise Klicken der Haarnadeln, als sie auf dem Parkett aufschlagen, „Das Feuer wartet immer darauf, dass jemand ein Streichholz anzündet. Feuer hat die Geduld, den richtigen Moment abzuwarten." Er lehnt sich ganz nah an mich. „In der Zwischenzeit solltest du deine Flamme nicht verstecken." Seine Hände streichen mein lockeres Haar über die Schultern. Ich möchte, dass er mir noch näher kommt und mich umarmt. Ich bin schon so lange nicht mehr umarmt worden.

„Danke." Ich schaue ihm in die Augen und greife in meine Haarspitzen, will sie mir in den Mund nehmen. Aber ich unterlasse es, denn ich bin kein kleines Mädchen mehr.

„Nicht bewegen." Er lässt seine Hand über meine Taille gleiten und berührt meine Schenkel, öffnet sie ein wenig. Herr Walner hat mich dort berührt. Ich zittere.

„Alles in Ordnung?", fragt er.

„Ja, es ist alles in Ordnung", versuche ich ihn anzulächeln und spreize meine Schenkel noch ein wenig mehr. „So?"

„Ja", lächelt er mich an, „lehn dich zurück." Er legt meine Hand auf die weiche Matratze und führt meine Handfläche in den richtigen Winkel. „Nicht bewegen." Er steht auf und geht zur Staffelei, legt hellbraunes Papier darauf und beginnt zu zeichnen.

Ich schaue ihm in die Augen und beobachte, wie sie zwischen meinem Körper und dem Papier hin und her wandern. Seine Hand, die den Bleistift hält, ist in ständiger Bewegung. Wird er versuchen, etwas mit mir zu machen, wenn wir fertig sind? Es fällt mir schwer, so lange still zu halten. Auch die Katze, die sich an meinem Rücken reibt, lenkt mich ab. Aber ich versuche, mich nicht zu bewegen und das Tier zu ignorieren. Ich werde Herrn Klimt zeigen, dass ich erwachsen bin und weiß, wie man ein gutes Modell ist.

„Wir sind fertig, danke", sagt er nach einer langen Zeit und holt sich die Katze auf seinen Schoß. „Du warst gut."

Ich bleibe noch einen Moment in der Position. Soll ich jetzt aufstehen und mich anziehen? Was erwartet er von mir? Was würde Erika jetzt tun? Ich öffne meine Schenkel ein wenig mehr. Meine Hand spielt mit meinem Haar. Aber er dreht mir den Rücken zu und ist bereits damit beschäftigt, seinen Farbkasten zu ordnen, während die Katze an seinem Bein schnurrt. Schließlich erhebe ich mich vom Bett und ziehe mein Kleid und meine Schuhe an. Dabei versuche ich, die Bänder an meinem Mieder so weit wie möglich selbst zu binden, ohne ihn um Hilfe bitten zu müssen. Trotz seiner freundlichen Worte von vorhin hat er nicht versucht, etwas mit mir anzustellen. Er scheint kein Interesse an mir zu haben. Ich spüre, wie mir die Tränen in die Augen steigen.

„Auf Wiedersehen", murmle ich und gehe mit Blick auf die grauen Wolken, die ich im Fenster sehe, zur Tür.

„Fuego, warte." Er dreht sich um und kommt auf mich zu, „Du kannst nicht wie ein Reh über die offene Wiese rennen, ohne dich von mir vor all den Jägern beschützen zu lassen." Er umarmt mich. Ich spüre, wie sich seine warmen Hände um mich legen und mich näher an sich ranziehen, wie seine

Hand über mein Haar streicht. Er sorgt sich um mich. Ich wische mir die Augen und klammere mich an ihn, will nicht, dass er damit aufhört. „Das ist für dich", sagt er nach einem Moment, entfernt sich und holt einige Münzen aus seiner Tasche. „Du warst heute ein gutes Modell."

„Danke, Herr Klimt." Ich strecke meine Hand aus und lächle ihn an. Dann greife ich nach dem Geld und eile hinaus, die kalten Münzen in der Hand. Er kümmert sich um mich.

Ich habe es nicht eilig, in die Herberge von Frau Bertha zurückzukehren. Bis zum Nachmittag habe ich noch Zeit. Frau Bertha darf auf keinen Fall Verdacht schöpfen, dass ich nicht zur Arbeit im Haus der gnädigen Frau erschienen bin. Ich schlendere durch die Straßen der Stadt. Der kalte Wind stört mich nicht. Vor dem Pfandleihhaus bleibe ich stehen und fühle die Münzen in meiner Kleidertasche. Bald werde ich genug Geld haben, um Vaters Ring zurückzukaufen. Doch dann drehe ich mich um und gehe zurück zur Hauptstraße, laufe schnell und schaue mir die verschiedenen Schaufenster an. Vor einem Kleidergeschäft bleibe ich stehen. Mein Blick fällt auf die lavendelfarbene Stoffrolle. Der Stoff ist so schön. Daneben hängt ein modernes Kleid. Niemand hat mir je ein eigenes Kleid gekauft. Ich habe immer gebrauchte Kleider von meiner Mutter oder einer Nachbarin bekommen. Ich betrachte das Kleid. Zögernd gehe ich auf den Eingang zu, stoße die Glastür auf und trete ein. Ich werde schön sein für ihn, und er wird mich lieben und beschützen.

„Wie fühlt es sich an, ein Modell zu sein?", fragt eines der Mädchen Erika ein paar Tage später, und ich blicke zu Boden. Mir ist zum Heulen zumute. Seit dem letzten Mal hat er mich nicht mehr eingeladen.

„Es ist anders als mit den Männern, die hierher kommen", lacht Erika. „Jetzt bin ich mit einem Künstler zusammen. Ich bin nicht mehr nur eines von Berthas Mädchen." Ich lehne mich an die Wand des Empfangszimmers und beobachte die Mädchen, die auf dem fleckigen Blumensofa sitzen. Seit dem Morgen bin ich einige Tage alleine durch die Stadt gelaufen. Dass ich an jenem Morgen zu ihm gegangen bin, ist ein Fehler gewesen. Es hat mich meine Stellung im Haus der gnädigen Frau gekostet.

„Wally, setz dich doch zu uns", fordert mich eines der Mädchen auf. Ich blicke zu ihr. Sie steht neben dem Sofa hinter Erika, hält eine silberfarbene Haarbürste in der Hand und kämmt Erikas blondes Haar in langsamen Bewegungen. Sie lässt es zwischen ihren Fingern hindurchgleiten, bis es sich kräuselt. Am Ende glänzt es wie eine Kaskade von Sonnenstrahlen, die auf einen Seidenvorhang fällt, der an einem Frühlingsmorgen in einem offenen Fenster weht.

„Wally kennt ihn auch", wendet Erika ihr Gesicht dem Mädchen zu, das sie bürstet, und lächelt sie an, „wir waren einmal zusammen bei ihm. Komm, Wally, setz dich zu uns", sagt sie zu mir. Mit ihren grünen Augen mustert sie mein schlichtes Kleid: „Erzähl ihnen, wie er ist."

„Er ist nett", sage ich und suche einen Platz, wo ich mich hinsetzen kann. Das andere Sofa, auf dem normalerweise die Herren sitzen, ist jetzt leer, aber ich will mich nicht daraufsetzen und keines der Mädchen macht mir Platz. Ich bleibe stehen und schaue auf das leere Sofa auf der anderen Seite des Raumes. Wird er hierher kommen und mich suchen?

„Hat er dich nackt gezeichnet?“, fragt eines der Mädchen Erika.

„Beim ersten Mal, nein. Als ich mit Wally dort war, blieben wir angezogen, mehr oder weniger.“ Sie kichert, und die anderen Mädchen um sie herum lachen mit. Ich greife nach meinen Haaren, die zu einem Dutt hochgesteckt sind und beginne, die Haarnadeln zu lockern, die alles zusammenhalten. Es stört mich schon seit dem Morgen, als Frau Bertha mich frisiert hat. Mit meinen Fingern und etwas Gewalt entwirre ich das Haar und lasse es über meine Schultern fallen.

„Wally, warum nimmst du die Nadeln raus?“, will eines der Mädchen wissen. Die kleinen Metallnadeln fallen sanft auf den Steinboden und verteilen sich überall. Ich antworte ihr nicht.

„Wird er dein Bild in einer Ausstellung präsentieren? Wirst du nun berühmt werden?“, ist ein anderes Mädchen neugierig. Ich fahre mir mit den Fingern durchs Haar, schiebe mir die Haarspitzen in den Mund und zuckele daran.

„Ich weiß es noch nicht.“ Erika lehnt sich zwischen den Mädchen zurück. „Im Moment malt er mich nur. Aber er hat gesagt, dass er mein Haar mag. Er sagt, es kommt daher wie goldene Wellen.“

„Du hast wirklich goldenes Haar“, bestätigt das Mädchen mit der Bürste und bearbeitet Erikas Haar immer weiter. Mein Haar im Mund schmeckt bitter und meine Finger, die damit spielen, fühlen sich unbeholfen an.

„Und lässt er dich die Zeichnungen sehen, die er von dir gemacht hat?“, fragt ein anderes Mädchen. „Ja“, erzählt Erika. „Meinen Körper zu sehen, wie er auf das braune Papier gezeichnet ist, ist sehr aufregend. Es ist, als hätte er mich in eine Figur aus einer Geschichte verwandelt.“

Warum hat er mir meine Zeichnung nicht gezeigt? Warum habe ich ihn nicht einfach darum gebeten?

„Bitte beschreib uns, wie das Bild aussieht“, bittet das Mädchen.

„Das kann ich nicht“, antwortet Erika, „es ist zu gewagt. Ich habe mein Spitzenmieder angezogen. Das hat ihm nicht gereicht.“

„Ich frage mich, wann er wiederkommt und sich eine von uns aussucht“, sagt eines der Mädchen. Ich sehe sie an und gehe weg von ihnen, in den zweiten Stock. Er hat sich Erika ausgesucht, nicht mich.

Unser Zimmer ist leer. Ich habe keine Ahnung, wo Christina ist. Vielleicht lacht sie mit anderen Mädchen in einem der Zimmer. Ich ziehe mein Kleid aus, nehme Christinas schwere Eisenschere zur Hand und betrachte mich vor dem einfachen, schmutzigen Spiegel. Warum liebt er Erika mehr als mich? Ich bin so hässlich.

Mit einer schnellen Bewegung schneide ich den Saum des Unterhemdes, das ich trage, so weit ein, dass meine Oberschenkel frei liegen, Dabei spüre ich die kalte Berührung der Schere auf meiner blassen Haut.

„Das ist nicht genug, denn er hat sie gewählt.“ Ich schaue auf meine nackten Oberschenkel. Die abgeschnittenen Stoffstücke liegen auf dem Boden verstreut wie Papierfetzen, die der Winterwind herbeigeweht hat. Ich fasse mir in die Spitzen meiner roten Haare und betrachte mich im Spiegel. Sie hat Haare mit goldenen Wellen, das hat er gesagt.

Mit scharfen Schnitten schneide ich die Haarspitzen ab. Ich lasse sie auf das Parkett fallen. Sie kommen zum Liegen wie den Boden bedeckende Tannennadeln, die überall im Wald verstreut sind, weil ich mit meinen alten Stiefeln darüber gelaufen bin. Noch ein Schnitt, meine Hand greift nach einem weiteren Haarbüschel. Ich schneide es ab und ignoriere das Geräusch der schweren Metallschere zwischen meinen Fingern. Noch ein Schnitt, ich schließe die Augen und höre nur das Schnippschnapp der Schere, wieder und wieder, ich kann jetzt einfach nicht aufhören.

Eine Minute später schaue ich nach unten, sehe meine Haare zwischen all den weißen Stoffstücken und breche in Tränen aus. Was habe ich nur getan? Mein Gesicht, umgeben von kurzem Haar, blickt mir aus dem kleinen Spiegel entgegen. Es ist immer noch rot und auffällig, aber plötzlich so kurz, fast wie bei einem Jungen. Mir fließen Tränen über die Wangen. Es spielt keine Rolle mehr. Alle werden über mich lachen.

Ich werfe die schwere Schere auf das Bett, lege mich hin, decke mich mit der Wolldecke zu und weine endlos. Was spielt es noch für eine Rolle, was ich tue? Er wird mich nie lieben, so wie ich aussehe.

Wally, was hast du mit deinen Haaren gemacht?“, erschrickt Frau Bertha am nächsten Tag, als ich die Treppe herunterkomme. Ich kann es ihr nicht erklären. Wenn ich anfange zu reden, fange ich sofort an zu weinen, und sie würde alles erfahren, was passiert ist.

„Ich habe es eilig, Frau Bertha“, sage ich, schaue zu Boden und gehe weiter in Richtung Tür.

„Junges Fräulein, bleib stehen.“ Ich höre ihren Befehlston und gehorche. Mein Herz klopft wie wild. Weiß sie schon, dass ich nicht mehr im Haus der gnädigen Frau arbeite? Ich spüre, wie mir die Tränen in die Augen schießen. Meine Atmung wird schwer. Ich sehe zu ihr auf.

„Wally, was ist mit deinen Haaren passiert?“ Sie steht vor mir, ihre Finger umklammern mein Kinn, während sie mich mit ihren blaugrauen Augen anstarrt. Ihre Berührung erinnert mich daran, wie Herr Klimt mein Kinn sanft in seiner Hand gehalten hat, und ich fange an zu weinen. Warum habe ich nicht auf sie gehört?

„Es ist alles gut“, schaffe ich es hervorzupressen, aber die Tränen laufen mir einfach über die Wangen.

„Sehr gut, Walburga.“ Sie zieht ein Taschentuch aus ihrer Kitteltasche und wischt mir mit kräftigen Bewegungen über die tränennassen Wangen, wobei sie weiterhin mein Kinn fest in der Hand hält und ihr Gesicht dicht an das meine drückt. „In meiner Herberge weint niemand. Hier ist kein Platz für schwache Frauen.“

„Jawohl, Frau Bertha.“ Ich wische mir die Augen ab.

„Und steh gefälligst aufrecht, wenn du mir antwortest. Du bist eine stolze Frau, kein Lappen, auch wenn du dir deine Haare abgeschnitten hast und jetzt wie ein Junge aussiehst.“ Sie gibt mir einen Klaps auf die Hand, der mir erneut die Tränen in die Augen treibt. „Was hast du dir denn dabei gedacht, Walburga? Dass du eine moderne Frau sein kannst, die sich jetzt wie alle die Haare kurz schneiden lässt?“ Schließlich lässt sie mein Kinn los und tritt ein paar Schritte zurück, den Blick immer noch auf meine neue Haarpracht gerichtet.

„Ich hätte mir die Haare nicht abschneiden sollen, Frau Bertha. Es war ein Fehler.“ Ich stehe so gut es geht gerade, verschränke die Hände hinter dem Rücken und kämpfe gegen die Tränen an, die wieder ausbrechen wollen. Wie soll ich ihr sagen, dass ich keine Arbeit mehr habe?

„Walburga, es hat keinen Sinn zu weinen. Hör auf das, was Bertha dir sagt. Wenn du einen Fehler gemacht hast, dann korrigiere ihn."

„Jawohl, Frau Bertha", sage ich und richte mich noch ein wenig mehr auf.

„Warum stehst du dann hier wie ein nutzloser Besenstiel? Du hast zu arbeiten. Ich will dich hier nicht sehen." Sie dreht sich um und geht zurück hinter ihren Tresen, bückt sich und holt ihre silberne Zigarettenschachtel heraus. Ich eile aus der Herberge, bevor sie die Luft mit ihrem Qualm erstickt. Ich muss wiedergutmachen, was ich getan habe. Ich muss ihn dazu bringen, mich wieder zu umarmen.

Als ich am Pfandhaus vorbeikomme, wende ich den Blick ab und beschleunige meine Schritte. Ich will nicht auf die Fensterscheibe und die Gitterstäbe schauen, die all das Wertvolle schützen. Ich habe noch genug Zeit, um meinen Ring auszulösen. Außerdem passiere ich auf der Hauptstraße den Kleiderladen. Ich laufe langsam hinter einem Güterwagen her, der von einem alten Pferd gezogen wird. Ich habe noch ein paar Tage Zeit, bis ich das Kleid abholen und das restliche Geld bezahlen muss. Ich spüre, wie die wenigen Münzen in meiner Kleidertasche an meinen Oberschenkeln reiben. Trotz des langen Kleides bedeckt mein verkürztes Unterhemd meine Oberschenkel nicht mehr, und ich habe das Gefühl, nackt auf der Straße zu sein. Ich muss mit diesen wenigen Münzen auskommen, bis ich genug Geld habe, um mir ein neues Kleid zu kaufen.

In der Straßenbahn dränge ich mich zwischen all die Männer und spüre wie ihre Blicke auf mir und meinen kurzen roten Haaren ruhen. Es scheint, als könnten sie meine Gedanken lesen und wüssten genau, wo ich hin will. Ich versuche, ihre stechenden Blicke zu ignorieren und konzentriere mich auf einen bärtigen Mann mit

Baskenmütze, der in der Straßenbahn steht und in seiner Zeitung liest. Ich ignoriere auch den Mann, der sich mir von hinten nähert. Ich spüre seinen Körper und den Geruch seines Atems und möchte laut schreien, halte mich aber zurück. Ich werde nicht schreien, wie ich es bei Herrn Walner getan habe. Ich will nicht auffallen und von allen in der Umgebung angestarrt werden. Frauen sollten sich zurückhalten können. Ich spüre, wie ich erröte und versuche, mich von ihm und seiner Hand zu lösen. Dabei fällt mein Blick auf die Schlagzeilen in der Zeitung. Dort steht, dass der Kaiser ein weiteres Heer nach Serbien schickt, um den Frieden mit den Rebellen wiederherzustellen. Merken die Leute, die mich ansehen, mein Erröten? Ich darf nicht an diesen Kerl hinter mir denken. Ich werde an Herrn Klimt denken, der mich mit seinen großen Armen umarmt hat und mich seinen warmen Körper spüren ließ. Ich atme tief durch und zähle die Minuten bis zur nächsten Haltestelle. Endlich kann ich aussteigen und frei atmen. Ich genieße den kalten Wind, der mir kräftig ins Gesicht bläst. Eines Tages werden die Frauen in der Straßenbahn laut aufbegehren können und man wird ihnen zuhören.

An seinem Haus bleibe ich stehen und stehe wie erstarrt vor dem Tor. Meine Hand ruht auf dem kalten Metallgriff. Zögernd schaue ich in den Garten und auf das Haus. Was wird er von mir denken? Ich bin ohne Einladung gekommen. Anständige Frauen besuchen nicht einfach und uneingeladen das Haus eines Mannes. Ich lasse den Griff los und bleibe unschlüssig stehen. Mit den Armen schütze ich mich vor dem kalten Wind. Ich hätte nicht herkommen sollen, auch wenn ich verzweifelt nach einer Möglichkeit suche, Geld zu verdienen. Vielleicht sollte ich aufgeben und in die Herberge zurückkehren, um Frau Bertha alles zu erklären. Vielleicht wird sie mir verzeihen.

Ich suche im Garten nach der Katze und einen Moment lang glaube ich, die Umrisse von Herrn Klimt zu sehen, der hinter der Fensterscheibe steht und mich beobachtet. Schnell lenke ich meinen Blick auf die ruhige Straße, damit er nicht denkt, ich würde auf ihn warten. Als ich mich wieder dem Haus zuwende, geht das Licht im Inneren aus und ich kann nicht sagen, ob er noch dort steht und mich anschaut oder ob ich mir das nur eingebildet habe. Der kalte Wind lässt mich erzittern. Ich werde bald gehen müssen. Die Böen werden immer stärker.

„Entschuldigen Sie, Fräulein", spricht mich ein junger Mann an, „wissen Sie, wo die Kremsergasse ist?"

Ich schaue ihn an. Er ist etwas älter als ich und hat so einen kleinen Schnurrbart, den sich junge Männer gerade wachsen lassen. Er ist mit dem Fahrrad unterwegs, trägt einen einfachen Mantel und bleibt neben mir stehen.

„Tut mir leid, ich bin nicht von hier", antworte ich.

„Ich auch nicht. Ich habe mich wohl komplett verfahren." Er steigt von seinem Fahrrad ab und lächelt mich an.

„Ich bin auch auf dem Weg zurück in die Stadt", sage ich, während ich den eisernen Torgriff loslasse. Mir ist zu kalt, um weiter hier herumzustehen.

„Erlaubt mir das Fräulein, sie in die Stadt zu begleiten?" Er nimmt seinen Hut ab und verbeugt sich leicht.

„Mit Vergnügen, gnädiger Herr", antworte ich, halte den Saum meines Kleides fest und erwidere die Verbeugung mit einem Lächeln. Der Weg in die Stadt ist lang, und es wäre tröstlich, jemanden an meiner Seite zu haben, der mich begleitet.

„Ich bin Ernest", stellt er sich vor, zieht seinen Lederhandschuh aus und reicht mir die Hand.

„Ich bin Wally." Ich schüttle seine Hand und spüre seine warmen Finger.

Wir laufen los. Dann aber höre ich Schritte auf dem Kies und das Eisentor hinter mir öffnet sich. Ich drehe mich um und sehe Herrn Klimt in seinem fleckigen blauen Kittel auf uns zustürzen. Ohne ein Wort zu sagen, nimmt er meine Hand und führt mich zum Haus. Er hält kurz inne und nickt Ernest zu, der sprachlos neben seinem Fahrrad steht und uns unschlüssig beobachtet, weil er nicht weiß, wie er reagieren soll. Herr Klimt hält meine Hand fest. Ich folge ihm, wobei ich gegen die Blumensträucher laufe, die den Weg säumen. Dies spüre ich jedoch kaum. Ich schaue nicht zurück zu dem jungen Mann, der mir freundlicherweise angeboten hat, mich in die Stadt zu begleiten, obwohl ich das wahrscheinlich hätte tun sollen. Ich atme schwer, als Herr Klimt mich ins Haus führt und die Tür hinter uns schließt.

„Fuego, was hast du mit deinem Haar gemacht?" Er fährt mit seinen großen Fingern durch meine kurzen Locken. „Was ist aus dem Feuer und den Flammen geworden, die sich über deine Schultern ergossen haben?" Ich spüre seine Berührung an meinem entblößten Nacken.

„Es tut mir leid", sage ich und trete ein wenig näher, in der Hoffnung, dass er mich umarmt. Wird er das tun? Ich kämpfe damit, die Tränen zurückzuhalten.

„Du brauchst dich nicht zu entschuldigen, mein liebes Rehkitz. Das Feuer ist in dir und wartet nur darauf, auszubrechen. Ich kann es fühlen." Er umarmt mich, und ich spüre die Wärme seiner Hände. Seine weichen Lippen berühren die meinen. Sie sind weich und sanft, obwohl sein Bart mein Gesicht zerkratzt. Noch nie hat mich jemand so geküsst. Ich versuche zu Atem zu kommen, stöhne ein wenig und erwidere seinen Kuss. Er will, dass ich ihm gehöre.

„Warte", flüstere ich ihm zu, „warte." Ich werde mehr für ihn sein als Erika. Ich löse mich aus seiner Umarmung und trete ein paar Schritte zurück, drehe mich um und gehe zum Bett, das im Atelier steht. Ich weiß, dass er mich beobachtet. Obwohl ich nervös bin, ziehe ich mein Kleid mit einer schnellen Bewegung aus und stehe atemlos in meinem zerschnittenen Mieder vor ihm. Nicht einmal meine Schuhe habe ich ausgezogen. Wenn ich will, dass er mich liebt, muss ich ihm das geben, was er erwartet.

Wir sehen uns gegenseitig an. Ich schaue auf den Kittel, den er trägt. Die vielen Farbkleckse sehen aus wie ein buntes Feuerwerk, wie ich es einmal über dem Schloss des Kaisers gesehen habe, als dieser seinen Geburtstag feierte. Ich betrachte die großen Hände, die mich eben noch festgehalten haben. Sie sind bereit und warten nur auf mich. Er wird mich auf diesem Weg mit seinen starken Armen mitnehmen. Ich betrachte seine breiten Schultern, den rötlich-braunen Bart und seine blauen Augen, die mich ruhig und intensiv ansehen. Ich kann die kleinen Fältchen an den Rändern dieser erkennen. Er wird sanft zu mir sein, das weiß ich.

Meine Finger fahren nach oben, um die Knöpfe meines ausgeschnittenen Hemdes zu öffnen. Er kommt näher, nimmt meine Hände, hält sie in seinen Handflächen, führt sie an seinen Mund und küsst sie sanft.

„Du bist Feuer und Flamme. Du bist wie ein Rotfuchs, der zum ersten Mal in den Weinberg kommt und um Erlaubnis bittet, von den Trauben essen zu dürfen", flüstert er, während er mich aufs Bett legt und jetzt ganz nah neben mir liegt. Ich spüre die weiche Matratze unter meinem Rücken und atme langsam. Ich hoffe so sehr, dass er sanft zu mir sein wird.

Während er meine Lippen küsst, streicheln seine Finger meine Augen, wandern hinunter zu meinen Lippen, erspüren ihre Weichheit und tasten sich weiter runter zu meinem Hals. Ich schließe die Augen und versuche, ganz still zu halten. Ich muss ihm vertrauen.

Mein Atem wird schwer, als ich spüre, wie seine Finger über den dünnen Stoff meines Unterhemdes streicheln. Seine Lippen küssen meine nackte Haut, während er einen Knopf nach dem anderen öffnet. Seine Berührung ist trotz meiner Anspannung angenehm und ich halte meine Augen geschlossen, versuche, mich zu entspannen. Ich erstarre, als ich feststelle, wie er seinen Kittel auszieht. Für einen Moment erschaudere ich, als ich das Gewicht seines Körpers auf mir spüre. Aber seine Finger, die über mein kurzes Haar streichen, beruhigen mich. Ich bin bereit für ihn. Ich werde die Beste für ihn sein. Er wird mich lieben, genau wie ich es wollte.

5. Hübsches Mädchen

„Christina?“, flüstere ich später in der Nacht, als wir in unserem schmalen Stahlbett liegen.“ „Christina, bist du wach?“

„Rotschopf, was ist los?“, höre ich ihre Stimme aus der Dunkelheit.“

„Christina?“ Ich suche nach den richtigen Worten „Wie angenehm ist es?“ Mein Körper fühlt sich immer noch ein wenig wund an. Auch das Gefühl dort unten ist mir fremd.

„Wie angenehm ist was?“

„Wenn man mit ihnen zusammen ist.“ Ich schäme mich, ihr zu sagen, was ich heute mit Herrn Klimt gemacht habe.

„Angenehm in deinen Gedanken oder angenehm da unten?“, fragt sie mich und ich schweige, weil ich nicht weiß, was ich ihr antworten soll. Ich höre ihren Atem in der Dunkelheit und das Knarren des Bettes, als sie sich umdreht: „Rotschopf, hast du es mit jemandem gemacht?“, fragt sie mich nach einer Weile.

„Nein“, antworte ich schnell und erröte in der Dunkelheit.

„Du bist noch zu jung dafür.“ Die Bettfedern knarren erneut, und nach einem Moment dreht sie sich herum und legt sich neben mich und deckt uns beide zu. „Überstürze nichts, auch wenn es hier Mädchen gibt, die sagen, du solltest es schon tun.“

„Wie alt warst du, als du es das erste Mal gemacht hast?“

„Zu jung, ich habe es nicht verstanden.“

„Was hast du nicht verstanden?“

„Dass es einen Unterschied macht zwischen angenehmen Gedanken in deiner Fantasie und dem, was da unten passiert.“ Sie lacht ein wenig. „Wenn du dich mit ihm wohlfühlst und lächeln kannst, wenn du an ihn denkst, ist es egal, ob es dort unten angenehm ist. Es fühlt sich einfach gut an.“

„Ich will in Gedanken lächeln.“ Ich streichle meine Schenkel und lächle in die Dunkelheit. Ich habe mich wohlgefühlt, als er mich umarmt und mir zugeflüstert hat, ich solle mir keine Sorgen machen. Ich hatte fast keine Angst, als er sich auf mich legte, obwohl ich das Gewicht seines schweren Körpers auf mir spürte. Ich hatte meine Augen geöffnet und in sein Gesicht geschaut, das mir so nah gewesen war. Da wusste ich, dass er mich beschützen würde.

„Du musst einen Mann finden, der dich am Ende der Nacht respektiert und dir nicht nur zu Beginn schmeichelnde Komplimente macht.“

„Dann wird es auch dort unten angenehm sein?“

„Dann wirst du ihn vermissen und dir wünschen, dass er wieder auf dir liegt.“

Ich schaue an die Decke und erinnere mich an seine blauen Augen, die mich angesehen haben, als er es mit mir machte und ich vor Schmerz stöhnte, als ich mich in seinen Augen sah.

„Ich dachte, du hättest niemanden? War es der Maler, der neulich hier war? Der, zu dem du mit Erika gegangen bist?“ Sie lacht und kitzelt mich.

„Nein, ist es nicht. Ich habe niemanden“, versuche ich abzulenken und kitzele sie zurück. Ich hätte dieses Gespräch nicht beginnen sollen. Sie wird es bestimmt den anderen erzählen.

„Du bist also einfach zu ihm hingegangen und er hat dich gezeichnet?“ Sie hält meine Hände fest und lässt nicht zu, dass ich sie weiter kitzle.

„Was ist denn mit dir? Willst du nicht auch zu einem Maler

gehen und dich malen lassen?“ Ich wechsle das Thema. Ich will nicht, dass sie weiter von Erika spricht, die erzählt hat, er habe sie in sein Atelier eingeladen. Er ist bei mir.

„Ich muss mir niemandem wie ihn suchen. Seinesgleichen kommt hierher zu mir“, lacht sie. „Du bist ein Kind“, fährt sie nach einer Weile fort, „Du hast noch keine Ahnung, dass sie all die netten Worte, die sie für dich finden, nicht ernst meinen. Sie wollen nicht wirklich dich.“

„Er war nett zu mir“, antworte ich leise, „damals, als wir zu ihm gingen. Erika und ich“, füge ich hinzu, damit sie nicht meint, ich wäre allein mit ihm gewesen.

„Er ist nicht nett zu dir. Er ist ein Mann. Er ist nett, weil er etwas erreichen will. Denk daran, wenn dich das nächste Mal ein Maler einlädt. Wir Frauen denken immer, dass sie sich um uns kümmern, aber damit liegen wir so falsch. Und am Ende der Nacht müssen wir uns an einen Ort wie diesen kuscheln.“ Ich kann die Bettfedern hören, als sie sich ein wenig zur Seite dreht.

„Ich werde daran denken“, flüstere ich in die Dunkelheit und lächle vor mich hin. Er war einfühlsam und hat sich um mich gesorgt. Er hat nicht nur so daher geredet.

„Wir müssen nett zu ihnen sein, weil auch wir etwas erreichen wollen. Das ist das Wichtigste, nicht ihr schönes Gerede“, fügt sie hinzu.

„Und was willst du erreichen?“

„Ich?“ Sie lässt meine Hand los. „Ich erreiche hier an diesem Ort meine Unabhängigkeit“, sagt sie leise. „Durch das Geld, das sie mir am Ende des Tages geben.“

„Aber das ist doch keine Liebe“, flüstere ich.

„Rotschopf, ich glaube nicht an die Liebe und schöne Worte“, sagt sie. „Schau, all die Männer, die hierher kommen und uns schöne Worte ins Ohr flüstern, nennen uns Huren, wenn sie die Herbergstür von außen schließen und in ihre schönen Häuser zurückgehen. Aber das ist mir egal, denn ich glaube nicht an ihre Worte. Ich glaube an Münzen, die einen schönen Rand haben und auf denen das Symbol des Kaisers eingeprägt ist. Und dir kann ich nur raten, werde erwachsen und glaub ebenfalls daran."

„Ich bin bereits erwachsen", antworte ich und denke an die Silbermünzen, die er mir heute zugesteckt hat. Sie hat Unrecht. Mit ihm ist es anders. Ich bin mit ihm zusammen gewesen, weil ich es wollte. Und auch wenn er mich bezahlt hat, als ich gegangen bin, bin ich keine Hure. Ich habe es in seinen Augen gesehen.

„Guten Tag, Frau Bertha", grüße ich ein paar Tage später, als ich auf den Boden schauend durchs Foyer eile. Ich war den ganzen Tag bei ihm, lag auf dem Bett des Ateliers, ließ ihn meinen entblößten Körper zeichnen und lauschte dem Rascheln des Bleistifts auf dem Papier.

„Junges Fräulein Walburga, gibt es etwas, das du mir sagen willst?" Sie steht hinter ihrem Tresen und beobachtet mich, eine Zigarette im Mund, von der eine kräuselnde Linie grauen Rauchs langsam aufsteigt, um sich im nächsten Moment in Luft aufzulösen.

„Nein, Frau Bertha." Ich halte kurz inne und merke, wie ich erröte. Weiß sie es? Hat Christina eine Ahnung und gepetzt?

„Bist du sicher, dass du mir nichts zu sagen hast?"

„Ja, Frau Bertha", wiederhole ich und blicke auf meine Schuhe hinunter.

„Wie läuft es mit der Arbeit im Haus der gnädigen Frau?"

„Entschuldigung, Frau Bertha", blicke ich zu ihr auf und mache einen Schritt zurück. Sie beobachtet mich mit ihren blaugrauen Augen. „Ich hatte keine Wahl." Ich spüre, wie die Tränen in mir aufsteigen. „Er hat mich gebeten, wiederzukommen." Ich stelle mich als gehorsames Mädchen dar, so gut ich es in meiner Lage kann. Was habe ich bloß getan? Welche Wahl hätte ich denn gehabt? Ich spüre, wie mir die Tränen über die Wangen laufen. Was wird sie jetzt mit mir machen? Ich zittere am ganzen Körper.

„Walburga, du bist kein Mädchen mehr. Sieh mich an."

„Jawohl, Frau Bertha", blicke ich zu ihr auf. Durch meine Tränen sehe ich, wie sie sich mit dem Rücken an die kleinen Holzregale hinter dem Tresen lehnt. Sie mustert mich weiterhin und raucht gemütlich ihre Zigarette. Ich bleibe stehen, die Hände fest am Rücken zusammengefaltet und traue mich nicht, die Tränen abzuwischen. Wird sie mich aus ihrer Herberge werfen?

„Weißt du, Wally", noch immer schaut sie mich an, „die Mädchen in meinem Wohnheim können nicht lesen und nicht schreiben. Du aber kannst es. Ich dachte, du wärst anders." Sie drückt ihre Zigarette in dem silbernen Aschenbecher aus, der auf dem Tresen steht. „Sag mal, Wally, hast du als Kind Märchen gelesen?"

„Ja, Frau Bertha, wir hatten viele Märchenbücher zu Hause", antworte ich und erinnere mich an all die Märchenbände der Gebrüder Grimm, die bei uns in dem kleinen Schrank standen, bevor Papa starb und wir nach Wien ziehen mussten.

„Vielleicht ist das dein Problem. Du hast zu viele Märchenbücher über Prinzessinnen gelesen."

„Nein, Frau Bertha, das stimmt nicht", wische ich mir die Tränen aus dem Gesicht.

„Du hast zu viel von einem gläsernen Schuh und einem schönen rothaarigen Prinzen geträumt, der dich rettet.“ Sie dreht sich um und nimmt etwas aus dem Holzschrank hinter sich. „Und du hast die wichtigste Lektion der Märchen nicht verstanden.“ Sie dreht sich wieder um und sieht mich mit ihren blaugrauen Augen an.

„Ich verstehe nicht“, sage ich und fahre mit den Fingern über den Saum meines Kleides. Herr Klimt hat es mir erst vor ein paar Stunden sanft ausgezogen.

„Was du nicht verstanden hast, ist, dass du für deine Fehler bezahlst und dann nicht mehr zurückkannst.“ Sie kommt hinter dem Tresen hervor auf mich zu. „Folge mir.“

„Es tut mir wirklich leid, Frau Bertha.“ Ich umklammere ihre Hand und fange wieder an zu weinen. Wird sie mich auf die Straße setzen?

„Wally, du bist kein Kind mehr. Es gehört sich nicht, dass du bettelst wie eine Dreijährige.“ Sie schüttelt meine Hand von sich, als würde sie eine streunende Katze, die ihr auf der Straße zu nahe kommt und um Essensreste bettelt, wegtreten. Mit unverändertem Schritt geht sie in Richtung der Treppe, die in den zweiten Stock führt, vorbei an zwei Mädchen, die auf dem geblümten Sofa sitzen und uns zusehen. „Es ist Zeit, einen Schritt weiterzugehen. In der wirklichen Welt gibt es kein Zurück mehr“, sagt sie. Ich folge ihr und wische mir die Tränen ab. Was hätte ich denn anders machen können?

„Christina!“ Frau Bertha stellt sich vor unsere Zimmertür und klopft kräftig dagegen. „Christina.“

„Ja, Frau Bertha?“, Christina öffnet die Tür und geht ins Zimmer zurück. Sie setzt sich auf den kleinen Stuhl, betrachtet sich im Spiegel und kämmt sich ihre Haare.

„Das junge Fräulein Wallburga möchte neue Dinge ausprobieren“, sagt Frau Bertha zu Christina, während sie auf den kleinen Holzschrank zugeht. Ich folge ihr und sehe zu, wie sie die Türen öffnet. Wieder einmal verliere ich mein Zuhause, genau wie vor ein paar Monaten, als meine Mutter das Gleiche getan hat. Warum bin ich nur zu Herrn Klimt gegangen?

„Sie ist doch noch ein Kind. Lassen Sie sie in Ruhe", antwortet Christina und malt sich mit einem Pinsel Lippenstift aus einer silbernen Untertasse auf die Lippen. „Sie glaubt noch an Liebe und Leidenschaft", fährt sie fort, ohne sich zu uns umzudrehen.

„Leidenschaft kostet Geld und Liebe gibt es nicht umsonst", antwortet Frau Bertha ungerührt, während sie meine Kleider aus dem Schrank holt und mir entgegenwirft. Ich beeile mich, sie aufzufangen, damit sie nicht auf dem Boden landen. Diesmal werde ich nicht betteln. Dieses Vergnügen werde ich ihr nicht gönnen. Sie hasst mich sowieso.

„Frau Bertha, sie wird den Schmerz schon noch erfahren. Sie brauchen sie nicht zu bestrafen", antwortet Christina, erhebt sich vom Stuhl und schaut mich an. Ihre Lippen sind rosa, und ihre Wangen rot. Wahrscheinlich wird sie gleich mit der Arbeit beginnen.

„Die Macht der Begierde hat sie bereits entdeckt", antwortet Frau Bertha, nimmt mein sorgfältig gefaltetes Mieder aus dem Regal und klemmt es zwischen meine Arme. „Sie hat auch die Macht des unsittlichen Verhaltens entdeckt", sagt sie, geht an mir vorbei, was mich zwingt, einen Schritt zurückzutreten, damit sie nicht an meine Hände stößt, die meine Kleidung festhalten. Wie kann ich mich bei ihr entschuldigen? Ein weiterer Heulkrampf überkommt mich. „Jetzt wird sie den Preis der Unabhängigkeit kennenlernen", sagt Frau Bertha, als sie den Raum verlässt und auf den Flur tritt. „Christina, von jetzt an hast du dein Zimmer wieder für dich allein. Und du", sie sieht mich an, „um Gottes Willen, hör endlich auf zu heulen und komm mit." Sie dreht sich um und geht den Flur entlang. Ich folge ihr, aber zu meiner Überraschung geht sie nicht die Treppe hinunter.

Sie bleibt vor einer der Türen stehen, holt einen Schlüssel aus der Tasche ihres Kleides und öffnet sie. „Das verschlossene Zimmer", wie es alle Mädchen nennen. Ich habe diese Tür noch nie offen gesehen. Was hat sie mit mir vor?

„Walburga, geh hinein. Ich werde nicht den ganzen Tag auf dich warten", sagt sie und holt eine Streichholzschachtel aus ihrer Kleidertasche. Ich betrete den kleinen Raum, der nach Schimmel und Staub riecht, und sehe mich um, während sie eine Laterne anzündet und auf dem Boden abstellt.

Das Zimmer ist noch kleiner als das von Christina. Hier findet sich nur ein Stahlbett und ein kleines hölzernes Bücherregal, ohne ausreichend Platz für einen Stuhl oder einen Kleiderschrank. Es ist unheimlich hier drinnen.

„Willkommen in deinem neuen Reich." Sie nimmt mir die Kleider ab, die ich auf dem Arm habe und wirft sie auf das mit einer Wolldecke bezogene Bett. „Von nun an hast du ein Einzelzimmer und wirst dafür mehr bezahlen." Sie streckt ihre Hand aus und sieht mich an. Ihr Gesicht gleicht einer Maske aus Licht und Schatten im Schein der Laterne, die auf dem Boden steht.

„Danke, Frau Bertha." Ich hole schnell eine Münze aus meiner Tasche und gebe sie ihr. Ich weiß nicht, wie ich das mit dem Geld hinbekommen soll, aber darüber kann ich mir jetzt keine Gedanken machen. Ich werde schon einen Weg finden.

„Danke mir nicht. Ich bin noch nicht fertig mit dir. Heb´ dir die Einrichtung deines neuen Palastes für später auf und komm mit." Sie verlässt den Raum, ich eile ihr nach. Erika und ein anderes Mädchen stehen im Korridor und beobachten uns. Erika lächelt mich an, aber ich blicke nach unten und folge Frau Bertha. Was hat sie mit mir vor? Meine Hand wandert zu meinem Kopf. Ich will nach meinen Haarspitzen greifen, aber sie sind zu kurz.

„Erika!“ Sie nimmt Erikas Hand. „Komm mit uns. Ich brauche dich. Das junge Fräulein Walburga braucht etwas Führung. Sie möchte erwachsen werden.“ Frau Bertha nimmt Erika an der Hand und zieht sie die Treppe hinunter, während ich ihnen folge. Was hat sie nur mit mir vor?

„Auf, auf, meine Damen. Ihr habt heute Abend frei!“, ruft sie Gitta und Monika zu, die in ihren hübschen Unterhemden auf dem geblümten Sofa im Foyer sitzen.

„Aber das ist doch unser Abend, Sie haben es versprochen“, antwortet Monika, die im Schneidersitz sitzen bleibt. Ich betrachte ihre schwarzen Strumpfhosen, die am oberen Rand mit einer rosa Satinschleife verziert sind.

„Sollte das irgendwann deine Herberge sein, wirst du über sämtliche Änderungen entscheiden können. Bis dahin habe ich hier das Sagen.“ Frau Bertha zieht sie vom Sofa. „Und du“, wendet sie sich an Gitta, „ich kann mich nicht daran erinnern, dir das Rauchen erlaubt zu haben, wenn die Gäste kommen.“

„Aber die rauchen doch selber“, erwidert Gitta, steht auf, geht zu Frau Berthas Aschenbecher und drückt ihre Zigarette aus.

„Die dürfen das, weil es Männer sind, du darfst nicht. Das ist unmoralisch und macht einen schlechten Eindruck auf die Kunden.“

„Aber Sie dürfen rauchen“, mault Gitta, während sie nach Monikas Hand greift und sich in Richtung Treppe bewegt. Sie trägt cremefarbene Seidenstrümpfe und neue Lederstiefel.

„Ich rauche, weil ich hier die Regeln aufstelle. Geht nach oben. Wenn ihr brav seid, schicke ich euch später ein paar

Herren hoch.“ Sie weist auf die Treppe und folgt Gitta und Monika mit ihrem Blick. „Jetzt zu euch“, wendet sie sich an Erika und mich, „Setzt euch. Das ist euer Abend“, befiehlt sie uns. Wir nehmen schweigend auf dem geblümten Sofa Platz. Ich beobachte Frau Bertha, wie sie hinter ihren Tresen zurückkehrt, einen schwarzen Block herauszieht und anfängt, sich Notizen zu machen.

„Was hast du angestellt?“, flüstert Erika mir nach ein paar Minuten zu.

„Sie ist wütend auf mich.“

„Warum?“

„Sie denkt, dass ich mit jemandem zusammen war“, flüstere ich ihr zu. Ich will ihr nicht von Herrn Klimt erzählen. Wird sie wütend auf mich werden, wenn sie es erfährt?

„Und, warst du?“ Sie rutscht näher und legt ihre Hand auf meinen Oberschenkel. Ich spüre, wie ich erröte und mit dem Kopf nicke. Ich bin erwachsen. Ich darf das.

Das Geräusch der Eingangstür sorgt dafür, dass ich mich umdrehe. Zwei Herren treten ein. Sie ziehen ihre regennassen Mäntel aus und unterhalten sich mit Frau Bertha. Sie kommt hinter ihrem Schreibtisch hervor und grüßt die beiden. Wird sie mich zu einem von ihnen schicken? Ich spüre ein unangenehmes Gefühl in der Magengegend und schließe die Oberschenkel. Mir wird übel.

„Ich bin gleich wieder da“, flüstert Erika und steht auf, verschwindet die Treppe hinauf, noch bevor ich etwas sagen kann. Ich bleibe alleine auf der Couch zurück und wende meinen Blick den Männern zu. Sie unterhalten sich leise mit Frau Bertha und schauen von Zeit zu Zeit in meine Richtung. Einer von ihnen zündet sich eine Zigarre an und lächelt mir zu. Der stechende Geruch breitet sich in dem kleinen Raum aus und verursacht bei mir eine weitere Welle der Übelkeit.

Der andere betrachtet mich ebenfalls. Dann wendet er sich wieder Frau Bertha zu und sagt etwas zu ihr, das ich nicht verstehen kann. Ich lege meine Handflächen auf meine Oberschenkel, um sie zu bedecken, obwohl das Frau Bertha wahrscheinlich böse machen wird. Sie befiehlt ihren Mädchen stets, die Gäste zu verführen. Ich schaue auf meine verkrampften Finger. Es wird schon gehen. Ich muss nur tief durchatmen.

„Schon gut, nicht nervös werden. Sie reden immer zuerst mit ihr", höre ich Erika sagen, als sie zurückkommt. Sie setzt sich neben mich, hebt ein Bein auf die Couch und zeigt mir ihre durchtrainierten Oberschenkel, während sie in der einen Hand einen kleinen Spiegel und in der anderen eine Haarbürste hält. In Zeitlupentempo kämmt sie sich die Haare, während sie dabei in den Spiegel schaut und die beiden Herren ignoriert.

Ich schaue zu ihnen hinüber. Einer von ihnen nähert sich dem Sofa uns gegenüber und setzt sich darauf, während sich Frau Bertha neben ihn stellt. Der andere steht weiterhin an der Theke, lächelt mich an und raucht seine Zigarre.

„Ignorier sie", flüstert Erika mir zu, während sie ihr Bein anwinkelt und noch mehr von ihrem Oberschenkel preisgibt. Aber ich kann das nicht. Ich vermisse die Umarmung von Herrn Klimt in diesem Moment so sehr. Er hat mich heute Morgen umarmt, und ich habe mich so sicher bei ihm gefühlt. Der Mann mit der Zigarre kommt näher und spricht wieder mit Bertha. Ich möchte die Arme um meinen Körper schlingen, aber ich traue mich nicht.

„Sie ist etwas ganz Besonderes", sagt Bertha zu dem Herrn. „Es gibt einen Maler, der sich sehr für sie interessiert."

„Von wem spricht sie?", flüstert Erika mir zu.

„Ich weiß es nicht."

„Warst du bei ihm?"

„Er hat mich eingeladen.“ Jetzt umarme ich mich. Der Herr beobachtet mich genau. Auch Frau Bertha hat mich im Blick.

“Er hatte sich für mich entschieden, nicht für dich“, zischt Erika, während sie den Gast anlächelt. Ihr Haar kämmt sie jetzt nicht mehr.

„Sie ist wie ein schönes Gemälde im Museum. Sie können sie jetzt nur anschauen, aber wer weiß, was passiert, wenn der Künstler mit ihr fertig ist? Vielleicht dürfen Sie der Erste sein, der ihr das schlichte Kleid auszieht“, sagt Frau Bertha zu dem Herrn, der mich immer noch beobachtet. „Walburga, geh auf dein Zimmer. Man hat dich ausreichend betrachtet“, spricht sie mich an. Ich stehe eilig vom Sofa auf und gehe zur Treppe, verziehe mein Gesicht schmerzhaft, weil Erika mir kräftig in den Oberschenkel gezwickt hat.

An der Treppe bleibe ich stehen, schaue zurück und streiche meinen schmerzenden Oberschenkel. Erika lehnt sich auf dem Sofa zurück und schlägt die Beine übereinander. Ihr leichter Mieder entblößt ihre nackten Oberschenkel. Sie kämmt sich erneut und ignoriert die beiden Männer, die vor ihr auf dem Sofa sitzen. Sie schauen ihr zu und lachen, während Frau Bertha daneben steht und sich eine weitere Zigarette anzündet. Sie wirft mir einen Blick zu, der mich veranlasst, schnell die Treppe hochzueilen.

„Ich will jemand sein. Ich will nicht mein ganzes Leben lang ein Dasein als Dienstmädchen fristen, das auf Knien herumrutscht“, sage ich später laut zu mir, während ich barfuß in meinem winzigen Zimmer knie und mit einem Lappen den Staub vom Holzboden schrubbe.

Von draußen höre ich das Lachen der anderen Mädchen. Vorhin habe ich gehört, wie Erika auf dem

Gang vorbeigekommen ist und mit einem der Männer gesprochen hat. Ich darf nicht an sie denken. Meine Finger umklammern den Lappen fest, während ich putze. Ich hatte noch nie mein eigenes Zimmer oder gar mein eigenes Bett. Ich hatte immer Schwestern, die im selben Bett geschlafen haben. Später dann war Christina meine Bettnachbarin.

Ich räume meine Kleider auf das hölzerne Bücherregal, lege mich ins Bett, puste die Kerze aus und wickle mich in die Wolldecke. Ich vermisse Christinas Atemzüge und die Gespräche mit ihr. Ich werde es aus dieser Herberge herausschaffen. Herr Klimt wird mich einladen, um bei ihm zu schlafen und dann wird er mich die ganze Nacht umarmen.

„Fuego, lehn dich zurück", sagt er ein paar Tage später zu mir, und ich stütze mich auf meine Hand, während ich auf dem großen Bett in seinem Atelier sitze. Erika hat seit dem Ereignis in Berthas Herberge nicht mehr mit mir gesprochen. In den darauffolgenden Tagen hat sie mich jedes Mal ignoriert, wenn ich sie mit den anderen Mädchen lachend auf dem Flur gesehen und versucht habe, mit ihr zu reden und ihr alles zu erklären.

„Noch ein Stück zurück", sagt er leise, ich lege mich aufs Bett und fahre mir mit den Fingern durch die kurzen Haare. Draußen hat es zu schneien begonnen. Ich bin zitternd vor Kälte bei ihm angekommen, wobei ich versucht habe, meinen zerlumpten, schlichten Mantel zu verbergen. Selbst in meinem kleinen Zimmer bei Bertha ist mir nachts kalt, aber ich traue mich nicht, sie um eine weitere Decke zu bitten. Ich weiß, dass sie mich dann auffordern wird, mehr zu bezahlen.

„Öffne deine Beine ein wenig mehr", sagt Herr Klimt und ich tue, was er verlangt, während ich versuche, nicht länger zu zittern. Obwohl sein Atelier geheizt ist, friere ich immer noch, wenn ich nackt vor ihm liege. Aber das ist mir egal. Ich bin lieber bei ihm als in Frau Berthas Herberge. Gestern Abend wollte ich unbedingt in Christinas Zimmer gehen, um nicht allein sein zu müssen. Aber sie war mit einem Gast beschäftigt, und so blieb ich auf dem Stuhl im Korridor sitzen und hörte das Knarzen der Bettfedern aus ihrem Zimmer. Vielleicht ist sie heute Abend frei, und wir können wie früher zusammen im Bett liegen.

„Sieh in meine Richtung, rühr dich nicht", höre ich ihn und wende meinen Blick nicht von ihm ab. Seine Hand, die den Bleistift führt, bewegt sich in alle Richtungen, während er sich auf das Papier konzentriert. In etwa wie die Hand eines Bauern, der seinen Weizen erntet und die Sichel dabei schwingt. Nur gelegentlich blickt er mich an. Seine blauen Augen fixieren meinen Körper, bevor er sich wieder auf das Papier konzentriert, das am Zeichenbrett befestigt ist. Bei ihm fühle ich mich geborgen. Seine Umarmungen wärmen meinen Körper wie der große Metallofen, der in unserem Haus gestanden hatte, als ich noch ein kleines Mädchen gewesen war. Zu einer Zeit, als wir noch nicht in Wien gelebt hatten. In diesen kalten Wintertagen hatte ich immer neben dem Ofen gesessen und die Bücher gelesen, die Papa mir mitgebracht hatte. Mamas Klagen war mir egal gewesen. Zu jener Zeit war mir überhaupt nicht kalt gewesen, wie jetzt, wenn Herr Klimt auf mir liegt und meinen Körper mit seinem zudeckt. Ich fahre mit meiner Hand nach oben und streichle mein kurzes Haar. Ich liebe den Namen Fuego.

„Fuego, beweg dich nicht. Jetzt hast du meine Zeichnung ruiniert." Er reißt das braune Papier vom Zeichenbrett ab und wirft es auf den Boden. Ich sehe ihm zu, wie er ein neues Papier holt. Die unfertige Zeichnung liegt auf dem Boden, zu sehen sind scharfe Bleistiftlinien meines Körpers. Es ist seltsam, mich selbst so zu sehen, wie ich mich in seinen Augen spiegele. Meine nackten Oberschenkel und Brüste sind deutlich zu erkennen. Wann wird er ein echtes Bild von mir malen, eines, auf dem ich Kleider trage, so, wie er die gnädige Frau gemalt hat?

Ihr unvollendetes Gemälde lehnt noch immer an der Wand in der Ecke des Ateliers. Es ist groß und reicht fast bis zur Decke. Seit ich es zum ersten Mal hier gesehen habe, hat es kaum Fortschritte gemacht. Nur der Hintergrund hat zusätzliche gelbe Flecken bekommen, als wäre ein Goldregen darauf niedergegangen.

Ich stehe vom Bett auf, gehe barfuß auf das Gemälde zu und betrachte es genau, wobei ich mein Gesicht nahe an die aufgespannte Leinwand bringe. Der Geruch frischer Ölfarbe steigt mir in die Nase. Ich streiche mit dem Finger über die Leinwand und spüre die Textur der Farbe. Eines Tages wird er mich auch so malen. Ich weiß, dass er das tun wird.

„Fuego, du musst auf deinen Platz zurück." Ich spüre seine Arme, als er sich von hinten an mich schmiegt und mich umarmt. Trotz des Kittels, den er trägt, kann ich die Wärme seines Körpers spüren.

„Muss ich wirklich?" Ich lege meine Hände auf seine.

„Ja, du musst. Das Bett wartet auf dich." Er deutet mit seinem Blick zum Bett hin und ich setze mich darauf. Vielleicht setzt er sich zu mir und wir umarmen uns? Aber er kehrt zur Staffelei zurück und spannt ein sauberes

Zeichenpapier ein. Noch hat er mich nicht in sein Bett eingeladen, aber ich weiß, dass er mich bald dorthin bringen wird. Wir werden nicht nur im Atelier sein. Er gibt mir das Gefühl, etwas Besonderes zu sein.

„Wie willst du mich jetzt haben?" Ich lege mich auf den Bauch und schaue ihn an. Durch das große Fenster kann ich den grauen Himmel sehen. Es hat aufgehört zu schneien.

„Tu so, als würdest du ein Buch lesen." Er verlässt das Zimmer, kommt nach einer Minute mit einem Buch in gelbem Einband zurück. Er drückt es mir in die Hand. „Öffne das Buch, stütze dich auf die Ellbogen und tu so, als ob du liest." Er legt meine Hände vor das aufgeschlagene Buch und geht zum Zeichenbrett.

Ich schaue auf die erste Seite und lese den Namen Oscar Wilde, dann blättere ich die Seiten um.

"Fuego, beweg dich nicht", höre ich ihn, aber ich reagiere nicht. Ich lese das erste Gedicht in dem Buch.

„Schreit' sachte, hier ruht sie,in kalter Erd',...", flüstern meine Lippen die Worte

„Du kannst lesen?", fragt er. Ohne die Geräusche der Bleistiftstriche ist es still im Atelier.

„Sprich sanft, sie kann hören..." Ich lese die zweite Zeile.

„Ich wusste nicht, dass du lesen kannst." Ich höre seine Schritte, als er näher kommt und sich neben mich auf das breite Bett setzt. „Bitte fahr fort, du hast eine schöne Stimme. Es ist schön, dir zuzuhören."

„Die Gänseblümchen wachsen..." Ich fahre fort und lese das Gedicht vor, während ich seine großen, warmen Finger spüre, die meinen Rücken streicheln. Ich drehe mich zu ihm um.

„Bitte, lies mir weiter vor", umarmt er mich, während ich ihm die Worte zuflüstere, bis ich es nicht mehr aushalte und meine Augen schließe und mich an ihn klammere, weil ich will, dass er mich fest umarmt und mit mir macht, was er will. Doch dann klingelt es an der Tür. Ich öffne die Augen und sehe ihn an.

„Sag, dass ich nicht da bin", flüstert er mir zu und lächelt. „Das kann ich nicht", antworte ich. Will er wirklich, dass ich nackt an die Tür gehe? Ist er bereit dafür, dass andere Leute mich in seinem Haus sehen können?

Es klingelt erneut an der Tür.

„Lauf nicht weg", sagt er zu mir und steht auf, zieht eilig seinen Kittel an, den er gerade erst ausgezogen hat und geht zur Tür.

Ich höre, wie die Tür geöffnet wird, dann folgt ein Gespräch. Er spricht mit einer Frau. Ich bin mir nicht sicher, aber es könnte Erikas Stimme sein. Ich kann nicht hören, was sie sagen, aber ich spüre den Winterwind, der durch die offene Tür in sein Atelier weht. Ich liege nackt auf dem breiten Bett und fröstele.

Was, wenn er sie hereinlässt? Was ist, wenn sie mich so sieht? Am liebsten möchte ich mich zudecken oder in mein Kleid springen, aber ich schäme mich. Was wird er von mir denken? Ich bin sein Modell.

Ich verkrieche mich in die hintere Ecke des Bettes, dicht an die Wand, und umschlinge mich mit meinen Armen. Die Stimmen reden weiter, und mit ihnen pfeift der kalte Wind ins Zimmer. Es ist die Stimme einer Frau. Dessen bin ich mir sicher. Die Tür fällt zu, der Wind hört auf. Hat er sie hereingelassen? Wird sie gleich den Raum betreten oder ist sie wieder weg? Ich kauere in der Ecke und drücke mich noch fester an die Wand.

„Wo waren wir stehengeblieben?" Ich höre seine Stimme und schaue auf. Er steht neben dem Bett, trägt seinen Kittel und betrachtet mich. Die Frau hat er nicht hereingelassen.

„Du wolltest mich gerade zeichnen, während ich ein Buch

lese.“ Ich lege mich wieder auf den Bauch und halte das Buch fest, doch nach einem Moment richte ich mich auf. Wer war die Frau an der Tür? Zeichnet er sie auch?

„Fuego, was ist los?“

„Die Frau an der Tür? Will sie, dass du sie zeichnest?“ Ich kann nicht anders. Auch wenn mein Fragen unhöflich ist.

„Ist das wichtig?“ Er bleibt neben dem Bett stehen.

„Nein, ist es nicht.“ Ich bleibe sitzen und blicke zu Boden.

„Es spielt keine Rolle, weil ich jetzt hier bei dir bin.“ Er setzt sich neben mich, legt seine Hand auf meine Schulter und umarmt mich. „Und wenn ich bei dir bin, sind nur wir beide in diesem Raum, ich und du, und keine der Frauen, die ich in der Vergangenheit gemalt habe oder die ich in der Zukunft malen werde.“

„Zeichnest du sie gerne?“, frage ich ihn, obwohl ich ihn eigentlich fragen will, ob er sie mit seinen warmen Händen umarmt, so wie er das bei mir macht.

„Fuego, ich mag es, dich herzuholen und dich zu zeichnen. Das ist das Einzige, was zählt, alles andere nicht.“ Er nähert er sich und küsst meine Wange. „Magst du die Berührung meines Bleistifts und meiner Finger auf deinem Körper?“

„Ja, das tue ich“, hauche ich und erwidere seinen Kuss. Ich darf nicht darüber nachdenken, ob er andere Frauen küsst oder umarmt.

„Also lass uns mit diesem wunderbaren Moment fortfahren.“ Er streichelt mein Haar. „Du bist so besonders, mit deinem blassen Körper, der im Kontrast zu deinem roten Haar und deinen zarten Lippen steht,“ sanft berührt er sie mit seinem Finger, „die mir Gedichte vorlesen.“

Du wolltest mich zeichnen, während ich ein Buch lese.“ Ich lege mich wieder auf den Bauch, nehme das Buch, schlage es auf und beginne, ihm ein weiteres Gedicht vorzulesen. Ich werde nicht an die anderen denken. Mit dem Gedicht, das ich ihm vorlese, werde ich in seinen Augen die Besondere sein.

Das neue Kleid, das ich bestellt habe, wartet schon im Laden auf mich. Das nächste Mal werde ich es für ihn tragen.

„Gnädiges Fräulein, könnten Sie sich bitte umdrehen?“, fragt mich die Verkäuferin im Kleidergeschäft ein paar Tage später. Ich folge der Bitte und betrachte mich im Spiegel. Dann drehe ich mich schnell um mich selbst und spüre, wie sich der Saum meines Kleides anhebt, als wäre ich eine Blume, die im Frühling ihre Blütenblätter entfaltet. Noch nie hat mich jemand mit so viel Respekt behandelt.

„Es ist so wunderschön, danke“, sage ich und betrachte mich erneut im Spiegel. Das Kleid ist hellrosa, mit einem weißen Spitzenkragen, einfach geschnitten. Ein dicker Taillengürtel ersetzt das unbequeme Korsett. Mit den Fingern streiche ich über den Stoff, der an mir herabfällt und ich fühle, wie weich er ist.

„Wir sind fertig, gnädiges Fräulein“, lächelt mich die ältere Verkäuferin an. „Sollen wir es für Sie einpacken?“

„Nein, danke“, antworte ich ihr und kann mich gar nicht von meinem Spiegelbild abwenden. Er wird sich so freuen, wenn er mein neues Kleid sieht. Ein paar Tage haben wir uns schon nicht mehr gesehen.

„Gnädiges Fräulein?“ Ich drehe mich zu der Stimme um. Die Verkäuferin steht hinter dem Tresen neben der Kasse und wartet auf mich.

„Tut mir leid, ich komme“, sage ich, gehe zu meiner kleinen Tasche, die neben meinem alten Kleid liegt, hole meine Geldbörse heraus und zähle die Silbermünzen ab. Ich habe fast kein Geld mehr, jetzt, wo Frau Bertha mir noch mehr abnimmt. Schon das letzte Mal, als ich bei ihm war, hat er mich nicht bezahlt. Er hat mir nur angenehme Worte ins Ohr geflüstert, als er neben mir auf dem großen Bett in seinem Atelier lag.

„Danke.“ Abgezählt gebe ich ihr das Geld und sehe ihr dabei zu, wie ihre Finger über die glänzenden Münzen mit dem Porträt des Kaisers gleiten. Herr Klimt wird mich das nächste Mal bezahlen. Es gibt keinen Grund zur Sorge. Meine Hand fährt über den glatten Stoff des Kleides, bevor ich meinen einfachen Mantel darüber ziehe und nach meinem alten Kleid greife.

„Genießen Sie Ihr neues Kleid“, sagt die Verkäuferin, als ich den Laden verlasse. Ich lächle ihr zu und bedanke mich beim Hinausgehen. Trotz des Sonnenscheins weht draußen ein kalter Wind, ich hülle mich in meinen Mantel und gehe in Richtung Boulevard. Das Straßenbahnticket werde ich mir sparen. Heute werde ich in seinen Augen das schönste Mädchen sein.

Nachdem ich das Eisentor geschlossen habe, ziehe ich im Garten meinen einfachen Mantel aus und lege ihn mir zusammen mit meinem alten Kleid über den Arm. Ich bleibe einen Moment stehen und schaue mich um, während ich überlege, was ich mit den Sachen machen soll. Schließlich lege ich sie neben den kleinen Holzschuppen in der Ecke des Gartens. Die Kälte, die mich empfängt, stört mich nicht, als ich zur Haustür gehe. Ich hoffe, dass er mich schon vom Fenster aus betrachtet.

„Wally, komm rein. Du bist ja fast nackt", umarmt er mich und zieht mich ins warme Haus.

„Das ist für dich", flüstere ich, „dieses Kleid ist nur für dich."

„Du bist so viel schöner als jedes Kleid." Er hält meine Hand und führt mich ins Atelier, „Das Kleid ist nur eine unnötige Dekoration, die die Kurven deines zarten Körpers verdeckt." Er steht vor mir in der Mitte des Ateliers, knöpft den breiten Gürtel auf und wirft ihn zu Boden. „Dein Körper sollte frei von unnötigen Schutzschildern aus Stoff sein." Seine Finger öffnen einen Knopf nach dem anderen und ignorieren dabei meine Brüste, die langsam zum Vorschein kommen. „Du brauchst dich nicht vor der Welt zu verstecken." Er beugt sich zu meinen Füßen hinunter, seine Hände greifen in den Stoff, er zieht ihn hoch. Ich hebe meine Arme und er zieht mir das Kleid über den Kopf, sodass ich nur noch mein weißes Höschen anhabe. Er streift es mir mit seinen Fingern ab. „Jetzt bist du perfekt, eine griechische Göttin mit Feuer im Haar und klaren blauen Seen in den Augen." Er führt mich zum Bett und richtet mich in eine für ihn passende Position. Ich schaue auf mein Kleid, das neben meinem Höschen auf dem Boden liegt. Er will mich nicht vor der Welt verstecken. Er wird mich eines Tages enthüllen.

„So will ich dich haben, beweg dich nicht." Er streichelt mein Haar, lässt mich nackt auf dem Bett liegen, geht zu seiner Staffelei und beginnt, mich zu zeichnen.

Mit der Zeit merke ich, wie mein Körper schmerzt, weil ich solange in der gleichen Position verharre. Immer wieder blicke ich auf das Bild der gnädigen Frau. Es ist fast fertig. Er ist so begabt. Bald wird er auch mich malen so wie sie, vielleicht sogar in meinem neuen Kleid. Ein Klingeln reißt mich aus meinen Gedanken. Ist es Erika, oder die Frau, die beim letzten Mal zu Besuch kam.

„Gerade noch rechtzeitig“, lächelt er mir zu. Was meint er damit? Wird er jemanden hier reinlassen, obwohl ich nackt auf dem Bett sitze? Ich erröte.

„Wer ist das?“, frage ich ihn.

„Ein Freund“, antwortet er. Ich springe vom Bett auf und will in mein Kleid stürzen. Warum hat er mir nicht gesagt, dass jemand kommen würde?

„Zieh das an. Es ist bequemer.“ Herr Klimt nimmt einen Kittel, der seinem sehr ähnelt, aus der Holzkiste und reicht ihn mir. „Wir wollen doch unseren Gast nicht in der Kälte warten lassen“, lächelt er mich an, „und bitte leg dich wieder aufs Bett, in die Position, in der du warst.“ Er dreht sich um, verlässt das Atelier und lässt mich in diesem einfachen Kittel allein im Zimmer zurück. Ich ziehe ihn schnell an, ignoriere Kleid und Höschen, die beide immer noch auf dem Boden liegen und versuche, die Position wiederzufinden. Ich schaue auf das Gesicht der gnädigen Frau auf dem großen Gemälde, das an der Wand lehnt. Warum überrascht er mich so? Ich höre Schritte, die den Raum betreten.

„Wally, das ist Herr Egon Schiele, der talentierteste Jungmaler, den ich kenne“, sagt er. Ich drehe mich um. Sofort fällt mir auf, dass er viel jünger als Herr Klimt ist, nur ein paar Jahre älter als ich, mit dichtem, schwarzem Haar. Sein Gesicht ist glattrasiert, ganz im Gegensatz zu all den Männern, die ihre Bärte und Schnurrbärte zur Schau stellen. Er trägt ein weißes Hemd mit Knopfleiste und eine Krawatte.

„Sehr erfreut, Sie kennenzulernen.“ Ich lächle ihn an und nehme seine maßgeschneiderte braune Hose ins Visier, die sich so sehr von Herrn Klimts einfachem Kittel unterscheidet. Auch ich bin jetzt in so einen schlichten

Kittel gehüllt. Ich weiß, dass ich aufstehen und ihm die Hand schütteln sollte, aber Herr Klimt hat mich gebeten, in dieser Position zu bleiben.

„Freut mich ebenfalls, Wally, das Modell des großen Meisters." Herr Schiele nähert sich dem Bett und klettert darauf. Ich spüre, wie sich die Matratze bewegt, als er sich mir nähert. Er schüttelt mir nicht die Hand, sondern küsst mich auf die Wange, wie es in Frankreich üblich ist. Sein Rasierwasser riecht nach Kiefer. „Sag es nicht weiter, aber du bist die schönste Frau, die ich je gesehen habe", flüstert er mir zu, bevor er sich vom Bett zurückzieht und zu Herrn Klimt geht, der uns beobachtet hat. Ich spüre, wie ich erröte, und schaue wieder nach unten, um die polierten Lederschuhe des Malers zu betrachten. Herr Klimt steht mit seinen einfachen Schuhen auf meinem rosa Kleid und dem Höschen. Bestimmt hat er es nicht bemerkt.

„Stören Sie sich nicht an mir. Ich bin nur für einen Moment zu Besuch", sagt Herr Schiele zu Klimt.

„Ich mache Zeichnungen von ihr. Als Übung für ein neues großes Gemälde", antwortet dieser.

„Darf ich es sehen?"

„Natürlich", lädt Herr Klimt ihn hinter die Staffelei ein. Sie stehen beide dahinter, schauen mich an und flüstern miteinander. Es ist mir peinlich, dass Herr Schiele die Zeichnung von meinem nackten Körper sieht. Zeigt Herr Klimt das auch anderen Leuten? Ich schließe meine gespreizten Beine, obwohl der Kittel sie bedeckt. Der Stoff ist unangenehm auf meiner Haut.

„Darf ich etwas probieren?", fragt Herr Schiele.

„Ja, natürlich."

Herr Schiele kommt näher und setzt sich wieder neben mich auf das Bett.

„Darf ich?" Ich nicke, obwohl ich nicht weiß, was er vorhat. Herr Klimt passt auf und beschützt mich.

Herr Schiele legt seine Hand auf meinen Oberschenkel. Die Berührung seiner Hand ist warm, und einen kurzen Augenblick zucke ich zusammen. Was wird Herr Klimt dazu sagen? Ich sehe zu ihm, aber er steht nur mit gefalteten Händen an der Staffelei und lächelt mich an.

„Gib mir deine Hand", sagt Herr Schiele. Ich strecke meine Hand aus und er legt sie in der richtigen Position auf meinen Oberschenkel. Ich weiß bereits, wie ich meinen Körper so freigebe, damit sie ihn so formen können, wie sie wollen.

„Ihr rotes Haar ist wunderbar, wie eine frische Sommerkirsche, die nur darauf wartet, gekostet zu werden", sagt Herr Schiele leise, bevor er vom Bett aufsteht.

„Beweg dich nicht, so will ich dich haben." Er stellt sich neben die Staffelei. „So kann ich sie mir nackt vorstellen", sagt er zu Herrn Klimt, während er anfängt, mich zu zeichnen. Wie kann er sich das vorstellen? Ich gehöre zu Klimt.

„Ihr nackter Körper ist viel schöner als in Ihrer Vorstellung", antwortet Herr Klimt.

„Darf ich sie in meinem Atelier malen?"

„Sie sollten sich eigene Modelle suchen. Sie gehört zu mir, jedenfalls so lange, bis ich jede Kurve ihres Körpers kennengelernt habe", antwortet Herr Klimt, während Herr Schiele mich zu zeichnen beginnt und mich mit seinen Augen ununterbrochen fixiert.

„Wann ist Ihre Ausstellung?" Herr Schiele legt den Bleistift beiseite und geht auf das Bild der gnädigen Frau zu, betrachtet es. Dabei steht er mit dem Rücken zu mir.

„In zwei Monaten, ich muss noch an einigen Bildern arbeiten."

„Findet die Ausstellung in der Wiener Sezession statt?"

„Ich denke nicht. Die Künstler dort sind allesamt

Wichtigtuer, die nichts von Kunst verstehen", antwortet Herr Klimt, „alles alte Männer, die sich nicht zur Ruhe setzen wollen, ihre Zeit in Cafés verbringen und über Kunst streiten, statt sie zu schaffen."

„Nur Sie schließen sich hier in Ihrem Atelier ein. Obwohl…", lacht Egon Schiele mit einem Blick auf mich, „.. ich verstehen kann, dass das junge Fräulein Wally sicher ein würdiger Ersatz für langweilige Gespräche über Kunst ist und darüber, welches Kleid die Herzogin auf dem Ball getragen hat und ob Herrn Freuds Theorien über Psychoanalyse und Träume wahr sind oder nicht."

Herr Klimt fährt fort: „Oder ob der Kaiser weitere Truppen entsenden wird, um die Russen im Osten zu bedrohen." Er wendet sich wieder der Staffelei zu, um mich zu zeichnen.

„Und Sie? Wie geht es mit Ihren Bildern voran? Denken Sie nicht über eine Ausstellung nach?"

„Ich warte darauf, dass Sie mir Ihr Modell geben, dann habe ich die Muse für eine Ausstellung."

„Um sie zu bekommen, müssen Sie sich schon ein bisschen mehr anstrengen, als ihr nur mit netten Worten zu schmeicheln, die Sie ihr ins Ohr geflüstert haben", lacht Herr Klimt. Ich lächle vor mich hin. Ich mag das Kompliment von Herrn Klimt und die Tatsache, dass Herr Schiele mich so begehrt.

„Hat mich gefreut, Rotkirsch-Wally", verbeugt sich Egon wenig später vor mir und geht zur Tür. Er verabschiedet sich von Herrn Klimt.

„Wally, könntest du Herrn Schiele zur Tür begleiten und nach der Katze sehen? Ich habe sie seit dem Morgen nicht mehr gesehen", bittet mich Herr Klimt. Ich klettere vom Bett und gehe mit Herrn Schiele an die Tür.

„Würden Sie mich zum Tor begleiten?", fragt er mich.

Das Kies kratzt kalt an meinen nackten Füßen, als ich schweigend neben ihm den Weg entlanggehe.

„Katze, Katze ..." locke ich das Tier. Ich rieche noch immer sein Rasierwasser und denke an Herrn Klimt.

„Da ist sie", sagt er, geht an die Seite der Hütte und hebt die Katze hoch, die auf meinem alten Mantel samt dem Kleid liegt, das ich vorhin auf dem Boden abgelegt hatte.

„Hier, bitte." Er legt die Katze in meine Hände und streichelt sie wie nebenbei. „Danke", sage ich, „es war schön, Sie kennengelernt zu haben."

„Ich bin sicher, wir sehen uns wieder", sagt er und küsst mich auf meine Wangen. „Dein böhmischer Kittel ist wunderschön. Man sagt immer, dass böhmische Frauen nichts darunter tragen", sagt er leise und küsst meine andere Wange. Ich spüre, wie der schlichte Stoff des Kittels meinen nackten Körper berührt. „Willkommen in Klimts Palast", lächelt er mich an, während er sich von mir entfernt und das schwarze Eisentor öffnet. „Du bist die schönste Vertreterin seines Harems."

6. Der Bohemien

„Christina", klopfe ich spät in der Nacht an ihre Zimmertür, „Christina, bist du noch wach?" Seit Stunden liege ich in meinem winzigen Zimmer und werfe mich von einer Seite auf die andere. „Christina", ich klopfe nochmal vorsichtig an die Tür und schaue zur Seite. Der Korridor ist dunkel und still. Alle Gäste, die heute Abend hier waren, sind bereits samt ihren Mänteln, die sie am Eingang aufgehängt hatten, in die stille Nacht entschwunden. Die Mädchen, die auf den Sofas im Eingangsbereich saßen, haben sich langsam in ihre Zimmer verzogen, den Flur mit Erinnerungen an nackte Schenkel und kaltem Rauch gefüllt. „Christina", klopfe ich etwas heftiger an die Tür, setze mich im dunklen Flur auf den Boden und lehne mich an die kalte Wand. Ich will nicht zurück in mein einsames Zimmer.

„Was ist passiert, Rotschopf? Ist alles in Ordnung?" Sie öffnet die Tür einen Spalt. Ich kann ihre Silhouette im schwachen Licht erkennen. Was kann ich ihr erzählen, ohne dass sie mich auslacht?

„Ich möchte dich etwas fragen", sage ich und stehe auf.

„Was denn?" Sie lässt die Tür weiterhin einen Spalt geöffnet.

„Kannst du mich reinlassen?"

„Na, komm rein", sie öffnet die Tür und lässt mich rein. Ich schließe die Tür hinter mir. In der Dunkelheit höre ich das Knarzen der Federn, als sie sich wieder in ihr Bett setzt oder legt. „Rotschopf, krabbel unter die Decke", sagt sie. Ich taste mich vor, steige ins Bett und lege mich neben sie. Das Bett ist warm und kuschelig, nicht so kalt wie meins.

„Christina, was ist ein Bohemien?", frage ich sie, nachdem ich mich zugedeckt und mich mit der Wolldecke umhüllt habe.

„Hat das mit dem Maler zu tun, mit dem du zusammen bist?"

„Nein", flüstere ich, „ich bin nicht mit ihm zusammen. Ich habe zwei Leuten auf der Straße zugehört, die sich über Bohemiens unterhalten haben."

„Ich weiß, dass du zu ihm gehst", lacht sie leise. „Er muss einer von ihnen sein. Bohemiens sind seltsame Künstler. Sie nennen sich modern und schaffen neue Kunst, die anders ist als das, was andere vor ihnen gemalt haben. Sie sitzen immer in ihren Cafés, streiten sich über Kunst und erlauben sich, Bilder zu malen, die nicht gemalt werden dürfen."

„Was sind das für Bilder?" Ich presse meine Beine zusammen. Ist es das, was er mit mir macht?

„Gemälde von nackten Frauen. Die hast du doch sicher nicht im Haus der gnädigen Frau gesehen. Frau Bertha sagt, du arbeitest nicht mehr dort."

„Nein, ich arbeite dort nicht mehr", erwidere ich und erinnere mich an die großen Gemälde im Haus der gnädigen Frau. In ihrem Zimmer gab es eines mit Blumen, die wie bunte Punkte gemalt waren. Die Wand der Haupttreppe wiederum war mit eleganten Gemälden von Männern geschmückt, die mich mit furchterregenden Blicken verfolgt hatten. „Ich habe dort aufgehört zu arbeiten, weil der Maler mich gebeten hat, für ihn Modell zu stehen", sage ich.

„Glaubst du, er interessiert sich für dich? Ob du arbeitest oder nicht?"

„Ich bin ihm nicht egal", flüstere ich. Ich will ihr nicht gestehen, dass er mich dafür bezahlt.

„Ihm geht es bloß um seine Kunst und darum, dass er

dich zeichnen kann, wie er will. Bilder, die nicht gezeichnet werden sollten."

„So ist er nicht", sage ich und merke, dass ich meine Stimme erhebe. Ich weiß, dass er mich liebt, auch wenn er mich schon lange nicht mehr bezahlt hat.

„Psst...", versucht sie mich zu beruhigen, „sonst weckst du noch Bertha unten auf, obwohl die Tür geschlossen ist. Sie hat Ohren wie ein Schießhund. Sie hört alles."

„Tut mir leid!" Ich zwirble die Decke zwischen meinen Fingern. Ich will nicht, dass Frau Bertha kommt und mich hier rausschmeißt.

„Dein Maler ist wohl kein Bohemien."

„Er ist nicht wie die. Er ist nett."

„Er bittet dich sicher nicht, dich auszuziehen", lacht sie im Dunkeln.

„Ich mache nur, was ich will. Ich muss gar nichts. Er kümmert sich um mich."

„Na sicher, hier in Berthas Herberge machen wir mit den Männern auch nur, was wir wirklich wollen", flüstert sie und hält einen Moment inne. „Solange sie zahlen und zufrieden sind, sind wir alle zufrieden, vor allem Frau Bertha."

„Dürfen sie das? Dürfen sie verlangen, was immer sie wollen?" Ich denke an das große Bett in seinem Atelier, stelle mir vor, wie er neben der Staffelei steht und auf mich und meine gespreizten Schenkel schaut. Meine Hände sorgen dafür, dass die Wolldecke meine Oberschenkel bedeckt.

„Wen meinst du? Die Männer, die hierher kommen oder deinen Maler?"

„Beide", antworte ich nach kurzem Überlegen.

„Es sind Männer, also dürfen sie das."

„Warum ist das so? Warum dürfen die Männer alles, aber wir nicht?"

„Weil sie uns daran gewöhnt haben", lacht sie bitter. „Sie haben uns beigebracht, dass es besser für uns ist, auf sie zu hören."

„Aber er malt auch anständige Damen", gebe ich zu bedenken und spüre in Gedanken die Bettdecke, wie sie meinen nackten Körper berührt, jedes Mal, wenn ich dort liege. „ Kommen auch Damen in sein Atelier?"

„Sicher, aber die Damen malen sie nicht so. Die Damen kaufen ihnen die Bilder für viel Geld ab."

„Und was ist mit uns?"

„Wir sind die Frauen der verbotenen Kunst. Deshalb kommen sie auch hierher, in Berthas Herberge, weil sie mit uns machen dürfen, was sie wollen."

„Wir sind doch keine Huren", flüstere ich. Ich bin mir sicher, dass er sich um mich sorgt. Ich bin keine Hure.

„Du bist so ein kleines Mädchen. Auch wenn du schon mit ihm zusammen warst, bist und bleibst du immer ein kleines Mädchen, das nichts versteht."

„Sie haben auch einen gewissen Freud erwähnt", sage ich leise, damit Christina mich nicht für ein kleines Mädchen hält. Ich werde ihr zeigen, dass ich erwachsen bin und die Gespräche der Erwachsenen verstehe.

„Ich habe noch nie von ihm gehört. Vielleicht besucht er eine andere Herberge", lacht Christina, „Ist er auch Maler?"

„Ich weiß es nicht. Ich glaube nicht, dass er das ist. Er macht etwas, das sich Psychoanalyse nennt. Das habe ich jedenfalls so gehört", antworte ich unbeholfen. „Herr Klimt sagt, ich sei interessanter als er."

„Rotschopf, wenn du nackt vor ihm liegst, bist du offensichtlich interessanter als ein gewisser Herr Freud, auch wenn ich keine Ahnung habe, wer das ist."

„Hältst du Psychoanalyse für eine Form der Kunst"?

„Woher kommen all deine Fragen? Weißt du nicht, dass

wir Frauen sind und nicht so viele Fragen stellen sollten? Du solltest wissen, dass Männer keine klugen Frauen mögen. Bertha im übrigen auch nicht. Sie wollen, dass wir wissen, wo unser Platz ist."

„Entschuldigung, tut mir leid", flüstere ich ins Dunkle, „ich werde weniger Fragen stellen."

„Du solltest diese Leute nicht verärgern, aber ich nehme an, das hast du schon gemerkt."

„Ja, ich weiß." Hier unter der Decke ist es warm. Ich habe die Gespräche mit ihr vermisst.

„Christina, kann ich heute Nacht hier bei dir schlafen?"

„Nein, kannst du nicht."

„Bitte, ich bewege mich auch nicht."

„Rotschopf, du bist kein kleines Mädchen mehr. Du musst dich daran gewöhnen, allein zu bleiben, wie wir alle anderen hier in Berthas Herberge auch. Wir sind Prostituierte. Am Ende der Nacht werden wir immer allein im Bett zurückgelassen."

Ich möchte laut schreien, dass ich keine Hure bin, aber ich habe Angst, Frau Bertha zu wecken. Ich höre das Knarzen der Bettfedern. Sie verjagt mich zwar nicht, aber ich spüre, wie sie mir den Rücken zuwendet.

Ohne ein Wort zu verlieren, schlage ich die Decke weg, steige aus dem Bett, taste mich in der Dunkelheit zur Tür und öffne sie.

„Gute Nacht", höre ich sie flüstern, aber ich antworte ihr nicht. Leise kehre ich in mein kleines Zimmer zurück und setze mich auf das Stahlbett. Ich bin keine Prostituierte. Ich bin ein Modell, das umarmt und geliebt wird, auch wenn er mich dafür bezahlt.

Im Dunkeln fische ich nach der kleinen Tasche, die ich im Schrank versteckt habe, fühle die Silbermünzen und zähle sie. Ich habe nur noch vier Stück. Ich muss ihn um Geld bitten.

„Guten Morgen, Katze!“ Ich bücke mich nach der pummeligen Katze, streichle ihr weiches Fell und schließe das Eisentor hinter mir. Ich weiß nicht, wie ich ihm sagen soll, dass ich mehr Geld brauche. Das Geräusch, das der Kies hinterlässt, erinnert mich an das Hufgetrappel der Pferde, die die Kutschen der Reichen im Galopp über die Straßen der Stadt tragen. Solche Kutschen werden von vier oder sechs Pferden gezogen. An der Tür bleibe ich stehen und atme tief durch, während ich weiterhin die schnurrende Katze auf meinem Arm streichele. Herr Klimt wird mir Geld geben. Ich muss mich nicht sorgen. Ich betätige die Porzellanglocke, die er an seinem Haus angebracht hat.

„Guten Morgen. Kann ich behilflich sein?“ Eine Frau öffnet die Tür, sieht mich an. Sie ist älter als ich, etwa fünfunddreißig, hat lockiges braunes Haar und trägt einen Kittel, der dem von Herrn Klimt ähnelt. Allerdings ist ihrer geblümt und nicht mit bunten Flecken übersät.

„Entschuldigung, ich habe mich wohl in der Adresse geirrt“, stammle ich und werde sofort rot. Ich war mir sicher, dass er auf mich wartet.

„Emilie, wer ist das an der Tür?“ Ich höre die Stimme von Herrn Klimt.

„Eine junge Dame, die sich in der Adresse geirrt hat“, antwortet sie laut, während sie mich weiter anstarrt und meine Haare und Augen mustert.

„Entschuldigen Sie, gnädige Frau, ich bitte um Verzeihung. Ich wünsche einen schönen Tag“, stottere ich, drehe mich um und laufe über den Kies. Das Geräusch meiner Schritte klingt wie das Kreischen eines Dampfzuges, der mit lautem Dröhnen in den Bahnhof einfährt.

„Fräulein?“, sie ruft nach mir.

„Ja bitte?“ Ich bleibe stehen und drehe mich um.

„Darf ich?“ Sie zeigt auf die Katze, die in meinem Arm liegt. Sie kommt auf mich zu, streckt die Hand aus, nimmt das Tier und umarmt es. Sie streichelt die Katze, während sie mir ein triumphierendes Lächeln schenkt. Dann dreht sie sich um und geht zurück zur offenen Haustür, wobei ihr geblümter Kittel bei jedem Schritt wippt wie eine Frühlingswiese im lauen Wind. Warum habe ich geglaubt, dass er sich nur für mich interessiert? Ich drehe mich um und gehe auf das Tor zu, wische mir die Tränen aus den Augen und ignoriere das Geräusch auf dem Kiesboden, das ich hinter mir höre. Meine Finger rutschen mehrmals vom Torriegel ab, als ich ihn öffnen will.

„Fuego, wo willst du denn hin?“ Ich spüre, wie sich seine Hände um mich schlingen, während sich sein großer Körper von hinten an mich schmiegt: „Lauf doch nicht vor mir weg.“ Er drückt mich weiter fest an sich. Ich wische mir über die Augen und drehe mich in seine Richtung, umarme ihn und lege meinen Kopf an seine Brust. Ich spüre die Wärme seines Körpers und ignoriere den rauen Stoff seines Kittels. Wer ist diese Frau?

Behutsam schließt er den Riegel des Eisentors, nimmt meine Hand und führt mich zum Haus. Ich folge ihm wie ein kleines Hündchen an der Leine.

„Das ist Frau Emilie Flöge. Sie gehört zu mir“, sagt er, als er die Tür hinter uns schließt und mich an der Hand ins Atelier führt. „Ich habe auf dich und deine roten Haare gewartet.“ Er stellt sich mit mir in die Mitte des Ateliers.

„Und was ist mit ihr? Ist sie eines deiner Modelle?“

„Emilie?” Er streichelt meine Wange, aber ich wende

meinen Kopf ab und schaue auf die großen Bilder, die an der Wand lehnen.

„Ja." Ich nicke zur Bestätigung.

„Manchmal zeichne ich sie auch. Früher habe ich sie öfter gezeichnet." Er versucht nicht, mich erneut zu streicheln. Warum hat er mich gebeten, zu kommen?

„Ich möchte gehen", sage ich und gehe zur Tür. Ich will, dass er mich bittet zu bleiben. Aber er sagt nichts, ich drehe ihm den Rücken zu und gehe zur Tür. Als ich dort bin, bleibe ich stehen und lege meine Hand auf den Türgriff. Ich habe Angst vor dem nächsten Augenblick. Was, wenn er mir nicht nachläuft? Draußen ist es so kalt.

„Wally, warte", höre ich seine Stimme und er kommt. Ich spüre, wie er mich mit seinen Händen umfasst. Ich halte mich weiterhin am Türgriff fest. „Ich möchte gehen."

„Geh nicht, meine liebe Wally", umarmt er mich fest.

„Du liebst viele Frauen, nicht nur mich", sage ich. Ich muss wissen, dass ich ihm etwas bedeute.

„Meine schöne Wally", er küsst meinen Hals, „ich kenne viele Frauen. Emilie ist eine von ihnen." Er streichelt meine Wange und wieder drehe ich mein Gesicht auf die andere Seite, aber er streichelt mich weiter. Ich kann die Wärme seiner Handfläche fühlen.

„Ich habe noch andere Frauen und ich weiß, dass das für dich nicht leicht ist", fährt er fort, „aber so bin ich nun mal. Ich bin ein Mann, der viele Frauen liebt. Das heißt aber nicht, dass du mir egal bist."

„Und was machst du mit ihnen?"

„Sie sind nicht wichtig. Wichtig ist, dass ich dich jetzt in den Arm nehme. Das ist das Wichtigste. Du bist jetzt bei mir zu Hause. Das ist das Wichtigste."

„Emilie ist jetzt aber auch bei dir zu Hause."

„Emilie ist auf eine andere Art besonders, aber keine

andere ist wie du. Keine andere hat so schöne rote Haare wie du. Bitte geh mit mir ins Atelier.“ Er löst sich aus der Umarmung, nimmt meine Hand und führt mich ins Atelier. Ich will nicht wieder durch die kalten Straßen laufen und nach Arbeit suchen müssen. Ich will, dass er mich liebt und mich in seinen Armen hält.

Ich schaue mich im Atelier um - wir beide sind allein im Raum. Frau Emilie sehe ich nicht. Auch die Katze ist nicht da. Ich setze mich auf das Bett, ohne ihn zu fragen, ziehe mein Kleid und meine Unterwäsche aus und lege mich nackt vor ihn. Ich will in seinen Augen die Schönste sein. Meine Finger streicheln mein Haar in sanften, verführerischen Bewegungen, wie ich es bei den Mädchen im Wohnheim gesehen habe.

„Nicht bewegen. Genau so will ich dich haben“, sagt er und beeilt sich, hinter die Staffelei zu kommen. Ich lächle ein wenig und schließe meine Augen. Ich werde diejenige sein, die er am meisten liebt.

„Hast du dich schon entschieden, welche Bilder du zur Ausstellung mitnehmen willst?“, höre ich nach einer Weile eine Stimme fragen. Ich öffne die Augen und entdecke Frau Emilie, die neben Herrn Klimt steht und sich mit ihm unterhält. Dabei wirft sie einen Blick auf meine Aktzeichnung. Wie lange steht sie schon da? Warum hatte ich so lange meine Augen geschlossen?

„Ich nehme das Porträt von Fritza Riedler mit. Sie hat sich bereit erklärt, mir das Bild für die Ausstellung zu leihen.“

„Bietest du die Bilder nicht zum Verkauf an?“ Sie legt ihre Hand auf seinen Arm und streichelt ihn. Ich fühle mich so bloßgestellt. Sie tut das absichtlich vor meinen Augen.

„Und das Bild mit dem Birnbaum. Wally, beweg dich nicht. Lass deine Schenkel offen.“ Seine blauen Augen richten sich wieder auf mich. Am liebsten möchte ich mich unter meinen Händen oder der schwarz-weiß gestreiften Bettdecke verstecken. Ob sie die Tagesdecke für ihn genäht hat?

„Vielleicht solltest du dich auf die Fertigstellung von Adeles Gemälde konzentrieren. Es könnte mit seinen goldenen Farben wunderbar in die Ausstellung passen", wendet sie sich von ihm ab, nähert sich dem Bett und stellt sich vor mich. „Deine Aktzeichnungen werden dort sowieso nicht gezeigt, nicht nach dem letzten Skandal."

„Der Vorstand der Sezession ist ein Haufen feiger alter Männer, die nur dem Kaiser gefallen wollen", antwortet er ihr. „Die nehmen gute Kunst nicht wahr, selbst wenn man sie ihnen unter die Nase hält."

„Nach dem Streit im letzten Jahr, solltest du froh sein, dass sie dich eingeladen haben, um deine Bilder auszustellen", antwortet Emilie. Sie beugt sich für einen Moment hinunter, lässt ihre Hand über die Bettdecke gleiten, bevor sie sich wieder neben ihn stellt. „Außerdem", lächelt sie ihn an, „bist du selbst auch ein bisschen aufgedunsen und alt." Sie schmiegt sich an ihn. Ihre Finger streicheln über sein Haar. „Und du weißt, die Damen lieben es, wenn du sie für gutes Geld malst. Das bringt viel mehr, als wenn du hier im Atelier nackte junge Mädchen zeichnest", sie küsst seinen Nacken und lacht. „Wenigstens hat diese hier rote Schamhaare, die musst du unbedingt in Farbe malen."

Ich erröte und möchte mich irgendwie bedecken, aber ich darf nicht. Ich muss professionell bleiben. Ich werde ihr zeigen, dass sie mich nicht demütigen kann. Ich schließe die Augen, aber ich stelle mir immer noch vor, wie sie beide dort stehen und mich ansehen, und wie Frau Emilies Hand über sein kurzes, braunes, lockiges Haar streift, so wie ich als Kind über Papas Haar gestreichelt habe. Meine gespreizten

Oberschenkel tun weh, und ich will, dass er mit dem Malen aufhört, damit ich aufstehen und mich anziehen kann. Aber ich verharre und bewege mich nicht. Er hat mir noch nicht gesagt, dass er fertig ist. Sie wird mich nicht ausstechen.

„Das kommt noch. Vielleicht male ich Wally. Vielleicht male ich sie sogar für eine Ausstellung", höre ich ihn sagen und öffne meine Augen, um einen Blick auf die Frau zu werfen. Es macht mir nichts mehr aus, dass ich nackt vor ihr liege und meine Schamhaare eine spezielle Farbe haben. „Vielleicht kombiniere ich sie mit anderen Modellen und werde das Bild 'Jungfrau' nennen", sagt er zu ihr.

„Wahrscheinlich ist sie gar keine Jungfrau mehr", lacht Emilie. Sie küsst ihn auf den Mund und verlässt den Raum. Ich schließe meine Beine und bedecke meine Schamhaare.

„Wally, geh wieder in Position. Ich bin noch nicht fertig mit dem Zeichnen deiner Schamhaare, die du gerade versteckst."

Ich lege mich wieder auf die Bettdecke und spreize meine Beine. Ich werde nicht zulassen, dass sie mich verletzt. Die Hauptsache ist, dass er gesagt hat, dass er mich malen wird. Vielleicht wird mein Bild eines Tages in einer Ausstellung erscheinen.

„Kann ich Ihnen behilflich sein, gnädiges Fräulein?", fragt mich der Zeitungsverkäufer am Kiosk. „Eine Frau sollte nicht auf der Straße stehen und in der Zeitung lesen."

„Ich schaue mich nur um", antworte ich und lese die Zeitungsschlagzeilen. In großen schwarzen Lettern steht dort geschrieben, dass der Kaiser weitere Truppen rekrutieren wird, um der russischen, französischen und englischen Allianz etwas entgegenzusetzen. Wenn ich das nächste Mal zu Herrn Klimt gehe, werde ich mit ihm über etwas sprechen, das sein Interesse an mir wecken wird. Danach wird er ein echtes Bild von mir malen wollen, nicht nur eine einfache Zeichnung. In dem Bücherstapel vor mir suche ich nach einem bekannten Titel, aber alles, was ich kenne, sind die Kinderbücher, die mein Vater mir immer vorgelesen hat. Einen Gedichtband von Oscar Wilde, wie ihn mir Herr Klimt vorgelesen hat, kann ich nirgends finden.

„Mein Fräulein?“ Der Verkäufer kommt zu mir und stellt sich neben mich. Sein schwarzer Bart riecht nach billigem Tabak und stinkt: „Gibt es etwas Spezielles, das Sie interessiert?“ Auch den säuerlichen Geruch seines Schweißes kann ich riechen.

„Wieviel kosten die?“ Ich zeige auf eine grüne Zeitschrift, die zwischen einer Zeitung hängt, die über Vorbereitungen an der russischen Front berichtet und einer Zeitschrift, auf deren Titelbild eine Frau im Sommerkleid abgebildet ist.

„Diese? Sind Sie sicher, Fräulein? Das ist nichts für Sie.“ Er hält er mir die schlichte grüne Zeitschrift hin und lächelt mich an, während er versucht, mich mit seinen Fingerkuppen zu berühren.

„Ja“, weiche ich zurück und schaue auf das Titelbild. Ich erkenne den Namen ‚Professor Sigmund Freud‘.

„Für Sie, mein Fräulein, ist diese Zeitschrift kostenlos.“ Er streckt seine Hand aus und berührt mich noch einmal.

„Danke, aber ich bestehe darauf, sie zu bezahlen.“ Ich schiebe meine Hand von seiner weg. Ich will, dass mich nur Herr Klimt berührt. „Wie viel kostet sie?” Ich ziehe mein Portemonnaie hervor, obwohl ich nicht vorgehabt hatte, die Zeitschrift zu kaufen. Ich habe nicht genug Geld, aber ich wünsche mir nur, dass Herr Klimt stolz auf mich ist. Ich werde diese Zeitschrift lesen, um zu verstehen, worüber die Bohemiens in ihren Cafés reden. Wenn er mich das nächste Mal einlädt, kann ich mitreden.

Vor der Herbergstür bleibe ich kurz stehen und lege meine Hand auf die Stahlklinke. Von innen höre ich Musik, die vom Plattenspieler kommt, den Frau Bertha vor kurzem für die Gäste gekauft hat. Sie hat ihn in die Ecke des Zimmers auf einen Holztisch gestellt. Jeden Abend drehen die Mädchen am Griff, bevor sie sich zu den Herren setzen. Sollte ich vielleicht noch eine Weile durch die Straßen laufen? In der Hand halte ich noch die Zeitschrift, die ich gerade gekauft habe. Ich möchte direkt nach oben in mein Zimmer, um sie trotz der lauten Geräusche der Mädchen zu lesen.

„Guten Abend, Walburga", begrüßt mich Frau Bertha, als ich eintrete, „was hast du denn da in der Hand?"

„Etwas, das ich auf der Straße gefunden habe." Schnell verstecke ich die Zeitschrift hinter meinem Rücken, damit sie nicht merkt, dass ich etwas lese, das nicht für Frauen bestimmt ist. Demonstrativ streckt sie ihre Hand aus, schaut mich an, und ich reiche ihr die Zeitschrift.

Sie wirft einen Blick auf das Titelblatt und schlägt die erste Seite auf. In der anderen Hand hält sie eine Zigarette, die eine dünne Rauchfahne in den Raum abgibt.

„Ist es das, was dich interessiert? Herr Freud und seine Traumdeutung?" Sie schlägt die dünne Zeitschrift zu.

„Nein, Frau Bertha, ich sagte doch, ich habe sie auf der Straße gefunden, bin zufällig darüber gestolpert.

„Gut." Sie sieht mich an, „Du solltest dich lieber um deine Miete kümmern und nicht um moderne Theorien. Du bist schon zwei Tage mit der Zahlung im Rückstand." Sie reicht mir die Zeitschrift und geht zum Eingang, wahrscheinlich, um das Eingangslicht einzuschalten.

„Jawohl, Frau Bertha." Ich nehme die Zeitschrift entgegen und durchquere den Empfang in Richtung Treppe, vorbei an Erika, die gerade dabei ist, den Plattenspieler erneut anzuwerfen. Ich betrachte den rötlichen Schalltrichter des Phonographen, der wie eine Blume aussieht, die ihre Blütenblätter in den schummrigen Raum streckt und die Luft mit sanfter Musik einer Frau erfüllt, die über ihren Verlobten singt.

„Guten Abend, Rotschopf", wendet sich Erika vom Plattenspieler ab und kommt auf mich zu. Sie stellt sich vor mich.

„Guten Abend, Erika", antworte ich und versuche, mich an ihr vorbeizuschieben. Wir haben nicht mehr miteinander gesprochen, seit sie mich gezwickt hat.

„Du bist ja kaum noch hier. Hast du einen besseren Ort gefunden, an dem du sein kannst?" Mit diesen Worten versperrt sie mir den Weg.

„Nein, ich wohne hier", antworte ich ihr und stehe auf. Es ist nicht meine Schuld, dass Herr Klimt mich ausgewählt hat.

„Ich glaube, du hast dir etwas genommen, das mir hätte gehören sollen. Wie ist denn so sein Bett im Atelier? Fühlst du dich wohl, wenn du drauf liegst?"

„Das ist mir nicht wichtig", sage ich mit gesenktem Blick, obwohl ich ihr in die Augen schauen und ihr sagen sollte, dass sie das nichts angeht.

„Denn wenn ich mich recht erinnere, warst du ziemlich schüchtern, als wir das erste Mal zusammen dort waren, und wenn ich dich nicht mitgenommen hätte, wärst du gar nicht erst hingegangen." Sie kommt noch näher an mich heran, so dass ich das süßes Rosenparfüm an ihrem Körper riechen kann.

„Ich habe mich überhaupt nicht geschämt, und dass du dich vor ihm ausgezogen hast, ist dein Problem", antworte ich schließlich und versuche, an ihr vorbeizukommen, doch sie bewegt sich in die gleiche Richtung und versperrt mir erneut den Weg.

„Wirklich? Und du ziehst dich nicht vor ihm aus?" Sie erhebt ihre Stimme.

„Das geht dich nichts an."

„Es geht mich sehr wohl etwas an, denn ich hätte ihn haben sollen, nicht du. Du hättest hier sein sollen, um Frau Bertha und den Männern, die jeden Abend hierher kommen, in einem transparenten Mieder und Strumpfbändern Gesellschaft zu leisten!", schreit sie mich an.

„Ich dachte, es macht dir hier Spaß. Das sagst du doch immer zu all den Mädchen, dass du dich um die Männer kümmerst und sie alle glücklich machst!", schreie ich zurück. Sie hat kein Recht, das, was zwischen mir und Herrn Klimt ist, so in den Schmutz zu ziehen.

„Wirklich? Dann komm mit. Wir werden das hier zusammen machen." Sie packt mich am Arm und zieht mich hinter sich her auf das geblümte Sofa. „Komm, setz dich zu mir und den Männern, die bald kommen, anstatt mit dem berühmten Maler für Geld Modell zu liegen. Sei eine Hure wie wir."

„Ich bin keine Hure. Ich bin ein Modell", schlage ich mit der Zeitschrift nach ihr, die ich immer noch in der Hand halte. „Herr Klimt liebt mich."

„Du bist genau wie wir, auch wenn du dich für schlauer hältst." Sie packt mein kurzes Haar und zieht daran, bis ich vor Schmerz schreie. „Was ist das für eine Zeitschrift?" Sie reißt sie mir aus der Hand, steht auf und geht von der Couch weg.

„Gib sie mir zurück!“ Ich stehe auf und folge ihr.

„Nur weil du lesen kannst, heißt das nicht, dass du auf uns herabsehen musst“, schreit sie mich an und reißt die Seiten aus der Zeitschrift. Ich stürze auf sie zu, versuche, ihr die Blätter aus der Hand zu reißen. Beide fallen wir auf die Treppe.

„Was ist denn hier los?“ Ich spüre, wie mich eine Hand an den Haaren packt und wegzieht. Ich schreie vor Schmerz auf. Erika schreit ebenfalls. „Was macht Ihr da?“ Frau Bertha steht über uns und zieht fest an unser beider Haaren.

„Sie hat angefangen“, stößt Erika mit tränenüberströmtem Gesicht hervor. „Er hat sie ausgewählt.“

„Das ist nicht wahr“, sage ich zu Frau Bertha. Mein Kopf schmerzt und ich ringe nach Luft. Ein paar Mädchen kommen auf den Flur und schauen vom oberen Ende der Treppe auf uns herab.

„Das interessiert mich nicht“, schimpft sie, „Du“, sie gibt Erika eine Ohrfeige, „geh auf dein Zimmer und mach dich fertig. Zieh dich um. Schließlich kommen bald Gäste. Und du“, sie gibt mir ebenfalls eine heftige Ohrfeige, die mich vor Schmerz aufheulen lässt, „sammle deine Papierfetzen vom Boden auf und geh in dein Zimmer. Ich will dich hier unten nicht mehr sehen. Du schuldest mir noch Geld. Und Ihr“, sie sieht zu den Mädchen hinauf, „geht sofort auf eure Zimmer.“

Auf dem ganzen Korridor ist das Getrappel von Füßen zu hören, aber ich blicke nicht auf. Ich knie mich hin, hebe die zerrissenen und zerknitterten Seiten vom Boden auf und versuche, sie zu ordnen. Ich gehöre nicht hierher. Ich gehöre in Klimts Welt. Im Hintergrund läuft der Plattenspieler weiter, und die Sängerin singt über einen Liebhaber, der sie verlassen hat.

Am nächsten Nachmittag stehe ich vor seinem Garten. Ich lege meine Hand auf das Eisentor und schaue auf den Weg, der zum Haus führt. Ich muss ihn um Geld bitten. Ich weiß, dass er es beim letzten Mal einfach vergessen hat. Bestimmt ist es keine Absicht gewesen. Bei Frau Bertha hatte er ja erfahren, dass ich bezahlt werden muss, wenn er mich als Modell für seine Zeichnungen auswählt. Ich bin den ganzen Vormittag durch die Stadt gelaufen und habe vergeblich nach Arbeit gesucht. Obwohl an den Straßenschildern Flugblätter hängen, auf denen Männer für das kaiserliche Heer gesucht werden, folgen dem Aufruf nur wenige und an Arbeitern gibt es keinen Bedarf. Nicht einmal auf dem Markt, auf dem ich in der ersten Nacht geschlafen habe.

Ich hole tief Luft, öffne das schwarze Tor und gehe zur Tür. Der Kies unter meinen Füßen hört sich an wie das Fiepen der Ratten im Erdgeschoss unseres Hauses, bevor Mutter mich rausgeworfen hat. Sie kamen nachts aus ihren Löchern und haben mir Angst eingejagt. Heute hat er mich nicht eingeladen, aber er freut sich immer, wenn ich komme. Ich klingle und warte, langsam atmend.

„Mein Fuego", kommt er heraus. Er stellt sich dicht zu mir.

„Ich wusste nicht, ob ich heute kommen darf", sage ich und schaue in seine schönen blauen Augen.

„Ich freue mich immer, wenn ich dich sehe." Er streckt die Hand nach mir aus, streichelt mein Haar und bleibt in der Tür stehen.

„Gehen wir rein?" Fest halte ich seine Hand.

„Nein, mein Fuego. Heute ist kein guter Tag." Er legt

seine große Handfläche an meine Wange, und ich spüre die Wärme seiner Finger, „Ich widme mich heute Morgen jemand anderem. Sie wird bald hier sein."

„Entschuldigung, das tut mir leid." Ich weiche einen Schritt zurück, drehe mich um und flüchte zum Tor. Ich weiß, dass er noch andere hat. Ich weiß, dass er nicht nur mit mir zusammen ist. Und ich wusste, dass das eines Tages passieren würde. Ich gehe weiter zum Tor, fasse mir an die Wange, fühle die Stelle, an der er mich gestreichelt hat. Ich möchte umdrehen, losrennen, mich ihm zu Füßen werfen und ihn anflehen, mich hereinzulassen.

„Fuego, warte...", höre ich ihn und drehe mich um. Ich fühle mich so erbärmlich.

„Was, Herr Klimt?" Ich warte, er kommt auf mich zu.

„An einem anderen Tag, mein Fuego, nur nicht heute." Erneut streckt er die Hand nach mir aus, um mir übers Haar zu streichen, aber ich drehe mich um und laufe schnell zum Tor. Der Kies zu meinen Füßen klingt wie das Quaken der Frösche an der Donau in lauen Sommernächten. Es ist mir egal, dass er eine andere malt. Es ist mir egal, dass sie auf dem Bett in seinem Atelier liegt. Meine Hand rutscht an der Klinke des Tores ab. Ich bleibe einen Moment stehen. Vielleicht läuft er mir nach und hält mich auf, bittet mich herein. Aber als ich mich umdrehe und nach ihm sehe, ist der Weg leer. Er ist zum Haus zurückgelaufen und hineingegangen. Was habe ich mir nur eingebildet? Er wartet auf jemand anderen. Hat er vielleicht Erika vorgezogen? Der kalte Nachmittagswind bläst mir ins Gesicht.

„Psssss... Psssss... Katze..." Ich sehe ihren Schwanz unter dem Busch hervorlugen

und nähere mich. Ich knie mich hin: „Pssssss... Psssss... Kätzchen, komm zu mir."

Meine Hände streicheln das warme Fell. Ich nehme sie auf meinen Schoß und setze mich zwischen die Büsche. Ich warte ein paar Minuten. Vielleicht kommt die Frau, die heute kommen soll, gar nicht, und Herr Klimt kommt gleich heraus, um mich zu suchen. Ich weiß, dass das nicht passieren wird, aber es ist schön, hier zu sitzen, anstatt zurück in die Herberge zu müssen.

Der kalte Wind macht mir nichts aus, denn ich bringe mein Gesicht nahe an das Fell der Katze heran und streiche mit der Wange über ihre vielen Haare, als ich das Eisentor höre. Panisch hebe ich das Gesicht. Ich sollte nicht hier sitzen. Was, wenn er Erika eingeladen hat und sie mich so sieht und ihm das erzählt?

Ich brauche eine Sekunde, um sie wiederzuerkennen, denn es ist schon ein paar Monate her, dass ich sie gesehen habe und selbst da war es nur für kurze Augenblicke. Sie kommt in neuen, braunen Lederschuhen, die einen kleinen Absatz haben, den Weg entlang und trägt ein modisch weinrotes Kleid und eine Jacke. Ihre Hände sind unter schwarzen Handschuhen verborgen und auf ihrem Kopf sitzt ein passender schwarzer Hut. Ich sehe gerade noch, wie der schwarze Wagen auf dem Feldweg davonfährt und Motorgeräusche und Benzingeruch auf der stillen Straße zurücklässt. Wird sie mich erkennen?

Sie sieht mich einen Moment lang an, während sie an mir vorbeigeht. Ich schaue in ihre braunen Augen. Als ich in ihrem Haus als Dienstmädchen gearbeitet habe, durfte ich sie nicht ansehen.

Sie sagt nichts und geht weiter den Weg entlang. Ich glaube nicht, dass sie mich überhaupt erkannt hat. Vielleicht hat sie mich nicht einmal bemerkt. Ich hocke im Gebüsch am Wegesrand und schaue nach unten, streichle die Katze und höre das Brummen des wegfahrenden Autos. Ich muss weg von hier. Sie wird Herrn Klimt erzählen, dass sie mich gesehen hat. Vielleicht ist es gut, dass er weiß, dass ich hier auf ihn warte, damit er mich hereinlässt. Eines Tages werde auch ich so ein lautes Auto haben und ein so schickes Kleid mit schwarzen Handschuhen tragen. Ich streichle weiter die Katze.

„Kirschrot, warum versteckst du dich denn mit der Katze?" Ich höre eine Stimme, schaue auf und sehe Herrn Egon Schiele. Ich merke, wie ich rot werde.

„Ich bin zufällig hier vorbeigekommen", sage ich und stehe auf, während ich die Katze weiter im Arm halte und mit der freien Hand den Saum meines Kleides glatt streiche. Warum habe ich ihn nicht kommen hören? „Besuchen Sie Herrn Klimt?" Ich schaue auf seinen schwarzen Anzug. Er trägt ein weißes Hemd mit Knopfleiste, eine Krawatte und ein braunes Jackett. Er tritt so ganz anders auf als Herr Klimt in seinem fleckig vermalten Kittel.

„Nein, ich komme gerade von ihm." Er sieht mich an und lächelt. „Ich war auf einen gesellschaftlichen Besuch eingeladen. Er wollte, dass ich eine der vornehmsten Damen der Stadt kennenlerne."

„Hat mich Herr Klimt erwähnt?", frage ich, obwohl ich eigentlich fragen sollte, ob die gnädige Frau erzählt hat, dass sie mich gesehen hat.

„Gustav hat nicht von Ihnen gesprochen."

„Dann muss er mit Malen beschäftigt gewesen sein."

„Er war damit beschäftigt, eine Dame zu unterhalten, die das Leben der Bohème liebt und viel Geld hat, um Gemälde zu kaufen." Herr Schiele streichelt die Katze, die ich immer noch in der Hand halte. Er sieht mich mit seinen braunen Augen an, berührt mich wie zufällig.

„Warum ist sie hergekommen?", frage ich. Ich muss hier weg. Weg von diesem Haus und Herrn Schiele, der dicht neben mir steht und die Katze streichelt. Ich hätte meine Anstellung als Dienstmädchen nie riskieren dürfen. Frau Bertha hatte recht. ‚Sie sind nicht wie wir. Sie haben Status und Geld, der es ihnen erlaubt, alles zu kaufen, was sie wollen, und je spezieller sie sind, desto mehr wollen sie.' Herr Schiele streckt die Hand aus und berührt mein Haar: „Du hast da ein paar Blätter in deinem roten Haar." Er fischt sie heraus und drückt sie mir in die Hand.

„Danke." Verlegen nehme ich sie entgegen.

„Ich bin auf dem Weg zurück in die Stadt. Willst du mich begleiten?" Er hält weiterhin meine Hand, und obwohl ich möchte, dass er mich in Ruhe lässt, nicke ich, lasse die Katze los und gehe mit ihm zum Tor. Allerdings bleibe ich auf Abstand. Vielleicht sieht uns Herr Klimt vom Fenster aus zu und ist gerade nicht damit beschäftigt, die reiche Dame zu malen, die in das Leben der Bohème vernarrt ist und Geld hat, um sich alles zu kaufen, was sie will.

„Dein Mut gefällt mir", sagt er nach einer Weile. In der Ferne kann ich das Schloss Schönbrunn sehen.

„Wie meinen Sie das?" Ich schaue ihn an. Er ist ein wenig größer als ich.

“Du hast den Mut, dein Haar kurz zu schneiden und es nicht mal mit einem Hut zu bedecken."

„Einfache Frauen tragen keine Hüte." Ich blicke auf die Tore des Schlosses. Sie sind weit geöffnet, aber Wachen stehen davor.

„Mutige Frauen tragen keine Hüte, sie lassen ihr rotes Haar in der Sonne leuchten.

„Ich bin nicht mutig genug", antworte ich. Ich weiß, dass er das nur gesagt hat, um mir zu gefallen.

„Gustav Klimt weiß nicht zu schätzen, welch besondere Kirsche du bist. Dafür liebt er die ehrbaren Frauen und das Geld viel zu sehr. Komm mit mir", sagt er und ohne mich um Erlaubnis zu bitten, nimmt er meine Hand und führt mich zu einer Hausiererin, die neben dem Schlosstor Äpfel verkauft. „Diese beiden." Er zeigt auf die zwei, die aufgrund ihrer roten Farbe am kräftigsten hervorstechen, und bezahlt die Frau. „Ich hoffe, du magst Äpfel." Er reicht mir einen der beiden, nachdem er ihn mit dem Saum seines weißen Hemdes abgerieben hat.

„Danke!" Er hält meine Hand länger als nötig. Ich nehme einen Bissen von dem süßen Apfel. Noch nie hat mir jemand etwas geschenkt.

Wir gehen weiter den Boulevard hinunter und lassen das große gelbe Schloss hinter uns. Ich lasse Herrn Schiele näher an mich heran, Seite an Seite, bis ich bemerke, dass seine Fingerspitzen manchmal meine berühren. Ich muss daran denken, dass ich zu Herrn Klimt gehöre, auch wenn er reiche Frauen und Geld bevorzugt.

„Vielen Dank, Herr Schiele. Es hat mich sehr gefreut," sage ich zu ihm und bleibe am Opernhaus stehen. Ich will nicht, dass er mich zu Frau Berthas Herberge begleitet und sieht, wo ich wohne. Er wird mich nicht mehr für etwas Besonderes halten, wenn er die Unterkunft sieht.

„Hier wohnst du also?" Er deutet auf das prächtige Opernhaus hinter uns. „Bitte nenn mich Egon."

„Ich wohne in der Altstadt. Du wirst dir wahrscheinlich nicht die Mühe machen wollen, um mich den ganzen Weg zu begleiten, Egon", lächle ich ihn an.

„Fräulein Wally, da du mich jetzt Egon nennst, wäre es mir eine Ehre, dich den ganzen Weg zu begleiten." Theatralisch verbeugt er sich vor mir.

„Nenn mich einfach Wally", antworte ich, verweigere ihm dennoch meinen Arm, als wir die breite Allee überqueren und uns zwischen den Straßenbahnwagen und

Pferdekutschen hindurchschlängeln. Ich lasse zu, dass er mich bis zur Tür von Frau Berthas Herberge begleitet. Dort trennen wir uns.

„Danke für deine Begleitung." Ich bleibe vor Frau Berthas Herberge stehen und lege meine Hand auf die Kupferklinke der Tür.

„Hier hat Gustav dich also gefunden? Ich möchte sehen, wie es da drin ist."

„Bitte nicht!" Ich lege ihm meine Hand an die Brust, um ihn aufzuhalten. Ich will nicht, dass er die anderen Mädchen sieht und versteht, was er vielleicht noch nicht bemerkt hat. „Bitte, das ist ein Wohnheim nur für Frauen. Die Vermieterin mag keine Männer."

„Ich verspreche, mich zu benehmen. Ich werde mich höflich als der Herr vorstellen, der eine schöne Dame zu ihrer stattlichen Herberge begleitet hat." Er legt seine Hand auf meine, die noch immer die Klinke festhält, öffnet die Tür, legt seine Hand sanft auf meine Taille tritt mit mir gemeinsam in den schummrigen Raum. Was würde Herr Klimt wohl denken, wenn er wüsste, dass Egon mich begleitet hat?

„Guten Abend, Walburga. Guten Abend, junger Herr. Wie kann ich Ihnen helfen?" Frau Bertha wendet sich an Egon. Sie steht wie immer hinter dem Tresen und bläst den Rauch ihrer Zigarette in den Raum. Ob Egon zum ersten Mal hier ist? Oder kommt auch er hierher, um Frauen zum Malen und fürs Bett auszusuchen?

„Guten Abend, gnädige Frau." Egon lächelt sie an und reicht ihr höflich die Hand. Ich habe diese schöne junge Dame hierher begleitet." Er wendet seinen Blick zu

Erika und Liesel, die auf dem geblümten Sofa sitzen und in rosafarbenen Trägerhemdchen auf die Kundschaft warten.

„Nun, junger Mann, dann haben Sie Ihre Aufgabe hiermit erfolgreich erledigt“, antwortet Frau Bertha. Sie reicht ihm nicht die Hand. „Ich wünsche Ihnen noch einen angenehmen Abend.“

„Erlauben Sie mir noch einen Moment zu bleiben, um mich umzusehen?“, fragt er. Ich sehe zu Boden. Ich hätte nicht zulassen sollen, dass er mich begleitet. Einen Moment lang habe ich gedacht, er würde sich um mich sorgen.

„Das hier ist kein Schaufenster. Gucken kostet Geld“, höre ich Berthas Stimme.

„Dann bezahle ich.“ Ich blicke auf und sehe, wie er seine Brieftasche aus der Jackentasche zückt, eine Silbermünze herausholt und sie auf den Tresen legt. Frau Bertha macht den Mädchen ein Zeichen und Liesel lässt sich von der Couch auf den Boden sinken. Sie positioniert sich, als wäre sie ein rosafarbener Satinstoff, der langsam nach unten gleitet. Erika beginnt sofort, ihr helles Haar zu streicheln. Beide schauen Egon an und lächeln. Ich gehe an ihm vorbei in Richtung Treppe, ohne mich zu verabschieden. Morgen werde ich versuchen, noch einmal zu Herrn Klimt zu gehen. Er hat mir versprochen, dass er mich malen wird.

„Ich möchte nur sie anschauen“, höre ich ihn und bleibe stehen.

„Das geht nicht. Such dir jemand anderen zum Anschauen.“

„Ich will nur sie.“ Meine Hand stützt sich auf das Geländer. Ich gehöre zu Herrn Klimt.

„Sie ist nicht käuflich“, antwortet Frau Bertha.

„Ich will sie nicht kaufen. Sie ist zu schön, als dass ich sie mir leisten könnte. Ich möchte mir das Recht erkaufen, sie zu betrachten.“ antwortet ihr Egon. Ich drehe mich um und sehe, wie er auf den Tresen zugeht und Frau Bertha etwas ins Ohr flüstert. Findet er mich wirklich schön, oder will er mich, weil ich zu Herrn Klimt gehöre? Ich streiche mit den Fingern über mein kurzes rotes Haar und beobachte, wie er erneut seine Brieftasche zückt. Auch Erika und Liesel schauen ihm zu. Erika knöpft langsam ihr rosa Mieder auf und lässt ihre großen Brüste zum Vorschein kommen. Ich streiche mir weiter in Zeitlupe durchs Haar. Ich hoffe, dass er sich nicht für Erika entscheidet.

„Lass uns gehen." Er kommt auf mich zu, greift nach meiner Hand und zieht mich zu meiner Überraschung zur Eingangstür. „Ich habe mir das Recht erkauft, dich zu betrachten.

‚Willkommen im Wiener Prater' steht auf dem großen Schild über dem Eingangstor. Dahinter ist lautes Gelächter zu vernehmen und das weltberühmte Riesenrad zu sehen, das am frühen Abend von tausenden elektrischen Lampen beleuchtet wird.

Noch nie bin ich hier gewesen. Wir hatten nie Geld. Niemand hat mich je eingeladen. Ich bleibe neben einem Schießstand stehen und lasse einige Damen und Herren vorbei. Ist es in Ordnung, wenn ich mich mit ihm treffe? Was sind seine Absichten?

„Wally, was ist los?" Egon bleibt stehen und streckt mir die Hand entgegen, um mich einzuladen, weiterzugehen. Die Lichter hinter ihm funkeln, als würde ihn ein Sternenregen umgeben.

„Bitte bring mich zurück zu Frau Berthas Herberge", sage ich.

„Was ist passiert? Habe ich etwas gesagt, was ich nicht hätte sagen sollen?“

„Ich weiß, dass du es ihm erzählen wirst.“ Ich drehe mich um und gehe zurück.

„Wem soll ich was sagen?“ Schnell ist er neben mir.

„Ihm. Herrn Klimt. Verstehst du denn nicht? Ihr seid Freunde und du wirst es ihm sagen, und es wird alles zwischen uns zerstören.“ Ich versuche, schneller zur Brücke zu kommen, die über den Fluss und zurück in die Altstadt führt. „Er bezahlt mich. Er ist mein Lebensunterhalt,. Aber das bedeutet nicht, dass ich wie die Mädchen bin, die du gerade gesehen hast. So etwas tue ich nicht.“ Ich rede ununterbrochen, während ich weitergehe, immer ausweichend, wenn eine Pferdekutsche an uns vorbeifährt. Warum habe ich ihn überhaupt diese Zeit mit mir von Frau Bertha kaufen lassen? Er wird alles zerstören, was ich bisher erreicht habe.

„Wally, das mache ich nicht!“ Er rennt mir hinterher, fasst meine Hand und bringt mich zum Stehen.

„Du denkst, du kannst meine Zeit kaufen, mit mir zusammensein, als wären wir ein Paar, um dann stolz darauf zu sein.“

„Nein, das tue ich nicht. Entschuldigung, dass ich das gemacht habe.“ Er hält weiterhin meine Hand fest und lässt mich nicht gehen.

„Ich bin keine Hure. Ich bin keine, die man von einem Mann zum anderen weitergeben kann“, wische ich mir die Tränen aus dem Gesicht.

„Ich weiß, dass du keine Hure bist.“ Egon greift nach meiner anderen Hand und sieht mir in die Augen, „Wally, ich werde dir nicht wehtun.“

„Du wirst Herrn Klimt erzählen, dass wir alles Mögliche gemacht haben. Du wirst ihn eifersüchtig machen, und dann wird er mich nicht mehr wollen." Ich löse meine Hand aus seiner warmen Handfläche und wische mir die Augen erneut.

„Wally, du bist so unschuldig." Er holt ein Taschentuch aus seiner Jackentasche, sein Gesicht ist von den Straßenlaternen am Eingangstor beleuchtet, „Ist dir noch nicht der Gedanke gekommen, dass du genau das bei Herrn Klimt brauchst? Du brauchst ihn, um eifersüchtig zu sein." Mit dem Taschentuch wischt er mir sanft die Tränen von den Wangen. „Lass mich für einen Abend dein Partner sein. Wir haben einfach Spaß im größten Vergnügungspark der Welt und machen ihn eifersüchtig", flüstert er mir ins Ohr.

„Ich weiß nicht." Ich zögere.

„Aber ich weiß es", lächelt er mich an und seine Augen funkeln im Licht der Umgebung, oder vielleicht auch nur, weil meine Augen voller Tränen sind. Soll ich ihm vertrauen?

Ich lege meine Hand in seine. Er streicht mir mit dem Taschentuch über meine Wange. Entschlossen drehe ich mich um, gehe mit ihm am Tor vorbei. Er hat recht. Herr Klimt ist bei der gnädigen Frau. Er hat sie gewählt. Also darf auch ich mir für heute Abend jemand anderen aussuchen.

In der Achterbahn schreie ich vor Angst und lasse Egon meine Hand halten. Als wir Karussell fahren, sitzt er auf dem Holzpferd, das meinem am nächsten ist. Während sich das Karussell immer schneller dreht, betrachte ich seine braunen Augen, die in meine schauen. Nur ihn sehe ich an meiner Seite, während die ganze Welt um uns herum in einem Wirrwarr aus Farben und Klängen, Stimmen und Musik verwirbelt, als wäre alles ein buntes Kaleidoskop. Im Riesenrad lasse ich ihn ganz in meiner Nähe stehen.

Es ist Abend geworden, der Himmel ist schwarz. Nur wir beide stehen in der dunklen Kabine, die sich langsam in den

Himmel erhebt und sich leicht im Wind bewegt. Ich drücke mich ans Fenster und blicke auf die Lichter der Stadt. Sie sehen aus wie Tausende von Glühwürmchen auf Sommerfeldern, die die Dunkelheit mit kleinen Lichtpunkten färben. So einen schönen Anblick habe ich noch nie gesehen. Von oben höre ich die Stimmen der anderen Gäste und die Musik. Aber alles findet im Hintergrund statt, als gehörte alles zu einer anderen Welt, und ich höre Egons Atem. Er steht so nah bei mir. Ich rieche seinen angenehmen Kieferndufft, anders als der Geruch von Klimt. Ich wende ihm meinen Blick zu. Er wirkt wie ein Panther, der sich auf mich stürzen will, während Klimt wie ein ausgewachsener Bär daherkommt, der friedlich den gesamten Winter verschlafen hat.

„Im Vergnügungspark wird die Fantasie gemacht", flüstere ich.

„Nein, du irrst dich", flüstert Egon. Ich spüre, wie seine Hand nach meiner Taille fasst: „An diesem Ort entsteht die Fantasie." Er streichelt sanft meine Taille. „Wenn meine Finger auf die Wärme deines Körpers treffen, entsteht eine Verbindung, die die Fantasie beflügelt und mich dazu bringt, dich zu malen."

„Meinst du, er wäre eifersüchtig?" Ich drehe mich zu ihm um und spüre seine Hand auf meiner Taille ruhen.

„Ich glaube, alle Männer in Wien werden gerade eifersüchtig auf mich sein, nicht nur Herr Klimt." Ich kann sein Lächeln im schwachen Licht der Laternen sehen. Ich habe noch nie jemanden geküsst. Außer Herrn Klimt, der jetzt bei der gnädigen Frau ist.

Egons Lippen sind anders. Zuerst sind sie weicher als die von Herrn Klimt, aber dann hält er mich fest und umarmt mich, als wolle er meinen ganzen Körper erobern und ich fühle, wie seine Zunge meine berührt. Ich beginne schwer zu atmen, während seine Hände mich in der Dunkelheit erkunden. Das darf ich nicht. Die Kabine setzt sich langsam in Bewegung und bringt uns zurück auf die Erde, wo die Menschen geduldig darauf warten, dass sie das Riesenrad besteigen können. Ich richte mein Kleid, stehe auf, reiche dem uniformierten Wachmann, der die Kabinentür geöffnet hat, die Hand und bekomme mit einem höflichen Dankeschön wieder festen Boden unter die Füße. Es ist mir egal, mit wem sich Herr Klimt heute Abend herumtreibt. Ich hoffe, Egon erzählt ihm, dass wir im Prater waren.

„Darf ich dich in ein Café einladen? Vielleicht treffen wir dort ja auch ein paar meiner Freunde", fragt mich Egon, als wir den Park verlassen und die Brücke über den Donaukanal überqueren, was uns zurück in die Stadt führt.

„Ja, sehr gerne", antworte ich und lasse ihn neben mir hergehen. Aber als er mich erneut küssen will, lehne ich ab. Er weiß, dass ich zu Klimt gehöre. So etwas mache ich nicht.

„Egon, hierher!" Ich bemerke, wie zwei Männer von einem der hinteren Tische in diesem lauten Café aufstehen und uns mit ihren Händen herbeiwinken. Neben ihnen sitzen zwei weitere Männer und zwei Frauen. Wir bahnen uns einen Weg durch die Menschen, die das stickige Café mit Zigarettenrauch, Gelächter und Streitereien füllen. Auf der anderen Seite des Cafés höre ich ein Klavier spielen.

„Darf ich vorstellen: Wally, eine enge Freundin und die schönste Frau, die ich je getroffen habe", kündigt mich Egon an, als wir am Tisch ankommen. Ich spüre, wie ich rot werde, als sich die Männer höflich verbeugen und die Frauen mich begrüßen.

„Bitte setzt euch zu uns", dreht einer von ihnen seinen Stuhl zu mir und holt sich einen anderen, während Egon kurz weggeht, um mit einem Stuhl zurückzukommen.

„Du bist wirklich schön und etwas Besonderes", sagt

eine der Frauen zu mir. „Kein Wunder, dass du dich in sie verliebt hast", wendet sie sich an Egon und legt ihre Hand auf seinen Oberschenkel. „Hast du ihr schon angeboten, für dich Modell zu stehen?"

„Ich habe mich in sie verliebt, auch ohne dass sie für mich Modell gestanden hat." Er lacht und schenkt mir ein Glas Wein aus der Flasche ein, die auf dem Tisch steht. „Du kennst mich, meine Kunst darf keine Grenzen haben, weder in der Liebe noch bei der Bekleidung; ich bin nicht wie die alten Leute, die meinen, es sollte Regeln für alles geben, was wir tun dürfen und was nicht. Ich glaube, alles ist erlaubt." Er steht auf, hält sein Glas in die Luft und verkündet: „Mögen wir ein Leben führen, das alle Grenzen sprengt."

„Prost", antworten alle und nippen an ihren Weingläsern. Auch ich nehme einen Schluck und spüre, wie der Wein in meiner Kehle brennt.

„Wie habt ihr euch kennengelernt?", fragt mich eine der Frauen später.

„Ich bin ihm zufällig in einer Buchhandlung begegnet", sage ich, ohne ihr von Herrn Klimt zu erzählen. Die leise Musik wirkt beruhigend, der Zigarettenrauch stört mich nicht mehr. Ich habe bereits mehrere Gläser Wein getrunken. Seine Freunde reden ständig über Kunst und Malerei. Einer von ihnen ist Fotograf. Er beschreibt seine Kamera, mit der er Porträts aufnimmt.

„Egon, wie ich sehe, hast du eine gebildete Frau gefunden", lacht eine der Frauen. „Ich hoffe, sie ist jung genug für dich."

„Alles an ihr ist mir genug", antwortet er, „Sie muss mich nur zurücklieben." Er legt seinen Kopf auf meine Schulter und tut so, als würde er weinen, woraufhin alle lachen und mir gratulieren, dass ich Egons Herz gebrochen habe.

„Wo ist meine Herberge?“, frage ich später mit weinerlicher Stimme, als wir beide im Dunkeln durch die Gassen laufen. Mein Kopf schmerzt, und mir ist schwindlig.

„Wir sind gleich da, meine süße Kirsche“, sagt er. Seine Hände stützen mich und sorgen dafür, dass ich nicht falle.

„Ich hasse diesen Ort. Ich hasse Frau Bertha. Sie ist so gemein zu mir“, jammere ich einem Pferd zu, das am Rande der dunklen Straße in der Nähe eines Wassertrogs steht.

„Dann komm zu mir, du schöne Wally. Klimt will dich nicht wirklich, ich aber schon“, sagt Egon und will mich küssen, aber ich halte mir den Mund mit der Hand zu. Er riecht nach Wein, und ich auch.

„Ich will nicht mit dir zusammenleben. Ich will mit Herrn Klimt leben“, sage ich ihm. „Du hast versprochen, mir nicht wehzutun. Ich habe gesehen, wie die Frau dir ihre Hand auf den Oberschenkel gelegt hat. Du versuchst nur, mich zu verführen. Du bist wie alle Männer, die in Frau Berthas Herberge kommen.“ Ich versuche, mich von ihm loszureißen, fühle mich aber zu unsicher und lehne mich gegen seine Hände. Warum ist die Straße so kurvig?

„Natürlich versuche ich, dich zu verführen“, sagt er. „Da wären wir“, er legt meine Hand auf die Türklinke, „aber weißt du, meine schöne Rotkirsche, selbst wenn du für immer bei Herrn Klimt bleibst, werde ich dich für die schönste Frau halten, die ich je in meinem Leben getroffen habe.“

„Du musst klingeln. Die Tür ist abgeschlossen“, flüstere ich und versuche mich an die Worte zu erinnern, die er gerade zu mir gesagt hat. Damit mir das gelingt, wiederhole ich sie in meinem Kopf.

„Guten Abend, Frau Bertha“, sagt er, als er die schwere Tür öffnet, „Ich habe Wally wie versprochen zurückgebracht. Ich glaube, sie braucht jemanden, der sie bei der Hand nimmt und ins Bett bringt.“

„Schämen sollten Sie sich, Herr Schiele.“ Sie schimpft mit Egon, während sie mich an den Schultern festhält.

„Danke sehr für diesen zauberhaften Abend, Fräulein Wally. Eine gute Nacht, Frau Bertha.“ Er verbeugt sich vor uns beiden, dreht sich um und geht die Straße hinunter. Ich kann seine Silhouette in der Dunkelheit sehen, bis er in einer der Gassen verschwindet.

„Komm mit nach oben, du bist betrunken“, sagt Frau Bertha und schließt die schwere Herbergstür hinter uns.

„Klimt, du musst die neue Tunika anprobieren, die ich für dich gemacht habe“, sagt Emilie ein paar Tage später im Atelier und legt ihm ein gefaltetes Bündel hin. Sie trägt ein schwarz-weiß gestreiftes Kleid, ähnlich wie die Bettdecke, auf der ich gerade nackt und mit gespreizten Beinen liege.

„Einen Moment, meine Liebe.“ Er legt den Bleistift zur Seite und geht zu dem Bündel, nimmt es auf und faltet es auseinander. Es ist ein dunkler, graublauer Kittel, der mit zarten Goldstickereien verziert ist. „Er ist wunderschön“, sagt er, geht zu ihr und küsst sie auf ihre Lippen. „Und wird sicher für die Premiere geeignet sein, danke.“ Er küsst sie erneut. Es ist schon lange her, dass er mich geküsst hat.

„Probier ihn an.“ Emilie streichelt seinen Arm. „Ich muss wissen, ob er ausgebessert werden muss.“

„Jetzt?“ Er lacht und wendet mir seinen Blick zu. Ich fühle mich so bloßgestellt, so nackt vor ihnen liegend.

„Ich glaube nicht, dass sie etwas dagegen hat.“ Emilie

wirft einen Blick auf mich. „Bitte sie, die Augen für ein paar Minuten zu schließen."

Ohne ein Wort zu sagen, bückt er sich, zieht seinen Kittel aus, und stellt sich nackt vor sie. Ich fühle mich wie eine streunende Katze, die man draußen ausgesetzt hat. Ich werde meine Augen nicht schließen. Ich werde nicht zulassen, dass sie mich derart ignorieren. Ich bleibe nackt liegen und zeige meine Brüste, starre auf seinen hellen Körper und das lockige, aber schüttere braune Haar auf seinem Rücken, während er nackt dasteht. Wie sieht wohl Egons Rücken aus? Ist er glatter?

Frau Emilie hält den Kittel, den er ausgezogen hat, und betrachtet ihn, als er sich umzieht.

„Kannst du bitte nicht hinsehen?" Sie dreht sich zu mir um. Ich sage keinen Ton, schließe jedoch die Augen und lehne mich zurück. Es ist lange her, dass er das mit mir gemacht hat, obwohl er mir immer noch jedes Mal, wenn ich komme, übers Haar streichelt.

„Nicht bewegen", sagt sie zu ihm. Ich kann mich nicht länger zurückhalten und öffne die Augen. Gebückt sitzt sie zu seinen Füßen, ordnet den Saum des neuen Kittels und bestickt ihn mit Nähnadeln aus dem Nadelkissen an ihrem Arm.

„Du kitzelst mich", lacht er, greift nach unten und streichelt ihr lockiges braunes Haar.

„Ich habe dir gesagt, du sollst dich nicht bewegen." Ihre Hand wandert unter seinen Kittel, während sie lächelt. Regungslos liege ich da und fühle mich elend. Ich höre sie kichern und wende den Blick meinem Kleid zu, das auf dem Stuhl an der Seite des Ateliers liegt. Ich denke an Egon und an das, was wir auf dem Riesenrad gemacht haben. Ich schließe wieder die Augen und streiche mir langsam weiter durch mein Haar. Bald wird sie gehen und uns wieder allein lassen.

Das Zischen des Bleistifts lässt mich die Augen öffnen. Ich sehe zu ihm hin. Emilie ist weg. Er ist zurück in seinen einfachen Kittel geschlüpft und zeichnet weiter. Es ist, als wäre sie nie in seinem Atelier gewesen.

„Vor ein paar Tagen bin ich im Prater gewesen", erzähle ich ihm.

„Wirklich?" Er sieht mich an und lächelt. „Hat es dir gefallen?"

„Ja, sehr. Wir waren am Abend dort."

„Abends ist es am schönsten." Sein Blick wechselt zwischen mir und dem braunen Papier hin und her. „Fuego, spiel nicht mit deinen Haaren herum. Dann bewegst du dich doch."

„Wir sind mit dem Riesenrad gefahren, um die ganze Stadt zu sehen. Wir waren allein im Wagen, nur wir beide im Himmel."

„Was ist mit dem Bild der gnädigen Frau, ist es fertig?" Emilie betritt wieder das Atelier, in der Hand ein kleines rotes Notizbuch und einen Bleistift. „Wir müssen ihnen mitteilen, welche Bilder du zur Ausstellung schickst."

„Ja, ist fertig. Setz es auf die Liste." Ich schaue auf das große Gemälde, das an der Wand lehnt. Die gnädige Frau schaut mich aus dem Gemälde heraus an. Gelbe Quadrate sind um sie herum gemalt und die goldene Farbe lässt sie erstrahlen.

„Welche Zeichnungen wirst du ausstellen?" Sie schreibt etwas in das Notizbuch, das sie in Händen hält.

„Ich werde später drei von ihnen auswählen." Er nimmt meine Skizze aus dem Zeichenblock und legt sie an die Seite des Raumes, greift zu einem neuen Papier und befestigt es an der Staffelei. Ich rekele meinen Körper und zeige meine Brüste.

„Wie sieht es mit der Gästeliste für die Premiere aus?“ Sie steht neben ihm und sieht ihm dabei zu, wie er mich zeichnet. Wird sie mich wieder herabwürdigen?

„Bitte kümmere du dich darum. Du kennst doch die richtigen Leute in dieser Stadt.“

„Ja, die stehen schon auf der Liste, aber gibt es noch andere, die du gerne einladen würdest?“ Sie wirft einen Blick auf mich. Wird er mich einladen?

„Was ist mit Herrn Egon Schiele? Steht er auch auf der Liste?“

„Ich kann ihn hinzufügen, aber seine Bilder sind vielen ein Dorn im Auge. Das wird Klatsch und Tratsch geben.“

„Diese konservativen alten Männer werden immer etwas finden, worüber sie tratschen können, sei es ein provokantes Gemälde oder den Geschmack des Champagners, der ihnen serviert wird. Lade ihn ein“, sagt er, während er mich weiter zeichnet.

„Und was ist mit den Mitgliedern der Psychologen-Vereinigung? Freud und seine Freunde?“

„Glaubst du, dass die Veranstaltung für sie von Interesse sein könnte? Die sind immer mit ihren Theorien und Argumenten über das Bewusstsein und das Unterbewusstsein beschäftigt. Wally“, wendet er sich an mich. „Leg deine Hand auf deinen Oberschenkel.“

„Es gibt viele, die dir gerne zuhören. Du solltest sie einladen.“

„Dann lade sie ein“, sagt er, während ich eine Hand auf meine nackten Oberschenkel lege. Wird er daran denken, mich einzuladen?

„Sonst noch jemand?“ Sie kritzelt weiter in ihr Notizbuch.

„Nein, ich denke das war’s. Das dürften alle gewesen sein“, sagt er und konzentriert sich wieder auf die Zeichnung.

„Gut, dann werde ich die Einladungen verschicken.“ Sie

streicht ihm über den Arm und verlässt den Raum. Ich schließe die Augen und atme langsam ein und aus.

„Genau so", höre ich ihn nach einem Augenblick sagen, „Nicht bewegen. Ich will dich mit diesen Tränen malen", ich atme langsam weiter und spüre, wie eine Träne über meine Wange rollt. Ich wische sie nicht weg.

Herr Klimt kommt mit der Staffelei näher zu mir. Das Kratzen des Bleistifts zwickt in meinen Ohren, wie Kreide auf einer Schiefertafel.

„Großartig, du bist großartig", sagt er wie zu sich selbst.

„Du hast mich nicht zu deiner Ausstellung eingeladen", sage ich mit zittriger Stimme, „und ich habe kein Geld mehr", fahre ich fort und versuche, mich nicht zu bewegen.

„Mein Fuego, das tut mir so leid." Er legt den Stift weg, kommt auf mich zu und streichelt meine feuchte Wange. „Nicht weinen. Natürlich bist du zu meiner Ausstellung eingeladen. Sei nicht traurig, ich habe einfach viel zu tun und kann nicht an alles denken."

„Es ist schon gut. Ich weiß, dass du ein berühmter Maler bist. Ich sollte nicht erwarten, dass du mich bei den Einladungen bedenkst." Ich lege meine Hand auf seine große Handfläche. Egons Finger sind viel zarter als diese.

„Meine Wally, sei nicht traurig. Bei meinem hektischen Leben fällt es mir schwer, mir alles zu merken." Er küsst mich. „Ich habe es einfach vergessen."

„Welchen Platz habe ich in deinem Leben?" Ich betrachte die Bilder, die an der Wand lehnen. Wird er mich eines Tages den reichen Frauen vorziehen, die nicht um Geld betteln müssen?

„Du wirst immer einen warmen Platz in meinem Herzen haben. Warte einen Moment." Er steht auf und geht aus dem Zimmer, um kurz darauf mit zwei Geldscheinen zurückzukehren. Er steht eine Weile über mir, während ich nackt daliege, als überlege er, wo er sie ablegen soll. Er kommt näher und legt sie auf meine Oberschenkel. „So ist es gut, sehr gut, nicht bewegen. Ich werde dich mit den Scheinen zeichnen." Er geht zur Staffelei und nimmt wieder den Stift zur Hand. Ich betrachte die türkisfarbenen Scheine, die auf mir liegen. Die Berührung des Papiers ist wie eine Spinne, die auf meiner Haut spazieren geht. Ich schließe die Augen und kämpfe gegen den Drang an, zu weinen. Wenigstens hat er mich zu seiner Ausstellung eingeladen. Vielleicht werde ich dort meine Zeichnungen sehen können.

„Christina, bitte hilf mir." Ein paar Tage später klopfe ich an ihre Tür.

„Rotschopf, was ist passiert?" Sie öffnet und sieht mich an. Unten spielt die Musik des Grammophons, die Mädchen lachen, gepaart mit einer Männerstimme.

„Was soll ich bloß tun?" Ich stehe vor ihr und trage das Kleid, das ich mir für ihn gekauft habe. Ist es schön genug?"

„Wo willst du denn hin in diesem Kleid?" Sie geht zur Seite und lässt mich in ihr Zimmer.

„Zu ihm", keuche ich und setze mich auf ihr Bett.

„Zu dem Maler?"

„Ja", nicke ich. Aufgeregt habe ich mich die ganze Nacht in meinem engen Zimmer hin und her gewälzt, hatte Angst vor dem, was kommen würde

„Es ist schön genug für ihn." Sie setzt sich neben mich aufs Bett: „Mach dir da mal keine Sorgen."

„Es ist nicht nur für ihn. Es ist für die Ausstellung."
„Hat er dich etwa zu einer Ausstellung eingeladen?"
„Es ist die Eröffnung seiner Ausstellung", ich fahre mit den Fingern über den Kleidersaum. „Es werden viele ehrenwerte Leute da sein, und ich bin auch eingeladen."
„Du hast dich definitiv von dem Bett entfernt, in dem wir zusammen geschlafen haben." Sie steht auf, dreht mir den Rücken zu, beugt sich vor dem kleinen Spiegel an der Wand herunter, um ihr Gesicht zu betrachten.
„Christina, bitte."
„Steh auf." Sie dreht sich zu mir um. In dem gelblichen Licht sehe ich ihre Augen, die ein wenig funkeln. Hat sie etwa geweint?
„Christina, das wollte ich nicht." Ich stehe langsam auf und höre das Knarzen der Bettfedern.
„Gürtel", sie legt ihre Hand auf meine Taille, „Du brauchst einen Gürtel. Beweg´ dich nicht." Sie dreht sich um und öffnet die Tür ihres Holzschranks, holt einen modernen breiten Gürtel hervor, legt ihn mir um die Taille, tritt zurück und betrachtet mich. Ihr Blick wandert von meinem Hals abwärts. „Und Handschuhe." Sie dreht sich wieder zum Schrank. „Ich habe ein Paar für dich, genau das was du brauchst." Sie nimmt ein Paar schwarze Handschuhe heraus und reicht sie mir.
„Danke", umarme ich sie. Warum ist sie so gut zu mir?
„Warte, Rotschopf", umarmt sie mich, „du musst dich schminken. Du kannst dich so nicht unter all den anständigen Damen blicken lassen. Du brauchst Lippenstift und etwas Make-up." Sie verlässt den Raum und kommt einen Moment später mit einem Korken in der Hand zurück.
„Wozu ist der?"
„Das ist ein uralter Trick." Sie erhitzt den Korken über einer Kerze, bis die Spitze schwarz ist. „Nicht bewegen", sie

hält mein Kinn fest und fährt mit der Spitze des Korkens über meine Augen. Ich schaue in den Spiegel und sehe, dass sie damit schwarze Schatten gezaubert hat, die meine Augen hervorheben.

„Das sieht toll aus", strahle ich sie an.

„Jetzt noch ein wenig Vaseline", sie verteilt etwas davon auf ihren Finger und trägt es auf dem schwarzen Lidschatten auf, „das bringt deine Augen zum Leuchten. Und jetzt nicht mehr bewegen." Sie nimmt den Lippenstiftpinsel.

Als sie fertig ist, suche ich nach den richtigen Worten. „Danke, Christina."

„Das war's, so bist du perfekt, und fang jetzt bloß nicht an zu heulen, sonst ruinierst du dein ganzes Make-up", sagt sie. Ich betrachte mich im Spiegel und halte die Tränen zurück. Meine Augen haben einen glänzenden schwarzen Lidschatten. Meine Lippen sind mit Christinas rosa Lippenstift bedeckt. Außerdem hat sie mir etwas Rouge aufgetragen. Ich habe noch nie so schön ausgesehen.

„Danke für alles, Christina", umarme ich sie erneut.

„Deine Schuhe sind völlig unpassend. Sie sind zu alt." Sie tritt in den kleinen Raum zurück, und ich schaue auf meine abgetragenen Schuhe hinunter. Das sind die einzigen, die ich habe. „Nimm meine!" Sie zieht ihre neuen Lederschuhe aus und reicht sie mir. Ich schlüpfe hinein. Sie haben einen modernen niedrigen Absatz, an den ich nicht gewöhnt bin. Sie sind etwas zu klein, aber es wird gehen, wenn ich die Schnürsenkel nicht zubinde. „Nun geh schon, keine Umarmungen mehr", sagt sie, als ich aufstehe und unsicher die neuen Absätze ausprobiere. Ich wische mir vorsichtig über die Augen und verlasse ihr Zimmer. Ich wünschte, sie könnte mit mir kommen.

„Mein junges Fräulein Walburga, wohin geht es denn so aufgedonnert?", hält mich Frau Bertha auf, als ich auf dem Weg nach draußen an ihrem Tresen vorbeikomme. „Bist du zu einem Ball eingeladen?"

„Ich bin zur Gemäldeausstellung von Herrn Klimt in der Wiener Sezessionsgalerie eingeladen." Ich blicke auf und lächle sie stolz an.

„Wissen sie, dass du kommst?" Sie sieht mich an, mustert mein Kleid und meine rosa Lippen.

„Ich habe eine Einladung erhalten. Er hat mich eingeladen." Ich halte ihrem Blick stand. „Eine Zeichnung von mir wird ausgestellt sein und die Leute werden sie sich ansehen."

„Mein unschuldiges Mädchen", lächelt sie mich an, „nur weil sie dich eingeladen haben, heißt das noch lange nicht, dass sie dich auch akzeptieren werden."

„Wer sind sie?"

„Das wirst du schon noch sehen. Du bist ja ein großes Mädchen." Sie zieht eine Zigarette aus der kleinen silbernen Schachtel, zündet sie an, geht zur Treppe und ruft in den zweiten Stock: „Los, Mädchen, kommt runter. Unsere Gäste kommen bald. Zieht euch hübsch an."

„Einen schönen Abend, Frau Bertha", sage ich zu ihr, die Hand bereits an der Türklinke. Aber sie hört mich nicht. Der Lärm der lachenden und quasselnden Mädchen aus dem zweiten Stock erfüllt den Eingang. Ich gehe hinaus auf die Straße. Ich muss mich beeilen. Ich habe schon zu lange bei Christina rumgetrödelt.

Draußen ist es dunkel und kalt. Ich laufe, so schnell ich kann, um mich warm zu halten. Die Straßenlaternen leuchten in schwachem Licht, und ich muss nach unten schauen, um nicht zu stolpern. Ich biege in die Hauptstraße RichtungRingstraße ein und bewege mich vorsichtig über das glatte Kopfsteinpflaster. Der Weg zur Galerie ist lang, und ich spüre bereits meine schmerzenden Beine. Es sind die kleinen Absätze, die meine Füße nicht gewöhnt sind. Wenn ich so weiterlaufe, werde ich gleich humpeln müssen. Wie werden mich dann die Leute in der Ausstellung ansehen?

„Wie viel kostet es bis zur Wiener Sezessionsgalerie?", frage ich außer Atem einen Kutscher, der gelangweilt neben seiner Pferdekutsche steht. Mit diesen engen Schuhen kann ich nicht weiterlaufen.

„Eine halbe Krone", sagt er und hält mir die Hand hin.

„Hier, bitte. Bitte sehr. Ich habe es eilig!" Ich nehme die Münze heraus, gebe sie ihm, steige in die Kutsche und falle auf den weichen Ledersitz. Ich bin noch nie in einer solchen Kutsche gefahren, aber ich kann einfach nicht mehr laufen. Der Kutscher klettert auf seinen Kutschbock, schnalzt dem Pferd zu, zieht an den Zügeln und fährt die Straße hinunter. Das rhythmische Schlagen der Pferdehufe auf dem Kopfsteinpflaster hört sich angenehm an und entspannt mich. Ich lehne mich auf dem weichen Sitz zurück, schließe die Augen und genieße die kühle Nachtluft auf meinen Wangen. Eines Tages werde ich eine Kutsche wie diese haben, samt einem Kutscher, der mir höflich die Tür öffnet, mir beim Einsteigen hilft und mich von Ort zu Ort bringt.

„Gnädiges Fräulein, wir sind da." Ich höre den Kutscher, öffne die Augen und schaue mich um.

Zwei Herren in Anzug und Zylinder stehen Zigarre rauchend auf der Eingangstreppe des weißen Gebäudes und unterhalten sich. Weiter unten auf der Straße parken mehrere nagelneue schwarze Autos. Die Fahrer stehen daneben. Wahrscheinlich warten sie auf ihre Herrschaft, die gerade die Ausstellung betreten hat.

Der Fahrer öffnet mir die Kutschentür, ich reiche ihm die Hand und springe auf den Bürgersteig. Ich höre die Kutsche wegfahren und steige die Stufen zur Galerie hinauf. Ich blicke nach oben. Im Licht der Straßenlaternen kann ich die große goldene Kuppel auf dem Dach des Gebäudes erkennen. Sie besteht aus hunderten funkelnden goldenen Blättern, die wie bei einer Kristallkugel miteinander verbunden sind. Auch die Wände sind mit geschwungenen goldenen Linien verziert.

„Guten Abend, gnädiges Fräulein." Die beiden Herren unterbrechen ihr Gespräch und grüßen mich mit einer höflichen Verbeugung.

„Guten Abend", lächle ich ihnen ein wenig unbeholfen zu, während ich durch die Wolke aus Zigarrenrauch auf den beleuchteten Eingang zulaufe, um in die strahlend weiße Halle voller Menschen zu treten.

Am Eingang bleibe ich stehen und schaue mich um. Wo ist Herr Klimt? Der Saal ist voll von Herren in eleganten Anzügen und Damen in traumhaften Abendkleidern. Mein Blick wandert durch die Menge, die sich in kleinen Gruppen versammelt hat, um miteinander zu reden. Aber ihn kann ich nicht sehen. Seine großen Gemälde und Zeichnungen hängen an allen umliegenden Wänden.

„Entschuldigen Sie, gnädiges Fräulein", wendet sich eine Frau, die ebenfalls gerade angekommen ist, an mich. Ich entschuldige mich und trete schnell zur Seite, um sie hereinzulassen. Sie trägt ein schickes grünes Abendkleid und schwarze Lederhandschuhe. Nicht schlicht wie meine. Wo ist Herr Klimt?

Ich trete vor ein großes Gemälde, das an der Wand hängt und tue so, als ob ich es betrachte. Es zeigt einige Frauen, die in verschiedenen Stellungen nebeneinander liegen. Haben auch sie auf demselben Bett im Atelier gelegen, während er auf ihnen lag oder sich an sie lehnte? Ich versuche, mich selbst auf dem Bild zu erkennen, aber es gelingt mir nicht. Meine Schuhe schmerzen.

Das nächste Bild zeigt die gnädige Frau, eingebettet in goldene Quadrate. Sie selbst steht mit hochgestecktem Haar neben dem Bild, trägt ein schwarzes Abendkleid und unterhält sich mit mehreren Männern und Frauen. Aber Herr Klimt ist nicht unter ihnen. Eine Sekunde lang habe ich den Eindruck, dass sie meine Anwesenheit bemerkt. Ich lächle zu ihr herüber, aber sie ignoriert mich. Ich erröte und eile auf die andere Seite des Saals. Dort tue ich so, als würde ich ein weiteres Gemälde betrachten, das ein nacktes, liegendes Mädchen zeigt. Aber auch dieses Gemälde zeigt nicht mich.

„Guten Abend, meine schöne Kirsche", höre ich plötzlich eine Stimme, wirbele herum und erblicke Egon Schiele mit einem Glas Sekt in der Hand, der neben mir steht und auf das Bild an der Wand schaut. „Du bist viel schöner als sie", wirft er einen Blick auf das Bild und lächelt mich an. Er trägt dasselbe braune Jackett, ein Hemd mit Knopfleiste und eine dünne schwarze Krawatte. Ich kann sein Parfüm mit Kieferndufft riechen.

„Danke", erwidere ich sein Lächeln und suche das Publikum nach Herrn Klimt ab.

„Er steht dort drüben", sagt Egon und zeigt mit der Hand, die das Sektglas hält, auf Herrn Klimt, der in der Ecke des Saals steht. Neben ihm Frau Emilie. Beide tragen sie die Kittel, die ich an jenem Tag gesehen habe. Sie unterhalten sich mit einer Dame, die ein blaues Kleid trägt und goldenes Haar hat. „Sollen wir sie gemeinsam begrüßen?", fragt Egon nach einem Moment, noch immer neben mir stehend.

„Nein, danke. Ich gehe allein rüber", sage ich und gehe an der Wand entlang in ihre Richtung, bleibe dann stehen und betrachte die nächste Zeichnung, die mich ebenfalls nicht abbildet. Auch nicht die nächste und nicht die danach. Könnte es sein, dass Herr Klimt keine Zeichnung von mir in die Ausstellung mitgebracht hat? Ich versuche, ihm mit der Hand ein Zeichen zu geben, aber er unterhält sich weiter mit der Dame und würdigt mich keines Blickes. Auch Frau Emilie tut es nicht, obwohl ich mir sicher bin, dass sie mich bemerkt hat. Ich drehe mich um und halte Ausschau nach Egon, kann ihn aber nirgends finden. Vielleicht hätte ich sein Angebot doch annehmen sollen. Vielleicht hätte ich mit ihm Hand in Hand zu Herrn Klimt gehen sollen.

„Meine Dame?" Ein fremder Mann in einem schwarzen Anzug kommt auf mich zu.

„Ja, bitte", ich schaue zu ihm auf. Was will er von mir?

„Ich darf Sie auffordern, die Ausstellung zu verlassen. Sie belästigen eine der angesehenen Frauen hier." Dicht bleibt er vor mir stehen.

„Aber ..." Ich versuche, etwas zu sagen und bemerke, wie ich rot werde.

„Mit Ihrer Erlaubnis, gnädiges Fräulein, werde ich Sie zur Tür begleiten."

„Aber ..." Ich sehe zu Herrn Klimt. Das ist ein Missverständnis. Er wird diesem Mann erklären, dass ich eingeladen bin. Aber Herr Klimt steht mit dem Rücken zu mir und unterhält sich mit zwei Herren, die in braune Anzüge gekleidet sind.

„Wenn Sie mir bitte folgen wollen?" Der Mann steht immer noch vor mir, sein Blick wie eine Viper auf dem Feld.

Schritt für Schritt gehe ich zur Tür der Galerie und spüre, wie alle Augen auf mich gerichtet sind. Die Stimmen um mich herum verstummen. Sie sprechen jetzt nur über mich und den Mann im schwarzen Anzug, der mich zur Tür begleitet. Ich nehme sie alle verschwommen wahr. Das liegt wahrscheinlich an den Tränen in meinen Augen.

„Schönen Abend, Fräulein“, sagt mein Begleiter, als wir die Eingangstür erreichen. Ich antworte ihm nicht und gehe die Treppe so würdevoll wie möglich hinunter.

Die beiden Herren von vorhin an der Treppe grüßen mich erneut und verbeugen sich. Ich erwidere ihren Gruß nicht, sondern gehe weiter und biege in die nächste, leere Straße ein, um zurück zur Herberge zu gelangen. Auf mich wartet keine Pferdekutsche, und selbst wenn es eine gäbe, hätte ich kein Geld mehr, um sie mir leisten zu können. In der totenstillen Straße höre ich hinter mir die Gespräche der wartenden Autofahrer. Trotz meiner wunden Füße beschleunige ich meine Schritte, denn ich möchte dem weißen Gebäude mit der glitzernden goldenen Kuppel so schnell es geht entkommen. Das kleine Zimmer in Berthas Herberge wartet auf mich.

„Wally!“, höre ich jemanden rufen, bleibe stehen und drehe mich um. Ist es Herr Klimt? „Wally, warte!“ Ich sehe Egon auf mich zu laufen, er ruft meinen Namen, aber ich drehe mich zurück und laufe weiter. „Wally“, er holt mich ein und läuft neben mir her. „Was ist passiert? Warum bist du gegangen?“

„Die wollen mich dort nicht“, antworte ich und fange an zu weinen.

„Wer will dich nicht? Diese Frauen?“ Er hält meine Hand und holt ein Taschentuch hervor, mit dem er mir sanft über die Wange wischt.

„Er auch nicht“, heule ich weiter.

„Du brauchst ihn nicht. Er ist zu alt für dich. Du brauchst jemanden, der sieht, wie schön du bist.“

„Ich bin ein einfaches Mädchen. Sie werden mich nie akzeptieren.“

„Es muss dir egal sein, ob sie dich akzeptieren oder nicht. Sie sind alle von der alten Generation. Sogar Herr Klimt, der sich für einen Rebellen hält. Er hat sich an das Geld der reichen Leute gewöhnt und längst vergessen, wie man rebelliert." Egon lächelt mich in der Dunkelheit an. „Ich werde dich immer akzeptieren." Er wischt mir die Tränen unermüdlich ab. Seine Lippen nähern sich den meinen. Ich glaube, dass er versuchen wird, mich zu küssen, aber ich kann nicht. Nicht jetzt. Ich habe immer noch das Bild im Kopf, wie Herr Klimt mit der Dame mit dem riesigen Diamantkollier spricht und mich ignoriert.

„Könntest du mich bitte zur Herberge begleiten?" Ich wende mich von Egon ab und gehe langsam weiter.

„Ist alles in Ordnung? Du humpelst ja." Er läuft neben mir her.

„Meine Schuhe sind zu eng", antworte ich und gehe weiter.

„Kannst du einen Moment stehenbleiben?" Als ich es tue, kniet er sich zu meinen Füßen und zieht mir die Schuhe aus, wobei seine Finger sanft über meine wunden Stellen streicheln. „So ist es bequemer für dich." Er steht wieder auf, nimmt meine Schuhe. Ich gehe barfuß die Straße hinunter und spüre das kühle Kopfsteinpflaster unter meinen Füßen.

„Komm mit mir." Nach einer Weile hält er mich an der Hand, während wir zwischen Cafés hindurchgehen.

„Ich mag nicht. So kann ich nicht reingehen." Ich zeige auf meine nackten Füße.

„Mir scheint, dass du heute noch keinen Champagner getrunken hast. Du hast es verdient, zu feiern. Glaubst du, die ehrenwerten Herren dort drinnen haben etwas dagegen, dass du barfuß bist?" Er zieht mich hinter sich her ins Café, geht auf den Kellner zu und bestellt uns einen Tisch, wobei er die ganze Zeit über meine Schuhe in der Hand hält. Die Leute um uns herum schauen uns an, aber Egon scheint das überhaupt nicht zu interessieren.

„Hast du etwa wieder getrunken?", fragt mich Frau Bertha zu später Stunde, als sie die Eingangstür des Wohnheims öffnet. Es ist nach Mitternacht, und die dunkle Straße ist leer.

„Guten Abend, Frau Bertha." Egon verbeugt sich.

„Vielen Dank, junger Mann, dass Sie sie hergebracht haben. Gute Nacht, Sie können gehen." Sie öffnet die Tür einen Spalt, lässt mich eintreten und schließt sie direkt hinter mir.

„Gute Nacht, Egon", rufe ich ihm zu. „Gute Nacht, Frau Bertha", sage ich zu ihr und gehe langsam auf die Treppe zu, sehr sachte, um nicht zu fallen. In einer Hand halte ich Christinas Schuhe fest, mit der anderen taste ich im Halbdunkel nach dem Geländer.

„Ist es das, was du mit deinem Leben vorhast? Mit jungen Männern rumhängen und trinken?"

„Nein, Frau Bertha", blicke ich auf und sehe sie an. Mein Kopf schmerzt. Meine Beine auch.

„Hör auf Frau Bertha, so wirst du in deinem Leben nichts erreichen." Sie schimpft weiter: „Ist das die Art von Leben, das du für dich planst? Betrunken zu mir nach Hause zu kommen?"

„Sie haben recht", antworte ich und lasse die Schuhe fallen. Sie krachen laut auf den Boden und durchbrechen die Stille in der nächtlichen Herberge. Schnell stürze ich an ihr vorbei, öffne die Eingangstür und laufe barfuß zurück auf die Straße. Weit in der Dunkelheit kann ich Egon entdecken.

„Willst du mich immer noch? So wie du mich damals im Prater gefragt hast?" Ich schreie meine Worte in seine Richtung. Er bleibt stehen, dreht sich um und sieht mich an.

„Jederzeit", ruft er mir vom anderen Ende der Straße zurück.

Ich laufe zurück in die Jugendherberge, schließe die Tür hinter mir und gehe auf die Treppe zu.

„Walburga, so kannst du nicht weitermachen." Frau Bertha steht an der Treppe mit Christinas Schuhen in der Hand. Sie reicht sie mir.

„Sie haben recht. Ich bin nicht für diesen Ort bestimmt." Ich greife nach den Schuhen und eile in den zweiten Stock, um sie neben Christinas Tür zu stellen. In meinem Schlafzimmer verstaue ich alle meine Kleider im Sack aus Segeltuch und eile hinunter in den Eingangsbereich. Dort werfe ich die beiden Scheine, die mir Herr Klimt auf den Körper gelegt hat, auf ihren Tresen. „Hier, meine Miete", rufe ich im Vorbeigehen. Ich drücke die Türklinke auf, trete auf die Straße, höre die Tür hinter mir ins Schloss fallen und hoffe, dass er noch auf mich wartet.

7. Egon

Eine Wohnung in Wien, Herbst 1911

Ich öffne die Augen und blicke an die graue Decke. Durch das kleine Schlafzimmerfenster fällt bläuliches Morgenlicht. Draußen prasselt der Regen. Ich ziehe die dicke Decke über meine nackten Schultern und drehe mich um. Mit einer Hand streichele ich über den glatten Körper des Mannes, der sich bereit erklärt hat, mich in sein Haus und sein Bett aufzunehmen.

Egon liegt mit offenen Augen neben mir und beobachtet mich aufmerksam. Wie lange ist er schon wach und betrachtet mich auf diese Weise?

„Guten Morgen", flüstere ich und lächle ihn an. Sein Gesicht ist auf eine Hand gestützt, seine braunen Augen sehen mich intensiv an.

„Dein Haar ist wie eine Flamme, die nur darauf wartet, aufzulodern." Er streckt die Hand aus und streichelt mein kurzes Haar, das sich auf dem Kissen verteilt. „Und deine blauen Augen sind wie ein klarer See an einem heißen Sommertag, in den man am liebsten nackt hineinspringen möchte, um in der Kühle unterzutauchen." Er fährt mir mit dem Finger über die Augen. Ich schließe sie und lächle. Diese Berührung fühlt sich so gut an. „Und deine Wimpern", spricht er leise weiter, „sind wie Ruderboote, die auf dem See zwischen den Bergen gemächlich dahingleiten."

„Deck mich zu mit deinen Worten", hauche ich und halte meine Augen geschlossen. Kann ich ihm vertrauen? Wird er mich halten, wenn ich gehalten werden muss?

„Und deine Nase“, sein Finger fährt über meine Nase, „ist wie ein mit Schnee bedeckter Berg, den ich im Winter besteigen kann, um die Weichheit unter den schweren Schuhen zu spüren.“

„Und meine Lippen?“ Ich setze das Spiel zwischen uns fort. Ich sollte ihm vertrauen.

„Deine Lippen sind wie ein weicher, warmer Laib Brot, der gerade frisch aus dem Ofen kommt und nur darauf wartet, verspeist zu werden. Von allen Frauen, die ich bisher getroffen habe, hast du die weichsten Lippen.“ Er lacht und beißt mir zärtlich in die Lippe, was mich erschaudern lässt. Mit wie vielen Frauen war er vor mir zusammen? Hat er auch zu ihnen diese hypnotisierenden Worte gesagt, sie mit Komplimenten überhäuft und ihnen das Gefühl der Sicherheit gegeben?

„Komm zu mir.“ Er flüstert weiter, seine Lippen küssen meinen Hals, aber ich lasse die Hände neben meinem Körper liegen und umarme ihn nicht. Ich darf nicht über andere Frauen nachdenken. Ich war schließlich auch mit Herrn Klimt zusammen. Ich schließe die Augen und spüre seine Lippen, die meinen Körper erkunden. „Du wirst meine Muse sein, die Göttin meiner Malerei.“ Seine Hände streicheln meine Brüste, aber ich bewege mich nicht und winde mich nicht, wie es die Mädchen in Berthas Herberge einander beigebracht haben. Ich brauche mehr Zeit, ihm zu vertrauen.

„Bitte, mach weiter so“, sage ich und strecke meine Hand aus, um sein wildes dunkles Haar zu streicheln, aber ich spreize meine Beine nicht, noch nicht. Ich versuche zu atmen. Er ist gut zu mir. Ich habe ihn mir ausgesucht.

„Ich sehe, Klimt hat dir nicht viel beigebracht.“ Er fährt fort: „Ich habe die Frauen stets gelehrt, sich mit mir zu vergnügen." Ich zittere einen Moment, wahrscheinlich wegen der Kälte im Raum.

„Zeichne mich, bitte. Ich möchte, dass du mich zeichnest", wechsle ich das Thema. Ich will nicht, dass er mir erklärt, wie ich mich zu verhalten habe.

„Los geht's", erhebt er sich vom Bett und geht nackt ins andere Zimmer. Ich betrachte seinen glatten Rücken, als er geht und stehe ebenfalls auf. Das Zimmer ist kalt, und ich wickle mich in eine dicke Decke und folge ihm. Egon kniet sich neben den Kamin, legt ein Holzscheit hinein und zündet es an. „Setz dich auf den Stuhl", befiehlt er mir, während er die Staffelei in die Nähe des Stuhles rückt, auf dem ich, in die Decke gehüllt, sitze. Ich beobachte ihn, wie er sich auf den schlichten Holzstuhl setzt und anfängt, mich zu zeichnen, ohne auf seine Nacktheit in dem kalten Raum zu achten. Durch die Wärme des Kamins wird es langsam angenehm im Raum. Seine braunen Augen schauen die ganze Zeit in meine, als wolle er in meine Seele eintauchen und in mir schwimmen, so wie er es vorhin gesagt hat. Ich werde seine Muse sein. Deshalb bin ich gekommen, um bei ihm zu sein. Ich werde mich anpassen.

„Wally." Er hört auf zu zeichnen und kommt auf mich zu.

„Ja?" Ich schaue ihm in die Augen.

„Ich werde dich Stück für Stück schälen und wie eine köstliche Sommerkirsche verschlingen." Er fasst unter die Decke, die meinen nackten Körper umhüllt. Ich spüre seine kalten Finger, die meine warmen Schenkel streicheln und schließe sie fest um seine Finger. Aber nach einem kurzen Moment spreize ich meine Beine und lasse ihn mich berühren.

„Du bist ein Gegensatz aus blauen Augen und einer orangefarbenen Flamme", flüstert er, als er sich auf dem Parkettboden neben dem Kamin auf mich legt. Ich umarme ihn fest, schließe die Augen und lerne von ihm. Alle anderen Frauen werden für ihn Geschichte sein. Ich werde von nun an seine Muse sein, diejenige, die er lieben und schätzen wird. Zusammen werden wir perfekt sein.

Seit er mich vor zwei Monaten bei sich aufgenommen hat, bereitet sich Egon auf eine bevorstehende Ausstellung in München vor und ich helfe ihm dabei. Wir wohnen in einer kleinen Wohnung mit Blick auf die Gärten von Schloss Schönbrunn. Vom Fenster des großen Zimmers aus, das Egon in ein Atelier verwandelt hat, kann ich die Mauer sehen, die den Park umgibt und die Bäume, die dahinter wie ein kleiner Wald stehen. Vor zwei Monaten, als es noch Winter war, waren die Bäume kahl. In der Ferne konnte ich den See in der Mitte des Parks und das langgestreckte gelbliche Schloss dahinter sehen. Manchmal konnte ich auch die Damen sehen, wie sie im Park spazieren gingen. Ich nahm sie wie schwarze Ameisen in ihren schweren Wintermänteln wahr. Aber jetzt haben die Bäume rund um den Park zu blühen begonnen, und ich kann sowohl den Palast als auch die Damen nicht mehr sehen.

Ich schaue weg von den beiden Wachen, die am Seitentor zum Garten stehen, bücke mich runter und putze den Parkettboden des Zimmers weiter. Ich habe dieses Tor noch nie offen gesehen. Trotzdem stehen die Wachen immer da, als sei es ihre Pflicht, das Tor geschlossen zu halten. Ich halte den steifen Handfeger aus Holz in der Hand und schrubbe den Boden. Egon ist mit seinen Bildern für die Ausstellung beschäftigt und ich unterstütze ihn, so gut ich kann. Gemeinsam werden wir es schaffen.

Ich stehe vom Boden auf, nehme den Wassereimer und den Schrubber und gehe in eine andere Ecke des Raums. Auf dem Weg dorthin bleibe ich bei ihm stehen und küsse ihn sanft auf seinen nackten Rücken.

Egon steht nackt und regungslos neben der Staffelei und malt sich selbst, während er immer wieder einen Blick in den großen Spiegel an der Wand wirft. Es wird jetzt wärmer, Wir müssen kein Holz mehr kaufen, um das Haus zu heizen, oder gar frieren, während er sich und mich malt.

Ich betrachte Egons Rücken. Im Gegensatz zu Herrn Klimt hat er kaum Haare auf dem Rücken oder der Brust. Seit jenem Abend in der Galerie bin ich Herrn Klimt nicht mehr begegnet, und ich weiß auch nicht, ob er versucht hat, mich in Frau Berthas Herberge zu suchen. Egon erwähnt ihn nicht, obwohl ich weiß, dass er sich gelegentlich mit ihm trifft. Sein Atelier liegt nicht weit entfernt von dem Haus, in dem wir jetzt wohnen; auf der anderen Seite des Schönbrunner Schlossparks.

„Du hast einen glatten Rücken“, sage ich und fahre mit meinen Fingern, die mit Wasser und Seife getränkt sind, über seinen Rücken.

„Deine Finger sind nass“, er entzieht sich meiner streichelnden Hand, „und du störst meine Konzentration. Ich muss weiterarbeiten.“ Er dreht sich um und küsst mich flüchtig, um dann wieder in seine Ausgangsposition zurückzukehren und sich im Spiegel zu betrachten. Er hätte netter zu mir sein können. Seit einigen Tagen ist er nur noch mit sich selbst beschäftigt, malt den ganzen Tag und geht abends ins Café, um seine Freunde zu treffen. Ich beobachte ihn. Er streckt eine Hand in die Luft, während er mit der anderen Hand einen Pinsel umklammert und rote und schwarze Gouache-Striche auf das braune Papier an der Staffelei aufträgt. Für mich ist es seltsam, ihn dabei zu beobachten, wie er sich nackt malt, sein Gemächt so im Mittelpunkt. Hat er vor, dieses Bild in der kommenden Ausstellung zu zeigen? Ich streiche mit meinem Finger erneut über seinen Rücken. Es macht mir nichts aus, ihn ein wenig zu stören.

„Genug jetzt, Wally, du störst mich. Hör auf, dich an mich zu klammern." Er weicht wieder vor meiner Hand zurück.

„Tut mir leid", ziehe ich mich von ihm zurück und spüre einen Kloß im Hals.

„Gibt es etwas zu essen?" Seine Hand, die den Pinsel hält, bewegt sich wie eine Wespe, und der dünne Pinsel zeichnet wirbelnde schwarze Linien um seinen Schambereich auf das braune Papier. Werden die Leute ein solches Bild gerne betrachten?

„Ich bereite gleich etwas für dich vor", antworte ich, bücke mich, greife wieder nach dem Holzeimer und stelle ihn neben den Vorratsschrank in die Ecke des Zimmers. Es sind nur ein paar Kartoffeln im Korb. Ich kann runter zum Markt gehen und Wurst und Kohl kaufen. Ich ziehe mir schnell die Schürze aus und wische mir die Hände ab.

„Egon, kannst du mir etwas Geld geben?" Ich gehe auf ihn zu und halte den Strohkorb in der Hand, den ich normalerweise auf den Markt mitnehme. Das Geld, das er mir letzte Woche gegeben hat, ist aufgebraucht. Ich habe es verwendet, um Essen und ein Kissen für unser Schlafzimmer zu kaufen.

„Habe ich dir nicht erst letzte Woche Geld gegeben?" Er antwortet, ohne den Kopf zu heben.

„Ich habe Lebensmittel davon gekauft", sage ich, bereits an der Tür.

„Du gibst zu viel aus.“ Er malt weiter. „Ich muss mich jetzt auf die Bilder für die Ausstellung konzentrieren. Ich kann jetzt nicht aufhören, um Geld zu besorgen. Mach mir ein Abendessen mit dem, was wir haben.“

„Ja, Egon“, sage ich, stelle den leeren Korb ab, gehe zur Speisekammer und nehme die Kartoffeln heraus. Warum behandelt er mich nur so?

Ich fange an, die Kartoffeln zu schälen, aber nach kurzer Zeit halte ich inne und lege sie so, wie sie sind, auf den Teller. Ungekocht und versehen mit den Resten der Schale.

„Essen ist fertig“, sage ich zu Egon und stelle den Teller mit den rohen Kartoffeln geräuschvoll neben ihn auf dem Boden ab. Messer und Gabel werfe ich daneben. Ich ignoriere das scheppernde Geräusch, das sie machen, als sie auf dem Parkett aufschlagen, drehe mich um und gehe ins Schlafzimmer. Auf die Tränen, die hochsteigen, achte ich nicht. Ich lege mich aufs Bett und decke mich bis zum Kinn zu. Dabei mache ich mir nicht die Mühe, mich auszuziehen. Alles, was ich will, ist, mich vor der Welt zu verstecken.

„Meine purpurrote Kirsche, es tut mir so leid.“ Nach einer Weile höre ich seine gedämpfte Stimme und spüre das Gewicht seines Körpers unter der Decke. Aber ich antworte nicht, sondern wische mir nur die Tränen ab. Ich wünsche mir so sehr, dass wir es gemeinsam schaffen. „Ich hätte nicht so mit dir reden dürfen. Es geht um die Ausstellung und all die Bilder, die ich dafür noch vorbereiten muss.“ Er flüstert mir zu: „Ich will Grenzen sprengen, malen, wie noch nie jemand zuvor gemalt hat. Es ist mir egal, was die anderen sagen werden.“ Er redet weiter: „Es tut mir so leid.“ Er zieht die Decke weg, die mich bedeckt und küsst mein Gesicht. „Vertragen wir uns wieder. Du wirst sehen, alles wird gut. Ich verspreche es. Ich werde mich um dich kümmern.“ Er steht vom Bett auf, hält meine Hand fest und zieht mich zu sich: „Komm zu mir, Bitte verzeih mir."

Im Atelier geht er in die Ecke, wo die Leinwände und die Farbkästen übereinander gestapelt sind. Rasch schiebt er die Gemälde beiseite, lässt einige davon auf den Boden fallen und zieht eine Zeichnung heraus, die an der Wand lehnt. „Hier, diese Zeichnung werde ich verkaufen. Ich besorge uns etwas Geld", sagt er und stellt sie neben die Tür. Ich betrachte das Bild einer Frau, die einen Hut trägt und ihren Maler anlächelt.

„Wer hat diese Frau gemalt?" Es ist gar nicht Egons Stil.

„Er."

„Dein Freund?" Ich mag seinen Namen nicht aussprechen.

„Ja, es ist ein Bild von Gustav Klimt."

„Wie bist du daran gekommen?"

„Er hat es mir gegeben. Wir haben getauscht." Egon dreht sich um und kehrt an die Staffelei zurück, stellt sich vor den Spiegel und nimmt die Position wieder ein, in der er sich selbst gemalt hat. „Ich habe ihm meine Zeichnungen gegeben und er mir seine. Er hat mir diesen Tausch aus Mitleid mit einem jungen und unbekannten Maler vorgeschlagen." Egon kommt auf mich zu und umarmt mich. „Ich werde es verkaufen, damit ich dich versorgen kann", sagt er, bevor er in die Mitte des Raumes zurückkehrt, sich einen Pinsel schnappt und weiter malt.

„Bist du dir sicher? Es ist immerhin eine Gabe von ihm."

„Er hat mir diese Zeichnungen aus Mitleid geschenkt. Es ist an der Zeit, dass wir dieses Mitleid nutzen, um uns etwas zu essen zu kaufen." Er malt weiter und sieht mich dabei nicht an. Schämt er sich für unsere Armut?

Ich bücke mich nach den Kartoffeln, bringe sie zum Tisch und beginne sie zu schälen. Aber nach einem Moment halte ich inne. Ich bin es gewohnt, sie mit Schale zu essen. So ist es gesünder.

Ich fülle den Topf mit Wasser und betrachte die Zeichnung von Herrn Klimt, die an der Eingangstür lehnt. Ich betrachte die Frau auf dem Bild, die Dame mit dem Hut. Egon braucht mich.

„Zeichne mich. Du hast mich schon lange nicht mehr gezeichnet.“ Ich stelle den Topf auf den Herd, gehe auf Egon zu und fange an, mich auszuziehen. „Ich helfe dir, der berühmteste Maler Wiens zu werden“, sage ich, dabei ziehe ich mein Kleid und mein Höschen aus und stehe nackt vor ihm. Ich habe mich für ihn entschieden, nicht für Herrn Klimt, und wir werden es gemeinsam schaffen.

„Nimm die Hand runter, bedecke deine Brüste nicht“, sagt er nach einer Weile. Er steht über mir und zeichnet mit schnellen Bewegungen, „Leg deine Hand zwischen die Brüste.“

„Bist du sicher? Ist es das, was du für die Ausstellung brauchst?“, frage ich ihn und erröte.

„Du bist es doch gewohnt, nackt zu sein, nicht wahr?” Mit seinen dunklen Augen sieht er mich einen Moment lang an. Welche Zeichnungen von mir hat Herr Klimt ihm gezeigt? Ich schaue kurz auf das Gemälde, das neben der Tür lehnt. Hat Herr Klimt meine Zeichnungen auch mit anderen Malern getauscht? Darüber darf ich nicht nachdenken. Hier ist mein neues Zuhause, mit Egon, dem Mann, den ich mir ausgesucht habe. Ich schließe die Augen und öffne meine Beine in Zeitlupe. Ich weiß, dass ich hier und mit ihm das Richtige tue. Er ist mein Mann, und ich sollte ihm vertrauen.

„Genau so." Ich höre wie er sagt: „Künstler sollten keine Grenzen von Gesetz und Moral kennen, und wenn es welche gibt, sollten sie sie sprengen."

Obwohl ich vor Verlegenheit rot werde, lächle ich ihn an und halte meine Augen geschlossen. Er wird tolle Bilder von mir malen. Wir werden genug Geld haben, um uns Brot, Wurst, Kohl und Wein zu kaufen. Wir werden die Bilder von Herrn Klimt nicht verwenden müssen. Ich werde besser sein als all seine Bilder.

Im Haus ist es still, als ich durch die Zimmer wandere und mit meinen nackten Füßen die Rauheit des Parketts spüre. Ich bleibe stehen und schaue aus dem Fenster auf die Bäume im Park des Kaisers und auf die Wachen, die vor dem verschlossenen Tor stehen. Es ist schon ein paar Monate her, dass er angefangen hat, sich und mich in diesen provozierenden Bildern zu malen. Vor zwei Wochen ist er mit ihnen zu einer Ausstellung nach München gefahren, um sie dort zu verkaufen. Abgesehen von einem kurzen Brief, in dem er mir geschrieben hat, dass er im Hotel angekommen ist und sich eingelebt hat, habe ich nichts von ihm gehört. Nur ein paar Bilder und Zeichnungen, die er zu schlicht und zu langweilig fand, hat er auf dem Boden verstreut zurückgelassen.

Ich gehe zum Holzschrank neben der Eingangstür, nehme seinen Brief aus der Schublade und lese ihn noch einmal. Die Worte sind mit schwarzer Tinte auf cremefarbenes

Papier geschrieben. Er schreibt wie er zeichnet, mit scharfen Linien und kurzen, klaren Worten. Geht er abends mit Freunden in Cafés, so wie er es hier gewöhnlich tut? Denkt er an mich? Wer ist ein gewisser Herr Arthur Roessler, der ihn eingeladen hat, die Bilder in seiner Galerie auszustellen?

Sorgfältig falte ich das Papier und stecke es in den Umschlag. Ich lege ihn zurück in die Schublade, ziehe meine Schuhe an und verlasse das Haus. Sein Zug aus München müsste bald ankommen.

Ich sehe das große Bahnhofsgebäude in der Ferne und beschleunige meine Schritte. Auf dem Dach stehen Frauenstatuen aus Marmor, die über die breite Straße und die Stufen zum Bahnhof blicken, als würden sie über all die Pferdekutschen , die auf dem Platz vor dem Eingang stehen, und die Kutscher, die Gepäck und hölzerne Kisten tragen, wachen. Vor den Kutschen parken mehrere moderne, schwarze Autos, deren Fahrer auf ihre Herrschaften warten. Ich bleibe stehen und beobachte eine Frau in einem grauen Umhang, die die Hand eines Mädchens hält, das ein weinrotes Kleid trägt. Das Mädchen ist stehengeblieben und streicht über die Gummireifen eines Autos, die in der Nähe des Eingangs parken. Eines Tages werde auch ich so ein Kind haben. Ich lächle vor mich hin. Ich sollte mir einen Namen für mein Mädchen aussuchen.

Ich höre einen gedämpften Pfiff und gehe die breite Eingangstreppe hinauf. Die große Uhr über den Bahnhofstüren zeigt drei Minuten vor zwölf an. Sein Zug müsste jeden Moment ankommen.

Im Inneren des Bahnhofs wird die Stille der Straße durch ein geschäftiges Treiben ersetzt. Die Stimmen der Bahnsteigpförtner vermischen sich mit den Rufen der Verkäufer, die an der Seite der Halle ihre kleinen Körbe mit Beeren vor sich herschieben. Nebenan befindet sich der Würstchenstand, davor eine Warteschlange. Der Zeitungsjunge rennt über den Bahnsteig, wedelt mit einer Zeitung durch die Luft und verkündet, dass der Kaiser zu einem wichtigen politischen Besuch nach Bayern gereist sei. Der Schaffner pfeift und ich sehe den Zug in den Bahnhof einfahren. Langsam fährt er wie ein massives schwarzes und müdes Pferd ein, das Dampf- und Rauchwolken in die Halle bläst, bevor es zum Ausruhen anhält. Das Quietschen der Bremsen ist durch den lauten Lärm und die Menschen kaum zu hören. Auf den Bahnsteig gehend, suche ich an den sich öffnenden Türen der Holzwaggons nach Egon. Aus welchem Wagen wird er steigen?

Die Fahrgäste, die aus dem Zug steigen, gehen an mir vorbei, während ich auf ihn warte. Ein Herr in schwarzem Anzug und mit Hut verbeugt sich höflich vor mir, aber ich ignoriere ihn und schaue weiter auf die offenen Türen der Waggons, um auf meinen Mann zu warten.

Zwei Kofferträger, die eine große Holzkiste tragen, bitten mich, ein wenig zur Seite zu treten. Ich sehe, wie sich das Mädchen im weinroten Kleid höflich einem Herrn nähert, der gerade dem Zug entstiegen ist, und sich vor ihm verbeugt. Vielleicht ist es ihr Vater? Die Frau, die die Hand des Mädchens hält, verbeugt sich ebenfalls höflich vor ihm. Gemeinsam gehen sie an mir vorbei zum Ausgang. Das Mädchen lächelt mir zu und hält einen rosa Apfel in der Hand. Endlich steigt Egon aus dem Zug.

Ich richte mich auf und beschleunige meine Schritte, ohne zu rennen. Er hat mich nicht bemerkt. Er trägt seine braune Jacke und unterhält sich mit jemandem, der noch im Zug sitzt. Einen Moment lang fürchte ich, dass er mit einer Frau spricht und verlangsame meine Schritte. Aber als ich näher komme, sehe ich, dass er gemeinsam mit einem Träger versucht, eine große Holzkiste und seinen Koffer aus dem Zug zu wuchten. Hat er die Bilder nicht verkaufen können?

„Egon." Ich gehe zu ihm und warte geduldig, bis der Gepäckträger die Kiste herunterlässt und auf dem Bahnsteig abstellt.

Er sieht mich an, lächelt nicht, aber einen Moment später hält er mich fest, presst seine Lippen auf meine, küsst mich leidenschaftlich und ignoriert den Pförtner, der mit ausgestreckter Hand neben uns steht und geduldig auf seine Bezahlung wartet. Seine Lippen erforschen meine für einen sehr langen Moment. Mir wird heiß, weil ich weiß, dass ich erröte. „Mein Rotkirsch", flüstert er mir ins Ohr, „München war grau ohne dein Feuer. Ich habe dich vermisst. Danke", dreht er sich um und drückt dem Pförtner eine Münze in die Hand. Dieser wirft einen neugierigen Blick auf mich. „Bringen Sie bitte Kiste und Koffer zu den Kutschen am Eingang", sagt er zu ihm und dreht sich wieder zu mir, um mich zu küssen. Seine Hand streicht über meinen Körper und fährt unter den Umhang, den ich trage. Sanft streichelt er meine Brüste. „Ich habe dich vermisst. Lass uns weg von all dem Rauch und den lärmenden Leuten." Er umarmt mich und wir folgen dem Pförtner zum Ausgang.

„Der Zug nach Linz fährt in drei Minuten ab", ertönt die Durchsage. „Der Kaiser wird von den Deutschen verlangen, dass sie ein gegenseitiges Verteidigungsbündnis unterzeichnen", ruft der Zeitungsjunge, der mit seiner Zeitung winkend an uns vorbeirennt, aber ich achte nicht auf die Stimmen um mich herum. Ich fühle nur Egons Hand, die er um mich gelegt hat, als wir den dunklen und stickigen Bahnhof in Richtung Tageslicht und Sonne verlassen.

„Welche Kutsche möchtest du nehmen?", fragt er mich, als wir vor den Pferdekutschen stehen, die vor dem Bahnhof aufgereiht sind.

„Ich dachte, wir gehen zu Fuß“, sage ich leise. Was ist mit den Bildern passiert? Hat er sie verkaufen können, so dass wir jetzt Geld für eine Kutschfahrt ausgeben können? Wenn ja, warum hat er die Kiste wieder dabei?

„Ich bin heute müde vom Laufen. Hast du etwas Geld bei dir?“

„Ja“, ich nehme eine Münze aus der Tasche meines Kleides und lege sie ihm in die Hand. „Ich hatte vor, gutes Gebäck und eine Flasche Wein zu kaufen, damit wir heute Abend feiern können.“

„Eine kleine Feier haben wir uns redlich verdient“, sagt er zu mir, geht auf einen der Kutscher zu und gibt ihm das Geld. „Lass mich dir behilflich sein, meine Wally.“ Er reicht mir die Hand, als ich in die Kutsche steige, während der Kutscher die Kiste und den Koffer einlädt. Ich setze mich auf den bequemen Ledersitz und spüre, wie seine Hand meinen Rücken streichelt. Draußen schnalzt der Kutscher seinem Pferd zu, damit wir uns in Bewegung setzen.

„Wie war die Ausstellung?“, frage ich ihn, nachdem wir ein paar Meter gefahren sind, aber er ignoriert mich. Seine Augen sind auf die Herren mit Zylinder und die eleganten Damen in bunten Frühlingskleidern und Sonnenschirmen gerichtet, die die Straße entlanggehen.

“Ich habe genug von dieser Stadt.“ Als wir an der Oper vorbeikommen, erklärt er: „Ich habe genug von den Leuten in ihren Zylindern und Anzügen, die nichts verstehen.“ Er zeigt auf drei Herren, die auf der Straße stehen und sich unterhalten.

„Hast du Bilder verkauft?“, frage ich ihn erneut und lege meine Hand auf seinen Oberschenkel.

„Die Leute verstehen mich nicht, meine Kirsche.“ Er dreht sich um und sieht mich mit seinen braunen Augen an: „Die Leute verstehen die Kunst nicht, verstehst du das?

Sie ersticken mich mit ihrer Kritik. Wie soll ich kreativ sein, wenn hier alles so sauber und gerecht ist?" Er breitet die Hände zu beiden Seiten aus und wird laut. Was ist mit dem Kutscher auf seinem Kutschbock? Hört er, was Egon sagt? Bestimmt kann er ihn hören. Ich schaue auf den Hinterkopf des Mannes, aber der rührt sich nicht und schwingt nur gelegentlich sanft seine Peitsche, um den Pferden den Weg zu weisen.

„Du konntest also keine Bilder verkaufen?" Ich streichle ihm über den Nacken.

„Nein, Wally, die Bilder haben sich nicht verkauft. Den Leuten haben sie nicht gefallen. Ich weiß nicht einmal, warum mich Herr Arthur Roessler eingeladen hat, in seiner Galerie auszustellen." Er lehnt sich auf dem Ledersitz zurück und blickt in den Himmel. „Die Leute bezeichneten es als Pornografie und sind gegangen." Er flüstert: „Verstehst du? Die Leute dachten, dass mein und dein Körper Pornografie sind." Er redet ununterbrochen weiter, und ich streichle ihm die ganze Zeit über seinen Nacken. Ich möchte ihn umarmen, aber es ist mir peinlich, das in der Öffentlichkeit zu tun.

„Du wirst deine Bilder noch verkaufen, da bin ich mir sicher."

„Zwei Bilder von dir habe ich Herrn Arthur verkauft. Er hat sie wohl aus Mitleid genommen."

„Das ist doch großartig", antworte ich und schließe meine Schenkel. Ein Fremder wird meinen nackten Körper sehen. Mir wird übel, obwohl ich mich freuen sollte.

„Ist es überhaupt nicht", lacht Egon bitter auf. „Dort eine Stadt voller Konservativer, hier eine Stadt voller Konservativer und ein Mann, der Mitleid mit mir hat. Das ist alles, was da ist. Hast du noch Geld?"

„Nein, ich habe dir alles gegeben, was ich hatte."

„Nicht gut, ich wollte anhalten und mir eine Flasche Wein kaufen." Er lehnt sich tiefer in den Sitz und blickt in den Himmel, als sich die Kutsche unserem Haus nähert.

„Darf ich Ihnen ein Gemälde zum Kauf anbieten?", fragt Egon den Kutscher, als wir vor dem Eingang stehen, aber der Kutscher ignoriert ihn und zieht an den Zügeln seines Pferdes. Ich beobachte, wie die Kutsche wegfährt. Der Kutscher sitzt aufrecht auf seinem Bock und ist froh, dass er sich die Gemälde in der Holzkiste nicht ansehen musste. Er würde die Kunst von Egon nicht verstehen.

„Wally, lass uns packen", sagt Egon, während er sich bückt und die Holzkiste anhebt.

„Packen wofür?"

„Wir werden diese Stadt verlassen. Ich muss irgendwo leben, wo es ruhiger ist und wo es nette Menschen gibt. Hier verstehen sie meine Kunst nicht." Er geht zur Haustür und steigt keuchend die Treppe hinauf.

„Wohin sollen wir denn gehen?" Ich folge ihm und trage den Koffer.

„In die Heimatstadt meiner Mutter."

„Und dort wird man deine Kunst verstehen?"

„Das ist mir egal. Den Leuten dort wird es egal sein, was ich mache."

„Ist es wirklich so einfach? Wir packen unsere Sachen und verlassen Wien?"

„Ja, so einfach ist das."

„Und wo liegt dieser Ort? Du hast nie von deiner Mutter gesprochen." Wie wird sie mich behandeln? Ich schaue an meinem schlichten Kleid hinunter.

„Krumau in Südböhmen", antwortet er und steigt weiter die Treppe hinauf. Er stellt die Kiste neben der Tür auf den Boden. Er öffnet sie. „Ich möchte nicht mehr in dieser Stadt leben. Es riecht nach zerfallendem kaiserlichen Tod."

„Und wir kommen nicht mehr hierher zurück?" Ich stelle den Koffer in der Mitte des Raumes ab und schaue auf die Bäume, die den Palastgarten umgeben.

„Dieser Ort deprimiert mich. Was haben wir denn in dieser Wohnung?"

„Nichts", antworte ich und betrachte meine Aktbilder, die auf dem Boden liegen und nicht den Weg in die Ausstellung gefunden haben.

„Dann lass uns hier verschwinden", sagt er, geht ins Schlafzimmer, öffnet den Schrank und wirft seine Kleider auf das Bett.

„Willst du noch einen Moment darüber nachdenken? Schließlich bist du es gewohnt, in Wien zu leben. Deine Freunde sind hier, ebenso die Cafés, die du magst." Ich stehe an der Zimmertür und beobachte ihn. Ich will nicht gehen.

„Ich selbst muss nicht nachdenken." Er dreht sich zu mir um: „Ich bin ein Künstler, ich muss Kunst erschaffen, und in dieser Stadt kann ich nichts mehr erschaffen." Er wendet sich wieder dem Schrank zu und holt seine fein säuberlich gefalteten weißen Hemden heraus.

„Bitte, Egon, lass uns hier bleiben. Das ist unsere Stadt", flehe ich ihn an und lege meine Hand auf seinen Arm. Wie kann ich noch einmal umziehen? Ich habe in den letzten Jahren schon so viele Häuser verlassen.

„Ist es das, was du willst? Hier in Wien zu bleiben, mit einem armen Maler, dessen Bilder niemanden interessieren?"

„Nein, das will ich nicht. Du wirst hier Erfolg haben."

„Verstehst du nicht, hier ist meine Seele tot." Er entzieht sich meiner streichelnden Hand. „Meine Seele ist nicht wie deine, die sich an irgendeinem Ort vor irgendjemandem entkleidet. Meine Seele braucht ihre Freiheit, und die ist nicht hier in Wien."

„Mir fällt es bestimmt nicht leicht, mich auszuziehen."

Ich spüre einen Kloß im Hals, versuche aber Egon wieder näher zu kommen. Ich nehme eines seiner Hemden aus dem Schrank und falte es zusammen: „Ich werde dir helfen, deine Inspiration wiederzufinden. Ich bin deine Muse", besänftige ich ihn. Das ist die Aufgabe einer Frau.

„Du wirst meine Muse sein, aber nicht hier. Ich habe mich entschieden, Wien ist nicht der richtige Ort für uns." Er räumt das gefaltete Hemd in den Koffer. „Du wirst meine Muse in Krumau sein, bei meinen Jugendfreunden und meiner Mutter."

„Bitte, Egon."

„Ich habe mich entschieden, und so werden wir es angehen. Es sei denn, du willst nicht mehr an meiner Seite sein." Er legt seine Unterwäsche in den Koffer. Er umarmt mich nicht.

„Dann lass uns von hier fortgehen." Ich beginne meine Sachen aus dem Schrank zu nehmen. Ich bin eine Frau und muss tun, was mein Mann mir sagt.

Langsam arrangiere ich meine Kleidung auf dem Bett. Ich bin es gewohnt, umzuziehen, und er möchte, dass ich ihn zu seiner Mutter begleite. Er sorgt sich um mich.

„Wally, hast du irgendeinen Schmuck, den wir verkaufen können? Um die Reise und unseren Aufenthalt in Krumau zu finanzieren?", fragt er, als er seine braunen Krawatten zusammenrollt. Mir fallen Vaters Siegelring und das Pfandhaus wieder ein. Wie lange ist es her, dass ich ihn dort abgegeben habe?

„Wally, ist alles in Ordnung?"

„Ja, Egon, das ist es." Ich küsse ihn schnell. Wie konnte ich den nur vergessen?

Als ich am nächsten Morgen aus dem Bett steige, ist es ruhig im Haus. Ich versuche, Egon nicht zu wecken. Er schläft und schnarcht leise. Er trägt noch immer das weiße Hemd von gestern. Es ist jetzt zerknittert. Er hat sich nicht mal die Mühe gemacht, seine Krawatte auszuziehen. Als es auf den Abend zugegangen war, hatte er sich etwas Geld besorgt und war ins Café gegangen, um sich von seinen Freunden zu verabschieden.

Ich hebe die leere Weinflasche auf, die er auf eins der am Boden verstreuten Bilder geworfen hat und betrachte die Flecken, die das Papier verschmutzt haben. Ich muss mich beeilen, bevor er aufwacht und sich fragt, wo ich geblieben bin.

Ich gehe zu den Bildern, die an der Wand lehnen und betrachte sie der Reihe nach. Welches würde passen? Auf zwei von ihnen erkenne ich die Signatur von Herrn Klimt. Schließlich entscheide ich mich für zwei Zeichnungen von mir, die Egon auf dem Weg zur Ausstellung nach München auf dem Boden liegen ließ. Er wird sich wahrscheinlich nicht mehr an sie erinnern. Ich traue mich nicht, die Aktzeichnungen zu nehmen, auf denen er sich selbst gemalt hat. Ich rolle die Bilder vorsichtig zusammen, ziehe mein schlichtes Sommerkleid an und gehe zur Tür hinaus, die ich leise hinter mir schließe.

„Guten Morgen, wie kann ich Ihnen helfen?“ Der Pfandleiher schaut von den Schmuckstücken auf, die vor ihm auf dem Tisch liegen. Ein Eisengitter trennt uns voneinander. Erkennt er mich wieder?

„Ich habe zwei Bilder, die ich verkaufen möchte“, ich lege die gerollten Bilder auf den Tresen.

„Tut mir leid, Fräulein, ich kaufe keine Sachen. Ich bin ein

Pfandleiher.“ Den Faden, der die Bilder zusammenhält, löst er nicht einmal.

„Bitte sehen Sie sich die Bilder wenigstens an. Sie stammen von einem jungen Maler, der auf dem Weg ist, berühmt zu werden. Sie können sie in Kürze für viel Geld verkaufen.“

„Mit Gemälden ist kein Geld zu verdienen. Wird es nie sein.“ Er schiebt mir die zusammengerollten Bilder über die Theke zurück. „Einen schönen Tag noch, Fräulein.“ Er steht vom Stuhl auf, wendet mir den Rücken zu und blickt auf den Schubladenschrank hinter sich. In welcher ist wohl mein Ring?

Ich drehe mich zur Tür, lege meine Hand auf die Klinke und bleibe stehen. Ich kenne keinen Galeristen oder Kunsthändler, aber ich muss diese Bilder verkaufen. Und ich muss meinen Ring zurückbekommen.

„Bitte, ich habe hier auch einen Ring von mir.“ Ich drehe mich wieder um und kehre zum Tresen und dem eisenbeschlagenen Fenster zurück. „Ich gebe Ihnen ein Bild im Tausch gegen meinen Ring und ein Bild für acht Kronen.“ Ich löse den Faden, der die aufgerollten Gemälde zusammenhält, und breite sie aus. Er muss sie sich ansehen. Er muss sehen, wie gut sie sind und wie begabt Egon ist. „Eines Tages wird er ein sehr berühmter Maler sein, das weiß ich“, sage ich zu ihm, als ich mit den Bildern in der Hand vor ihm in dem kleinen Laden stehe.

Der Pfandleiher betrachtet sich die Zeichnungen. Er begutachtet die Linien auf dem braunen Papier, dann schaut er auf und beginnt mich zu mustern, wobei er sich auf meine roten Haare konzentriert. Er bleibt an meinen blauen Augen hängen und wandert mit seinem Blick langsam über meine Brüste zu meinen Beinen hinunter. Ich spüre, wie sich meine Wangen röten. Egon hat mich fast nackt mit gespreizten Beinen gemalt, während meine Hände einen Teil von mir bedecken, sind meine Brüste entblößt. Ich bewege mich nicht, aber meine Hand, die die Papiere hält, zittert. Er starrt weiterhin auf meine Brüste und schaut nicht mehr auf das Bild.

„Das ist obszön“, sagt er mit leiser Stimme, „Pornografie.“ Er sieht mich zornig an. „Welch promiskuitive Frau hat zugestimmt, sich so malen zu lassen?“ Er fixiert mich weiter mit seinem Blick. Ich schweige. „Ich werde Sie bezahlen, aber nicht für die Bilder. Wenn Sie verstehen, was ich meine“, sagt er nach einer kleinen Pause und lächelt.

Ich erstarre, bin unfähig, mich zu bewegen. Meine Beine scheinen mit eisernen Nieten an den Boden geschweißt zu sein. Langsam atmen, langsam atmen. Ich schaffe es, mich vom Boden loszureißen und stürze aus seinem Laden, höre die Tür hinter mir zuschlagen, als ich schnell die Straße hinunterlaufe. Erst nach einigen Schritten bemerke ich, dass ich die Bilder immer noch ausgebreitet in Händen halte und dass die Passanten auf der Straße einen Blick auf sie werfen können. Abwechselnd auf mich und auf das Papier schauen. Hastig rolle ich die Zeichnungen zusammen. Ich bemerke ein Brennen in den Augen. Die Tränen wollen herausbrechen und mich überfluten.

In der Nähe der Herberge von Frau Bertha bleibe ich stehen und betrachte den Eingang und das über der Tür angebrachte Schild. Seit jener Nacht war ich nicht mehr hier. Ich atme tief durch und gehe in Richtung Hauptstraße. Ich hätte einen anderen Weg wählen sollen. Als ich näher komme, geht die Tür der Herberge auf und Erika kommt heraus. Ich drehe mich schnell um, flüchte in eine Seitengasse und verstecke mich dort mit dem Rücken zur Straße. Ich will nicht, dass sie sich über mich lustig macht oder fragt, was ich in der Hand habe. Ich drücke mich an die Steinmauer in der kleinen dunklen Gasse, lausche auf die Schritte der Passanten auf der nahen Straße und sehe mich um. Nur ich und eine magere, schmutzige Katze sind hier. Sie beobachtet mich ängstlich und kaut auf den Resten eines silbernen Fisches herum. Als sie merkt, dass ich nicht vorhabe, sie anzugreifen, setzt sie ihre Mahlzeit unverzüglich fort. Gelegentlich wirft sie mir einen Blick zu. Hat Erika schon die Straße überquert? Kann ich mich umdrehen und die Gasse verlassen?

Ich warte noch ein paar Augenblicke und taste mich langsam aus der Gasse auf die Straße. Erika ist verschwunden. Ich muss die beiden Bilder loswerden, die nun ziemlich mitgenommen in meiner Hand liegen. Ich will sie nicht mehr haben. Sie fühlen sich schwer an, wie tonnenschwere Gewichte, die mich am Gehen hindern und alle Leute dazu bewegen, mich anzustarren. Können sie erkennen, was auf ihnen gezeichnet ist, obwohl sie so ramponiert sind?

„Entschuldigen Sie, Fräulein, haben Sie ein Streichholz?", frage ich eine Frau, die in einem einfachen Kleid und mit einem großen Korb auf der Straße vorbeikommt. Sie schüttelt den Kopf und geht weiter. Auch die anderen Frauen, die ich anspreche, haben keine Streichhölzer. Schließlich wende ich mich an einen Mann in einem blauen Anzug, der Pfeife rauchend die Straße entlang geht.

Er mustert mich einen Moment lang, zieht eine Streichholzschachtel aus seiner Jackentasche, zündet ein Streichholz an und reicht es mir. Was muss er von mir denken? Glaubt er, dass ich rauche? Weiß er, dass ich diejenige bin, die nackt auf das zerknitterte Stück Papier gezeichnet ist?

Mit zittriger Hand führe ich das Streichholz an die Zeichnungen und beobachte die auflodernde Flamme, die sich in das braune Papier frisst. Der Mann, der mir das Streichholz gegeben hat, bleibt stehen und sieht mir zu, als überlege er, ob er etwas zu mir sagen soll. Aber nach einem kurzen Augenblick wendet er sich ab und geht weiter die Straße entlang, wobei er eine kleine Wolke Pfeifentabak zurücklässt. Ich fixiere die Flammen auf dem Papier, bis ich keine Wahl mehr habe und alles auf das Kopfsteinpflaster fallen lassen muss. Ich sehe dem Feuer zu, bis es erlischt und nur noch wenige schwarze Krümel zurückbleiben. Was habe ich nur getan? Was soll ich Egon erzählen, wenn er fragt, wo die Bilder geblieben sind?

Ich könnte in die Pfandleihe zurückkehren. Wenn ich Geld auftreibe, kann ich Egon sagen, dass ich die Bilder verkauft habe. Wenn ich zurückgehe, wird mir der Pfandleiher Geld für das geben, was ich ihm bieten kann. Für einen Moment habe ich das Gefühl, mich übergeben zu müssen. In mir steigt ein säuerlicher Geschmack hoch, obwohl ich heute noch nichts gegessen habe. Ich muss hier weg, weg von diesem Pfandhaus und weg von Frau Berthas Herberge. Ich muss jemanden finden, der mir Geld geben kann, bevor Egon aufwacht und sich fragt, wo ich geblieben bin.

Ich schließe das schwarze Eisentor hinter mir, gehe den Kiesweg entlang und halte vergeblich Ausschau nach der Katze im Gebüsch. Als ich das letzte Mal hier war, war es Winter und die Büsche hatten keine Blätter. Jetzt tragen sie eine Vielzahl von roten und rosa Blüten. Ich werde an seine Tür klopfen und ihn fragen. Er ist der Einzige, der mir Geld geben wird.

An der Tür gerate ich für einen Moment in Panik. Was, wenn Erika auf dem Weg hierher war und mir gleich die Tür öffnet? Ich atme tief durch und läute. Ich habe keine andere Wahl.

„Hallo, Fuego“, sagt er, als er mich sieht. Er hat sich in den Monaten, in denen wir uns nicht gesehen haben, nicht verändert. Er trägt immer noch denselben grauen Kittel, und er sieht mich immer noch mit seinen blauen Augen an.

„Ich brauche Geld“, sage ich sofort. „Wir werden Wien verlassen“, rede ich weiter. Ich kann mich nicht zurückhalten. Die Worte sprudeln einfach aus mir heraus. „Egon darf nicht wissen, dass ich hier bin. Ich liebe ihn.“

„Komm rein.“ Er schenkt mir ein Lächeln, das plötzlich böse wirkt. Er dreht sich um und geht in Richtung seines Ateliers. Die Tür lässt er offen.

Ich bleibe auf der Türschwelle stehen. Was, wenn dort jemand ist, den er gerade malt? Nach einem kurzen Zögern gehe ich hinein. Ich habe keine Wahl. Ich hätte ihm nicht sagen sollen, dass ich Egon liebe.

Er steht in der Mitte des Ateliers, als ich den Raum betrete. Wenn dort noch jemand ist, den er gerade nackt zeichnet, drehe ich mich um und laufe weg. Aber das große Bett in der Ecke des Raumes ist leer. Nur die schwarz-weiß gestreifte Tagesdecke ist darüber gelegt

„Wir sind zusammen.“ Ich stehe vor ihm und sehe ihm in die Augen.

„Das freut mich zu hören.“ Er lächelt mich wieder an und führt seine Hand an meine Wange. Ich spüre, wie seine warme Handfläche meine Wange streichelt, und ich erstarre, bin unfähig, mich zu bewegen. Atmen kann ich nur langsam.

Mit einer sanften, langsamen Bewegung wandern seine Finger hinunter und streicheln meinen Hals. Seine Hände gleiten weiter hinunter zu meinen Brüsten und fahren darüber. Die ganze Zeit über schaut er mir in die Augen. Dabei lächelt er ein wenig, während ich wie erstarrt und unfähig bin, auch nur eine Bewegung zu machen. Ich starre unentwegt in seine blauen Augen. Langsam atmen. Ich muss etwas tun. Schließlich bin ich gekommen, um ihn um Hilfe zu bitten.

Plötzlich hört er auf, meine Brüste zu streicheln. Er dreht sich um, geht zu seiner Hose, die auf einer schlichten Holzkiste in der Ecke des Raumes liegt, bückt sich und holt eine Brieftasche heraus. Ich spüre, wie mir Tränen über die Wangen laufen, aber ich bleibe wie erstarrt stehen. Warum bin ich nochmal hierher gekommen?

„Nimm es", sagt er, greift nach meiner Hand und legt einige Scheine hinein. „Behalte diese Unschuld. Sie wird dich retten", fährt er fort und streichelt mit seiner großen Handfläche über meine nasse Wange. Endlich schaffe ich es, mich zu bewegen. Ich drehe mich um und renne aus dem Zimmer, öffne die Haustür und flüchte regelrecht, wobei die Geräusche meiner Schritte, die ich auf dem Kiesweg hinterlasse, wie die Hufe galoppierender Pferde klingen. Als ich in der Nähe unseres Hauses ankomme, bleibe ich ein paar Minuten stehen, um Luft zu holen. Ich schaue auf die Mauer, die den Schlossgarten umgibt und auf die Wachen, die das verschlossene Tor bewachen. Ich werde ein paar Minuten hier draußen warten und erst dann nach Hause gehen. Ich hätte nicht zulassen dürfen, dass er mich berührt. Ich hätte ihn aufhalten müssen. Nächstes Mal werde ich mutig genug sein.

„Wally? Wo hast du denn gesteckt?", schallt mir Egons Stimme entgegen, als ich die Tür leise hinter mir schließe.

„Ich habe Geld", sage ich sofort und lege die Scheine aufs Bett, „für die Reise. Lass uns einen neuen Anfang machen."

„Meine Rotkirsche, du bist wunderbar." Er liegt immer noch im Bett und streckt die Hand aus, streichelt die Scheine.

„Ich hatte einen Ring, den habe ich verkauft", sage ich, unfähig, ihm zu erzählen, was ich mit den Bildern oder bei Herrn Klimt gemacht habe.

„Du bist in der Tat meine schützende Muse." Er erhebt

sich und umarmt mich fest. „Nicht weinen, alles wird gut.“ Er streichelt mein Haar. „Außerhalb dieser grauen Stadt werden wir ein neues Leben beginnen. Du wirst sehen. Wenn wir Wien verlassen, werden wir frei sein. Bitte hör auf zu weinen.“ Mit seinen Fingern fährt er mir über meine feuchten Wangen.

8. Krumau, Südböhmen

Auf dem Weg zum Bahnhof bleiben wir kurz stehen, um uns ein paar Minuten auszuruhen. Da fallen sie mir ins Auge.

Sie marschieren in Reih' und Glied, tragen blaugraue Uniformen, halten ihre Gewehre mit den Läufen an den Schultern abgelegt. Jeder von ihnen einen großen Rucksack. Ich stelle den schweren Koffer ab, schüttele meine schmerzende Hand aus und beobachte sie.

An der Spitze reitet ein Offizier auf dem Pferd. In seiner sauberen Uniform sitzt er aufrecht im Sattel. Sein roter Kragen ist mit goldenen Sternen verziert. Sein breiter Schnurrbart lugt unter der Schirmmütze hervor und verdeckt fast beide Augen. Er dreht sich nicht um, sondern reitet gemächlich auf seinem Pferd voraus und wirft keinen Blick auf die marschierenden Soldaten. Die ihm folgenden, jungen Kommandeure schreiten wie eine stolze Gänsemutter, die ihre Küken anführt.

„Lang lebe das Kaiserreich", ruft ihnen ein Arbeiter in blauer Montur zu und hebt die Hand zu einer Faustbewegung.

„Lang lebe das österreichisch-ungarische Reich!" Eine Frau im gelben Kleid wirft Blumen nach ihnen. Der Offizier auf dem Pferd hält kurz inne, lächelt ihr zu und salutiert, bevor er die Ringstraße stadtauswärts entlangreitet.

„Lang lebe der Kaiser!", rufe ich ihnen hinterher.

„Besiegt den Feind und kehrt bald nach Hause zurück", ruft eine ältere Frau, die in einem grauen Kleid neben mir steht.

„Wie wir werden sie sich auf eine neue Reise begeben." Ich lächle Egon an.

Andere Menschen bleiben am Rande des Boulevards stehen, schauen dem Trupp nach und winken zum Abschied. Auch die Kutschen fahren zur Seite und machen Platz.

„Gott schütze Sie", sagt eine ältere Frau in einem schwarzen Kleid und bekreuzigt sich, als die Kommandeure an ihr vorbeikommen.

„Keine Sorge", antwortet ihr eine andere Frau, „der Kaiser wird sich um sie kümmern." Die Umstehenden nicken zustimmend. Ich beobachte die alte Frau, die sich immer noch bekreuzigt und ein stummes Gebet auf den Lippen hat.

„Ich bin so froh, dass wir zusammen gehen", umarmt mich Egon, und auch wenn ich von dem langen Weg, den wir durch die Sonne gegangen sind, schwitze, wische ich mich ab, bücke mich und hebe meinen Koffer wieder an. Beim Aufrichten werfe ich den Soldaten einen letzten Blick zu. Einige von ihnen sehen zu mir herüber und lächeln. Einer bewegt sogar leicht seine Hand, als wolle er sich verbeugen. Doch nach einem Wimpernschlag richtet er den Blick nach vorne und lächelt anderen Frauen zu, die ihm ebenfalls zum Abschied winken.

„Wir werden eine gute Zeit in Krumau haben. Für uns spielt es keine Rolle, ob ein Krieg ausbricht. Wir haben einander." Fest halte ich Egons Hand. Ein Mädchen läuft zu den Soldaten, küsst schnell einen von ihnen, schenkt ihm eine Blume und eilt davon, bevor der Soldat aus dem Tritt gerät und die Marschordnung stört. Ein weiterer Moment vergeht und sie ziehen den Boulevard hinunter, wie eine große Herde grauer Schafe, die sich langsam in eine andere Welt hinter den blauen Bergen am Horizont bewegt. Kaum sind sie weg, füllt sich die Straße wieder mit Pferdekutschen und lärmenden Autos.

In der Ferne sehe ich bereits den Bahnhof mit den Marmorstatuen auf dem Dach, als würde er uns begrüßen.

Als wir den Bahnhof betreten und unter der großen Uhr hindurchgehen, sehe ich all die Männer mit ihren Koffern und die Frauen mit ihren Gepäckträgern. Aber heute ist alles anders. Zum ersten Mal in meinem Leben werde ich mit dem Zug reisen.

Schweigend betrachte ich die Lokomotive, die gerade in den Bahnhof eingefahren ist. Am Bahnsteigrand bleibe ich stehen. Wir hatten nie Geld, um mit dem Zug an weit entfernte Orte zu fahren. An Orte, von denen ich in unserer kleinen Dorfküche in Büchern gelesen habe, als Papa noch lebte.

„Warte hier auf mich, meine Kirsche. Ich werde uns Fahrkarten kaufen.“ Egon stellt seinen Koffer neben meinen auf den Bahnsteig: „Alles in Ordnung?“

„Ja“, lächle ich ihn an und wische mir die Tränen ab. „Ich bin nur aufgeregt.“

Er küsst mich innig auf die Lippen, seine Hände streicheln meine Taille. Er ignoriert die drei älteren Damen, die neben uns stehen. „Geh nirgendwo ohne mich hin.“ Er lächelt und geht weg.

Ich sehe ihm nach, wie er zum Fahrkartenschalter geht und spüre die Blicke der drei Damen, die mich anstarren und tuscheln. Wie kann es sein, dass Männer sich unhöflich benehmen und eine Frau in der Öffentlichkeit küssen können, aber über dieselbe Frau getratscht wird? Ich drehe ihnen den Rücken zu und ignoriere sie. Wenigstens bin ich genauso elegant gekleidet wie sie. Zu Ehren dieser Reise habe ich mein schönes Kleid angezogen, das ich damals für Herrn Klimt gekauft habe. Jetzt trage ich es für das Treffen mit Egons Mutter.

„Deine Fahrkarte.“ Egon kommt von der Kasse zurück und überreicht mir eine Pappkarte, auf der unser Ziel geschrieben steht.

„Danke, mein Egon“, umarme ich ihn, küsse seine Lippen und spüre, wie sie weich werden.

„Lass uns einsteigen, meine Kirsche. Der Zug wartet auf uns.“ Er greift nach meiner Hand und wir gehen zum Bahnsteig. Erhobenen Hauptes gehe ich an den drei Damen vorbei und lächle. Ich werde ihn küssen, wann immer ich will.

Im Inneren des Wagens räumt Egon unsere Koffer in die Gepäckablage. Ich setze mich auf den Holzsitz, streichle über das glatte Mahagoni und betrachte die Kupferlampen an der Decke. Das Innere des Wagens sieht aus wie das Café, in dem Egon seine Freunde trifft. Es ist nur kleiner, wie die hölzernen Bonbondosen in dem Laden in der Nähe des Palastes, verziert mit zarten braunen und goldenen Ornamenten . Immer mehr Fahrgäste steigen ein und nehmen um uns herum Platz. Ich drücke das Gesicht gegen die Fensterscheibe, schaue immer wieder auf die große Uhr, die an der Bahnhofswand hängt und warte auf den Pfiff des Schaffners.

Pünktlich kommt er, und die Lokomotive fängt an zu schnaufen wie ein großer Hund nach einem langen Lauf auf dem Feld. Ich schaue aus dem Fenster und sehe, wie der Bahnsteig an mir vorbeifährt und der Bahnhof aus meinem Blickfeld verschwindet. Die Häuser der Stadt bleiben weit zurück und werden durch grüne Felder und schneebedeckte Berge am Horizont ersetzt. Ich beobachte die Kühe, die auf der Wiese grasen, ohne auf den Zug zu achten. Gelegentlich sehe ich ein Pferd, das einen großen, mit Heu beladenen Wagen zieht.

„Ihre Fahrkarten, bitte." Der Schaffner kommt in seiner schwarzen Uniform und mit Visier in den Wagen. Ich reiche ihm meine Fahrkarte.

„Leg deinen Kopf auf meine Schulter. Versuch ein bisschen zu schlafen." Egon umarmt mich, ich lehne mich an ihn und werfe einen Blick auf die Zeitung, die der Herr auf dem Sitz gegenüber in der Hand hält. „Der Kaiser hat ein Bündnis mit den Deutschen geschlossen und wird das Heer vergrößern", so schreit es die Überschrift in schwarzen Buchstaben von der ersten Seite. Aber ich bin eine Frau, ich sollte mich nicht für Politik interessieren. Ich schließe meine Augen und versuche zu schlafen. Wir reisen gemeinsam als Paar an einen neuen Ort. Bald werde ich Egons Mutter kennenlernen. Alles wird gut werden.

„Wally, wach auf!" Seine Hand berührt mich und ich öffne meine Augen. Wo bin ich? Ich schaue mich in dem dunkelbraunen Holzwagen um. Der Zug schaukelt immer noch wie ein Boot, das sich gemächlich auf den Wellen hin und her bewegt. Die Nachmittagssonne schickt lange Strahlen vom Himmel, die den Waggon in goldene Farben tauchen. Der Herr, der uns vorhin gegenüber gesessen und Zeitung gelesen hat, ist nicht mehr da. An seiner Stelle sitzt nun eine ältere Frau in einem dunkelvioletten Kleid. Wo sind wir? „Wally, wir sind fast da!" Egon tätschelt meinen Arm. Ich richte mich auf und schaue aus dem Fenster.

Grüne Bäume säumen die Bahnlinie und es scheint, als könnte ich meine Hand durch das Fenster strecken und die Äste berühren, die sich vor mir im Wind bewegen. Ich öffne das Fenster und blicke auf die schwarze Rauchwolke, die aus dem Schornstein der Lokomotive aufsteigt. In der Ferne sehe ich mehrere gelbliche Gebäude. Der Schaffner steigt in den Wagen und kündigt an: „Krumlov, Bohemia,

Krumlov, Bohemia. Der Zug hält fünfzehn Minuten für eine Erfrischungspause und fährt dann weiter." Die schnaufende Lokomotive wird langsamer, während ich mir die Landschaft anschaue. Auf dem Bahnsteig stehen nur ein Mann in Uniform, ein zotteliger schwarz-weißer Hund und eine Frau, älter als ich, in einem schwarzen Kleid mit weißem Spitzenkragen. Ist das Egons Mutter? Ich streiche den Stoff an meinem Kleid glatt. Ich muss einen guten Eindruck auf sie machen. Die schwarze Lok bläst einen letzten lauten Atemzug in die Luft und kommt vor dem Bahnhofsgebäude zum Stehen. Der Hund begleitet die Einfahrt und läuft bellend neben dem Zug her.

„Wally, lass uns aussteigen." Egon reicht mir die Hand. „Wir sind angekommen."

„Mutter, das ist Fräulein Walburga, die Wally, von der ich dir im Brief geschrieben habe." Egon stellt mich vor, als wir den Bahnsteig betreten und auf sie zugehen.

„Sehr erfreut, Sie kennenzulernen, Frau Schiele." Höflich verbeuge ich mich und reiche ihr die Hand. Ihr schwarzes Haar ist mit silbernen Strähnen durchzogen und sorgfältig frisiert. Ihre Haut ist weiß, ihre Lippen sind dünn. Sie trägt keinen Lippenstift und hat die spitze Nase eines Geiers.

„Ganz meinerseits." Egons Mutter mustert mich. Ihr Blick fällt auf mein kurzes, rotes Haar, gleitet hinab zu meinen Augen, meinem nackten Hals und meinem Kleid. „Fühlst du dich wohl in so einem Kleid?" Sie betrachtet es weiter. „Dies ist ein Ort für einfache Leute, nicht für schicke Abendkleider."

„Ja, Frau Schiele", antworte ich und richte den Stoff meines Kleides erneut, obwohl ich das schon getan habe, bevor wir aus dem Zug gestiegen sind. Sie hat mich nicht gebeten, sie bei ihrem Vornamen Marie anzusprechen.

„Alle Fahrgäste werden gebeten, wieder in den Zug zu

steigen“, verkündet der Mann in Uniform auf dem Bahnsteig, während er in seine Pfeife bläst. Der zottelige Hund rennt auf mich zu, wedelt mit dem Schwanz und schnüffelt an meiner Handfläche.

„Sollen wir gehen?“, fragt Frau Schiele und legt ihre Hand in die von Egon. „Wir haben uns so lange nicht gesehen. Du schreibst so selten.“ Sie gehen zum Ausgang des Bahnhofes und dann auf den Feldweg, der zum Dorf führt. Ich streichle noch einmal den Kopf des zotteligen Hundes, bevor ich meinen schweren Koffer anpacke und ihnen hinterherlaufe. Endlich sind wir weg aus der Stadt, die uns erdrückt hat.

Ich beobachte den roten, düsteren Himmel, während wir zwischen den Häusern des Dorfes hindurchgehen, weiter über den zentralen Platz und die verschiedenen Geschäfte, die ihn umgeben. Die Häuser hier ähneln denen in dem Dorf, in dem ich geboren wurde. Es sind zwei- oder dreistöckige, cremefarbene Gebäude mit einem dreieckigen Ziegeldach. Ich beobachte ein Mädchen in einem grauen Kleid, das über den Platz rennt und ein Huhn jagt. Ihr braunes Haar fliegt in alle Richtungen, während sie lacht. Das Huhn rennt gackernd und mit den Flügeln schlagend davon. Ich lächle vor mich hin. Ich war auch mal so wie sie.

„Wally, kommst du?“, ruft Egon mir zu, und ich folge ihnen in eine der Gassen, die Häuser zu beiden Seiten schützend um mich herum. Das Dorf liegt ruhig in den frühen Abendstunden da. Kein Autolärm. Keine

Straßenbahngeräusche. Nur in der Ferne höre ich das pfeifende Geräusch eines Zuges, der durch die Felder fährt.

„Ich habe eine Wohnung für euch gefunden", sagt Frau Schiele und zieht einen großen Schlüssel aus ihrer Kittelschürze. Sie öffnet eine Holztür und wir steigen die Treppe zu einem kleinen Zimmer im zweiten Stock hinauf. „Hier werdet ihr euch wohlfühlen." Sie holt eine Schachtel Streichhölzer hervor und zündet die Gaslampe im Zimmer an. Ich betrete nach ihnen das Zimmer, stelle meinen Koffer auf den Boden und sehe mich um. Das Zimmer ist einfach, aber gemütlich eingerichtet. Es gibt sogar einen bunten Vorhang am Fenster und ein Glas mit frischen Blumen auf dem kleinen Tisch. In der Ecke ist Platz für Egons Zeichenblätter und die weißen Leinwände, die Frau Schiele für ihn hingelegt hat.

„Vielen Dank, Frau Schiele." Ich lächle sie an.

„Ich habe Abendessen für euch vorbereitet. Macht euch ein bisschen frisch von der langen Reise und kommt dann zum Essen."

„Danke, Mutter", sagt Egon zu ihr, stellt seinen Koffer neben die Staffelei, öffnet ihn und nimmt den mitgebrachten Holzkasten samt Farben heraus. Neben dem Bett steht ein Wasserkrug aus Emaille. Damit kann ich mich nach der Reise etwas frisch machen.

„Komm´ mit mir, Wally", wendet sich Frau Schiele an mich. „Ich zeige dir, wo du schlafen wirst." Sie dreht sich um und verlässt das Zimmer. Mit dem Rücken zu mir die Treppe hinuntergehend spricht sie weiter: „In unserem Dorf ist es nicht üblich, dass Unverheiratete zusammen in einem Zimmer übernachten."

Ich stehe an der Zimmertür und schaue Egon an, er aber dreht sich nur zu mir um, macht eine Geste der Hilflosigkeit, lächelt und sagt nichts. Ich hebe meinen Koffer an und folge ihr schweigend. Ich bin hier zu Gast. Ich habe ihre Regeln zu respektieren. Sie ist die Mutter des Mannes, mit dem ich zusammen bin. An der Tür schaue ich nochmal zu Egon. Ich will, dass er um mich kämpft, so wie er mich auch, ohne sich an die Etikette zu halten, küssen kann, wann immer es ihm gefällt. Aber da hat er mir bereits den Rücken zugewandt und ist mit dem Ordnen seiner Farbtuben beschäftigt.

„Das ist dein Zimmer." Frau Schiele geht hinunter in den Keller, zündet eine Kerze an und stellt sie auf den großen, schlichten Holztisch in der Mitte. „Ich bin sicher, du wirst dich hier wohlfühlen, auch wenn du in Wien bessere Bedingungen gewohnt warst." Sie schaut mich an: „Das hier ist nicht Wien. Hier setzen wir uns für familiäre und moralische Werte ein. Wir glauben an die Ehe." Sie geht in die Ecke des Kellers und zündet eine weitere Kerze an. „Um ehrlich zu sein, war ich überrascht, als Egon mir in seinem Brief mitteilte, dass er mit Begleitung kommen würde. Ich dachte, er wolle mich und seine Freunde hier allein besuchen."

„Wir sind schon seit einigen Monaten zusammen, Frau Schiele. Egon ist mir treu ergeben." Ich kann nicht anders und teile ihr das mit, obwohl ich mich nach ihren Regeln zu verhalten habe.

„Ich wäre Ihnen dankbar, wenn Sie das für sich behalten würden. Das braucht nicht der ganze Ort zu wissen." Sie sieht mich einen langen Moment an. In dem schwachen Licht wirken ihre Augen pechschwarz. „Machen Sie sich frisch. Ich erwarte sie zum Abendessen. Sie müssen hungrig von dem langen Tag sein."

„Ich danke Ihnen, Frau Schiele", antworte ich rasch und wünsche mir, dass sie mich in Ruhe lässt, damit ich mich ein wenig fangen kann. Eigentlich möchte ich jedoch nur zurück zum Bahnhof, um den nächsten Zug nach Wien zu nehmen. Egon hätte nicht zulassen sollen, dass sie uns trennt. Langsam atmen, langsam atmen. Wenn das hier von Erfolg gekrönt sein soll, muss ich mich an ihre Regeln halten.

Ich warte, bis ihre Schritte auf der Treppe verstummen, erst dann stelle ich den Koffer auf dem Steinboden ab, setze mich und sehe mich um. Das winzige Zimmer in Frau Berthas Herberge war viel kleiner. Es schreckt mich nicht. Ich lächle über die verstaubten Weinflaschen, die in der Ecke liegen, daneben große Gläser mit eingemachtem Obst und Würste, die an dünnen Seilen auf den kalten Winter warten. Sie riechen gut.

"Wally, bist du bereit fürs Abendessen?" Egon erscheint in der Kellertür. Er hat sich die Haare gekämmt und ein sauberes Hemd angezogen.

„Raus hier. Ich mache mich gerade fertig." Ich werfe ihn hinaus, schließe die Holztür und lege den Riegel vor. Ich habe ihm noch nicht verziehen, dass er mich vor seiner Mutter nicht in Schutz genommen hat. Allerdings weiß ich, dass ich nett zu ihr sein muss. Sie hat das Wort Heirat in den Mund genommen.

Ich öffne den Koffer, nehme eines der schlichteren Kleider heraus, die ich mitgebracht habe, und ziehe es an. Ich kämme mir auch die Haare, damit sie ordentlich liegen. Zuerst trage ich ein wenig Rouge auf, das ich dann aber wieder wegwische. Ich muss einen einfachen Eindruck machen, darf nicht auffallen. Sie muss mich lieben.

„Danke für die Einladung, Frau Schiele", sage ich höflich, als wir bei ihr zu Hause am Tisch sitzen. Sie serviert uns einen Fleischeintopf.

„Danke, Mutter, dass du so kurzfristig eine Wohnung

für uns gefunden hast." Egon lächelt sie an. Er setzt sich in die Mitte von uns beiden. Unter dem Tischtuch berührt er meinen Oberschenkel. „Danke auch dafür, dass du Wally aufgenommen hast", fügt er hinzu.

„Ich freue mich immer, wenn du kommst. Deine Freunde fragen jedes Mal nach dir, wenn ich sie treffe." Sie schüttet ihm etwas Eintopf auf den Teller: „Aber ich erzähle ihnen immer, wie sehr du in Wien beschäftigt bist."

„Ja, ich war sehr beschäftigt in Wien." Er fährt fort, meine Schenkel zu streicheln, und ich blicke nach unten und lächle.

„Wally, alles in Ordnung?", fragt mich Frau Schiele und schüttet mir Eintopf in den Teller.

„Ja, danke", antworte ich und werde rot. Ich schiebe seine Hand von meinem Bein. Ich werde sie dazu bringen, mich zu lieben.

„Und was malst du so zur Zeit?", fragt sie Egon.

„Ich zeichne Gebäude, Mutter. Ich bin sehr mit der schönen Architektur von Wien zugange." Ich senke meinen Blick und konzentriere mich auf den köstlichen Fleischeintopf. Ich frage mich, was sie wohl denken würde, wenn sie sehen würde, was er in Wirklichkeit malt.

„Meine Kirsche!" Ich höre ein Klopfen an der Tür. Ich setze mich im Bett auf, ziehe mein Nachthemd an und richte mein Haar.

„Gute Nacht, Egon!" Ich stehe auf und stelle mich dicht an die geschlossene Holztür, um ihm diese Worte zuzuflüstern.

„Meine Kirsche, Wally, mach die Tür auf. Ich muss dir etwas Wichtiges sagen."

„Was?" Ich bringe mein Ohr noch näher an die Tür.

„Ich kann dir das nicht vor der Tür sagen. Ich muss dich sehen."

Ich öffne den Riegel und damit die Tür. „Was wolltest du mir sagen?“ Ich schaue ihn an. Ich habe ihm immer noch nicht verziehen.

„Je länger ich von dir weg bin, desto mehr sehne ich mich nach dir.“ Er kommt rein und beginnt mich heftig zu küssen, während er versucht, mir das Nachthemd auszuziehen.

„Egon, nein.“ Ich löse mich von ihm. „Ich dachte, du wolltest mir wirklich etwas sagen.“

„Ist das, was ich dir gerade gesagt habe, nicht gut genug?“ Er knöpft sein Hemd auf und zeigt mir seine glatte Brust.

„Es ist gut, aber nicht hier.“ Ich fasse nach seinem Hemd, und schließe die Knöpfe.

„Hier ist es perfekt hier, in deinem dunklen Keller.“ Er lacht und hält meine Hände fest, ohne dass ich mich von ihm befreien kann.

„Nicht, die Leute hier sind anders.“

„Keiner wird was merken.“ Er lacht. „Es ist ein einfaches Dorf. Alle sind schon schlafen gegangen.“

„Aber wir sind nicht verheiratet.“

„Wen kümmert das schon?“ Er versucht erneut, mich zu küssen.

„Egon, nein.“ Ich schiebe mein Gesicht von seinem weg und mache ihm klar, dass es mir nicht egal ist, dass wir nicht verheiratet sind.

„Ich werde es niemandem verraten.“ Er beugt sich hinunter und zieht seine braunen Schuhe aus.

„Nein, Egon, du musst gehen.“ Ich ziehe mich von ihm zurück: „Ich liebe dich, aber du musst jetzt gehen.“ Seine Mutter würde mir nie verzeihen, wenn sie wüsste, dass er nachts zu mir kommt.

„Ich brauche dich. Ich bin ein Mann. Es ist mir egal, was die Leute hier über mich oder dich denken.“ Er kommt wieder auf mich zu und versucht, mich zu umarmen. Aber ich stoße ihn energisch weg.

„Sie werden uns hassen. Wir müssen uns für eine Weile zurückhalten. Denk doch auch an mich." Ich komme näher und streichle seine Wange. Auch ich vermisse ihn.

„Sie werden nicht die ersten sein, die mich hassen. Es ist in Ordnung."

„Nein, ist es nicht." Ich streiche weiter über sein Haar und lasse meine Hand über seinen Hinterkopf gleiten.

„Ich dachte, du wärst anders." Er zieht sich wütend von mir zurück, seine Augen sind rasend vor Wut.

„Ich bin anders. Du kennst mich. Du weißt genau, wer ich bin. Aber nicht hier."

„Nein, du bist nicht anders. Letztendlich bist du genau wie alle anderen." Er bückt sich, packt seine Schuhe, steht auf und redet wütend weiter auf mich ein. „Ich dachte, du wärst eine Revolutionärin wie ich."

„Ich bin eine Revolutionärin wie du. Ich habe mich von dir in Posen malen lassen, denen keine andere Frau zustimmen würde. Aber was wir in Wien gemacht haben, werden sie hier nicht akzeptieren." Ich bewege mich auf ihn zu, aber er zieht sich zurück und bleibt mit offenem Hemd in der Tür stehen.

„Ich bin bereit, den Preis dafür zu zahlen, und die, die mit mir zusammen ist, sollte ebenfalls bereit sein, ihn zu zahlen."

„Egon, bitte, ich bin bei dir. Ich liebe dich." sage ich leise. Ich möchte ihm sagen, dass ich den Preis an den Pfandleiher und an Herrn Klimt bereits bezahlt habe, aber ich kann es ihm nicht sagen. Was will er von mir? Was soll ich tun? Will er, dass seine Mutter mich hasst? Dass die Leute in dieser Stadt mich hassen? Sie alle werden mich für sein unangemessenes Verhalten verantwortlich machen.

„Du magst mich lieben, aber eine Revolution braucht mehr als Liebe“, sagt er, schlägt mir die Holztür vor der Nase zu und lässt mich in meinem Nachthemd allein im Keller zurück. Warum müssen sich Frauen immer schuldig fühlen?

Am nächsten Morgen steige ich die Treppe zu seinem Zimmer hinauf und klopfe an. Ich will mich erklären, damit er mich versteht, aber von innen kommt keine Antwort.

„Egon!“ Ich klopfe erneut an die Tür und drücke die Klinke herunter. Zu meiner Überraschung ist die Tür nicht verschlossen, und ich trete ein. „Egon?“

Das Sonnenlicht vom Fenster beleuchtet seine Jacke, die auf dem Stuhl liegt. Das Bett ist gemacht, das Zimmer ist leer. Wo kann er nur sein? Auch der Farbkasten, den er mitgebracht hat, ist verschwunden. Ich verlasse das Zimmer und mache mich zu Fuß auf den Weg durch den Ort, um ihn zu suchen.

Neugierig folgen mir die Blicke der Anwohner, als ich am Dorfplatz ankomme und mich umschaue. In der Mitte des Platzes spielen ein paar Kinder mit einem Reifen auf dem Kopfsteinpflaster. Sie rollen den Reifen, rennen ihm hinterher und lachen, während sie ihn mit einem Stock antreiben. In der Ecke befindet sich ein Café. Davor stehen einige Metalltische, an denen mehrere Herren sitzen und die Sommersonne genießen. Auf der anderen Seite des Platzes verkaufen ein paar Frauen Äpfel und Birnen aus Holzkisten. Ein Heu fressendes Pferd, das in der Nähe angebunden ist, wartet geduldig auf seinen Besitzer, der gerade das Postamt betreten hat. Ich überquere den Platz und schaue mich weiter um, wandere durch die Dorfstraßen. Ich bin seinetwegen hierher gekommen. Ich möchte, dass wir uns versöhnen und zusammen sind.

Nach einer gefühlten Ewigkeit sehe ich ihn in der Ferne. Auf der anderen Seite des Baches, der durch das Dorf fließt, liegt er auf einer Picknickdecke. Neben ihm stehen zwei Männer in seinem Alter. Seine Staffelei steht, ziemlich weit entfernt von den Dreien, unbenutzt auf der Wiese. Warum hat er mich nicht eingeladen, mitzukommen? Ich winke ihm zu, aber er beachtet mich nicht. Einer der jungen Männer holt eine Flasche Wein aus einem Strohkorb, der im Gras steht. Er nippt daran und reicht sie an die anderen weiter. Ich möchte laut nach ihm rufen, aber auf dem Weg neben mir unterhalten sich drei Frauen miteinander. Ich möchte nicht unangenehm auffallen. Ich halte Ausschau nach der Brücke, die über den Bach führt.

„Wally, komm rüber zu uns!", ruft er mir zu und winkt heran. Als ich bei ihnen bin, bemerkt er: „Das sind meine Freunde." Er zeigt auf sie, steht aber nicht auf, um mich zu umarmen. Auch auf der Decke macht er keinen Platz für mich. „Leute, das ist Wally. Sie gehört zu mir." Er stellt mich vor. Ich lächle ihnen höflich zu und bleibe neben der Picknickdecke stehen.

„Verzeih, dass wir ihn dir weggenommen haben", sagt einer von ihnen lächelnd. Er hat schmutzig blondes Haar, das ihm über die Augen fällt, und trägt ein weißes Hemd mit Knopfleiste, bei dem einer der Knöpfe offen steht. „Freut mich, ich bin Klaus." Er streckt mir die Hand hin. Ich schüttle sie.

„Freut mich ebenfalls, mein Name ist Bernhard. Du hast Egon ja sonst die ganze Zeit für dich allein. Wir haben uns auch etwas von ihm verdient.“ Der andere lacht und nimmt einen Schluck aus der Flasche. Er bietet mir von dem Wein an. Er hat etwas dunkleres Haar als Klaus. Sein Gesicht ist voller Sommersprossen.

„Danke.“ Ich schüttle auch seine Hand, nehme ihm die Flasche ab, nippe daran und ignoriere den bitteren Geschmack des Weins, der mir die Kehle hinunterläuft. Ich will nicht, dass sie mich für ein kleines Mädchen halten, das sich vor dem Getränk drückt.

„Komm, setz dich zu uns.“ Klaus rückt ein wenig zur Seite und macht auf der Decke Platz für mich. Warum hat Egon mir nicht angeboten, mich dazu zu setzen? Ich setze mich neben Klaus und nehme wieder einen Schluck aus der Flasche, während ich Egon beobachte. Er bleibt auf seinen Ellbogen auf der Decke liegen und mustert mich.

„Ihr habt guten Wein in diesem Dorf. Wunderschön ist es hier.“ Ich lächle Bernhard zu.

„In der Tat schön“, er nimmt mir die Weinflasche aus der Hand. „Egon, warum hast du uns nicht gesagt, wie schön sie ist?“

„Weil er mich gerne in meinem kleinen Keller ganz für sich allein hat“, antworte ich rasch und wünsche mir, dass Egon ein wenig eifersüchtig ist und sich einmischt. Aber er schweigt und schaut mich weiter an.

„Dann hast du ja Glück gehabt, dass du diesem schrecklichen Keller entkommen konntest und uns gefunden hast.“ Klaus mit seinen schmutzigblonden Haaren mischt sich ein. „So kann er uns nicht vorwerfen, dass wir seine Zeit vergeudet und ihn daran gehindert hätten, ein Künstler zu werden.“

“Was malst du denn da?“, frage ich Egon. Ich möchte mich neben ihn auf die Decke setzen.

“Eine Landschaft“, antwortet Egon mir schließlich: „Ich male gerne Landschaften.“

„Ich würde sie gerne sehen.“ Ich nehme die Weinflasche in die Hand, stehe von der Decke auf und gehe auf die Staffelei zu, die vor den Stadthäusern auf der anderen Seite des Baches im Gras steht. Egon steht auf und kommt mit mir. Ich kann seinen Körpergeruch wahrnehmen, der mir so vertraut ist. Ich vermisse ihn, aber ich will ihn nicht vor seinen Freunden umarmen. Ich will erst, dass wir Frieden schließen.

„Zu Hause malst du Menschen, keine Häuser.“ sage ich und betrachte das Gemälde. Er hat die Häuser der Stadt gemalt, als wären sie farbige Würfel, die in gelblichen Brauntönen miteinander verbunden sind. Warum hat er solche Bilder nicht in Wien gemalt? Warum hat er mich dort in so krasser Nacktheit gemalt? Ich erinnere mich an den Blick des Pfandleihers und nehme einen Schluck vom Wein.

„Ich male, worauf ich Lust habe.“ antwortet er, nimmt mir die Weinflasche aus der Hand, nimmt einen Schluck, dreht mir den Rücken zu und setzt sich wieder zu seinen Freunden.

Ich bleibe neben der Staffelei stehen und betrachte die farbigen Flecken, die er auf die Leinwand gemalt hat. Er hat weiße, rote und gelbe Kleider gemalt, die zwischen den Häusern an Seilen zum Trocknen hängen. Nur die Menschen fehlen, obwohl die drei Damen immer noch am Ufer des Baches stehen und sich unterhalten.

Ich setze mich wieder zu ihnen auf die Decke. Ich möchte, dass er ihnen sagt, dass er mich zu Hause zeichnet, dass ich seine Muse und diejenige bin, die er liebt. Aber sie schweigen. Nur der sommersprossige Bernhard holt eine

Pfeife und einen Pfeifenreiniger aus seiner Tasche und macht sich daran zu schaffen, während Egon und Klaus ihm dabei zuschauen. Ich spüre, dass meine Anwesenheit stört.

„Wir sehen uns am Abend", erhebe ich mich von der Decke und verabschiede mich, bevor ich einen letzten Schluck Wein nehme. Als ich mich von ihnen entfernt habe, bin ich mir sicher, sie wieder reden zu hören. Vielleicht aber ist es auch nur das Geräusch des Baches, der durch sein Bett fließt.

Das Gras am Rande des Bachs bewegt sich sanft in der herbstlichen Abendbrise. Ich kehre in meinen Keller zurück, gehe die Treppe hinunter und warte auf ihn. Ich vermisse die Gespräche, die wir zu Beginn geführt haben, immer, wenn wir abends in den Prater gegangen sind. Ich vermisse es auch, seine Muse zu sein. Die Stunden vergehen, ich sitze auf dem Bett und warte auf ihn. Ab und zu höre ich Schritte auf der Straße und schaue zu dem kleinen Fenster, das an der Kellerdecke zur Straße hin angebracht ist, in der Hoffnung, seine Schritte auf der Treppe zu hören. Aber er kommt nicht herunter. Er klopft auch nicht an die Tür, wie er es gestern getan hat, um mich zu bitten, ihm zu öffnen. War es falsch von mir, ihn aus meinem Zimmer zu schicken? Immerhin ist er mein Partner, nicht seine Mutter. Eine weitere Stunde vergeht, und noch eine, aber er kommt nicht, um mit mir zusammen zu sein. Es hat keinen Sinn, hier zu sitzen und auf ihn zu warten. Ich werde hoch in sein Zimmer gehen. Ich stehe auf, öffne meinen Koffer und nehme meine kleine runde Schminkdose heraus. Ich stelle mich vor den Spiegel, trage schnell Lippenstift und etwas Rouge auf, frisiere mir die Haare ein wenig und benutze ein bisschen Parfüm. Einen Moment lang zögere ich, ob ich mein schönes Kleid für ihn anziehen soll, aber eigentlich ist es egal. Wahrscheinlich wird er sowieso gleich versuchen, es mir auszuziehen.

Oben an der Treppe angekommen, atme ich tief durch, bevor ich an seine Zimmertür klopfe. Was, wenn seine Mutter mich mit ihm zusammen sieht? Wird sie mich dann für unmoralisch halten?

Ich drücke mein Ohr an die Holztür und lausche. Aber ich höre nichts und klopfe an, wie ich es heute Morgen getan habe. Diesmal ist die Tür verschlossen und verriegelt. Er ist nicht in seinem Zimmer.

Ich gehe wieder hinunter und will zurück in meinen Keller, da höre ich in der Ferne Musik. Ich folge den Klängen und gehe im Dunkeln zwischen den Gebäuden hindurch. In der Mitte des Dorfplatzes, zwischen den geschlossenen Geschäften, bleibe ich stehen und beobachte das Licht, das aus dem Café kommt.

Wie die Flammen eines prasselnden Lagerfeuers lädt mich das gelbe Licht ein, näher zu treten. Die Klänge von Lachen und Musik ziehen mich magisch an.

Schritt für Schritt gehe ich weiter, bleibe in der Tür stehen, um ihn unter den Menschen auszumachen, die sich im Inneren vergnügen. Als ich ihn sehe, stockt mir der Atem. Er sitzt mit seinen beiden Freunden zusammen, aber ein Mädchen sitzt auf seinem Schoß. Alle lachen.

Egon trägt seine guten Sachen, eine braune Hose und ein weißes Hemd mit Knopfleiste, während Klaus und Bernhard die gleiche Kleidung tragen wie am Morgen. Auf dem Tisch vor ihnen stehen eine Flasche Wein und volle Gläser. Auf Egons Schoß sitzt das Mädchen mit weizenfarbenem Haar. Sie trägt ein orangefarbenes Chiffonkleid.

Ich erstarre, bin unfähig, hineinzugehen, um die Weinflasche nach ihm zu werfen, aber genauso unfähig, um in der Dunkelheit der Nacht zu verschwinden. Meine Augen sind auf das Mädchen in dem orangefarbenen Kleid gerichtet, das jünger zu sein scheint als ich. Sie sitzt mit dem Rücken zu mir, aber ich höre ihr Lachen, als sie sein Haar berührt. Gerade rutscht sie von seinem Schoß und setzt sich zwischen Egon und Klaus, der in meine Richtung schaut und meine Anwesenheit bemerkt.

Er dreht sich zu Egon um und flüstert ihm etwas ins Ohr. Aber da bin ich schon nicht mehr da. Seine Lippenbewegungen, als er zu flüstern begonnen hat, sind wie ein Zauber, der mich von den Ketten befreit, die mich an das Licht des Cafés gefesselt haben. Ich drehe mich um und laufe schnell über den dunklen Platz. Ich muss zurück in meinen Keller. Ich muss weg von hier.

„Wally, warte!“, höre ich sein Rufen, aber ich laufe weiter. Ich will ihn nicht sehen.

„Wally!“ höre ich ihn schreien und schnappe nach Luft. Dann ist er mit seiner Hand an meiner Schulter und versucht, mich aufzuhalten.

„Lass mich los!“, schreie ich ihn an, „geh zu ihr.“

„Du verstehst das nicht. Da ist nichts.“ Er keucht, „Ich habe auf dich gewartet.“ Er steht vor mir in der Dunkelheit und hält mich auf. Er lässt mich nicht gehen.

„Sie war auf deinem Schoß!“ schreie ich auf ihn ein und versuche meine Tränen zurückzuhalten.

„Es ist nicht so, wie du denkst“, er versucht mich zu küssen, „ich wollte dich eifersüchtig machen, nachdem du mich nicht wolltest. Sie ist nichts für mich.“

„Das ist nicht wahr. Du willst sie.“ Ich wische mir die Augen. In der Dunkelheit spüre ich seine Hände, die mich festhalten.

„Das bildest du dir nur ein. Ich liebe nur dich, keine andere.“ Er umarmt mich heftig. „Aber du kannst mich nicht in moralische Ketten legen. Ich bin ein Künstler. Das weißt du doch. Ich brauche den Nervenkitzel.“

„Ich versuche, es deiner Mutter recht zu machen." Ich wende mich ab. „Ich versuche, es den Menschen in dieser Stadt recht zu machen." Im Dunkeln laufe ich in Richtung meines Kellers los. „Ich habe mich nicht grundlos mit den Fesseln der Moral selbst eingeschnürt."

„Ich bin nicht meine Mutter." Er bleibt stehen, folgt mir nicht. „Du wusstest von Anfang an, wer ich bin", sagt er, und ich bleibe stehen und sehe ihn an, sehe seine Silhouette, während die Lichter des Cafés hinter ihm aufleuchten wie ein Leuchtturm, der Licht in der Dunkelheit verbreitet. „Du wusstest es und bist mir gefolgt", fährt er fort, seine Gestalt ist so schwarz wie die Nacht.

Ich stehe da und betrachte ihn, sage nichts. Ich möchte ihm glauben, aber ich kann nicht.

„Ich warte im Café auf dich", sagt er schließlich und dreht sich um. Ich sehe ihm nach, wie er weggeht und im Café verschwindet. Von dort erschallt Musik und Gelächter. Warum habe ich mich für die Maßstäbe seiner Mutter entschieden und nicht für seine?

Ich bleibe noch eine Weile auf dem menschenleeren Platz stehen und betrachte das Café. Aber ich kann da nicht hin. Schließlich drehe ich mich um und gehe in meinen Keller. Ich möchte jetzt unbedingt mit jemandem sprechen, der nicht von hier ist.

Im Keller nehme ich ein Blatt Papier und einen Stift aus meiner Tasche und schreibe einen Brief an Frau Bertha. Wahrscheinlich wird sie ihn nicht beantworten und wahrscheinlich interessiert es sie auch nicht. Ich will wissen, wie es ihr geht, wie sie sich fühlt und wie es den anderen Mädchen geht. Ich kann ihr nicht erzählen, was ich gerade durchmache.

Anschließend gehe ich ins Bett und achte darauf, dass

der Türriegel geöffnet bleibt. Vielleicht bereut er ja, was er gesagt hat, und kommt zu mir zurück. Ich bleibe im Bett liegen, starre auf die brennende Kerze und kämpfe dagegen an, dass mir die Augen zufallen.

Als ich am nächsten Morgen aufwache, sehe ich, dass die Kerze heruntergebrannt ist. Egon ist nicht gekommen und hat auch nicht versucht, zu mir unter die Decke zu kriechen.

Als ich ihn später suche, finde ich ihn am Flussufer, wo er die Häuser des Dorfes malt. Ich bleibe den ganzen Tag neben ihm sitzen, obwohl wir kaum miteinander reden.

Auch in den folgenden Tagen sitze ich an seiner Seite. Manchmal streife ich allein durch die Felder und genieße die Sommersonne. Abends treffen wir uns ab und zu mit seiner Mutter zum Essen. Aber ich vermeide es tunlichst, mit ihm ins Café zu gehen. Ich suche ihn auch nicht mehr in seinem Zimmer auf. Mir ist klar, dass er nachts nicht mehr an meine Kellertür klopfen wird, um einzutreten.

„Wie kommst du zurecht?", fragt mich Frau Schiele eines Tages, als ich allein von einem Spaziergang über die Felder zurückkomme. In der Hand hält sie einen Korb aus Stroh mit Würsten, die sie beim Metzger auf dem Dorfplatz gekauft hat.

„Ich fühle mich hier wohl, Frau Schiele, danke." Verlegen stehe ich vor ihr, fahre durch mein kurzes Haar und pflücke ein paar Strohhalme heraus. Vorhin hatte ich mich in die Wiese gelegt und auf der Suche nach Figuren in die Wolken geguckt.

„Bald kommt der Herbst. Hast du schon irgendwelche Pläne gemacht?“

„Was meinen Sie?“ Ich schaue auf den Korb in ihren Händen. Ihre Finger umklammern den Henkel, als wären es die Krallen eines Raubvogels.

„Jeder von uns macht, wenn er jung ist, im Sommer Urlaub. So ging es mir auch.“, sagt sie und sieht mich an.

„Und am Ende Ihrer Sommerferien, wie ging es dann weiter?“ Ich halte ihrem Blick stand. Will sie mir Angst einjagen?

„Meine Eltern haben einen standesgemäßen Mann für mich gefunden. Nicht den, den ich mir erträumt hatte, als ich auf dem Feld oder im Heuhaufen lag und Dinge getan habe, die junge Mädchen nicht tun sollten.“ Sie streckt die Hand nach mir aus, rupft einen weiteren Strohhalm aus meinem Haar und reicht ihn mir.

„Egon liebt mich“, antworte ich ihr und erröte.

„Egon braucht eine standesgemäße Frau, nicht eine, die ihm den Kopf verdreht“, sagt sie gleichgültig. „Außerdem bin ich mir nicht sicher, dass du damit richtig liegst, nach allem, was ich bislang gesehen habe, seit ihr hier seid.“

„Ich bin ein höfliches und gebildetes Mädchen“, antworte ich, obwohl ich sie am liebsten anschreien und ihr an den Kopf schleudern möchte, dass Egon mich hier nicht will, weil ich versuche, Regeln zu befolgen. Die Regeln, die sie aufgestellt hat.

„Was hast du gemacht, bevor du meinen Egon getroffen hast?“ Sie steht immer noch vor mir auf der Straße.

„Ich habe im Haus einer angesehenen Dame gearbeitet“, antworte ich ihr, ohne von Frau Berthas Herberge oder

Herrn Klimt zu erzählen. Ob Egon ihr erzählt hat, wie er mich kennengelernt hat?

„Du verstehst also, was ich meine“, lächelt sie mich an. „Egon wird bestimmt keine Dienstmagd heiraten. Schönen Tag noch.“ Sie lässt mich stehen und geht weiter die Straße in Richtung ihres Hauses hinunter. Mein Blick folgt ihr und ich fühle, wie mein Gesicht brennt. Warum habe ich mich so verhalten, wie sie es von mir erwartet hat? Obwohl es keinen Grund dazu gab?

„Übrigens“, sie bleibt nach wenigen Metern stehen, dreht sich zu mir um und holt ein kleines Päckchen hervor. Es ist in braunes Papier gewickelt und mit einer Schnur umwickelt, „der Postbote hat dir ein kleines Päckchen gebracht. Es ist allerdings nicht üblich, dass du deinen Namen in meine Adresse einfügst.“ Sie kommt zurück, drückt mir das Päckchen in die Hand und verschwindet um die nächste Straßenecke.

Ich schnappe mir das Paket und eile zurück in meinen Keller. Ich will weg aus diesem Dorf und den Menschen, die hier leben. Ich stürze die Treppe hinunter, mache die schwere Tür hinter mir zu, schließe den Riegel und zünde eine Kerze an. Dann werfe ich einen Blick auf den Absender. Darauf erkennbar ist Frau Berthas saubere Handschrift. Mit zittrigen Fingern löse ich die Paketschnur, schlage das braune Papier auf und entdecke einen Zettel, der zu Boden fällt. Ich lese ihn auf und entziffere die Worte: ‚Was kümmert es dich, wie es mir geht? Ich habe mir etwas für dich überlegt: Hör zu, was Frau Bertha dir zu sagen hat. Es ist an der Zeit, dass du dich entscheidest, welche Art Heldin du sein willst.‘

Ich schlage das Papier zurück und erkenne, dass sie mir ein Buch geschickt hat, ‚Little Women‘. Mit den Fingern fahre ich über den Titel des Buches und dann über den Namen der Autorin, von der ich noch nie gehört habe: Louisa May

Alcott. Ich setze mich aufs Bett, schlage die erste Seite auf, beginne zu lesen. Schon nach ein paar Seiten bin ich am Schluchzen.

Im Bett liegend lese ich das Buch bis in die Abendstunden. Anschließend stelle ich es auf den kleinen Stuhl und ziehe mich an. Ich kämme mir energisch die Haare, trage kräftigen rosa Lippenstift und etwas Rouge auf und ziehe mein schönes Kleid an.

Ohne stehen zu bleiben, gehe ich über den dunklen Platz ins Café, wie eine Motte, die von der Flamme angezogen wird. An der Tür bleibe ich stehen und halte nach ihm Ausschau. Es dauert einen Moment, bis ich ihn zwischen all den Leuten entdecke. Er ist mit seinen beiden Freunden, Klaus und Bernhard, und zwei Frauen zusammen. Sie sitzen alle um einen Tisch herum und schauen zu Egon, der redet und mit seinen Händen gestikuliert. Die Männer lächeln, und die Frauen schauen bewundernd zu ihm auf.

„Guten Abend, mein Egon." Ich trete an ihren Tisch und lächle alle an.

„Komm, setz dich zu uns", sagt der sommersprossige Bernhard, erhebt sich von seinem Platz, um mir einen Stuhl zu bringen.

„Danke, aber das ist nicht nötig." Ich lächle ihn an, setze mich auf Egons Schoß und küsse ihn leidenschaftlich auf die Lippen. Es ist mir ganz egal, was alle sagen. Ich weiß auch, wie man rebellisch ist.

Zuerst verschließt Egon seine Lippen, aber nach einem Moment öffnet er sie leicht und lässt mich seine Wärme spüren. Ich küsse ihn weiter und streichele seinen Nacken. Nach einer Weile drehe ich mich zu seinen Freunden um und strahle die Mädchen an, die uns anstarren. „Jetzt kannst du mir einen Stuhl bringen", sage ich zu Bernhard, stehe von Egons Schoß auf und warte geduldig, bis er mit dem Stuhl zurückkommt. Und ich höre nicht auf, mit meiner Hand Egons schwarzes Haar zu streicheln.

„Egon, da kommt jemand", sage ich ein paar Tage später zu ihm.

Wir befinden uns beide auf einem Feld außerhalb des Dorfes. Er steht über mir an der Staffelei, und ich liege im Gras, nur mit meinem Unterhemd bekleidet, das über die Oberschenkel gekrempelt ist

„Er bemerkt uns nicht." Egon malt weiter.

„Egon, er läuft den Weg in unsere Richtung", sage ich und möchte mir das Sommerkleid überziehen, das ich ausgezogen und zu seinen Füßen auf den Boden geworfen habe.

„Wally, beweg dich nicht." Er lacht und kommt zu mir, beugt sich runter und küsst meine Lippen, bevor er sich wieder seinen Farben zuwendet.

„Er wird mich so sehen."

„Was kümmert dich das? Wir sind Künstler."

„Sie werden über uns reden."

„Das ist ein Zeichen, dass unsere Kunst sie interessiert." Egon hört nicht einmal für einen Augenblick mit dem Malen auf.

Ich halte den Bauern weiter im Auge, als er mit einer Mistgabel in der Hand den Weg entlanggeht und auf uns zukommt. Obwohl wir ein Stück vom Weg entfernt sind, wird er, falls er in unsere Richtung schaut, bemerken, dass Egon mich fast nackt im Gras liegend malt. Ich greife nach dem Kleid, überlege es mir aber anders und setze mich wieder für Egon in Pose. Wir sind Künstler, und Künstler schaffen Kunst, die nicht jedermann versteht. Es ist mir egal, ob er uns bemerkt.

Ich schaue zu Egon und auf seine Hand, die den Pinsel hält, und versuche, den Bauern zu ignorieren. Doch erst als ich merke, wie er sich auf dem Weg ins Dorf von uns entfernt, atme ich auf. Wir sind Rebellen, und wir werden mit unseren Bildern die Welt verändern. Ich lehne mich im Gras zurück, ignoriere Egons Klagen, schließe die Augen und lasse meinen Körper von der angenehmen Sonne wärmen.

Ein Streicheln weckt mich. Wer berührt mich?

Ich öffne die Augen und bemerke Egon, der neben mir sitzt, sein Gesicht ganz nah an meinem Körper.

„Was machst du da?“ Ich lächle ihn an. Das Streicheln geht mit einem Gefühl von nassem Stoff einher.

„Nichts, meine Kirsche.“ Er lächelt, setzt eine ernste Miene auf und sieht mich an.

„Was ist los?“ Ich stütze mich auf meine Ellbogen und schaue nach unten. „Du bist verrückt“, ich sehe ihn an und weiß nicht, ob ich wütend sein oder ihn umarmen soll. Mit dem Pinsel in der Hand malt er Linien und Farben auf meinen entblößten Körper und verwandelt ihn in ein Gemälde.

„Du bist meine Muse, und die Kunst kennt keine Grenzen.“

„Und wie genau soll ich so in die Stadt zurückkehren?“ Ich schaue zu ihm auf.

„Ich bin sicher, du findest einen Weg“, lacht er.

„Ich glaube, du wirst auch eine Lösung finden müssen!“

Ich greife nach der Farbpalette, die er in der Hand hält, tauche meinen Finger in die Farben, trage sie auf seine Nase und Wangen auf und beginne zu lachen.

„Du bist eine unmoralische Frau mit roten Haaren." Er zieht mit dem Pinsel einen Strich quer durch mein Gesicht.

„Und du bist ein arroganter, aber gutaussehender Mann, der mal ein berühmter Maler werden wird", ich stehe auf und sehe an mir herab, „und ich bin eine Meerjungfrau, die sich putzen muss." Ich laufe zum Bach, der in der Nähe fließt, und spüre die Erdschollen unter meinen Füßen. Im Gehen ziehe ich mein Unterhemd aus und steige nackt ins kühle Wasser. Es ist mir völlig egal, ob seine Mutter vorbeikommt und mich so sieht.

„Warte auf mich, meine Kirsche", höre ich ihn hinter mir rufen, während er Staffelei und Farben einsammelt. Ich bin schon im Wasser, warte auf ihn, als er sich auszieht und nackt zu mir ins Wasser springt. Mit kräftigen Bewegungen schwimmt er zu mir und umarmt mich im Wasser.

Am Abend treffen wir uns wieder mit seinen Freunden im Café und Egon bestellt eine Flasche Wein für den Tisch.

„Wally, du bist eine von uns", sagt Klaus, während er an seinem Wein nippt.

„Das war sie schon immer", umarmt mich Egon, „sie wusste nur nicht, was sie tun muss, um akzeptiert zu werden."

„Aber jetzt weiß ich es", küsse ich ihn, nehme einen Schluck aus dem Weinglas und ein Stück vom rustikalen Landbrot und der Wurst, die auf dem Tisch stehen. Seit dem Morgen haben wir nichts mehr gegessen. Ich beobachte zwei Mädchen, die mit einer älteren Frau am Nachbartisch sitzen. Sie sind zwölf oder dreizehn Jahre alt und tragen helle lila und lavendelfarbene Kleider, ihre blonden Haare sind zu

Zöpfen gebunden und mit bunten Bändern geschmückt. Ich lächle sie an. Sie wirken auf mich wie zarte Blumen, die ihre Blütenblätter bald in voller Pracht entfalten werden. Obwohl sie Essen auf dem Tisch haben, essen sie nicht, sondern schauen zu uns herüber. Ihre blauen Augen wandern von Egon zu mir und zurück.

„Guten Abend, ihr jungen Damen." Egon lächelt sie von seinem Platz aus an und erhebt sein Weinglas.

„Sie haben zu viel getrunken, Herr Maler." Ich senke seine Hand, nehme ihm das Glas ab und nippe an dem süßen Wein.

„Ich habe genau die richtige Menge getrunken", antwortet er und lächelt die beiden Mädchen erneut an.

Sie lächeln zurück und beobachten uns weiter. Als die ältere Frau bemerkt, dass die Mädchen Egon anlächeln, steht sie auf und gibt den beiden eine Ohrfeige.

Ich folge der Situation und kann nicht wegschauen, obwohl es unhöflich ist. Beide lächeln nicht mehr und ihre weit geöffneten Augen blicken ängstlich auf die Frau. Sie nimmt einen Geldschein aus ihrer Handtasche, wirft ihn auf den Tisch, ergreift die Hände der Mädchen und führt sie aus dem Café. Auf dem Weg nach draußen sagt sie leise etwas zu Egon, als sie an ihm vorbeikommt, was ich nicht verstehen kann. Haben die anderen Leute im Café etwas davon mitbekommen? Ich starre auf den Tisch, halte mein Glas in der Hand und trinke es aus. Ich bin nicht mehr hungrig.

„Egon, ich glaube, wir sollten nach Hause gehen", sage ich zu ihm und stehe auf.

„Aber wir haben uns doch gerade erst hingesetzt. Ich habe immer noch Hunger."

„Mir ist schwindlig. Ich glaube, ich habe zu viel getrunken", gebe ich vor, obwohl ich eigentlich noch mehr trinken möchte.

„Sollen wir dir helfen?“, fragen uns seine Freunde.

„Nein, wir kommen allein zurecht.“ Egon erhebt sich endlich vom Tisch. „Bis morgen.“ Er verabschiedet sich von allen, und ich lasse mich von ihm aus dem Café führen und halte den Blick gesenkt, als wir zwischen den Leuten hindurchgehen.

An der Treppe angekommen, lasse ich mich von ihm in sein Zimmer führen. Seit der Unterhaltung mit seiner Mutter gehe ich nachts hoch zu ihm oder lasse ihn in den Keller und in mein Bett kommen.

„Was hat sie zu dir gesagt?“, frage ich, als ich mich umdrehe und mich ausziehe?“

„Wer?“

„Die Frau, im Café, mit den beiden jungen Mädchen.“

„Das habe ich nicht verstanden. Da war nur ein Geräusch. Kommst du ins Bett?“

Ich mache die Gaslampe aus, lege mich neben ihn und frage mich, ob er mich gerade angelogen hat.

Das Geräusch von zerborstenem Glas weckt mich auf. Was ist passiert?

„Egon?“, rufe ich in die Dunkelheit, strecke meine Hand aus und spüre seinen warmen Körper neben mir.

„Perverslinge“, höre ich ein gedämpftes Rufen. Es kommt von der Straße. Gleich darauf folgt ein dumpfer Schlag und noch mehr zersplitterndes Glas.

„Egon, wach auf!“, schreie ich und rüttle ihn.

„Wally, was ist los?“

„Ich glaube, sie haben einen Stein von der Straße aus geworfen!“ Ich suche in der Dunkelheit nach meinem Nachthemd und bemerke den kühlen Nachtwind.

„Wer hat ihn geworfen?"

„Das weiß ich nicht", sage ich, ziehe mein Nachthemd an, steige aus dem Bett und suche den Tisch. Da spüre ich, wie etwas in mein Bein sticht. Ich schreie auf.

„Wally, was ist passiert?"

Ich lehne mich gegen den Tisch, finde die Schachtel mit den Streichhölzern und zünde die Gaslampe an. Im gelblichen Licht erkenne ich Glasscherben, die zusammen mit zwei Steinen über den Boden verstreut sind. Warum haben sie uns das angetan? Von meinem verletzten Fuß tropft dunkles Blut auf den Parkettboden. Zum Glück blutet es nicht sehr stark.

„Elende Verbrecher." Egon kommt aus dem Bett, tritt vorsichtig zwischen die Glasscherben, geht zum Fenster und flucht in die Nacht.

„Ist da draußen jemand?", frage ich ihn. Werden sie noch mehr Steine auf uns werfen?

„Nein, ich sehe niemanden. Sie sind weggelaufen. Ich sollte runtergehen und es ihnen zeigen." Er dreht sich zu mir um. „Geht es dir gut? Du bist verletzt."

„Mir geht es gut, es ist nicht so schlimm", sage ich und presse mir ein Taschentuch auf die Wunde.

„Lass uns wieder ins Bett gehen." Er kommt zu mir und umarmt mich: „Das sind einfach Unmenschen. Sie werden nicht wiederkommen. Mach die Kerze aus und geh wieder schlafen."

Ich wasche die Wunde aus und verbinde sie mit einem Taschentuch. Wir gehen zurück ins Bett. Er hält mich im Arm, aber ich kann nicht mehr schlafen. Der Nachtwind pfeift durch das zerbrochene Fenster und bläst mir ins Gesicht. Wir hätten nicht tun sollen, was wir getan haben.

Am nächsten Tag gehe ich über den Dorfplatz und betrete den kleinen Feinkostladen. Ich möchte Käse für das Abendessen kaufen.

„Guten Morgen", grüße ich den Verkäufer, aber er sieht nur kurz zu mir auf und geht wieder an seine Arbeit, ohne mich eines Blickes zu würdigen.

„Guten Morgen", wiederhole ich meinen Gruß.

„Heute habe ich keine Ware, kommen Sie ein anderes Mal wieder", sagt er kurz angebunden und dreht mir den Rücken zu. Ich betrachte die auf dem Tisch ausgebreiteten Käsesorten, möchte etwas erwidern, überlege es mir aber anders und verlasse den Laden. Was haben wir ihm getan? Ist es, weil uns der Bauer auf dem Feld gesehen hat? Wir waren alleine dort und haben niemanden gestört.

Ich überquere den Platz zur Bäckerei, aber als ich eintrete, hören alle Kunden in der Schlange auf zu reden und schauen auf mich. Ich lächle unbeholfen und verlasse den Laden. Ich will nicht, dass man mich auch hier nicht bedient. Ob sie hinter meinem Rücken über mich tratschen? Ich verlasse den Platz und gehe zu Egon ins Zimmer. Er kann mir sagen, was los ist.

Ich klopfe an seine Tür, aber er antwortet mir nicht. Vielleicht ist er auf der Suche nach einem Glaser, der die zerbrochene Scheibe repariert? Ich will nicht ohne ihn in die Stadt und gehe in meinen Keller, als ich erstarre.

‚Perverslinge' steht mit hässlich schwarzer Farbe an meiner Kellertür. Die schwarzen Farbtropfen sehen aus wie ein vergifteter Eintopf, den jemand an die Tür geworfen hat.

Ich atme schnell ein, öffne die Tür und flüchte hinein. Warum hat er mich an diesen Ort gebracht? Warum habe ich geglaubt, dass dies ein guter Ort für uns beide sein könnte? Ich werde hier bleiben, im Keller. Ich werde nicht unter die Leute gehen, die uns für pervers halten. Warum stören sich die Leute so sehr an unserer Freiheit?Ich hole mir einen Lappen, tauche ihn in den Wasserkrug neben meinem Bett und gehe wieder vor die Tür, um das hässliche Wort zu entfernen. Mit dem Lappen reibe ich kräftig über die schwarze Farbe. Sie werden uns nicht vorschreiben, wie wir zu leben haben. Wir sind Künstler und freie Menschen. Obwohl ich die Tür schrubbe, bis mir die Finger wehtun, gehen die Buchstaben nicht ab, sondern verwandeln sich in einen hässlichen Fleck aus schwarzer Farbe, der die ganze Tür einnimmt. Genau so sind die Menschen dieser kleinen Stadt, denke ich mir, bevor ich meinen Keller betrete, die schwere Holztür zuschlage, den Riegel vorschiebe und mir die Tränen abwische. Ich brauche ihre Anerkennung nicht dafür, wie wir leben. Es wird immer Menschen geben, die gegen uns sind. Ich setze mich auf mein Bett und versuche in dem Buch zu lesen, das Frau Bertha mir geschickt hat. Könnte es mit dem zu tun haben, was gestern mit den Mädchen im Café passiert ist? Ich versuche, mich auf meine Lektüre zu konzentrieren.

Nach einer Weile klopft es an der Tür. „Wally!“ Ich lege das Buch aus der Hand. Seit langem verharre ich auf derselben Seite und wiederhole immer wieder die gleiche Zeile.

„Wer ist da?“ Ich nähere mich der schweren Holztür und lege mein Ohr an. Sind sie zurück?

„Ich bin’s, Egon. Mach die Tür auf.“ Ich öffne die Tür und will hinausgehen, um ihm zu zeigen, was sie getan haben. Aber es ist klar, dass er es schon gesehen hat. „Geht es dir gut?“ Er kommt herein und umarmt mich.

„Mir geht's gut. Sie sind mir egal."

„Wally, wir müssen gehen." Er löst sich von mir, hält meine Schultern fest und sieht mir in die Augen.

„Wir dürfen ihnen nicht nachgeben."

„Wir können hier nicht bleiben", antwortet er, und mir fällt auf, dass er ein zerknittertes Stück Papier in der Hand hält.

„Was ist das?"

„Ein Telegramm. Meine Mutter hat in der Nähe von Wien eine Wohnung für uns gefunden."

„Deine Mutter?" Ich trete einen Schritt zurück. „Deine Mutter ist diejenige, die für uns entscheidet? Ich dachte, du wärst ein Rebell."

„Wir sind beide Rebellen. Aber wir können hier nicht bleiben", antwortet er, „Die Menschen hier verstehen uns nicht."

„Ist es wegen dem, was du gestern im Café getan hast?"

„Das spielt keine Rolle."

„Ist es wegen mir? Ich muss das wissen."

„Es ist nicht deinetwegen. Wir sind zusammen." Er sieht mich ernst an. „Und wir werden auch in der neuen Wohnung zusammen sein. Die Mieten dort sind nicht allzu hoch. Wir werden es schaffen", er umarmt mich. „Du bist die Einzige, die versteht, wie sehr meine Kunst ein Teil von mir ist."

„Wir brauchen sie alle nicht", umarme ich ihn. „Wir fangen neu an. Du wirst malen, und ich werde dort eine Anstellung finden." Ich spüre seine warmen Hände

„Und meine Muse sein", küsst er mich.

„Ich werde immer deine Muse sein." Ich erwidere seinen Kuss. „Geh packen, lass uns von diesem Ort und diesen Menschen weggehen." Ich hasse diesen Ort.

Als wir an dem kleinen Bahnhof ankommen, wärmt uns die angenehme Nachmittagssonne. Seine Mutter ist nicht mitgekommen, um uns zu verabschieden. Er muss sich von ihr verabschiedet haben, als ich meine Sachen gepackt habe. Ich frage nicht nach. Sie liebt mich sowieso nicht und ist der Meinung, ich hätte es nicht verdient, ihren Sohn zu heiraten. Aber das ist mir egal.

Ihr Sohn hat sich für mich entschieden. Jetzt wo wir auf dem Bahnsteig sind und auf den Zug warten, umarmt er mich. Ich werde mit ihrem Sohn an einen neuen Ort gehen, und wir werden dort einen Neuanfang machen, weit weg von ihr und diesem Dorf.

Eine weitere Frau und ein Mädchen stehen in einiger Entfernung auf dem Bahnsteig, aber sie achten nicht auf uns. Ebensowenig der Bahnhofsvorsteher in seiner schwarzen Uniform. Er schlendert den Bahnsteig entlang und wirft gelegentlich einen Blick auf seine Uhr. Nur der zottelige Hund mit seinem weißem Fell und den schwarzen Flecken darauf läuft fröhlich auf mich zu, wedelt mit dem Schwanz und beschnüffelt meine Finger.

Ich streichle ihn und sehe die schwarze Rauchwolke kommen, die sich uns nähert. Unser Zug kommt. Ich bin mir sicher, dass wir in unserem neuen Zuhause glücklich sein werden.

9. Wandernde

Umzug in den Westen Wiens

‚Neulengbach' steht in schwarzen Buchstaben auf dem weißen Schild, das an der Wand des Bahnhofsgebäudes angebracht ist. Wir steigen zusammen mit einigen anderen Fahrgästen auf dem menschenleeren Bahnsteig aus. Im kalten Wind beobachte ich, wie sich der Zug mit einem schrillen Pfeifen in Bewegung setzt. Die Waggons rasseln los und, eine schwarze Rauchwolke weht nach oben in den Morgenhimmel.

„Fragen wir doch den Bahnhofsvorsteher", sagt Egon und geht auf das Gebäude zu. Wir sind schon zwei Tage lang mit dem Zug unterwegs gewesen und alles, was ich mir wünsche, ist eine Wanne voll mit Wasser, damit ich mich waschen kann und ein Bett, auf dem ich zum Liegen komme und das nicht einer harten Holzbank im Zug gleicht.

Ich betrachte die umliegenden Häuser des Dorfes. Alles erinnert ein wenig an Krumau. Nur dass hier kein fröhlich mit dem Schwanz wedelnder Hund auf dem Bahnsteig herumläuft, den ich streicheln kann. Auch ein braunes Schloss auf einem Hügel unterscheidet sich vom Dorf davor. Für einen Moment scheint es, als wären die Fenster wie Augen, die mich beobachten. Werden sie uns auch von hier verbannen?

„Wally, komm!", ruft mir Egon zu. Er ist schon außerhalb des Bahnhofsgebäudes. Ich nehme meinen Koffer und gehe den Bahnsteig entlang in seine Richtung. „Unser Haus liegt außerhalb", erklärt er, „aber ich habe jemanden gefunden, der uns dorthin bringen wird." Er nimmt mir den Koffer aus der Hand und geht hinüber zu einem Wagen, der vor dem Bahnhof steht.

Es ist ein einfacher Bauernwagen, der von einem braunen, alten Gaul gezogen wird. Nicht so schick wie die schwarzen und glänzend lackierten Wiener Kutschen, die von jungen, schwarzen Pferden gezogen werden.

„Guten Morgen. Sind Sie der Kutscher?" Egon wendet sich dem jungen Mann zu, der unter dem Baum vor dem Bahnhof ein Schläfchen hält.

Der Mann murmelt etwas und steht auf. Er nimmt Egon die Koffer ab und stellt sie hinten auf den Wagen. Dann gibt er mir die Hand und hilft mir auf den Holzsitz. Er ist etwas älter als ich und hat wildes, sandfarbenes Haar, das von einer einfachen Baskenmütze bedeckt ist. Auch seine Kleidung ist eher schlicht.

„Danke", lächle ich ihm zu, als ich mich auf dem rauen Holzsitz niederlasse.

„Ich komme schon zurecht", versichert Egon, als der Kutscher auch ihm hilfsbereit die Hand reicht. Egon klettert hoch und setzt sich neben mich. Der Kutscher nimmt auf der Holzbank neben Egon Platz, zieht an den Zügeln und bringt das Pferd dazu, uns langsam auf dem Feldweg, Dorf auswärts, in unser neues Zuhause zu bringen.

„Hier ist es", sagt der Kutscher zu Egon. Das Pferd biegt gerade in einen Feldweg ein, und ich sehe mir unser neues Haus an. Es ist ein kleines, einstöckiges Haus mit einem Giebeldach. Es steht nicht weit von der Stadt entfernt, umgeben von einer gelben Wiese. Von außen sehe ich geblümte Vorhänge, die mich durch die geschlossenen Fenster anzustarren scheinen. An der Seite des Hauses gibt es einen kleinen Gemüsegarten und eine Wäscheleine, die zwischen zwei Bäumen aufgehängt ist. Sie wartet nur darauf, dass ich unsere Wäsche nach dem Waschen dort aufhänge. Ich habe noch nie in einem eigenen Haus gewohnt, samt Garten, einem Tor und einem Briefkasten am Eingang, an den ich unsere Namen schreiben kann.

„Wally, ist alles in Ordnung?“, fragt Egon.

„Ja, es ist wunderbar“, antworte ich und wische mir über die Augen. „Das Haus ist wunderschön.“ Ich lächle ihm zu und blicke zurück auf die Häuser der Stadt. Sie werden uns nicht daran hindern, so zu sein, wie wir sind, wie sie es in Krumau getan haben.

„Wir sind da.“ Der Kutscher hält das Pferd an, steigt vom Wagen ab, lädt unser Gepäck aus und stellt es in den Hauseingang. Ich setze mich auf meinen Koffer und beobachte, wie der Wagen langsam davonfährt. Der Kutscher sitzt aufrecht mit dem Rücken zu uns auf seinem Bock. Vor ihm auf dem Weg kommt eine Frau in einem grau-grünen Kleid im ländlichen Stil auf uns zu. Sie bleibt stehen, um uns zu begrüßen.

„Das muss die Eigentümerin sein“, sagt Egon. Ich nicke und erhebe mich, um sie zu begrüßen.

„Herr Egon Schiele?“ Sie stellt sich vor ihn.

„Ja, gnädige Frau, sehr erfreut.“ Egon schüttelt ihre Hand.

„Und Sie müssen Frau Schiele sein“, wendet sie sich lächelnd an mich.

„Ja, ich bin Wally“, nicke ich, ohne ihren Fehler zu korrigieren. Vielleicht ist es besser so. Ich sehe zu Egon, aber auch er korrigiert sie nicht und ich werfe ihm ein Lächeln zu.

„Schön, dass Sie da sind“, sagt sie und holt einen großen Stahlschlüssel aus der Tasche ihres Kleides. Sie öffnet die Tür und führt uns ins Haus. „Sie werden das Haus gemütlich und einladend finden“, fährt sie fort. Während sie mir die

Zimmer zeigt, beobachtet Egon von der Tür aus die Felder. „Wir haben hier ein Schlafzimmer, aber wenn Sie möchten, kann ich Ihnen ein weiteres Bett besorgen, falls Sie etwas Privatsphäre wünschen. Ich weiß, dass es Ehepaare gibt, die in getrennten Zimmern schlafen." Sie lächelt mich an.

„Nein, so ist es gut. Wir kommen zurecht." Ich lächle zurück und erzähle ihr nichts von dem Keller, in dem ich in letzter Zeit geschlafen habe. Dies ist ein Neuanfang. Ich werde alles vergessen, was an jenem Ort stattgefunden hat.

„Ich wünsche Ihnen einen angenehmen Aufenthalt, Herr Schiele." Die Vermieterin stellt sich neben Egon in die Tür und wartet geduldig, bis er seine Geldbörse zückt, um sie zu bezahlen. „Auch Ihnen einen angenehmen Aufenthalt, Frau Schiele", sagt sie und geht über den Feldweg, zurück in Richtung Stadt. Sie lässt uns allein im Haus zurück. In unserem neuen Zuhause.

„Komm her, meine Kleine!" Egon kommt auf mich zu und zieht sein Hemd aus.

„Nicht jetzt", schiebe ich ihn weg und schließe die Tür. „Ich werde jetzt unser Haus putzen, und du gehst in die Stadt, um einen Schreiner zu finden, der dir eine Staffelei baut, damit du ein berühmter Maler werden kannst."

Erst als ich Egon von hinten sehe, wie er in Richtung Stadt geht, erlaube ich mir, ins Schlafzimmer zu rennen, aufs Bett zu springen und zu lachen. Schon so lange habe ich nicht mehr gelacht.

Einige Tage später gehe ich in die Stadt. Das Haus ist sauber und duftet nach Blumen, die ich gepflückt und in eine Porzellanvase in die Küche gestellt habe. Schon bald muss ich eine Anstellung finden. In Kürze wird uns das Geld wieder ausgehen.

„Entschuldigung, haben Sie ein Streichholz?", fragt mich ein junges Mädchen, als ich den Feldweg in der Nähe der Dorfschule entlang gehe.

Sie steht vor dem Schulhof, lehnt an einer Steinmauer. In ihren braunen Augen erkenne ich einen trotzigen Blick. Ich bleibe stehen und betrachte sie. Sie hat braunes Haar, genau wie meine kleine Schwester Antonia und trägt ein schlichtes, cremefarbenes Kleid sowie zerrissene schwarze Schuhe. Antonia hatte auch so ein Kleid.

„Wozu brauchst du ein Streichholz?"

„Bist du neu hier?", fragt sie mich.

„Ja." Auf dem Schulhof hinter ihr sind keine Schüler zu sehen. Sie müssen gerade im Unterricht sein.

„Woher kommst du?", lehnt sie weiterhin lässig an der Wand, sieht mich aber mit ihren Augen an, als wäre sie eine streunende Katze, die davonläuft, wenn ich anfange, sie zu belehren.

„Ich komme aus Wien."

„Aus der Kaiserstadt?"

„Aus der Kaiserstadt." Ich lächle sie an.

„Und du wohnst hier?", fragt sie mich.

„Ja, in dem gelben Haus mit den grünen Fensterläden außerhalb der Stadt."

„Ich weiß", hält sie inne. Es scheint, als wolle sie sich weiter unterhalten.

„Ich ziehe einen Apfel aus der Tasche meines Kleides. „Hast du Hunger?"

Sie kommt auf mich zu, nimmt mir den Apfel aus der ausgestreckten Hand, lehnt sich zurück an die Steinmauer und beißt gierig hinein.

„Hast du noch mehr?", fragt sie nach einer Weile, den Mund voller Apfel.

Ich ziehe eine Birne aus der Tasche meines Kleides und

reiche sie ihr. Ich hatte eigentlich vor, sie zu Mittag zu essen, aber ich werde noch mehr kaufen. Diesmal nähert sie sich langsam, nimmt die Birne und steckt sie in ihre eigene Kleidertasche. Dann macht sie einen Schritt zurück.

„Warum bist du nicht im Unterricht?“, frage ich sie.

„Aus mir wird sowieso nichts Gutes werden.“ Sie zeigt mir ihre Finger, und ich entdecke die roten Spuren von Schläge, die typischerweise durch ein Lineal entstehen. Solche Striemen hatte ich auch, wenn ich die richtige Antwort nicht gewusst hatte.

„Die gehen wieder weg.“ Ich strecke ihr meine Finger entgegen. Sie sind nicht mehr rot, obwohl sich die Erinnerung an den Schmerz fest in mein Fleisch eingebrannt hat.

„Wie heißt du?“, fragt sie mich.

„Wally.“

„Du bist eine gute Frau“, sagt sie, wirft das Apfelkerngehäuse auf den Boden und geht zurück in Richtung des grauen Schulgebäudes. Ich blicke ihr nach, als sie die Metalltür mit den Glasfenstern öffnet und im Inneren des Gebäudes verschwindet. Ihren Namen hat sie mir nicht genannt.

Ein paar Tage später klopft es an die Haustür. Egon ist in seinem Atelier und ich koche Kartoffelsuppe in einem Kupfertopf. Vorsichtig rühre ich sie um. Ich schaue aus dem Fenster in den grauen Nachmittagshimmel. Am frühen Morgen hatte es geregnet. Der Feldweg, der zum Haus führt, ist voller Pfützen. Ich wische mir die Hände an meiner Schürze ab und öffne die Tür.

Zwei Mädchen stehen davor, beide nass bis auf die Knochen Sie stehen in einfachen Kleidern, die vom Regenwasser durchtränkt sind, vor mir. Es dauert einen Moment, bis ich das junge Mädchen wiedererkenne, dem ich vor einigen Tagen in der Nähe der Schule den Apfel gegeben habe. Neben ihm steht ein zweites Mädchen, ungefähr im selben Alter, zwölf oder dreizehn. Ihre Gesichter und Haare glänzen von den Regentropfen.

„Hallo Frau Wally", sagt das Apfelmädchen zu mir. „Vielleicht suchen Sie jemanden, der Ihnen bei der Hausarbeit hilft?"

„Ihr sucht Arbeit?", frage ich sie, auch wenn ich sie nicht einstellen kann. Ich habe es selbst gerade noch geschafft, in einem der Häuser im Dorf eine Stelle für mich zu finden.

„Ja", beide nicken.

„Nach der Schule", fügt die andere hinzu. Sie hat weizenfarbenes Haar.

„Wenn es sein muss, können wir auch mal morgens kommen", lächelt mich das Apfelmädchen an.

„Es tut mir leid, aber ich brauche keine Hilfe." Ich lächle sie verlegen an. Der kalte Wind, der über die Felder zieht, dringt ins Haus.

Sie sagen nichts, drehen sich nur um und gehen auf dem matschigen Weg zurück. Ich betrachte ihre nassen Kleider, die ihnen an der Haut kleben und ihre alten Schuhe, mit denen sie versuchen, den Pfützen auszuweichen.

„Wartet", rufe ich ihnen hinterher, „wollt ihr etwas Suppe?" Die beiden müssen hungrig sein. Im Topf ist reichlich. Es wird auch für sie reichen.

Sie drehen sich zu mir um, nicken und kommen zurück zum Haus.

„Wartet hier", sage ich zu ihnen, als sie wieder am Eingang stehen und eile ins Haus. Als erstes sammle ich drei

Zeichnungen ein, die Egon gestern von mir gezeichnet hat und die auf dem Wohnzimmerboden liegen geblieben sind. Ich bringe sie ins Atelier. „Egon, wir haben zwei Gäste zum Abendessen", teile ich ihm mit und lege die Zeichnungen auf den Holztisch, der im Atelier steht.

„Sie sind willkommen", antwortet Egon, ohne sich umzudrehen. Er sitzt auf einen Holzstuhl mit dem Rücken zu mir. Nur mit Unterwäsche bekleidet malt er sich vor dem Spiegel. „Ich komme gleich", spricht er weiter, wie zu sich selbst. Dabei hält er den Pinsel in der Hand und bemalt seine glatte Brust in Braun- und Cremetönen. Obwohl der Raum kalt ist, bewegt er sich nicht, zittert nicht. Er konzentriert sich ganz auf das Gemälde.

Ich nehme das Hemd, das an einer Stuhllehne hängt und lege es auf seinen Rücken. Ich möchte nicht, dass sie ihn so sehen, auch wenn ich sie direkt in die Küche schicken werde. Ich umarme ihn von hinten, gebe ihm einen zärtlichen Kuss und öffne die Tür für die Mädchen, die draußen fröstelnd in der Tür stehen und gewartet haben.

„Kommt herein", führe ich sie in die Küche und stelle zwei Stühle an den heißen Herd, den wir zum Kochen und Heizen benutzen, „nehmt Platz."

Schweigend setzen sie sich und schauen sich um. Ihre Augen mustern die kleine, einfache Küche. Ich bücke mich, lege ein weiteres Holzscheit in den Ofen und genieße das Knistern des Feuers, als ich die Eisentür öffne. Sie beobachten mich dabei und sagen nichts, warten darauf, dass ich etwas tue oder sie etwas frage.

„Ist euch kalt?", frage ich dann auch, während ich die Suppe aus dem Topf schöpfe und mit ein paar Scheiben des gestern gebackenen Brotes vor sie auf den Tisch stelle.

„Nein, wir fühlen uns wohl", lächelt mich das Apfelmädchen an und beginnt hungrig an zu essen, obwohl sie offensichtlich noch immer zittert. Sie hat wunderschöne Augen.

“Seid Ihr direkt nach der Schule gekommen?“ Ich setze mich neben sie und fühle mich wie ihre große Schwester.

Sie nicken mit dem Kopf, während sie essen.

„Habt ihr kein Zuhause? Einen Ort, an den ihr gehen könnt?“

„Doch“, antwortet das andere Mädchen

„Wartet zu Hause niemand auf euch?“

Sie zucken mit den Schultern und essen schweigend weiter, ohne mir Antwort zu geben. Ich betrachte ihre nassen Kleider, die an ihren fröstelnden Körpern kleben, stehe vom Tisch auf, lehne mich an den Herd und lege ein weiteres Stück Holz nach. Später werde ich Egon bitten, noch ein paar Holzscheite von draußen zu holen.

„Guten Tag.“ Egon kommt herein und setzt sich neben mich. Er hat eine einfache Khakihose und ein Unterhemd an.

„Guten Tag, gnädiger Herr“, antwortet das blonde Mädchen. Sie hält einen Moment mit dem Essen inne und schaut ihn an.

„Guten Tag, gnädiger Herr“, sagt auch das Apfelmädchen zu ihm. Mir fällt auf, dass ich sie nicht einmal nach ihren Namen gefragt habe. „Ihre Frau hat uns eingeladen, mit Ihnen zu essen. Vielen Dank.“ Das blonde Mädchen sieht mich an und wendet sich dann wieder ihrer Schüssel zu.

„Gern geschehen“, sage ich, stehe vom Tisch auf, gehe zum Topf und schenke Egon und mir etwas Suppe ein.

Egon beobachtet die beiden Mädchen einen Moment lang, dann lehnt er sich zurück, streckt die Hand aus und umarmt meine Taille. „Sie ist die beste Frau, die ein Mann sich wünschen kann.“ Er strahlt sie an.

„Vorsicht, sonst schütte ich noch aus Versehen Suppe über

dich.“ Ich löse mich aus seiner Umarmung und stelle den Suppenteller vor ihn auf den Tisch.

„Danke, meine wunderbare Wally.“ Er streichelt meine Schenkel, als ich ihm den Rücken zuwende und mir selbst Suppe einschenke. Ich merke, wie ich erröte. Ich kann die Mädchen kichern hören.

„Junge Damen, darf ich euch nach euren Namen fragen?“, fragt Egon.

„Frieda, mein Herr“, antwortet das Mädchen mit den goldenen Haaren.

„Astrid, gnädiger Herr“, sagt das braunhaarige Apfelmädchen.

„Schön, euch kennenzulernen, ich bin Egon.“ Er steht auf, reicht ihnen die Hand und schüttelt sie, als wären es feine Damen. Sie lächeln ihn an.

„Sie sind hier vorbeigekommen, weil sie Arbeit suchen“, sage ich und setze mich an den Tisch. Ich beginne, meine Kartoffelsuppe zu essen.

„Nur bei netten Menschen“, meint Astrid.

„Macht euch der Regen nichts aus?“, frage ich, aber sie zucken nur mit den Schultern

„Und welche Art von Arbeit sucht ihr?“, will Egon wissen.

„Jede, die wir finden können“, antwortet Frieda ihm. „Danke für die Suppe, Frau Wally, sie ist köstlich.“

„Möchtest du noch etwas?“, frage ich sie. Sie nickt, ich schenke ihr erneut ein und schneide noch etwas Brot, das ich auf den Tisch lege.

„Wally, haben wir noch Wein?“, fragt mich Egon.

„Ja, in der Speisekammer“, bestätige ich und will gerade aufstehen.

„Ich hole ihn.“ Egon steht auf und küsst mich auf die Wange. Ich blicke ihm nach, wie er zur Speisekammer geht und bemerke, wie die Mädchen auf ihre Suppenschüsseln schauen und lächeln. Es ist mir peinlich, dass er mich vor ihren Augen so umarmt hat.

„Ich hoffe, ihr findet Arbeit." Egon kommt mit einer offenen Weinflasche an den Tisch zurück, schenkt sich ein Glas ein und hebt es in die Höhe. „Auf eure Anstellung, Mädels." Er prostet mir zu, ich höre auf zu essen und sehe die Mädchen an. Sie sehen zu ihm hinüber, und ich glaube, Astrid errötet ein wenig.

„Wir werden etwas finden, gnädiger Herr. Wir sind fleißig." antwortet ihm Frieda. Ich erinnere mich an die beiden Mädchen im Café und in meinem Magen macht sich ein ungutes Gefühl breit.

„Habt ihr aufgegessen?", frage ich sie nach einem Moment.

„Ja, danke, Frau Wally, es war köstlich", antworten beide wie aus einem Munde. „Ihr solltet langsam gehen." Ich stehe auf. „Eure Familien warten sicher zu Hause auf euch."

„Nicht wirklich, Frau Wally", entgegnen beide und stehen vom Tisch auf.

„Vielen Dank für Ihre Gastfreundschaft, Herr Egon", sagt Frieda.

„Ihr könnt mich Egon nennen." Er trinkt den Wein aus, steht vom Tisch auf und begleitet die Mädchen gemeinsam mit mir an die Tür.

„Auf Wiedersehen, Mädels", sagt Egon und küsst mich an der Tür leidenschaftlich vor den Augen der beiden. „Es war uns eine Freude, euch zu bewirten!" Wir bleiben in der Tür stehen und sehen ihnen nach, wie sie auf dem matschigen Weg in Richtung Stadt davongehen. Wenigstens hat der Regen aufgehört und sie werden nicht wieder nass.

„Wally, ich will dich jetzt zeichnen." Er schließt die Tür, nimmt meine Hand und führt mich ins Atelier.

Ich setze mich vor ihn auf den Stuhl, bleibe aber angezogen.

„Ich warte.“ Er steht hinter der Staffelei, hält den Pinsel und fixiert mich.

„Vielleicht zeichnest du zur Abwechslung etwas Anständigeres?“, frage ich ihn.

„Was soll das denn heißen?“

„Keinen Akt. Ein Bild, das die Leute kaufen wollen. Du malst so schön. Nur die Leute kaufen deine Bilder nicht.“

„Ich bin nicht bereit, etwas zu malen, was die Leute kaufen wollen. Ich bin ein Künstler.“ Er wird wütend. „Ich male, was in meiner Vorstellung existiert.“

„Und das ist alles, was du im Kopf hast? Nur nackte Frauen?“, gebe ich ihm ebenfalls wütend zur Antwort. Er hätte die Mädchen nicht so anlächeln dürfen.

„Was ich im Moment im Kopf habe, ist Wein.“ Er wirft den Pinsel und die Palette auf den Boden und geht in die Küche. Ich betrachte den Farbfleck auf dem Parkettboden. Aber ich bleibe auf dem Stuhl sitzen, immer noch vollständig bekleidet.

„Einen schönen Tag noch. Es wird Zeit für die Schule“, sage ich zu Frieda und Astrid.

Von Zeit zu Zeit kommen sie uns nun besuchen, manchmal am Nachmittag und manchmal am Morgen. Meistens kommen sie ohne Ankündigung, stehen vor der Tür, klopfen an und warten geduldig, bis ich ihnen öffne. Als sie das zweite Mal gekommen sind, war ich so überrascht, dass ich sie wegschicken wollte. Aber sie standen zitternd in der

Tür, ihre Haare waren mit Schnee bedeckt, dass ich es nicht übers Herz brachte. Ich hatte sie mit ins Haus genommen, ihnen heiße Suppe und etwas Wurst gegeben. Anschließend hatte ich sie neben den Ofen in die Küche gesetzt, damit sie sich ein wenig aufwärmen konnten. Sie erinnern mich an Hilda und Antonia, meine beiden kleinen Schwestern. Ich hoffe, sie müssen jetzt im Wiener Winter nicht frieren.

Manchmal kommen sie, wenn ich nicht zu Hause bin. Dann lässt Egon sie herein. Sie warten in der Küche auf mich, während er im Atelier mit seinen Bildern zugange ist. Ich habe ihnen meinen alten Mantel geschenkt und sehe, wie sie ihn unter sich aufteilen, wenn sie zu uns kommen. Mittlerweile habe ich keine Kleider mehr, die ich ihnen geben könnte. Ich habe mir diesen Monat schon etwas Geld auf die Seite gelegt, um mir selbst bald neue Schuhe kaufen zu können. Dann kann ich ihnen meine alten geben. Aber auch die werden sie sich teilen müssen.

„Beeilt euch, sonst bekommt Ihr eine Strafe, wenn ihr zu spät kommt", treibe ich sie an, als wir vor der Tür stehen. Frieda trägt den Mantel, den ich ihnen geschenkt habe.

„Das macht uns nichts. Der Lehrer in der Schule bestraft uns so oder so." Stolz zeigt mir Astrid ihre roten Flecken an den Fingern. „Wir haben uns daran gewöhnt. Es tut gar nicht mehr so weh." Sie lächelt mich an. „Genauso wenig wie die Schläge mit dem Rohrstock auf den Rücken."

„Er schlägt euch auf den Rücken?", frage ich sie und bekomme eine Gänsehaut.

„Er mag uns nicht", antwortet Astrid. „Er denkt, weil wir Mädchen sind, wird nichts aus uns."

„Ist er der Einzige, der euch schlägt?" Ich möchte sie in den Arm nehmen. Ihr Rücken muss ihnen so wehtun.

„Es gibt Mädchen, die er mag, aber nicht uns", erwidert

sie gleichgültig, während sie ihren Schal umlegt. Heute ist Frieda mit dem Mantel dran. „Ist schon gut, Frau Wally. Es ist nicht so schlimm, wenn er mich schlägt", fügt sie hinzu.

„Danke fürs Brot, Frau Wally", sagt Frieda, während sie Handschuhe und Schal anzieht.

Egon aus dem Schlafzimmer. „Auf Wiedersehen, Mädels." Er läuft barfuß über den Holzboden, eingewickelt in die dicke Decke, mit der wir normalerweise schlafen. Er hat verschlafen.

„Auf Wiedersehen, Herr Egon." Sie lächeln ihn an und winken mit ihren behandschuhten Händen. Ich kann ihre weißen Finger durch die Löcher sehen.

„Ich hoffe, die Flecken auf deinem Rücken verschwinden bald", sagt Egon, als er zu mir kommt, sich im Türrahmen an mich schmiegt und mir einen Morgenkuss gibt. Kalter Wind dringt in unser warmes Zuhause.

„Wir versprechen, uns zu benehmen." Frieda gibt ihm Antwort. Sie wenden sich ab und marschieren ins Dorf. Ihre Schritte auf dem Weg wirken wie schwarze Punkte im Schnee, der die Felder um uns herum und die fernen Berge am Horizont weiß verfärbt hat, bis er sich mit dem Grau des Himmels vermischt.

Ich schließe die Tür und beobachte Egon, wie er ins Schlafzimmer zurückkehrt. Normalerweise schläft er aus, steht erst gegen Mittag auf und beginnt dann mit dem Malen. Ich muss mich beeilen, muss mich anziehen und zur Arbeit zu gehen. Irgendetwas fühlt sich für mich falsch an, so wie damals im Stoffladen bei Herrn Walner. Auch damals wusste ich, dass etwas nicht stimmte, noch bevor er mich angefasst hatte. Trotzdem beeile ich mich, die Küche aufzuräumen und mich für die Arbeit fertig zu machen. Ich darf nicht zu spät kommen. Ich kann jetzt nicht darüber nachdenken.

Der Winterwind bläst mir ins Gesicht, als ich den Weg zum Dorf hinuntergehe. Die Fußstapfen von Frieda und Astrid sind bereits von neuem Schnee bedeckt. Bald kommt der Frühling , aber noch ist es sehr kalt. Obwohl es schon später am Morgen ist, verdecken graue Wolken die Sonne. Die Fenster der Stadthäuser funkeln mir in der Ferne wie Sterne entgegen. Ich arbeite als Dienstmädchen bei einer wohlhabenden Familie. Sie behandeln mich gut. Egon hat in letzter Zeit viel gemalt und plant für den kommenden Sommer eine Ausstellung. Ich ziehe den Kragen meines Mantels enger und lächle. Gemeinsam werden wir Erfolg haben.

„Wenn du hier fertig geputzt hast, gehst du ins Gästezimmer“, sagt die Frau wenig später zu mir und verlässt den Raum. Ich nicke und starre auf den Lappen, den ich in der Hand halte. Was hat Egon wohl gemeint, als er mit den Mädchen über die Flecken auf ihren Rücken gesprochen hat? Sorgfältig poliere ich weiter die Familienfotos. Woher wusste er, dass sie Flecken auf dem Rücken haben? Ich halte das Foto fest in der Hand und betrachte das Bild, auf dem die ganze Familie glücklich lächelt. Meine Finger werden weiß und ich fürchte, das Glas könnte zerspringen. Woher wusste er von den Flecken auf Friedas und Astrids Rücken?

„Wally, geht es dir gut?“ Ein paar Minuten später betritt die gnädige Frau den Raum.

„Ja, gnädige Frau“, atme ich tief durch, „mir war nur kurz schwindelig.“ Vorsichtig stelle ich das Bild zurück auf die Vitrine und stütze mich mit der Hand ab.

„Ich hoffe, es hat den richtigen Grund und Sie erwarten ein Baby.“ Sie lächelt mich freundlich an.

„Nein, das ist es nicht“, lächle ich müde. Könnte es sein,

dass die beiden bei uns zu Hause waren und die Schule geschwänzt haben, als ich nicht da war?

„Nun gut, wenn du mit dem Putzen des Zimmers fertig bist, gehst du in das Gästezimmer." Sie geht hinaus und ich setze mich ein paar Minuten hin, bevor ich den Schrank erneut kräftig schrubbe und den Lappen so fest umklammere, dass mir die Finger wehtun.

Der Weg nach Hause scheint endlos zu sein. Meine Kehle brennt bei jedem Atemzug, den ich im kalten Wind nehme. Ich laufe, so schnell ich kann. Es hat aufgehört zu schneien. Das weiße Feld erstreckt sich unter dem grauen Himmel bis zum Horizont. Die Bäume wirken wie gesprenkelt und mit Schneeflecken überzogen. In der Ferne glitzern die Bauernhäuser wie kleine Fischerboote inmitten eines grauen Sees.

Mitten auf dem Weg, der zum Haus führt, bleibe ich stehen und betrachte die Fußspuren im Schnee. Einige Leute sind seit dem Morgen hier entlang gelaufen. Das lässt sich anhand der hinterlassenen Schlammflecken im weißen Schnee zurückverfolgen. Vielleicht hat Egon das Haus verlassen? Oder vielleicht war der Postbote oder ein Nachbar zu Besuch? Bilde ich mir das alles nur ein? Vielleicht täusche ich mich?

Die Türklinke ist kalt und nass. Meine zittrige Hand rutscht darauf ab, als ich das Haus betrete und die Tür eilig hinter mir schließe. Ist Egon allein? Die Küche ist leer und kalt, der Herd ist nicht angefeuert. Es scheint, als wäre seit dem Morgen niemand mehr in der Küche gewesen.

„Du bist früh zurück." Egon kommt lediglich mit Hemd und Socken bekleidet aus seinem Atelier. Er geht zu mir, umarmt mich. „Du bist kalt."

„Ja, die gnädige Frau hat mich früher gehen lassen.“ Ich gehe ins Schlafzimmer. Auch das ist leer, niemand ist drin. Ich öffne den Schrank und schaue unter das Bett.

„Machst du uns etwas zu essen? Ich habe seit heute Morgen nichts mehr gegessen.“

„Wally, ist alles in Ordnung?“

„Ja“, antworte ich und betrete das Atelier. Es ist ebenfalls leer. Nur Egon und ich sind im Haus.

„Suchst du etwas?“ Er umarmt mich, aber ich entziehe mich.

„Wo sind sie?“ Ich drehe mich zu ihm um.

„Wo ist wer?“

„Die Mädchen.“

„Frieda und Astrid?“

„Ja, Frieda und Astrid.“ Ich kehre in die Küche zurück. Vielleicht sind sie in der Speisekammer. Ich schaue nach, aber sie sind nicht da.

„Sie sind doch schon heute Morgen gegangen. Erinnerst du dich nicht?”

„Und sie sind später nicht nochmal zurückgekommen?“

„Nein...“, er läuft hinter mir her. „Geht es dir gut? Fühlst du dich gut?“

„Mir geht es sehr gut.“ Ich kehre ins Atelier zurück und schaue mich um, dann sehe ich den großen Stapel Bilder, der an der Wand lehnt.

„Was sind das denn für Fragen? Ich verstehe das nicht“, sagt er mit einer Stimme, die immer wütender wird.

„Zeichnest du sie?“ Ich gehe zu dem Bilderstapel.

„Ich bin ein Künstler. Ich zeichne Menschen.“ Er versucht, nach meiner Hand zu greifen, aber ich ziehe sie weg und betrachte die Bilder .

„Wally, was machst du da?“

„Hast du sie gemalt?“, frage ich ihn unter Tränen, während

ich mich über den Stapel beuge und einige seiner Aktbilder hin- und herschiebe. Ich hoffe, dass ich kein Bild von ihnen finde, dass ich mich irre. Ich betrachte eine Zeichnung, eine weitere von ihm, auf der er nackt zu sehen ist und noch eine von mir mit meinen roten Haaren. Eine weitere von mir, nackt, wie ich meine Brüste berühre. Vielleicht liege ich ja falsch?

„Wally, du bist meine Muse. Das ist das Einzige, was dich interessieren sollte." Er versucht, mich von den Bildern fernzuhalten. „Ruh' dich ein bisschen aus. Du bist krank. Du schwitzt. Komm mit in die Küche. Ich mache den Ofen an und heize das Haus."

„Eine Sekunde." Ich schiebe das Bild mit den Häusern, die er in Krumau gemalt hat, zur Seite. Dann sehe ich Astrid.

Mit ihrem jungen Gesicht schaut sie mich von der Seite an, nackt in ihrer Kindlichkeit, mit einem Körper, der noch nicht begonnen hat sich zu entwickeln. Ich berühre das Bild mit meinen Fingern, spüre die Rauheit der Farbe auf dem braunen Papier. Meine Finger fahren über ihre schlanken Oberschenkel. Die Strapse, die sie trägt, lassen sie wie ein Kind aussehen, das in der Wäscheschublade der Mutter gestöbert und sich etwas zum Spielen herausgenommen hat.

Ich sacke in die Knie. Mir ist übel. Ich will mich übergeben, aber ich kann nicht. Meine Finger blättern sich weiter durch die Bilder. Sie können nicht aufhören. Hinter diesem Bild ist ein anderes Bild von ihr, ein weiteres von Frieda, und noch eines und noch eines; ein Bild nach dem anderen.

„Wally, geht es dir gut? Du bist krank."

„Wieso ?" Ich reiße mein Gesicht hoch und schreie ihn an.

„Was ist das Problem?" Er schreit zurück. „Du solltest mir dankbar sein."

„Dir dankbar sein?", schreie ich und stehe vom Boden auf, werfe einen letzten Blick auf diese schrecklichen Bilder und flüchte ins Schlafzimmer.

„Ja, danken solltest du mir.“ Er läuft mir nach und schreit weiter. Ich öffne die Schublade neben dem Bett und werfe meine gesamte Unterwäsche auf den Boden, bis ich sie finde, die schwarzen Strümpfe. „Du bist diejenige, die sie in dieses Haus gebracht hat. Sie haben mein Essen in diesem Haus gegessen. Und ich habe ihnen einen Gefallen getan.“ Er stellt sich dicht neben mich.

„Was hast du mit ihnen gemacht?“ Ich gehe an ihm vorbei, ihm aus dem Weg, damit er mich nicht berühren kann und in die Küche. Ich hole eine Schere aus der Schublade und schneide die Strümpfe in Stücke.

„Ich habe ihnen doch nur einen Gefallen getan. Und du auch. Sie waren auf der Suche nach einer Arbeit und ich habe ihnen geholfen." Er steht in der Tür und schreit mich weiter an: „Du solltest dich bei mir entschuldigen. Ich bin der Künstler. Du wusstest, dass ich ein Künstler bin, als du mich getroffen hast. Niemand hat dich gezwungen, dein Hurenhaus zu verlassen, um mit mir zu kommen. Was hast du dir denn gedacht? Dass ich nur dich zeichnen würde?" Er steht noch immer im Kücheneingang. „Ich gehe zurück in mein Atelier“, schreit er mit rauer Stimme und dreht sich um. Mir wird auf der Stelle speiübel und ich muss mich übergeben.

Ich wasche mir das Gesicht und atme tief durch. Dann folge ich ihm ins Atelier und stelle mich vor ihn.

„Wally, ich dachte, unser Gespräch sei beendet.“ Er lehnt sich in seinem Stuhl zurück, bereit, um mit dem Malen anzufangen.

„Es sind doch noch Mädchen. Sie sind zwölf Jahre alt. Sie haben noch nicht einmal Brüste. Und noch nicht mal ihre Periode bekommen.“ Ich knöpfe mein Kleid auf, ich schiebe die Träger beiseite und lasse es auf die am Boden verstreuten Bilder fallen. „Sind meine Brüste nicht schön genug?“ Ich schreie weiter auf ihn ein, während ich das Mieder, das ich trage, aufschnüre, es mir fast gewaltsam herunterreiße und auf den Boden schleudere „Ist mein Körper nicht schön genug?“ Nackt stehe ich vor ihm: „Bin ich nicht jung genug für dich?“, frage ich mit erstickter Stimme.

„So ist das nun mal mit Künstlern. Ich werde dich nicht um Erlaubnis bitten, jemanden malen zu dürfen. Oder dich entscheiden lassen, wer sich für mich ausziehen darf“, antwortet er mir trocken, wendet mir den Rücken zu und konzentriert sich wieder auf sein begonnenes Selbstporträt. „Wir Künstler malen aus Leidenschaft, wo immer wir sie finden, das solltest du wissen. Das musst du doch noch von Klimt wissen.“ Er dreht sich zu mir und sieht mich einen Moment lang an. Mir ist kalt in diesem frostigen Raum. „Und jetzt mach mir bitte etwas zum Abendessen und feuere den Herd in der Küche an.“ Er widmet sich wieder seinem Gemälde: „Das Haus ist kalt, ich habe Hunger und ein Gemälde fertigzustellen.“

„Ich mache dir sofort etwas zu essen“, antworte ich leise. Ich bücke mich, sammle meine Sachen wieder ein und verlasse sein Atelier.

„Danke“, höre ich ihn sagen.

Im Schlafzimmer sitze ich nackt auf dem Bett, immer noch mit all den Kleidern in der Hand. Ich achte darauf, keinen Blick in den Spiegel an der Seite des Zimmers zu werfen. Die Erinnerung an die Nacktbilder schnürt mir immer noch die Kehle zu. Ich muss dringend an etwas anderes denken. Ich muss etwas unternehmen. Der graue Himmel dringt durch die Fenster in mein Zimmer. Bald wird die Sonne untergehen. Ich muss mich beeilen. Ich kann nicht mit ihm unter einem Dach bleiben.

Ich ziehe mich an, gehe in die Küche, öffne das kleine

Glas, in dem ich einen Teil meines Lohnes aufbewahre. Das Geld stecke ich in meine kleine Handtasche. Leise ziehe ich meinen Mantel an, setze die Wollmütze auf und lege Schal und Handschuhe an. Ich verlasse das Haus und schließe die Tür mit einem leisen Klicken. Es wird eine Weile dauern, bis er merkt, dass ich weg bin. Ich sollte mich beeilen.

In der Ferne kann ich bereits den Bahnhof erkennen. Ich beschleunige meine Schritte. Das Geräusch meiner Füße im Schnee erinnert mich an einen alten Hund, der sich abmüht, um vorwärts zu kommen. Ich schnaufe erbärmlich. Die kalte Luft schmerzt in meiner Lunge. Ich muss ihm entkommen und es rechtzeitig zum Zug schaffen.

Der junge Kutscher, der uns damals auf seinem Wagen mitgenommen hat, als wir hier ankamen, steht in einen langen Wollmantel gehüllt am Eingang des Bahnhofs. Seinem Pferd hat er ebenfalls eine Decke übergeworfen. Das Tier frisst geduldig aus einem Gerstensack, der mit einem Seil an seinem Hals befestigt ist.

„Entschuldigen Sie, mein Herr, ist der Zug schon durchgekommen?“, frage ich, obwohl ich mir sicher bin, dass er es nicht gewohnt ist, ‚mein Herr‘ genannt zu werden.

„Nein, Sie haben noch etwa eine halbe Stunde Zeit.“ Er antwortet mir, ohne sich umzudrehen, kümmert sich weiter um sein Pferd und streichelt dessen Hals. „Fragen Sie am besten den Bahnhofsvorsteher. Er hat eine Uhr.“

Ich bedanke mich bei ihm, betrete den Bahnhof und suche den Bahnhofsvorsteher.

Dieser steht in der Uniform der Eisenbahngesellschaft auf dem Bahnsteig, trägt Lederhandschuhe und hält eine Uhr in der Hand, die an einer dünnen Silberkette befestigt ist. Er vergleicht die Zeit auf seiner Uhr mit der auf der großen Bahnhofsuhr an der Wand. „Sie haben noch exakt siebzehn Minuten", informiert er mich und steckt die Uhr zurück in seine Uniformtasche. „Reisen Sie ohne Gepäck?"

„Vielen Dank, Herr Bahnhofsvorsteher", lächle ich unbeholfen und versuche, meinen Atem in den Griff zu bekommen. Ahnt er, dass ich weggelaufen bin? Ich gehe zum Schalter und kaufe mir eine Fahrkarte, wobei ich immer wieder ängstlich auf den Bahnhofseingang schaue. Hat er schon gemerkt, dass ich das Haus verlassen habe? Wird er nach mir suchen? Vielleicht verraten mich meine Spuren im Schnee.

Ich gehe ans Ende des Bahnsteiges und blicke in die Ferne. Dorthin, wo die Gleise mitten in den verschneiten Feldern verschwinden und die schwarze Rauchwolke die die Ankunft des Zuges ankündigt, aufsteigen wird. Ab und zu werfe ich einen Blick zurück und hoffe, dass Egon noch immer mit Malen beschäftigt ist.

Endlich sehe ich Rauch aufsteigen und die Lokomotive hechelt wie ein Hund daher, der treu die Schafe auf der Weide einsammelt.

„Es fährt ein, der Zug nach Wien", verkündet der Bahnhofsvorsteher und bläst in seine Pfeife, obwohl nur ich auf dem Bahnsteig warte. Er stampft mehrmals mit den Füßen auf und bewegt sich langsam auf und ab, um sich aufzuwärmen, als er auf die neuen, eventuell eintreffenden Fahrgäste wartet.

Im Inneren des Waggons setze ich mich auf einen Holzstuhl gegenüber einer älteren Frau, die ein schwarzes

Kleid und einen schwarzen Hut trägt, der fast ihr ganzes Gesicht verdeckt.

„Der Zug nach Wien fährt jetzt ab", verkündet der Bahnhofsvorsteher, und gleich darauf spüre ich die langsame Bewegung des Waggons. Der Bahnsteig ist jetzt leer. Er ist nicht gekommen, um mich zu suchen. Wahrscheinlich hat er weiter gezeichnet und nicht einmal bemerkt, dass ich ihn verlassen habe.

In Wien werde ich nach meinen Schwestern sehen. Auch wenn Mutter mich hasst, ich hätte sie nicht einfach so verlassen dürfen. Meine Schwestern müssen so groß geworden sein. Ich fahre mit der Hand in die Manteltasche und erfühle mein Geld. Ich werde ihnen etwas davon abgeben. Ich werde den Kauf neuer Schuhe verschieben. Vielleicht lässt mich Mutter ein oder zwei Nächte bei sich schlafen, bis ich mich entschieden habe, was ich tun soll.

Trotz der frühen Abendstunde ist der Wiener Bahnhof voller Menschen. Ich eile hinaus auf die belebte Straße, vorbei an den Kutschen und Autos, die vor dem Gebäude warten in Richtung Altstadt, in die Gassen, in denen ich aufgewachsen bin. Dorthin, wo wir nach Vaters Tod gezogen sind.

Obwohl sich die Straßen nicht verändert haben, kommen sie mir plötzlich völlig anders und fremd vor, als wäre ich hier zu Gast. Ich beobachte zwei Mädchen, die am Eingang einer der Gassen Himmel und Hölle spielen. Sie springen zwischen den gemalten Quadraten auf den Steinen hin und her, streiten miteinander und ignorieren dabei die kalte

Luft. Ein braunes Pferd, das an einem Metallring an einer Hauswand angebunden ist, schaut ihnen gleichgültig zu. Ich gehe auf sie zu, bleibe stehen und betrachte sie genauer. Aber meine kleinen Schwestern sind es nicht.

Ich gehe weiter die Gasse hinunter und bleibe an unserem Hauseingang stehen, atme tief durch und spüre, wie die kalte Luft in meine Lungen dringt. Ich muss hineingehen. Ich bin nicht so weit gelaufen, um hier auf der Straße aufzugeben. Die Gaslampe im Treppenhaus leuchtet schwach und ich höre das Zirpen der Ratten, die in den Ritzen unter der Treppe leben. Es ist mir egal, ob Mutter mich wieder hinauswirft. Ich will nur meine Schwestern begrüßen. Sie macht mir keine Angst mehr.

Ich steige die Holztreppe in den dritten Stock hinauf und höre bei jedem Schritt die Dielen knarren. Leben sie überhaupt noch in dieser Wohnung? Der Vermieter hat oft gedroht, uns vor die Tür zu setzen. Auch der Nachbar hat uns immer wieder gedroht. Ich stehe vor der Wohnungstür, atme langsam ein und aus und presse mein Ohr an die Tür. Ich kann nichts hören. Ich klopfe an die Tür, erst leise, dann heftiger. Schließlich rufe ich: „Mutter, mach auf, ich bin's." Wohnen sie noch hier? Die Tür öffnet sich nicht.

„Mutter, Antonia, Hilda", rufe ich und schlage kräftig an die Tür, aber niemand öffnet. Wurden sie aus der Wohnung vertrieben? Meine Hand zittert.

„Frau Steiner!" Ich gehe an die Nachbartür und klopfe dort. „Frau Steiner."

„Du? Was machst du denn hier?" Sie öffnet die Tür einen Spalt und lugt hindurch.

„Frau Steiner, wo sind Mutter und meine Schwestern?"

„Sie sind nicht mehr hier. Warum bist du zurückgekommen?" Immer wieder schaut sie mich durch den Spalt an.

„Frau Steiner, bitte, wo sind sie?“

„Sie sind weg. Deine Mutter konnte die Miete nicht zahlen. Da hat er sie rausgeschmissen.“ Sie mustert mein Kleid. „Warum bist du zurückgekommen? Brauchst du Geld?“

„Nein, Frau Steiner. Wissen Sie, wohin sie gegangen sind? Bitte.“

„Nein, und es ist mir auch egal. Jetzt ist es ruhig hier im Haus, ohne das ganze Geschrei und Geheule aus eurer Wohnung. Es ist nichts Gutes aus dir geworden.“ Sie knallt mir die Tür vor der Nase zu und lässt mich einfach im Flur stehen. Schwer atmend und unfähig, mich zu bewegen, stolpere ich die Treppe hinunter. Wegen mir sind sie rausgeflogen. Weil ich ihnen nicht mit Geld geholfen habe.

Ich muss hier weg. Hier kann ich nicht bleiben. Ich gehe die Treppe hinunter, meine klackernden Schuhe auf dem Holz klingen wie Kanonendonner in der Ferne. Schwer atmend trete ich ins Freie hinaus. Was soll ich nur tun? Wie kann ich sie finden?

Neben den beiden spielenden Mädchen bleibe ich einen Augenblick stehen und schaue ihnen zu. Sie sind ungefähr im selben Alter wie meine Schwestern. Lachend springen sie in ihren schmutzigen Kleidern und mit ihren wilden blonden Haaren auf der Straße herum.

„Sag mal, kennt ihr Antonia? Sie ist so alt wie ihr“, spreche ich die beiden an.

Sie hören mit dem Spielen auf, schauen mich an und nicken mit dem Kopf.

„Wo ist sie hin? Wisst ihr, wo sie hingegangen sind?”

Eines der Mädchen schüttelt den Kopf.

„Und du? Weißt du, wohin sie gegangen sind?“ Ich beuge mich zu dem anderen Mädchen hinunter. Sie hat blaue Augen und ein vor Kälte gerötetes Gesicht.

„Da drüben“, sie zeigt die Straße hinunter. „Mit einem Wagen und einem Pferd.“ Sie steht und schaut mich an.

„Wohin? Weißt du, wie der Ort heißt, an den sie gefahren sind?“

„Da drüben“, sie zeigt weiterhin in die Richtung. Was mache ich jetzt nur?

„Danke.“ Ich streiche ihr übers Haar, drehe mich um und laufe zügig in die beschriebene Richtung, obwohl ich weiß, dass ich keinen Grund zur Eile habe.

In der Nähe von Herrn Walners Laden beschleunige ich nochmal meine Schritte, auch wenn ich schon am Keuchen bin. Zwei Frauen stehen vor dem Schaufenster und begutachten die ausgestellten Stoffrollen. Sie wenden mir ihre Blicke zu, aber ich ignoriere sie und laufe schnaufend weiter. Weiterlaufen, einfach nur weg von diesem Laden, nur weg von diesen Straßen. Ich habe keine Ahnung, wohin mich meine Füße tragen.

Als ich die drei goldenen Kugeln über dem Geschäft des Pfandleihers entdecke, bleibe ich stehen und halte den Atem an. Trotz der späten Stunde ist es noch hell in seinem Laden. Schrittweise nähere ich mich der Tür, doch dann bleibe ich stehen. Da liegt er, der Ring meines Vaters, ausgestellt im Schaufenster.

Ich presse meine Hand gegen die kalte Scheibe, als wolle ich meinen Ring berühren. Mein Atem erzeugt eine Dampfwolke auf dem Glas. Der Pfandleiher ist immer noch im Inneren des Ladens. Mit einer Lupe in der Hand beugt er sich über die Ladentheke und begutachtet den Schmuck im Schein einer Lampe, die neben ihm steht. Wird er mich wiedererkennen? Auf der dunklen Straße sind nur wenige Menschen unterwegs.

Mit der Wollmütze bedecke ich mein Haar, so gut es geht und achte darauf, dass keine roten Spitzen zu sehen sind. Ich fingere nach dem Zettel, den er mir vor einem Jahr gegeben hat. Ich muss hinein. Bald schon wird er den Laden schließen. Es ist schon spät.

„Guten Abend", sage ich in den dunklen Raum hinein.

„Guten Abend." Er sieht kurz zu mir auf und steckt dann den Schmuck, den er in der Hand hält, in einen Umschlag. Diesen verstaut er in einer Tischschublade.

„Ich bin gekommen, um das hier auszulösen." Ich lege das zerknitterte Papier auf die Theke, wobei ich darauf achte, im Schatten der Lampe zu bleiben.

Er streckt seine Hand durch die Eisengitter, greift nach dem Papier, führt es näher an seine Augen und schaut es sich genauer an.

„Ist verfallen. Ist dir das bewusst? Das Papier ist nicht mehr gültig." Er sieht zu mir auf.

„Ja, das weiß ich", erwidere ich den Blick aus dem Schatten heraus. „Er liegt im Schaufenster. Ich habe ihn gesehen. Ich habe das Geld."

Er sieht mich noch einen Moment lang an, als wolle er sich erinnern, woher er mich kennt. Ich mache einen Schritt zurück und spüre, wie ich erröte.

„Wir werden sehen", murmelt er wie zu sich selbst, während er das Papier nimmt und zum Schaufenster geht. Er holt den Ring, legt ihn auf den Tresen und sieht mich von der anderen Seite des Gitters an. Warum macht er das? Bald wird er sich an mich und die Bilder erinnern. Ich nehme das Geld aus meiner Geldbörse und lege es auf den Tresen. Der Ring ist mir wichtiger als ein Paar neue Schuhe.

„Bitte sehr, fünfzehn Kronen."

Er nimmt das Geld nicht und sieht mich weiter an. „Dein Geld reicht nicht."

„Das ist der Betrag, der auf dem Zettel steht, den Sie mir vor einem Jahr gegeben haben", beeile ich mich zu sagen.

„Stimmt, das war vor einem Jahr, als du ihn verpfändet hast, aber jetzt gehört er mir und der Preis ist gestiegen." Er legt seine Hand auf den Ring. „Man munkelt, dass es Krieg geben wird. Die Leute kaufen Schmuck, die Preise steigen."

„Wie hoch ist der Preis?" Ich trete aus der Dunkelheit, nähere mich dem Tresen. Ich brauche meinen Ring zurück. Ich muss ihn jetzt haben, bevor ihn jemand kauft.

„Fünfunddreißig Kronen", flüstert er.

Ich öffne meine Geldbörse und ziehe alles heraus, was ich habe. Es reicht nicht. „Bitte, er gehörte meinem Vater. Ich muss ihn haben. Ich zahle Ihnen zwanzig." Ich lege einen weiteren Schein vor ihn auf den Tresen.

„Tut mir leid." Er reicht mir den Zettel durch die Gitterstäbe zurück und schiebt die Scheine hinterher. „Der Ring wird einen anderen Vater finden, der ihn tragen kann."

„Aber er gehört mir." Es fällt mir schwer zu atmen.

„Tut mir leid, es ist über ein Jahr her. Nach einem Jahr stelle ich die Sachen ins Schaufenster und verkaufe sie. Er gehört jetzt mir. So ist das Gesetz."

„Legen Sie ihn für mich beiseite. Ich werde das Geld bekommen." Ich halte die Scheine in der Hand. Ich habe keine Ahnung, wie ich an eine so große Summe gelangen soll.

„Dann solltest du dich beeilen. Dieser Ring wird nicht auf dich warten. Vor einem Krieg kaufen die Leute jedes Schmuckstück, das sie in die Finger bekommen können." Er richtet seinen Blick auf mich. „Sie kommen mir irgendwie bekannt vor", sagt er, „kenne ich Sie?"

„Ich komme wieder. Guten Abend", presse ich heraus und stürme aus dem Laden, schließe die Tür hinter mir und laufe die Straße hinunter.

Ein paar Minuten bleibe ich in der Eiseskälte stehen. Dann falle ich auf die Knie und beginne zu weinen. Ich habe meine Schwestern verloren und bald werde ich auch Vaters Ring verlieren. Ich habe keine Möglichkeit, an so viel Geld zu kommen. Was soll ich jetzt nur tun? Ich streichele über den Finger, an dem ich den Ring getragen habe und versuche, mich an das Gefühl des schweren Metalls zu erinnern. Ich schließe die Augen und denke daran, wie er mit mir in der Küche gesessen hat, als ich noch ein kleines Kind war. Sein Gesicht ist in meiner Erinnerung nicht mehr so klar, aber sein Duft, wenn er mich umarmt hat, bringt mich zum Lächeln, obwohl ich immer noch weinen muss.

Ich höre Pferdegetrappel und öffne die Augen. Ein Einspänner kommt vorbei und ich springe schnell zur Seite, lehne mich an die Wand und wende mich ab, um mein tränenverschmiertes Gesicht zu verbergen. Die Pferdehufe klingen wie das Ticken einer Uhr. Es wird durch das Geräusch einer Münze unterbrochen, die auf das regennasse Kopfsteinpflaster fällt, in meine Richtung rollt und zu meinen Füßen liegen bleibt; glänzend vom Wasser und dem Licht der Straßenlaterne. Ich greife nach der Münze, hebe den Kopf und will dem Kutscher zurufen, dass ich keine Almosen sammle, aber da ist der Kutscher, die Zügel des Pferdes fest in der Hand, schon am Ende der Gasse verschwunden. Ich rapple mich auf und gehe weiter.

In der Ferne sehe ich die große Holztür des Wohnheims von Frau Bertha. Ich bleibe stehen, hole tief Luft und wische mir die Tränen ab. Sie werden mich auslachen, die Mädchen und auch Frau Bertha. Vor meinem inneren Auge sehe ich Erika, die vor den anderen steht, mich beim Lesen eines Buches imitiert, die Seiten herausreißt und sie unter allgemeinem Gelächter in ihren Büstenhalter stopft. Nur, um ihnen zu erklären, dass dies der richtige Umgang mit Büchern sei. Dass selbst eine Hure, die lesen kann, immer eine Hure bleiben wird.

Ich hätte hier bleiben sollen. Warum dachte ich, ich könnte es besser? Ich höre Schritte in der dunklen Straße, drehe mich um und sehe einen Mann in Anzug und Zylinder auf mich zukommen. Im schwachen Licht der Laterne sehe ich, wie er meinen Körper mustert und lächelt, bevor er auf die große braune Holztür zugeht. Kurz davor nimmt er seinen Hut ab und geht hinein. Es wird dunkel und fängt wieder an zu schneien. Ich werde ein paar Minuten warten, bis der Mann im Inneren das Mädchen ausgewählt hat, das er haben will, und dann hoch in den zweiten Stock gehen. Trotz meiner Handschuhe und des Mantels friere ich und reibe meine Hände aneinander. Die fallenden Schneeflocken treffen auf mein Gesicht, ich beginne zu zittern. Schließlich gehe ich auf die Tür zu und trete ein. Ich kann nirgendwo hin. Als ich vor Egon weggelaufen bin, habe ich nicht darüber nachgedacht, wo ich die Nacht verbringen könnte.

Die Einrichtung der Herberge hat sich nicht verändert, das Grammophon am Ende des Raumes spielt. Die Luft ist voll von Zigaretten- und Zigarrengeruch. Wenigstens ist es drinnen warm und angenehm. Ich werfe einen Blick auf den Empfang, aber Frau Bertha ist nicht da. Ich werde nach ihr suchen.

„Sieh mal, wer zu Besuch kommt.“ Erika sitzt auf dem geblümten Sofa und bläst den Rauch ihrer Zigarette in meine Richtung. „Was ist passiert? Hat dich dein Maler verlassen?” Sie lächelt mich an und schlägt die Beine übereinander. Sie trägt ein schwarzes Spitzen-Kamisol.

„Wer ist das?“, fragt ein mir unbekanntes Mädchen und schaut mich neugierig an. Sie ist etwa mein Alter, hat lockiges braunes Haar sowie braune Augen und trägt ein schlichtes weißes Mieder und Strapse.

„Das ist die, die sich für was Besseres gehalten hat und jetzt um Gnade winselnd zurückkomm“, sagt Erika und raucht lässig weiter.

Die Neue sagt nichts. Sie sieht mich nur an. Ich fasse mir an die Wange und merke, wie mir die Tränen herunterlaufen. Mein Blick schweift durch den Raum. Wo ist Frau Bertha?

„Du kannst wieder gehen“, sagt Erika zu mir. „Wenn du deinen Maler suchst, der ist heute nicht da.“ Sie lächelt mich an. „Aber er kommt uns ab und zu besuchen“, wendet sie sich an das neue Mädchen. Ich atme schwer. Redet sie von Herrn Klimt oder Egon? „Ich glaube, du hast schon Bekanntschaft mit ihm gemacht.“ Sie spricht weiter mit dem neuen Mädchen, achtet jedoch genau darauf, dass ich sie höre. „Du magst ihn. Obwohl er in letzter Zeit nicht mehr da war. Vielleicht hat er eine andere Herberge gefunden.“ Sie dreht sich wieder zu mir um und lächelt. „Du solltest schon mitbekommen, wenn er dir wegläuft.“

Ich drehe mich um und gehe zur Tür. Hier ist kein Platz für mich. Hier hassen mich alle.

„Junges Fräulein Walburga, wo willst du hin?“ Ich höre eine markante Stimme, drehe mich um und sehe Frau Bertha aus dem zweiten Stock die Treppe hinunterkommen.

„Auf die Straße“, flüstere ich und wische mir die Augen. Sie muss immer noch wütend auf mich sein.

„Sie hat gesagt, sie wolle auf der Straße nach Männern suchen“, mischt sich Erika ein.

“Erika, geh nach oben und zieh dich um“, befiehlt Frau Bertha, „du weißt, dass ich die Farbe Schwarz nicht ausstehen kann. Es ist die Farbe des Todes. Und du, komm mit mir.“ Sie kommt auf mich zu, greift meine Hand und führt mich in den kleinen Raum hinter ihrer Theke.

„Setz dich“, sagt sie und deutet auf einen kleinen Holzstuhl an der Wand. In diesem Zimmer bin ich noch nie gewesen. Der Zigarettenrauch liegt schwer in der Luft. Es gibt einen Mahagonischrank mit Schubladen und ein kleines Bücherregal, das hinter einem schlichten Sessel in der Ecke steht. Bertha geht zum Schrank, holt eine Flasche Wein heraus, gießt etwas davon in ein Glas und reicht es mir: „Trink.“

„Danke, Frau Bertha.“ Ich nehme einen Schluck von der herben Flüssigkeit und spüre, wie sie in meiner Kehle brennt.

„Walburga, was ist passiert?”

„Ich war in der Nähe und wollte mich nur mal kurz zeigen.“ Ich wische mir die Tränen aus dem Gesicht. Sie müssen vom Wein kommen.

„Und deswegen heulst du?“ Sie schenkt mir noch mehr von dem Wein ein.

„Ich habe Frieda und Astrid in unser Haus gelassen. Sie haben mir vertraut.“ Ich nippe erneut am Wein und breche wieder in Tränen aus, als alles aus mir heraussprudelt. Wobei ich völlig vergesse, dass Frau Bertha nicht weiß, wer die beiden sind. „Sie haben mir vertraut. Aber er hat sie gezeichnet. Und ich bin schuld an allem, was passiert ist.“ Mit schluchzender Stimme spreche ich weiter, ich kann nicht mehr aufhören. „Ich bin von dort weggelaufen und kann nirgendwo schlafen. Er hat sie wegen mir gezeichnet, und jetzt wurden meine Schwestern aus ihrer Wohnung vertrieben, und ich habe keine Ahnung, wo sie sind, und der Ring meines Vaters steht beim Pfandleiher zum Verkauf, und ich habe nicht einmal das Geld, um ihn zurückzukaufen.“ Ich kann einfach nicht mit dem Reden aufhören, zittere und weine.

Frau Bertha sagt kein Wort. Schweigend schenkt sie sich Wein ein, entzündet eine Zigarette und pustet den Rauch in die Luft.

„Walburga, mir scheint, du hast mehr Probleme als der Kaiser", sagt sie schließlich.

„Und was soll ich tun?", jammere ich.

„Da kannst du nicht viel machen. Frauen, die nicht bleiben, um für Bertha zu arbeiten, sind auf einen Mann angewiesen. Du wirst zu ihm zurückkehren müssen, egal was er getan oder wen er gemalt hat." Sie inhaliert noch einmal tief ein. „So ist die Welt schon immer gewesen. Keine Frau wird daran etwas ändern können."

„Ich habe den Ring von Papa verloren. Ich werde nie genug Geld haben, um ihn zurückzukaufen", flüstere ich, auch wenn es nicht ihre Angelegenheit ist.

„Walburga, du bist kein kleines Mädchen mehr. Das ist das Leben, manchmal muss man sich von der Vergangenheit verabschieden und weiterziehen." Sie nimmt mir das Glas Wein aus der zittrigen Hand und stellt es auf den Schrank: „Ich glaube, für heute Abend hast du genug getrunken."

„Danke, Frau Bertha", ich wische mir über die Augen und stehe auf. „Gute Nacht."

„Wohin willst du?"

„Ich weiß es nicht."

„Komm mit." Wieder ergreift sie meine Hand. „Ich habe kein Zimmer für dich, aber wir werden eine Lösung finden. Und morgen gehst du zurück. Du kannst nicht einfach so auf der Straße herumlaufen." Sie führt mich zur Treppe. Wir gehen an dem jungen Mädchen und Erika vorbei, die sich ein durchsichtiges weißes Unterhemd angezogen hat. Als ich an ihr vorbeigehe, versucht sie, mich zu kneifen. Aber mein Körper ist so müde von diesem Tag, dass ich ihre Fingernägel, die mich verletzen wollen, nicht mehr spüre.

„Christina“, klopft Frau Bertha an deren Zimmertür. „Mach auf. Ich habe dir einen Gast für die Nacht mitgebracht.“

„Warum ausgerechnet zu mir, Frau Bertha? Der Gast soll bei einem der jungen Mädchen schlafen“, höre ich Christinas nervöse Stimme, aber als sie ihre Tür öffnet und mich sieht, umarmt sie mich stürmisch und zieht mich hinein. „Gute Nacht, Frau Bertha. Bei mir wird es ihr gut gehen“, sagt sie und schließt die Tür hinter uns.

„Ich habe dich vermisst, Rotschopf“, flüstert Christina mir nur wenig später zu, als wir beide zusammen und mit ihrer Wolldecke zugedeckt im Bett liegen. Im Zimmer ist es dunkel. Im Flur ist es still.

„Ich dich auch“, flüstere ich zurück, „ich werde Frau Bertha fragen, ob sie vielleicht damit einverstanden ist, mich wieder aufzunehmen.“

„Nein, tu das nicht.“

„Warum nicht? Du bist hier, Frau Bertha hasst mich nicht so sehr und mit Erika komme ich schon zurecht.“

„Weil du den Absprung geschafft hast“, höre ich sie sagen, „und du hast einen Mann kennengelernt, der dich will, und Mädchen, die von einem Mann gewollt werden, kommen nicht hierher zurück.“

„Aber du bist doch auch hier, und für dich ist es ein guter Ort.“ Ich kann ihr nicht erzählen, was Egon mit den jungen Mädchen angestellt hat.

„Das stimmt, ich fühle mich hier wohl. Ich habe mich bereits an diesen Ort gewöhnt und wahrscheinlich werde ich für immer hierbleiben.“ Sie hält meine Hand und ich spüre ihre warmen Finger. „Aber glaub ja nicht, dass ich dich nicht beneide, für den Mut, nicht auf Frau Bertha zu hören und zu gehen, um einem Mann hinterherzulaufen!“ Sie lacht ein wenig. „In den Tagen danach hat sie viel mehr geraucht als sonst. Selbst Erika, die dich wie die Pest hasst, beneidet dich. Weißt du, alle Mädchen hier im Wohnheim würden mit dir tauschen, wenn sie könnten. Mich eingeschlossen."

„Es ist alles andere als einfach da draußen." Ich starre an die dunkle Zimmerdecke.

„Hier ist es auch nicht immer leicht, nachts allein im Bett liegen, um auf den nächsten Freier zu warten, der sich auf mich legt, dann einen Geldschein auf die Kommode wirft und verschwindet."

„Danke, dass ich heute Nacht bei dir schlafen darf." Ich möchte sie umarmen, habe aber nicht den Mut dazu.

„Rotschopf, gewöhn dich gar nicht erst an mein Bett. Morgen schicke ich dich zu deinem Mann zurück. Du gehörst nicht mehr hierher." Sie streichelt mir langsam übers Haar, bis ich mit dem Gedanken einschlafe, dass sie meine große Schwester ist.

Als ich am nächsten Nachmittag aus Wien ankomme, steige ich an dem kleinen Dorfbahnhof aus. Die Sonne scheint warm, der Schnee hat zu schmelzen begonnen und hinterlässt dunkle Matschflecken und gelbes Gras auf den umliegenden Feldern.

„Können Sie mich nach Hause bringen?", bitte ich den Kutscher. Er nickt schweigend und klettert auf seinen Kutschbock. Ich habe Kopfschmerzen vom gestrigen Wein.

„Danke", sage ich, als er mir die Hand reicht, mir aufhilft und ich neben ihm zum Sitzen komme.

Unterwegs möchte ich ihn fragen, ob er eine Frau zu Hause hat, die am Ende des Tages auf ihn wartet. Aber als Frau ist es unhöflich, mit einem Fremden zu sprechen. Und so beobachte ich, wie er mit seinen wollenen Handschuhen die Zügel hält. Egon wird zu Hause auf mich warten. Ich erblicke das Haus, als der Weg von der Hauptstraße abbiegt.

Der Schnee, der gestern hier lag, ist geschmolzen und hat Schlammpfützen hinterlassen.

„Danke." Ich zahle, verabschiede mich vom Kutscher und gehe vorsichtig zur Treppe. Ich werde etwas zu essen für uns machen. Und dann muss ich mich bei Egon entschuldigen, denn das sollte ich tun: Eine Frau muss sich entschuldigen, egal, was ihr Mann getan hat.

Ich drehe mich um und werfe einen letzten Blick auf den Kutscher. Er sitzt aufrecht auf seinem Wagen. Ich atme tief durch und gehe in Richtung Tür. Als ich näher komme, sehe ich, dass an der Tür ein Zettel mit dem Reichssymbol befestigt ist:

‘An Frau Walburga Neuzil,

Sie werden aufgefordert, auf dem Polizeirevier Neulengbach zur Untersuchung der Sittlichkeitsdelikte des Herrn Egon Schiele zu erscheinen, wegen derer er verhaftet wurde.‘

Herr Eberhard Brunner
Polizeirevier Neulengbach

10. Gefängnis

„Name?“

„Walburga Neuzil.“

„Alter?“

„Neunzehn.“

„Familienstand?“

„Ledig.“

Der Polizist, Herr Eberhard Brunner, hört mit dem Schreiben auf und blickt mir ins Gesicht. Ich senke den Blick und schaue konzentriert auf seine dicken Finger, die aus seiner blauen Uniform ragen wie Wurzeln eines Baumes am Ufer eines Baches, die sich zäh in den schlammigen Boden krallen. Lediglich sein schwarzer Polizeihut und ein Blatt Papier liegen zwischen uns auf der glatten Holzoberfläche des Tisches. Das silberne Polizeiemblem auf der Mütze schimmert im schummrigen Licht des Vernehmungsraumes.

„Sie sind nicht verheiratet?“, fragt er, seine blauen Augen auf mich gerichtet, so als erwarte er eine wohlüberlegte Antwort.

„Nein, wir sind nicht verheiratet“, sage ich schließlich und betrachte sein Gesicht. Er scheint in den Vierzigern zu sein, hat einen dichten braunen Schnurrbart und eine kleine Narbe neben seinem rechten Auge. Hätte ich ihn anlügen sollen?

„Wie lange leben Sie schon zusammen?“ Er schreibt weiter auf das Papier. Seine großen Finger umklammern den gelben Bleistift so fest, dass es scheint, als würde dieser jeden Moment dazwischen verschwinden und das Verhör beenden. Ich lege meine Hände in den Schoß und falte sie.

Ich muss ruhig bleiben. Mir wird nichts vorgeworfen. Er steht unter Verdacht.

„Wir leben seit etwa anderthalb Jahren zusammen."

„Und hat er in der Zeit, in der Sie mit ihm zusammen waren, obszöne Bilder gemalt?" Der Polizist hält erneut inne und richtet seinen Blick auf mich. Ich spüre, wie ich erröte. Was soll ich ihm antworten? Wird er mir überhaupt zuhören? Ich bin eine Frau. Vielleicht hört er mir nicht zu. Vielleicht versteht er es auch gar nicht.

„Er hat nur mich gemalt", antworte ich leise, während sich meine Finger unter dem Tisch schmerzhaft ineinander verschränken. Kann es sein, dass er schon vor unserer Ankunft andere junge Mädchen gemalt hat und ich es nur nicht weiß? Ich denke an die zwei jungen Mädchen aus dem Café in Krumau und lasse meinen Blick über die vergilbten Wände des Raumes schweifen. Sieht so ein polizeiliches Vernehmungszimmer aus? Zwei Holzstühle, ein Tisch und gelbe, abblätternde Farbe an den Wänden? Wird man mir vorwerfen, dass ich die Mädchen zu uns nach Hause gelockt habe?

„Fräulein Walburga?", höre ich seine Stimme und sehe ihn wieder an.

„Entschuldigung, Herr Wachtmeister"

„Wie sind die Mädchen zu Ihnen gekommen? Hat Egon sie eingeladen?"

„Nein, sie haben an unsere Tür geklopft, weil sie eine Arbeit gesucht haben", antworte ich leise und möchte laut schreien, weil sie wegen mir gekommen sind. Weil ich Astrid einen Apfel geschenkt habe. Sie sind wegen eines Apfels gekommen.

„Und Egon hat vorgeschlagen, sie zu zeichnen?"

„Ich habe ihnen Suppe angeboten."

„Waren Sie seine Komplizin?" Er hört auf zu schreiben

und sieht mich an. Und ich schaue auf das Blatt Papier unter seiner Hand. Warum steht da so viel geschrieben? Warum beschuldigen sie Egon? Ich bin schuld. Die Mädchen haben mir vertraut. Sie haben dem gemütlichen Haus vertraut, in das sie zu Besuch gekommen sind. Er sollte mich verhaften.

„Ich wusste nichts von den Zeichnungen“, sage ich und lege meine Hände auf den Holztisch, als würde ich darauf warten, dass man mir Handschellen anlegt. Wo ist Egon? Wird er in diesem Gebäude festgehalten?

Als ich am frühen Morgen am Gebäude der Dorfpolizei angekommen war, war ich draußen gestanden und hatte gezögert, es zu betreten, obwohl mir klar war, dass ich es tun musste. Ich hatte das zweistöckige Gebäude mit seinem Giebeldach betrachtet, das noch mit weißen Schneeresten bedeckt ist. In der Nähe des Eingangs, neben einem Stapel Brennholz, war eine schwarze Kutsche gestanden, die von zwei Pferden gezogen wurde. Zwei Polizisten hatten darauf gewartet, dass ein Gefangener ausstieg, dessen Handgelenke in Handschellen lagen, die bei jedem Schritt klackerten. Wird mir der Beamte Handschellen anlegen, weil ich an dem Verbrechen beteiligt war?

„Fräulein Walburga, warten Sie bitte einen Moment hier“, sagt der Beamte jetzt im Verhörraum, erhebt sich von seinem Stuhl und geht hinaus. Ich bleibe allein zurück, lege die Hände auf den Tisch und schaue aus dem Fenster. Die Sonnenstrahlen beleuchten die schneebedeckten Berge am Horizont. Der Frühling wird bald kommen.

„Entschuldigung, dass Sie warten mussten.“ Er kehrt zurück und hat eine große Ledertasche über der Schulter, die er auf dem Tisch abstellt. Geschickt öffnet er mit seinen großen Fingern die Lederschnallen. Er holt eine Reihe von

Zeichnungen heraus, die Egon gemalt hat. Es sind seine Kunstwerke.

„Erkennen Sie diese Bilder?“ Er breitet sie auf dem Tisch aus. Ich schüttle den Kopf und versuche, nicht hinzusehen. Mir wird übel und ich möchte mich übergeben.

„Vielen Dank, das ist alles, Fräulein Walburga.“ Er steckt die Zeichnungen zurück in die Tasche, schließt sorgfältig die Laschen und schreibt etwas auf den Vernehmungsbogen, der noch immer auf dem Tisch liegt.

„Darf ich jetzt gehen?“

„Ja, Sie können gehen.“ Er erhebt sich von seinem Stuhl und schüttelt mir die Hand, „aber bitte verlassen Sie Neulengbach in den nächsten Tagen nicht. Vielleicht habe ich noch Fragen.“

„Und was ist mit Egon?“, traue ich mich zum ersten Mal zu fragen.

„Egon ist verhaftet. Er wird sich wegen dieser Bilder vor Gericht verantworten müssen.“ Er begleitet mich zur Tür.

Ich suche nach Worten, aber ich finde keine. Alles, was ich will, ist, diesen Ort zu verlassen und in die kalte Luft hinauszugehen.

„Fräulein Walburga“, sagt er, als wir auf dem Flur stehen, „Herr Schiele hat darum gebeten, Sie sehen zu dürfen. Er wird hier im Haus festgehalten.“

Vehement schüttle ich den Kopf, lehne das Angebot ab und gehe zur Tür hinaus. Ich kann es nicht ertragen, ihn zu sehen.

Erst als ich das Haus erreiche, verlangsame ich meine Schritte. Der Feldweg ist mit kleinen Pfützen aus Schmelzwasser übersät. Meine Lunge schmerzt von der kalten Luft. Ich öffne die Tür und betrete zum ersten Mal seit jenem Tag sein Atelier.

Im Atelier ist es still. Egons Stuhl steht in der Mitte des Raumes und wartet auf die Rückkehr seines Besitzers. Die Staffelei ist leer. Keine Leinwand, kein braunes Papier. Die Pinsel sind ordentlich in einer Holzkiste neben dem Stuhl verstaut. Die Polizei hat die Bilder, die ich auf dem Boden verstreut hatte, mitgenommen, sodass nur seine und meine Aktbilder in einem ordentlichen Stapel an der Wand lehnen. Was denken die Polizisten nur über mich? Hat Herr Eberhard Brunner sie auch gesehen? Ich gehe zum Ofen und zünde ein Holzscheit an. Nach einer Weile schlägt mir eine fröhliche Flamme entgegen, und einen Moment kämpfe ich gegen den Drang an, alle Bilder von Egon zu holen und ins Feuer zu werfen. Wenigstens hat die Polizei alle Bilder von den Mädchen beschlagnahmt. Das Haus fühlt sich nicht mehr beschmutzt an.

Ich gehe in die Küche, fülle einen Edelstahleimer mit Wasser. Ich beginne, das ganze Haus zu schrubben. Ich muss es sauber machen.

Ein paar Tage später stehe ich am Fenster und sehe ihn den Weg hochkommen. Er geht zügig, wie es für Soldaten und Polizisten typisch ist. So, als wäre er Teil einer Parade oder auf dem Weg zu einer fernen Schlacht. Über seiner Schulter hängt eine kleine Ledertasche. Er trägt eine blaue Polizeijacke und den schwarzen Hut, den er auf dem Holztisch liegen hatte, als er mich verhört hat. Warum kommt er?

Ich ziehe mich vom Fenster zurück, eile ins Schlafzimmer,

öffne den Kleiderschrank und ziehe ein schlichtes Kleid anstelle meines Nachthemdes an. Seit einigen Tagen bleibe ich den ganzen Tag zu Hause. Nur gelegentlich gehe ich nach draußen, um ein paar Holzscheite zum Heizen zu holen.

Ich höre ein Klopfen an der Tür und gehe hin, um sie zu öffnen. Ich hatte keine Zeit, mein Haar zu richten.

„Fräulein Walburga", der Polizist Eberhard Brunner zieht seinen Hut und verbeugt sich vor mir, „guten Morgen."

„Guten Morgen, Herr Brunner. Was kann ich für Sie tun?" Ich schaue auf seinen gepflegten Schnurrbart. Ist er nun gekommen, um mich zu verhaften?

„Schön, dass Sie da sind." Er bleibt auf der Türschwelle stehen. Ich lasse ihn nicht herein.

„Sie wissen ja, wie das ist", sage ich mit einem bitteren Lächeln, „Gerüchte verbreiten sich schnell in kleinen Orten."

„Das tut mir leid", antwortet er, ohne zu fragen, was es mit den Gerüchten auf sich hat. Er weiß sicher, dass ich meine Anstellung verloren habe und dass man mich beschimpft hat, als ich Kartoffeln kaufen war. Er ist schon seit vielen Jahren Polizist. Er kennt diese Geschichten. Ich bin sicher nicht die erste Frau, der so etwas passiert ist.

„Frau Walburga, darf ich kurz reinkommen?", fragt er mit einem freundlichen Lächeln.

„Ja, bitte", öffne ich die Tür ganz und lasse ihn eintreten. Einen Moment bleibt er im Eingang stehen und schaut sich in dem sauberen und aufgeräumten Haus um. Seit einigen Tagen putze ich alle Zimmer. Nur in sein Atelier gehe ich nicht.

„Darf ich Ihnen den Mantel abnehmen?", frage ich und hänge ihn an den Kleiderbügel am Eingang.

„Sollen wir uns setzen?" Herr Brunner deutet auf den Küchentisch, und wir sitzen uns wieder gegenüber, wie an dem Tag, an dem er mich verhört hat. Ich lege meine gefalteten Hände in den Schoß, damit er sie nicht sehen kann. Ich bin angespannt.

Er öffnet die mitgebrachte Ledertasche, nimmt einige Papiere und den gelben Bleistift heraus und legt alles auf den Tisch.

„Fräulein Walburga", sagt er und sieht mich an, „der Prozess gegen Herrn Schiele findet in ein paar Tagen statt."

„Ja, Herr Brunner, ich verstehe."

„Und ich muss Ihnen Ihren Voruntersuchungsbericht vorlegen." Er sieht mich an.

„Sie haben mich doch bereits vernommen, Herr Brunner", krampfe ich meine Finger fest zusammen. Was will er von mir?

„Das stimmt, aber ich habe den Bericht noch nicht abgegeben." Seine blauen Augen starren mich weiter an. „Sie verstehen, Fräulein Walburga, Sie sind nicht verheiratet und wir sind hier nicht in Wien. Es ist hier nicht üblich." Er holt eine Pfeife aus der Tasche seines Uniformhemdes. „Stört es Sie, wenn ich rauche?"

Ich schüttle den Kopf. Was erwartet er von mir? Ich habe ihm alles gesagt, was ich weiß. Wird er mich dafür bestrafen, dass ich nicht verheiratet bin? Mir wird übel.

Ich beobachte, wie er mit seinen dicken Finger etwas Tabak aus dem Lederbeutel nimmt, den er auf den Tisch gelegt hat. Behutsam schiebt er den Tabak in die Pfeife, zündet sie an und zieht genüsslich den Rauch ein. „Verstehen Sie, Fräulein Walburga", fährt er fort, „es ist nicht üblich, dass Unverheiratete zusammenleben. Wenn der Richter davon erfährt, wird er Egon hart bestrafen."

„Was soll ich also tun?", frage ich ihn verwirrt.

„Es gibt zwei Möglichkeiten, Fräulein Walburga." Er nimmt die Pfeife aus dem Mund. „Entweder Sie stehen jetzt auf, verlassen dieses Haus und gehen von diesem Ort fort, als wären Sie nie hier gewesen.“ Er hält einen Moment inne und sieht mich prüfend an.

„Ich kann nirgendwo hin.“ Ich halte seinem Blick stand. Ich kann nicht mehr zu Frau Bertha zurück. Ich habe es schon so weit gebracht. Ich werde nicht zurückgehen. Ich werde nicht eines dieser Mädchen werden.

„Oder Sie sollten sich so verhalten, wie es sich für eine Frau gehört“, sagt er und steckt sich die Pfeife in den Mund.

„Was meinen Sie damit?“

„Unterstützen Sie Ihren Mann, auch wenn er einen Fehler begangen hat. Die Ehefrau muss helfen.“

Ich sehe ihn an, verstehe nicht ganz, was er meint, nicke aber. Allein kann ich nicht nach Wien zurückkehren.

„Frau Walburga“, spricht er mich mit der Pfeife im Mund an, „ich frage Sie noch einmal: Sind Sie mit Herrn Egon Schiele verheiratet? Bitte überlegen Sie sich Ihre Antwort ganz genau.“

„Ja, Herr Brunner, wir sind verheiratet“, erkläre ich nach einem Moment des Schweigens und nicke.

„Gut.“ Er greift zum Bleistift und füllt das Papier mit dichten Zeilen. „Herr Egon Schiele bittet um einen Besuch von ihnen“, sagt er, als er mit dem Schreiben fertig ist und die Papiere in seine kleine Ledertasche zurückgepackt hat. Sorgfältig verschließt er sie. „Ich denke, das sollten Sie tun.“

„Ja, Herr Brunner“, antworte ich, denn mir wird klar, dass ich keine andere Wahl habe.

„Ich warte hier, damit Sie sich fertig machen können.“ Er sieht mich an. Ich stehe vom Tisch auf und gehe ins Schlafzimmer, um mich anzuziehen.

Während ich das tue, werfe ich ab und zu einen Blick durch die Schlafzimmertür auf Herrn Brunner, um mich zu vergewissern, dass er nicht versucht, das Zimmer zu betreten, auch wenn ich weiß, dass ich nichts dagegen tun könnte. Er ist ein Polizist. Ich bin eine Frau. Keiner würde mir glauben. Aber er sitzt nur in der Küche, ist, mit der Pfeife im Mund, in Gedanken versunken. Der gräuliche Rauch verteilt sich in der Küche, durch ihn füllt sich der Raum mit einem angenehmen Geruch. Ich kämme mir schnell das Haar und kehre in die Küche zurück. Seine Anwesenheit erschreckt mich.

„Können wir?", fragt er mich und nähert sich der Tür. Ich helfe ihm in seinen Mantel und greife nach meinem, der daneben hängt.

Wir gehen nebeneinander auf dem schlammigen Weg. Ich wünschte, wir wären schon auf dem Polizeirevier. Das Schweigen macht mich nervös.

„Wie haben Sie von seinen Bildern erfahren?", frage ich nach einer Weile.

„Die Mädchen haben in der Schule darüber geredet. Sie wissen ja, wie das mit jungen Mädchen ist", sagt er. „Einer der Väter hat sich bei der Polizei beschwert, und wir sind der Sache nachgegangen."

Ich laufe schweigend neben ihm her und weiß nicht, was ich sagen soll. Hat er meine Bilder gesehen, als er Egon verhaftet hat? Was denkt er von mir? Warum hilft er Egon überhaupt? Weil er ein ebenfalls Mann ist und Männer einander helfen?

„Ich wollte, dass er erfolgreich ist, dass er ein berühmter Maler wird", sage ich nach einer Weile, als ich das Schweigen nicht mehr ertrage.

„Sie sind jetzt seine Frau. Da ist es natürlich, dass Sie wollen, dass er Erfolg hat", antwortet er, als wir einen kleinen Umweg um eine Schlammpfütze machen.

Bis wir das Dorf und die kleine Polizeistation erreichen,

schweigen wir. Er führt mich hinein und begleitet mich die Treppe hinunter in den Keller.

„Er ist hier", sagt er neben einer schweren braunen Holztür, in der die Zahl zwölf eingraviert ist, „Sie haben zehn Minuten Zeit", sagt er. „Wenn Sie gehen möchten, klopfen Sie an die Tür und rufen. Einer der Polizisten wird kommen und Ihnen öffnen."

„Warum helfen Sie uns?" Ich kann mir diese Frage nicht verkneifen.

Er dreht sich um und sieht mich im schummrigen Licht des Flurs einen Moment lang prüfend an. Dann antwortet er: „Fräulein Walburga, wir sind eine ruhige Stadt und fleißige Leute. Wir gehen jeden Sonntagmorgen in die Kirche, sind gesetzestreue Bürger." Seine blauen Augen, die im schwachen Licht der Gaslampe an der Wand schwarz erscheinen, beobachten mich weiter. „Wir wollen keine Schlagzeilen, keine Skandale. Wir sind hier nicht in Wien", spricht er leise zu mir, während seine großen Finger mit einem quietschenden Geräusch am Eisenriegel ziehen. „Wenn das alles vorbei ist, nehmen Sie ihn, verlassen meine Stadt auf Nimmerwiedersehen."

„Ich verstehe, Herr Brunner", flüstere ich und betrete die kalte Arrestzelle. Egon sitzt auf der Holzbank und schaut zu mir auf.

Egon trägt ein einfaches Leinenhemd mit Knopfleiste und eine braune Hose. Seine schwarze Haartolle ist verschwunden. Sie haben ihm die Haare radikal geschnitten, vielleicht, um Läuse loszuwerden. Sein Haar, das ich so gerne gestreichelt habe, ist jetzt kurz. Er ist unrasiert, sieht müde aus und wirkt dünner. Ich sehe mich in der kleinen Zelle um, in der eine einfache Holzbank samt Matratze, eine Decke, ein Holzstuhl und ein Edelstahleimer stehen.

Das Geräusch der schweren Tür, die ins Schloss fällt und verriegelt wird, lässt mich zusammenzucken. Ich blicke zurück auf die verschlossene Tür. In der Mitte hat sie ein kleines vergittertes Fenster.

„Meine Wally." Egon steht von der Bank auf und geht auf mich zu, umarmt mich und drückt mich dabei so fest an sich, dass ich kaum noch Luft bekomme. „Du fehlst mir so sehr", flüstert er, bringt seine Lippen an mein Ohr und küsst meinen Hals. Aber ich kann seine Umarmung nicht erwidern. Meine Hände sind wie erstarrt. Obwohl er nicht nach Schweiß oder Dreck riecht, kann ich seinen Geruch nicht identifizieren, als hätte ein anderer, unbekannter Duft den ersetzt, den ich kannte und liebte.

„Ich kann nicht", sage ich leise. Ich fühle mich, als müsste ich ersticken, als wären seine Hände, die mich einst wärmten, zu einer Schlingpflanze geworden, die mich gefangen hält.

„Was ist los? Meine Wally", fährt er fort und überhäuft meinen Hals mit kleinen Küssen.

„Ich brauche frische Luft", flüstere ich, stoße ihn energisch weg, drehe mich um und klopfe an die schwere Holztür. „Wache, bitte holen Sie mich hier raus."

„Bitte geh nicht", er klammert sich an mich.

„Auf Wiedersehen, Egon", presse ich hervor, drehe mich zu ihm um und trete zurück, bis ich die Metallnieten der Tür in meinem Kleid spüre.

„Bitte geh nicht!“ Er lehnt sich mit dem ganzen Körper an mich.

„Ist alles in Ordnung? Wollen Sie raus?“ Ich höre die Stimme des Wachmanns von draußen.

„Alles in Ordnung, nur noch ein paar Minuten!“ Egon drückt sein Gesicht an das vergitterte Fenster und spricht mit dem Polizisten. „Bitte geh nicht“, wendet er sich an mich. Seine Stirn ist schweißnass. Er kniet sich auf den Betonboden, umarmt meine Beine, legt seinen Kopf an meinen Bauch und beginnt zu weinen.

„Fräulein, ist alles in Ordnung? Soll ich Sie rauslassen?“, fragt mich der Wärter erneut von der anderen Seite der Tür. Ich schaue auf Egon hinunter, der zu meinen Füßen kniet und weint. Was soll ich tun? Ich habe ihn noch nie so weinen sehen.

„Schon gut, Herr Wachtmeister, danke“, rufe ich ihm zu und streichle Egons kurzes Haar, fahre mit den Fingern hindurch und versuche, mich an das neue Gefühl in meinen Fingerspitzen zu gewöhnen.

„Bitte verlass mich nicht“, schluchzt er und sein ganzer Körper zittert. „Du bist die Einzige, die ich noch habe.“ Seine warmen Hände umarmen meine Beine, während er sie immer wieder küsst. „Ich habe allen Briefe geschrieben, aber es ist niemand gekommen. Sie haben sich entschuldigt, dass sie nicht kommen können.“

„An wen hast du alles geschrieben?“ , frage ich ihn.

„An meine Freunde in Krumau, Klaus und Bernhard.“ Er steht auf, geht zur Holzbank, die mit Metallketten an der Wand befestigt ist, setzt sich hin und wischt sich die Augen. „Und an meine Mutter und Herrn Roessler aus München.“ Er sieht mich an. „Die sind nicht so wie du. Die Leute wollen nicht an der Seite von Menschen sein, die ihren eigenen Weg gehen und damit scheitern. Nur wenn ich Erfolg habe, dann freuen sie sich, dann wollen sie auf meinen Zug oder meine Pferdekutsche aufspringen und mitkommen." Wieder wischt er sich über die Augen und sieht aus wie ein kleines Kind, das dringend eine Umarmung braucht.

Ich zögere einen Moment, bevor ich frage: „Und was ist mit ihm?"

„Mit wem?" Egon sieht mich an.

„Was ist mit Herrn Klimt", sage ich schließlich.

„Ihm habe ich nicht geschrieben", seufzt Egon. „Wenn die in Wien wüssten, was hier passiert ist, könnte ich dort nie wieder in einen Salon oder in eine Ausstellung gehen. Er darf es nicht erfahren."

„Haben deine Freunde begründet, warum sie nicht kommen können?", frage ich. Was wissen seine Freunde von mir und seinen Bildern?

Egon holt ein paar Briefe unter der einfachen Matratze hervor, fuchtelt damit vor meinen Augen herum und zerreißt sie, wobei die Papierfetzen nach und nach auf dem Boden fallen. „Ich bin seit achtzehn Tagen hier, und sie kommen einfach nicht. Weil sie so sind wie all die anderen", sagt er und sieht mich an. „Verstehst du?" Er redet ununterbrochen weiter. „Du entscheidest dich nicht für mich, weil ich so bin wie alle anderen. Du wählst mich, weil ich anders bin. Wir sind beide gleich.Du kannst dein ganzes Leben lang ein Knecht sein und dich nicht beschweren, aber du entscheidest dich dafür, anders zu sein."

„Ich habe mich für dich entschieden", antworte ich ihm, „und ich bin dir von Wien nach Krumau gefolgt und jetzt hierher. Es war mir egal, was man über dich oder mich sagt." Ich halte einen Moment inne, suche nach den richtigen Worten. „Ich ziehe mich vor dir aus, lasse die Hüllen fallen, damit du mich so malen kannst, wie mich noch niemand gesehen hat." Ich betrachte die zerrissenen Papierstücke auf dem Steinboden. „Aber nicht alles ist erlaubt. Es gibt Grenzen, die man nicht überschreiten darf. Auch wenn man ein Mann ist, der glaubt, im Namen der Kunst alles tun zu dürfen." Ich hole tief Luft. „So junge Mädchen zu zeichnen ist verboten. Glaub mir, als Frau weiß ich, wie verboten das ist. Du wirst das nie so verstehen wie ich."

„Meine Verhandlung ist in zwei Tagen." Er bleibt sitzen und sieht mich an.

„Ich weiß." Ich kann nicht auf ihn zugehen und ihn umarmen.

Ich höre, wie die Türklinke hinuntergedrückt und vom Wärter geöffnet wird. „Sie müssen gehen."

„Bitte sag bei der Verhandlung für mich aus. Tu es für mich. Danach kannst du mich für immer verlassen." Er sieht mich an und versucht erst gar nicht, mich zu umarmen.

„Gnädige Frau?" Der Wachmann steht auf und wartet ungeduldig.

„Ich werde darüber nachdenken", antworte ich und verlasse unter Tränen die Zelle.

Der Wachmann knallt die Tür hinter mir zu und schiebt den Riegel mit einem lauten Klicken vor.

„Wally, warte", ruft er mir von drinnen zu. Ich bleibe an der Tür stehen und sehe, wie er mit seinen Fingern das kleine vergitterte Fenster umklammert. Sein Gesicht lugt durch die Gitterstäbe. „Bitte, Wachtmeister, erlauben Sie mir, ihr ein letztes Wort zu sagen", drückt er sein Gesicht noch fester gegen die Gitterstäbe.

„Würden Sie bitte?" Ich drehe mich zu dem Wachmann um. Er nickt, bevor er sich ein paar Schritte entfernt und in der Nähe der Treppe stehen bleibt, die vom Keller nach oben führt.

„Wally, du hattest recht", flüstert Egon, „und ich lag so falsch. Du hast sie in unser Haus eingeladen. Ich hätte sie wie deine kleinen Schwestern und nicht wie Modelle zum Zeichnen behandeln sollen.

Ich antworte nicht und sehe zu, wie sein Gesicht aus dem kleinen Fenster verschwindet und seine Finger langsam den Griff um die Metallstäbe loslassen. Die einzigen Geräusche, die jetzt noch aus der Zelle zu hören sind, sind seine Schritte im und das Rasseln der Eisenketten, als er sich auf die Holzbank setzt.

„Gnädige Frau?", ruft mir der Wärter zu. Ich wende mich von der verschlossenen Holztür ab und gehe auf die Treppe zu. Was soll ich nur tun?

„Erheben Sie sich", verkündet der Gerichtsschreiber laut. Wir stehen alle auf. Die Gerichtsbänke aus Holz knarren. Das Gemurmel verstummt, als der Richter in schwarzer Robe eintritt.

„Setzen Sie sich bitte alle", sagt er und ich höre, wie die Bänke knarren, als alle in dem kleinen Gerichtssaal im Rathaus wieder Platz nehmen.

Die Holzbänke sind voll mit Zuschauern, von denen ich die meisten nicht kenne. Jedoch erkenne ich einige Gesichter in der Menge wieder, die ich in den Monaten, die wir hier gelebt haben, gesehen habe: Da ist die Frau aus der Bäckerei, der Postbote, der Milchmann, vielleicht noch ein paar andere. Keiner von ihnen grüßt mich. Trotz des Gedränges setzt sich niemand neben mich. Niemand möchte mit mir in Verbindung gebracht oder als mein

Unterstützer angesehen werden. Auch von Egons Freunden, denen er Briefe geschickt hat, ist niemand gekommen. Nur ich bin hier, gekleidet in ein einfaches blaues Gewand.

Egon sitzt in der Mitte des Gerichtssaals auf der Anklagebank. Sein weißes Hemd hebt sich von der schwarzen Robe des Richters und den dunklen Holzbänken ab, die bis auf den letzten Platz gefüllt sind. Gekommen, um das Verfahren zu verfolgen. Egon ist glatt rasiert und sieht besser aus als bei meinem letzten Besuch in der Arrestzelle. Es wird jedoch noch eine Weile dauern, bis sein Haar nachgewachsen ist und er wieder seine unverwechselbare schwarze Tolle tragen kann. Ich wende meinen Blick dem Richterpult zu.

Dort sitzt neben dem Richter ein weiterer Mann. Er trägt einen Anzug und macht sich Notizen. An seiner Seite sitzt Polizist Brunner in einer sauberen blauen Uniform, den Polizeihut im Schoß. Ich drehe den Kopf zurück zur Eingangstür. Vielleicht kommt noch einer von Egons Freunden und setzt sich neben mich? Aber die Tür bleibt geschlossen. Nur ein Polizist in Uniform steht davor. Seinen Helm hat er fest aufgesetzt. Ich werfe einen Blick auf seine Pistole, die in dem braunen Lederholster steckt. Was soll ich gleich tun? Soll ich Egons Beteuerungen glauben, dass er seine Taten bereut oder soll ich der Justiz ihren Lauf lassen und ihn zurück ins Gefängnis schicken?

„Angeklagter, Herr Egon Schiele“, liest der Richter von seinen Unterlagen auf dem Richtertisch ab, „Sie werden beschuldigt, zwei dreizehnjährige Mädchen entführt, in Ihre Wohnung gezwungen und mit ihnen unsittliche Handlungen vorgenommen zu haben. Sind Sie geständig?“

„Nein, Herr Richter, ich habe nichts Unmoralisches getan“, antwortet Egon und versucht, sich aufrecht hinzusetzen.

Ich höre das zornige Gemurmel aus dem Publikum in den Bänken hinter mir.

„Herr Wachtmeister", wendet sich der Richter an Herrn Brunner, „haben Sie die Aussagen der beiden Mädchen?"

„Ja, Euer Ehren. Der Polizeibeamte Brunner setzt seine Schirmmütze auf, erhebt sich und hält ein Stück Papier in der Hand. Das Publikum verstummt. „Ich habe die Zeugenaussagen der beiden Mädchen. Aufgrund ihres jungen Alters haben wir sie nicht vor Gericht geladen." Er tritt an den Richter heran und legt ihm das Papier vor. Der Richter überfliegt es. Ich blicke in den Gerichtssaal, in dem es totenstill ist und alle Augen auf das Papier in den Händen des Richters gerichtet sind.

„Können Sie Ihre Erkenntnisse zusammenfassen?" Der Richter blickt zu dem Polizeibeamten auf.

„Die Mädchen haben bei ihrer Vernehmung angegeben, dass sie aus freien Stücken in das Haus der Eheleute Egon und Walburga Schiele gekommen sind. Sie gaben an, freundlich behandelt worden zu sein und bestritten, entführt worden zu sein", erläutert der Polizeibeamte. Das wütende Gemurmel in der Menge schwillt an.

„Ist die Frau von Herrn Schiele im Gerichtssaal anwesend?", erkundigt sich der Richter bei Wachtmeister Brunner.

„Ja, sie ist hier", antwortet er und deutet auf mich. Ich spüre, wie sich die kollektiven Blicke der Anwesenden wie glühendes Eisen in meinen Rücken brennen. Mein ganzer Körper ist erwartungsvoll angespannt.

„Haben Sie Frau Schiele ebenfalls befragt?" Der Richter beobachtet mich von seinem Richtertisch aus.

„Ja, Euer Ehren", antwortet der Polizist, „sie hat die Aussage der jungen Mädchen bestätigt." Ich spüre, wie ich erröte, mein Gesicht brennt. Ich habe Angst, mich umzudrehen und der Menge in die Augen zu sehen. Ich kann ihnen nicht in die Augen sehen.

„Möchte Frau Schiele als seine Frau nicht an der Seite ihres Mannes sitzen?“, fragt der Richter den Polizeibeamten. Oder fragt er mich?

„Frau Schiele kann sich neben ihren Mann setzen“, antwortet der Polizeibeamte. Der Richter sieht mich an. Was soll ich tun? Soll ich aufstehen? Ich schaue mich um, sehe in die Gesichter der Menschen, die mich umgeben. Alle schauen mich an und scheinen auf meine Reaktion zu warten. Sie erwarten, dass ich jetzt die unterstützende Ehefrau bin. Aber ich fürchte mich davor, dass mich meine Beine im Stich lassen, wenn ich jetzt aufstehe. Ich werde keinen einzigen Schritt tun können.

Vorsichtig erhebe ich mich, Schritt für Schritt laufe ich los und setze mich neben Egon auf die Bank, wobei ich darauf achte, dass sich unsere Oberschenkel nicht berühren. Wir befinden uns jetzt beide in der Mitte des Gerichtssaals.

„Ich erkläre hiermit die Aufhebung der Anklage wegen versuchter Entführung“, verkündet der Richter und wendet sich wieder an den Polizeibeamten. „Haben Sie noch weitere Erkenntnisse?“

„Ja, Euer Ehren.“ Herr Brunner wendet sich seiner ledernen Aktentasche zu, die an seiner Seite liegt. Das Publikum verstummt. Mit seinen riesigen Fingern öffnet er die Schnallen und zieht mehrere Zeichnungen heraus. Schon von weitem kann ich erkennen, dass es die Zeichnungen der Mädchen sind. Er geht hinüber und legt sie dem Richter vor. Ich schaue auf meine glatten Schuhe hinunter, mein Blick ist fest auf sie gerichtet. Hinter mir höre ich einige Zuschauer aufschreien, und ich fürchte, sie verfluchen uns.

„Ruhe im Gerichtssaal!“ Der Richter schlägt seinen

Holzhammer, der Saal verstummt, aber das Wutgemurmel bleibt.

„Haben Sie diese unsittlichen Bilder gemalt?“, wendet sich der Richter an Egon.

„Ich habe sie gemalt, aber unsittlich sind sie nicht. Es handelt sich um Kunst.“ Egon steht auf und fährt fort: „Niemand kann über Kunst urteilen. Kunst sollte frei von jeder Moral und jedem Urteil sein.“ Er beendet seine Rede und setzt sich hin, woraufhin das Publikum wieder laut wird.

„Der Richter erhebt seine Stimme und schlägt erneut den Hammer. „Das ist keine Kunst. Das ist obszön. Bringen Sie mir eine Kerze!“, brüllt er und wendet sich an den Gerichtsschreiber, der den Raum verlässt und nach einer Minute mit dem Gewünschten zurückkehrt.

„Ist es das, was Sie Kunst nennen?“, ruft der Richter Egon zu und zeigt dem Publikum eines der Aktbilder. Ich bringe es nicht über mich, einen Blick auf das Gemälde zu werfen. „Es ist eine Abscheulichkeit, und so sollte man mit einer Abscheulichkeit verfahren“, sagt er und hält den Rand des Papiers über die Flamme. Im Nu verzehrt das Feuer das Bild. Ich sehe zu, wie sich die Linien auf dem braunen Papier in schwarze Ascheflocken verwandeln, während die Menge hinter meinem Rücken jubelt.

„Herr Richter, das dürfen Sie nicht!“, schreit Egon und springt auf, „Sie werden meine Kunst nicht beurteilen. Nur die Welt wird sie beurteilen, und wenn es Jahre dauert.“

„Setzen Sie sich sofort hin“, donnert ihm der Richter ins Gesicht, „ich bin hier der Richter, und deshalb werde ich auch darüber richten. Das ist Gotteslästerung. Schweigen im Gerichtssaal.“

Egon bleibt stehen und zittert am ganzen Leib. Ich sehe ihn zum ersten Mal an, seit ich mich neben ihn gesetzt habe.

Er hat in den drei Wochen, seit er in Untersuchungshaft sitzt, abgenommen. Ich sehe Tränen auf seinen Wangen und lege meine Hand auf seine, um ihn zu streicheln. Er wendet mir seinen Blick zu. „Sie verbrennen meine Bilder", flüstert er, während ihm zwei Tränen über die Wangen laufen.

„Das spielt jetzt keine Rolle", flüstere ich zurück, „sie werden dich und deine Kunst nie verstehen, egal, was du malst." Ich streichle weiter seine Hand. Er setzt sich neben mich, er zittert noch immer am ganzen Körper. Er schwitzt.

„Gibt es einen weiteren Zeugen, den Sie aufrufen wollen, bevor ich das Urteil verkünde?" Der Richter wendet sich an den Polizeibeamten. Herr Brunner sieht sich im Gerichtssaal um. Sein Blick verweilt einen Moment lang auf mir. „Nein, Euer Ehren", sagt er und wendet seinen Blick an den Richter.

„Gibt es noch jemanden im Saal, der vor der Urteilsverkündung aussagen möchte?", fragt der Richter das Publikum. Die Menge verstummt in gespannter Erwartung.

Ich sehe den Polizisten Herrn Brunner an und lasse meinen Blick von dem glitzernden Reichsemblem auf seinem Hut zu Egon schweifen, der seinen Kopf in die Hände gestützt hat. Will ich die Frau sein, die er in mir sieht?

„Ich möchte etwas sagen", sage ich schwach und stehe auf. Meine Beine zittern. In der Stille des Gerichtssaals höre ich das Kratzen der Schreibfeder auf dem Papier, als der Gerichtsschreiber in gebückter Haltung meine Worte notiert.

„Das Gericht hört", sagt der Richter und lehnt sich zurück.

„Euer Ehren." Ich sehe den Richter an.

„Sprechen Sie lauter!", ruft jemand aus der Menge hinter meinem Rücken.

„Euer Ehren", beginne ich und schlucke meinen Speichel runter, „ich weiß, dass diese Bilder unangemessen sind und dass Herr Egon Schiele sie nicht hätte malen dürfen. Egon ist ein Künstler. Er will alles malen, was er sieht: Häuser, Menschen und auch mich.“ Ich schaue auf den Polizisten Brunner. Er muss auch die Bilder gesehen haben, die Egon von mir gemalt hat. „Aber Egon hat einen Fehler gemacht. Er hat diese Mädchen gesehen und wollte sie malen, so wie er alles malen will, was er sieht. Aber das war falsch.“ Ich halte einen Moment inne und nehme zustimmendes Gemurmel aus dem Publikum wahr. „Aber ich möchte Ihnen eines versichern: Ich war die ganze Zeit mit ihm zu Hause, zusammen mit den Mädchen. Und auch ich habe den Fehler begangen, ihn nicht aufzuhalten.“ Ich schnappe nach Luft und versuche, meine Worte zu verdeutlichen. „Er hat nichts Unsittliches mit den Mädchen gemacht. Ich war Zeugin, das schwöre ich bei Gott. Und Egon hat mir gestanden, dass er bereut, was er getan hat.“ Ich beende meine Rede und setze mich.

Die Menge murmelt wütend weiter, aber ich beobachte den Polizisten, der seinen dichten Schnurrbart zu untersuchen scheint. Er schenkt mir ein kleines Lächeln, würdigt Egon aber keines Blickes. Es spielt keine Rolle, ob sie wütend auf mich sind, wir werden diesen Ort bald verlassen müssen.

„Möchte sonst noch jemand etwas sagen?“, fragt der Richter. Ich schaue wieder zu Boden und hoffe inständig, dass dieser Prozess bald vorbei ist und ich diesen Gerichtssaal verlassen kann.

„Der Angeklagte möge sich bitte erheben“, schlägt der Richter den Hammer. Egon steht auf. Ich bleibe sitzen, fasse nach seiner Hand und spüre, wie er meine Finger fest umklammert. „Ich erkläre“, fährt der Richter fort, „dass zwar kein Entführungsdelikt, wohl aber ein Verbrechen gegen die Sittlichkeit begangen wurde.“ Er hält kurz inne und ich vernehme die Zustimmung der Zuschauer. „Sie haben bereits einundzwanzig Tage in Haft verbracht. Ich verurteile Sie zu weiteren drei Tagen Haft, insgesamt also zu vierundzwanzig Tagen Gefängnis. Die Verhandlung ist beendet." Er schlägt ein letztes Mal den Hammer.

„Erheben Sie sich", verkündet der Gerichtsschreiber und wir stehen alle auf, als der Richter den Gerichtssaal verlässt. Ich halte Egons Hand weiter fest und bleibe neben ihm stehen. Es ist mir peinlich, dass die Zuschauer uns anstarren.

Wir bleiben in dieser Position, während die Zuschauer langsam den Saal verlassen. Auch Polizist Brunner geht an uns vorbei, ignoriert Egon und mich, um sich mit dem Polizisten, der an der Tür steht, zu unterhalten. Anschließend verschwindet er mit der Menge.

„Danke, dass du dich als meine Frau ausgegeben hast. Ich kann gar nicht verstehen, warum der Beamte nichts gesagt und dich der Lüge entlarvt hat", flüstert Egon mir ins Ohr. Er hält immer noch meine Hand. Ich beobachte den Wachtmeister, der die Zuschauer geduldig aus dem Saal geleitet. „In drei Tagen werde ich entlassen, und dann mache ich alles wieder gut", raunt Egon mir zu, „ich kehre nach Hause zurück, und wir werden hier bleiben, so wie wir es wollten, nur du und ich in diesem Haus, weit weg von der Stadt. Ich verspreche dir, wir werden glücklich zusammen sein."

„Wir müssen zurück nach Wien", sage ich und fühle mich plötzlich müde. „Wenn ich zu Hause bin, werde ich anfangen zu packen. Sie sind an diesem Ort nicht aufgeschlossen genug, um einen Künstler wie dich in ihrer Mitte aufzunehmen." Ich sage damit nicht alles, was der Polizist zu mir gesagt hat.

„Weißt du, Wally", sagt Egon zu mir, als der Polizist ihn schon am Arm fasst, um ihn in seine Zelle zu bringen, „danke, dass du an meiner Seite warst. Du hattest recht. Ich fühle mich nicht bestraft, sondern gereinigt."

11. Die Rückkehr nach Wien, in eine Stadt im Krieg

Die Frühlingssonne wirft ihre ersten Strahlen auf die Felder vor dem Haus. Ich nehme meinen Lederkoffer und stelle ihn seufzend auf der Türschwelle ab.

„Können wir?“ Egon folgt mir mit seinem Gepäck und stellt es ebenfalls auf die Schwelle.

„Ja, ich habe alles gepackt.“ Ich schließe ein letztes Mal die Tür ab, gehe zum Briefkasten und werfe den Schlüssel hinein. Die Vermieterin wird später kommen, um ihn zu holen. Sie hat sich nicht von uns verabschieden wollen.

Ich schaue zu Egon. Sein Haar ist gewachsen, aber immer noch kurz. Es wird einige Zeit dauern, bis es wieder seine ursprüngliche Form hat.

„Ist dir kalt?“, fragt mich Egon, als er sich neben mich stellt.

„Ich mag die morgendliche Kühle.“ Ich lächle ihn an und blicke auf die fernen Berge mit ihren verschneiten Gipfeln. Im Tal ist der Schnee bereits geschmolzen und die Felder sind voller kleiner weißer Frühlingsblumen. Am Ende des Weges sehe ich schon das braune Pferd und den Wagen, der uns zum Bahnhof bringen wird. Ich bin es leid, umherzuziehen. Ich will ein Zuhause.

„Du wirst sehen, es wird uns guttun, wieder nach Wien

zu gehen.“ Mit seinen in Handschuhe eingepackten Händen greift Egon nach meiner Hand. Er ist noch dünn und geschwächt von seiner Haft. Es wird einige Zeit dauern, bis er wieder sein altes Gewicht erreicht hat.

„Brrr“, gibt der Kutscher seinem Pferd zu verstehen und stoppt den Wagen vor dem Haus. Wir nehmen unsere Koffer und gehen auf ihn zu.

„Wo ist denn der junge Mann? Der, der uns sonst immer mitgenommen hat?“ frage ich den älteren Kutscher, als dieser absteigt und mir den Koffer aus der Hand nimmt.

„Was kümmert es dich, wer uns fährt?“ Auch Egon gibt dem Kutscher seinen Koffer.

„Er wurde zur Armee eingezogen“, antwortet der Kutscher, reicht mir die Hand und hilft mir, auf den Holzsitz zu klettern. Ich denke an den jungen Mann und hoffe, dass der Krieg nicht ausbrechen wird. In den Zeitungen des Dorfes ist von Spannungen zwischen den Mächten die Rede.

„Ich wünsche ihm viel Glück im Dienste des Reiches und unseres großen Kaisers“, sagt Egon mit ironischem Unterton zu dem Älteren. Ich glaube nicht, dass der Kutscher es bemerkt. Schweigend zieht er an den Zügeln und spornt das Pferd an. Als wir auf dem Feldweg in Richtung Bahnhof fahren, drehe ich mich um und werfe einen letzten Blick auf das Haus, das ich erst geliebt und anschließend gehasst habe.

„Der nächste Halt auf dem Weg nach Wien ist Pressbaum“, verkündet der Schaffner später am Nachmittag, während er durch den Waggon geht, als wir nebeneinander im vollbesetzten Zug sitzen. „Der Zug hält fünf Minuten und fährt dann weiter.“ Als sich der Zug dem Bahnsteig nähert und mit einem langen Schnaufen zum Stehen kommt, schaue ich aus dem Fenster auf die kleinen Häuser der Stadt und den spitzen Kirchturm.

„Der österreichisch-ungarische Thronfolger ist in Sarajevo ermordet worden! Der österreichisch-ungarische Thronfolger ist in Sarajevo ermordet worden! Lesen Sie jetzt!“, ruft ein Junge, der mit einer Zeitung in der Hand am Bahnsteig entlangläuft.

Zwei Herren in Anzügen, die auf dem Bahnsteig stehen, stoppen den Jungen, drücken ihm eine Münze in die Hand und nehmen sich eine Ausgabe.

„Was ist passiert? Was ist passiert?“ Ich höre Gemurmel im Waggon.

„Pressbaum“, verkündet der Schaffner und die Türen öffnen sich. Ich sehe, wie einige Herren aus dem Zug steigen und auf den Zeitungsjungen zueilen.

„Wally, warte hier. Ich bin gleich wieder da“, sagt Egon und schließt sich der Menge auf dem Weg zur Wagentür an.

Ich erhebe mich von meinem Sitz, öffne das Wagenfenster, strecke den Kopf hinaus und blicke auf den Bahnsteig. Mehrere Frauen tun es mir nach und gemeinsam verfolgen wir die Gruppe aus Männern, die den Zeitungsjungen umringen. Unter ihnen auch Egon.

„Der Zug nach Wien fährt ab“, verkündet der Schaffner auf dem Bahnsteig und bläst in seine Pfeife. Die Lokomotive fängt an zu tuckern. Die Männer wenden sich von dem Zeitungsjungen ab und steigen eilig wieder in den Zug. Langsam setzt sich dieser Zug in Bewegung. Ein paar Männer rennen ihm nach, ihre Zylinder und Zeitungen fest umklammert.

„Ein Attentäter hat den Thronfolger Franz Ferdinand während seines Besuchs in Sarajevo erschossen“, berichtet Egon, der sich keuchend neben mich setzt. „Ich konnte keine Zeitung mehr erhaschen. Sie waren schon aus. Anscheinend wurde neben ihm auch seine Frau ermordet.“

„Herzogin Sophie wurde auch ermordet?", fragt uns die Frau, die vor uns auf der Bank sitzt. Sie trägt ein modisch blaues Kleid mit passendem Hut und Handschuhen. Ich beobachte, wie sie sich mit einem Taschentuch die Tränen an den Augen abtupft.

„Wie ist das passiert?", fragt ein anderer Fahrgast.

„Sie wurden erschossen, als sie in einem offenen Auto durch die Straßen der Stadt gefahren sind", antwortet jemand.

„Warum wurden sie nicht bewacht?", fragt eine ältere Frau mit Brille.

„Die Serben werden dafür bezahlen. Das Kaiserreich wird nicht schweigen", verkündet ein Herr mittleren Alters im Anzug und schwenkt eine Zeitung durch die Luft.

„Wir werden gegen sie in den Krieg ziehen. Die österreichisch-ungarische Monarchie wird ihren Stolz bewahren", behauptet ein Mann mit Mütze und dickem Schnurrbart.

„Sie können die Zeitung gerne haben", bietet uns jemand ein Exemplar an. Egon schlägt sie auf, während sich weitere Fahrgäste aus dem Waggon um uns versammeln, um die knappen Zeilen zu lesen, in denen es um die Ereignisse in Sarajevo geht.

„Wird es einen Krieg geben?", fragt eine junge Frau im Frühlingskleid ihren Sitznachbarn.

„Wenn es Krieg gibt, werden wir sie leicht besiegen. Wir sind das Kaiserreich", antwortet er, tätschelt ihr die Hand und schenkt ihr ein beruhigendes Lächeln.

„Der Zug fährt in Wien ein", verkündet der Schaffner. Ich erhebe mich von meinem Platz, strecke den Kopf aus dem offenen Fenster und beobachte, wie die Lokomotive durch einen schwarzen, höhlenartigen Tunnel in den riesigen Bahnhof einfährt. Was wird aus uns werden, wenn tatsächlich Krieg ausbricht? Plötzlich erscheint mir alles, was in Neulengbach passiert ist, so weit weg, wie aus einer anderen Zeit.

„Wally, lass uns gehen. Wir müssen uns beeilen, wenn wir noch einen Waggon finden wollen.“ Egon nimmt meine Hand, und wir raffen unser Gepäck zusammen, um eilig den Zug zu verlassen.

Auf dem Bahnhof wimmelt es wie immer von Menschen. Doch anders als bei unserem letzten Besuch haben die meisten Männer Zeitungen in der Hand, und die Zeitungsjungen eilen über die Bahnsteige und wiederholen lautstark die Nachricht vom Attentat.

„Das Verteidigungsministerium hat Serbien ein Ultimatum gestellt. Deutschland unterstützt das Kaiserreich, England und Frankreich sind dagegen“, verkündet einer der Zeitungsjungen. Obwohl sich Frauen nicht für Politik interessieren sollten, fühle ich mich unwohl. Plötzlich kommt es mir so vor, als würde der Bahnhof mit seinen eisenbeschlagenen Dächern, dem menschengemachten Lärm und dem dichten Rauch der Lokomotiven auf mich zukommen. Erst als wir den Bahnhof verlassen und Egon uns einen Wagen sucht, kann ich wieder atmen und blicke in die frühlingshafte Nachmittagssonne. Vielleicht können wir in dieser Stadt doch noch ein angenehmes Leben führen.

Doch als die Kutsche den Hauptboulevard hinunterfährt und sich dem Gebäude des Ministeriums nähert, bemerke ich eine Menschenmenge, die den Boulevard blockiert. Sie umringt die Statue des reitenden Kaisers vor dem Gebäude, als wartete sie darauf, dass die Bronzestatue zu ihnen spricht. Mir fallen die zahlreichen Polizisten auf, die den Eingang des Gebäudes bewachen.

„Sie warten auf die Entscheidung des

Verteidigungsministeriums. Das wird einige Zeit dauern. Die Straße ist gesperrt", wendet sich der Kutscher an Egon. „Wir müssen einen anderen Weg nehmen oder warten."

„Wir werden ein paar Minuten warten", antwortet Egon und steht auf, um die Menschen von oben aus der offenen Kutsche zu beobachten. Ich werfe einen Blick auf die Leute, die den Boulevard entlangflanieren und schließe mich der Menge an, die unseren Wagen umgibt. Bald wirken wir wie ein kleines Boot in einem Meer von Herren in dunklen Anzügen und Zylindern.

„Willkommen in Wien", grüßt uns eine ältere Blumenverkäuferin in einem zerlumpten Kleid und mit einem Blumenkorb in der Hand. Sie bietet Egon einen Blumenstrauß an.

„Danke," Egon zahlt und nimmt ihr den Rosenstrauß aus der Hand. „Wally, die Welt verändert sich vor unseren Augen", erklärt er, „es wird Zeit, dass auch wir uns verändern." Er reicht mir den Strauß und küsst mich auf die Lippen. Er hat mir noch nie Blumen gekauft.

Ich stelle die Blumen aus dem einfachen Wasserglas in eine Vase, die ich heute Morgen auf dem Markt gekauft habe. Dabei schaue ich aus dem Fenster unseres neuen Hauses in der Hietzinger Hauptstraße auf die darunterliegende Allee. Wir wohnen im dritten Stock einer gemütlichen Wohnung mit Blick zur Straße. Mittig fährt eine Straßenbahn wie ein roter Wurm vorbei, und die Fenster des gegenüberliegenden

Gebäudes scheinen mich anzulächeln. Glücklicherweise konnten wir diese Wohnung finden und mieten. Seit der Ermordung des österreichisch-ungarischen Thronfolgers vor ein paar Tagen scheint die Stadt verrückt geworden zu sein. Alle Preise sind gestiegen, und in jeder Straße hängen Plakate, die dazu aufrufen, in den Krieg zu ziehen, um die Ehre des Kaiserreichs wiederherzustellen. Die Beschaulichkeit von Neulengbach ist dahin. Vielleicht ist es in der Anonymität der großen Stadt besser so.

„Wally, ich habe eine gefunden." Egon betritt die Wohnung und trägt eine große Staffelei vor sich her. „Ich war bei Klimt, und er hat sie mir zusammen mit ein paar Tuben Farbe geschenkt. Wir müssen also keine kaufen." Er stellt die Staffelei in die Mitte des Raumes und seine Ledertasche daneben: „Ich kann mich wieder ans Malen machen."

„Sollen wir anfangen? Wie möchtest du mich?" Ich gehe ins Schlafzimmer und nehme die Decke von dort mit, die ich auf den Boden des Ateliers lege, damit ich mich bequem hinlegen kann. Ich will, dass er Erfolg hat.

Ich knöpfe mein Hemd auf und ziehe es aus, ebenso wie meinen Rock und meine Unterwäsche. Ich liege nackt auf dem Vlies und schaue an die Zimmerdecke. Geduldig warte ich darauf, dass Egon seine Jacke auszieht, sich frisch macht und zu mir kommt. Ich will, dass er mich zeichnet. Ich will nicht, dass er nach anderen Frauen Ausschau hält.

Von draußen höre ich ein leises Geräusch, ein ständiges Klappern. Was ist auf der Straße los? Ich stehe auf und gehe zum Fenster, aber einen Moment später kehre ich zurück und ziehe mein Hemd an. Was, wenn jemand von der Straße nach oben schaut und mich durch das Fenster sieht?

Ein Trupp von Soldaten marschiert die Allee hinunter Richtung Stadtausgang. An der Spitze des Trupps sitzen Kommandanten auf Pferden und hinter den marschierenden

Soldaten laufen Pferde, die die Versorgungswagen ziehen. Solange Egon nicht zur Armee eingezogen wird, muss er malen und Bilder verkaufen, sonst geht uns das Geld aus.

„Wally?", höre ich Egon und drehe mich zu ihm um.

„Ich bin bereit", sage ich, gehe an ihm vorbei, ziehe mein Hemd wieder aus und lege mich auf die Decke. Wir waren nicht mehr intim gewesen, seitdem das mit den jungen Mädchen passiert ist. Ich konnte es nicht. Aber ich werde ihm verzeihen müssen.

„Diesmal möchte ich dich anders zeichnen." Er holt einen Stuhl aus der Küche, stellt ihn hinter die Staffelei und setzt sich hin. „Ich möchte dich bekleidet zeichnen. Ich möchte die komplizierten Falten des Stoffes einfangen." Er sieht mich an.

Ich schenke ihm ein unbeholfenes Lächeln und fühle mich plötzlich verletzlich in seiner Gegenwart. Ich greife nach dem Hemd, das auf dem Boden liegt, und ziehe es wieder an, wobei sich meine Wangen röten, obwohl ich eigentlich erleichtert sein müsste. Was hat sich noch verändert?

Die warmen Sonnenstrahlen streicheln mein Gesicht im späten August, als ich das Haus verlasse und die Allee hinuntergehe. Seit über einem Jahr leben wir nun hier, und ich denke kaum noch daran, was in Krumau und Neulengbach passiert ist.

Auch der Krieg scheint weit weg zu sein. Er existiert in einer anderen Welt: im Osten, wo die Sonne an der russischen

Front aufgeht und im Westen an der englisch-französischen Front wieder untergeht. Aber allmählich sickert er auch nach Wien und verursacht bei mir ein unangenehmes Gefühl, das ich zu ignorieren versuche. Es erinnert mich an die Zeit, als alles begann. Als Herr Walner vom Stoffladen mich ansprach und anlächelte, als ich erstarrte, weil ich spürte, dass etwas Schlimmes passieren würde.

Ich gehe zum Markt. Ich brauche Käse, Brot und etwas Kohl. Es gibt noch fast keine Lebensmittelrationierung, im Gegenteil: D+ie Märkte sind wie immer randvoll mit Waren.

„Geben Sie mir bitte dreihundert Gramm von diesem Käse“, bitte ich die Standbesitzerin und zeige auf den Käseblock links unten, während ich mich zu den anderen Frauen in der Nähe geselle. Die meisten männlichen Marktverkäufer sind verschwunden und durch junge Frauen ersetzt worden. Als der Krieg begonnen hat, waren die Straßen mit Plakaten übersät. Auf ihnen hat man die jungen Männer aufgefordert, sich zum Militärdienst zu melden. Man hat ihnen versprochen, dass sie in ein paar Monaten nach Hause zurückkehren würden. Doch seitdem ist fast ein Jahr vergangen. Die Plakate sind verschwunden, aber der Krieg dauert bis zum heutigen Tag an. Jetzt spiegelt er sich in den Schlagzeilen der Zeitungen und in den Mitteilungen auf den großen Papierbögen wider, die an der Wand des Verteidigungsministeriums hängen. Dort sind in langen Listen und mit schwarzen Buchstaben die Namen der Gefallenen aufgeführt. Nur die Männer in Anzug und Zylinder sitzen nach wie vor in den Cafés, lesen Zeitung und reden miteinander, als hätte sich fast nichts geändert. Statt über Freuds neue Theorien zu diskutieren, sprechen sie über den Verlauf des Krieges und erklären sich gegenseitig, dass wir schon längst hätten gewinnen müssen.

„Eine Krone", die Verkäuferin auf dem Markt streckt mir die Hand entgegen, und ich lege ihr die Silbermünze hinein. Die Lebensmittelpreise steigen und steigen. In letzter Zeit kaufe ich kaum noch Fleisch und Wurst. Auch der Preis für Brennholz im Winter ist gestiegen und auf den Straßen fahren weniger Kutschen. Viele Pferde wurden für den Krieg rekrutiert.

Weiter hinten auf dem Markt sehe ich eine ältere Frau, die alten Hausrat verkauft. Auf einer alten Decke, die auf dem Kopfsteinpflaster liegt, hat sie Kessel und Geschirr ausgebreitet. Viele Leute verkaufen ihren Schmuck und ihr Tafelsilber, um Lebensmittel kaufen zu können. Ich darf nicht an Vaters Siegelring denken. Ich muss beherzigen, was Frau Bertha mir gesagt hat. Ich soll ihn vergessen und weitermachen. Bestimmt hat ihn jemand gekauft. Ich werde jedenfalls nie genug Geld besitzen, um ihn zurückzubekommen.

Ich drehe mich um und gehe mit den Lebensmitteln nach Hause, um sie in der Speisekammer zu verräumen. Später werde ich unser Essen zubereiten. Egon wird bald kommen. Seit mehreren Monaten sucht er eine Galerie, die bereit ist, seine neuen Bilder auszustellen. Immerhin ist er noch nicht eingezogen worden, im Gegensatz zu vielen anderen Männern seines Alters.

Ich setze mich ans Fenster, schlage das Buch auf, das mir Frau Bertha geschenkt hat, und finde darin die getrockneten Blütenblätter, die Egon mir am Tag unserer Rückkehr nach Wien geschenkt hat. Ab und zu betrachte ich sie und warte darauf, dass er den nächsten Schritt unternimmt, den ein Mann für eine Frau tun sollte. Für eine Frau, die ihn schon so lange begleitet hat.

Ich höre den Schlüssel, der sich im Türschloss dreht und beeile mich, das Buch zu schließen und es zurückzustellen. Ich muss vor mich hingeträumt haben. Ich hatte keine Zeit, Egons Mahlzeit zuzubereiten.

„Wally, wir haben es geschafft." Er kommt mit einer Flasche Wein und einer feinen Wurst in der Hand zur Tür herein.

„Hat er zugestimmt?" Ich nehme ihm die Sachen ab und mache mich auf den Weg in die Küche, aber er bleibt stehen und küsst mich leidenschaftlich.

„Er hat zugesagt, und er will meine Bilder ausstellen, und ich werde berühmt", flüstert er mir ins Ohr, während er mich streichelt. „Hier in Wien, im Zentrum des Reiches und mitten im Krieg werden die Leute kommen, um meine Bilder zu sehen", sagt er, während er mir die Flasche Wein und die Wurst aus der Hand nimmt und sie auf den Sessel im Wohnzimmer neben mein zugeklapptes Buch stellt. Dann nimmt er meine Hand und führt mich ins Schlafzimmer.

Später stehe ich im Nachthemd vor dem Fenster, blicke auf den Boulevard hinunter und beobachte die Menschen, die dort entlanggehen. Plötzlich bemerke ich, wie eine Kavallerie der Armee die Straße passiert und die Leute auffordert, zur Seite zu gehen. Ich wende meinen Blick ab und entdecke eine Gruppe von Menschen, die ihnen folgt.

Sie ähneln einer langen, dunklen Schlange, die langsam vom Ende der Straße aus herankriecht, alle in schmutzig grüne Uniformen gekleidet. Erst als sie näher kommen und unter meinem Fenster vorbeiziehen, kann ich ihre Gesichter erkennen. Einige tragen wilde Bärte, andere sind unrasiert und haben ungekämmte Haare. Keiner von ihnen trägt eine Waffe und einen Moment lang frage ich mich, ob es Soldaten sind oder Arbeiter, die in Uniformen gezwängt und zur

Verstärkung der Armee durch die Stadt geschickt werden. Viele von ihnen tragen jedoch schmutzige Bandagen, und einige können nur mit Mühe laufen. Die Schaulustigen, die sich am Straßenrand versammelt haben, stehen gebannt da und beobachten sie. Ich sehe, wie sich eine Frau der Gruppe nähert und einem von ihnen einen Wasserkrug anbietet. Er trinkt eifrig, bedankt sich bei ihr und reicht den Krug dann an seine Kameraden weiter.

„Russische Kriegsgefangene von der Ostfront", flüstert Egon leise und umarmt mich von hinten, seine Arme umschlingen mich. „Sie sind auf dem Weg ins Kriegsgefangenenlager."

„Die sind genau wie wir", flüstere ich zurück und beobachte, wie zwei von ihnen einen Kameraden stützen, der auf einem Bein humpelt. Das andere ist vollständig mit Bandagen bedeckt. Sie legen ihre Arme unter seine Schultern, um ihm beim Gehen zu unterstützen und sicherzustellen, dass er nicht zurückfällt.

„Ja, sie sind genau wie wir: Sie kämpfen für ihr Reich, ohne jeden Grund."

„Ich hoffe, sie rekrutieren dich nicht, um grundlos für unser Reich zu kämpfen." Ich lege meine Hand auf seinen Arm und spüre seinen warmen Körper an mir. Er hat sich nicht mehr angezogen, seit wir zu Bett gegangen sind.

„Du und ich haben nichts mit dem Krieg zu tun." Er beginnt mich wieder zu streicheln. „Ich will nicht der Soldat eines Kaisers sein. Ich gehöre niemandem. Ich gehöre ausschließlich meiner Kunst." Er küsst mich. „Fühlst du das Fenster?" Er führt meine Hand an das kühle Glas. „Das Fenster ist unser Schutzschild vor der Außenwelt."

„Wann ist deine Ausstellung?" Ich erwidere seinen Kuss. Bei der Ausstellung werden wir dieses Schutzschild durchbrechen.

„In zwei Wochen. Dafür möchte ich noch ein paar Bilder fertigstellen. Ich habe die Zusage für die Ausstellung in der Galerie der Wiener Sezession“, fährt er fort. Für einen Moment erschaudere ich, weil ich mich an das letzte Mal erinnere, als ich dort war. „Sie haben versprochen, dass morgen die Einladungen für die Ausstellung fertig sind.“ Egon löst die Umarmung, entfernt sich von mir und geht ins Atelier. „Kannst du die Einladungen dort abholen und an die Adressen liefern, die ich dir gebe?“

„Sicher, das mache ich morgen. Hast du Hunger? Ich werde uns etwas zu essen machen“, rufe ich ihm nach und beobachte die endlose Schlange russischer Gefangener unten auf der Straße. Ich verspüre den Drang, hinunterzugehen und ihnen die teure Wurst anzubieten, die Egon extra für uns gekauft hat. Aber ich weiß, dass er damit nicht einverstanden wäre. Er hat jahrelang auf seinen Erfolg hingearbeitet. Morgen gehe ich wieder in die Sezessionsgalerie, wie es sich für eine Frau gehört, die seine Ehefrau sein will. Ich verabscheue diesen Ort und habe Angst davor.

Es dauert eine Weile, bis ich mich am nächsten Tag traue, die Stufen des weißen Gebäudes hinaufzusteigen und einzutreten. Lange habe ich auf der Straße gestanden und die Kuppel mit den goldenen Blättern betrachtet. Das letzte Mal haben sie mich von diesem Ort vertrieben. Ich atme tief durch, nehme die Treppe in Angriff und betrete die Galerie der Wiener Sezession.

Bei Tageslicht wirkt die Galerie größer, als ich sie in Erinnerung habe. Ich gehe an den weißen Wänden entlang, die zum Teil mit direkt auf die Wände gemalten Kunstwerken geschmückt sind. Ich erkenne den Stil von Herrn Klimt, ähnlich den Bildern, die ich in seinem Atelier gesehen habe. Ich bleibe stehen und betrachte sie, atme tief ein und aus. Er gehört der Vergangenheit an. Ich bin weitergezogen. Mit meinen Fingern umklammere ich meine Handtasche. Sein Name steht ebenfalls auf der Gästeliste, die Egon mir heute Morgen gegeben hat.

„Guten Morgen, gnädige Frau, was kann ich für Sie tun?" Ein Mann im Anzug kommt auf mich zu, verbeugt sich leicht, was mich ein wenig erschreckt. Ich fühle mich von ihm überrumpelt.

„Guten Morgen", antworte ich. „Ich bin gekommen, um die Einladungen für die Ausstellung von Herrn Egon Schiele abzuholen." Merkt er, wie nervös ich bin?

„Bitte folgen Sie mir", gestikuliert er, und wir gehen zusammen in den hinteren Teil der Galerie zu den Büros.

„Wenn ich fragen darf, wer die Dame ist?", sagt er im Gehen, „Sie kommen mir bekannt vor."

„Ich glaube, wir sind uns noch nie begegnet", ich lächle ihn nervös an. Woher kennt er mich? Hat er gesehen, wie ich aus der Ausstellung von Herrn Klimt geworfen wurde? Hat er mich auf den Aktbildern von Egon wiedererkannt? Oder hat er mich vielleicht einmal bei Frau Bertha im Wohnheim gesehen? Ich möchte mich umdrehen und dieses Gebäude verlassen, diese makellosen weißen Wände, die mich bedroht haben.

„Entschuldigen Sie, gnädige Frau", er öffnet eine der Türen, und wir betreten ein schlichtes, weißes Büro, „Sie kommen mir einfach bekannt vor."

„Ich werde bald Frau Schiele sein", hauche ich leise in den

Raum. Ich sehe den Stapel weißer Einladungen auf dem Holztisch. Egons Name steht in schwarzer, kantiger Schrift darauf.

„Frau Schiele", überreicht er mir die Einladungen, „wir freuen uns sehr, Ihren Mann in unserer Galerie begrüßen zu dürfen. Seine Bilder sind bahnbrechend und Sie, wenn ich das sagen darf, sind es auch. Er schaut mich an und lächelt. Ist er nur höflich? Oder ist er wie Herr Walner aus dem Stoffladen? Ich verharre einen Moment lang auf meinem Platz.

„Danke, mein Herr." Ich reiße mich zusammen, nehme ihm die Einladungen aus der Hand und eile aus der Galerie. Erst als ich die Treppe zur Straße hinuntergehe, bleibe ich im Schatten eines Baumes stehen und atme erleichtert auf. Ich muss mich daran erinnern, dass ich keine sechzehn mehr bin so wie damals. Seit jenem Tag habe ich viel durchgemacht.

Als ich mich ein wenig später dem Haus von Herrn Klimt nähere, bleibe ich stehen, weil ich nicht durch das eiserne Tor gehen mag. Was hat Egon ihm über die Geschehnisse in Krumau und Neulengbach erzählt? Hat Herr Klimt Egon gegenüber erwähnt, dass ich ihn um Geld gebeten habe? Was ist, wenn er wieder versucht, mich anzufassen? Wie werde ich dieses Mal reagieren?

Meine Hand fährt immer wieder über die Klinke des schwarzen Tors, aber ich kann mich nicht dazu durchringen, hineinzugehen. Ich bleibe stehen, schaue in den Garten und zum Haus und suche die Katze. Aber sie ist nirgends zu entdecken.

Das Geräusch einer sich öffnenden Tür lässt mich aufschrecken und ich eile die Straße hinunter. In der Ferne sehe ich Herrn Klimt aus dem Tor kommen und in Richtung

Stadt laufen. Hat er mich vom Fenster aus bemerkt? Er hat sich nicht in meine Richtung umgedreht.

Erst als er weiter unten um die nächste Ecke verschwunden ist, gehe ich erneut zum Tor, öffne es und marschiere Richtung Tür. Ich werde klingeln und dann die Einladung in den Briefkasten werfen. Egon werde ich sagen, dass Herr Klimt nicht zu Hause gewesen ist.

Die Einladung in der Hand läute ich und warte ab. Zu meiner Überraschung öffnet sich die Tür. Eine große Frau mit lockigem Haar in einem weiten hellblauen Kleid, das mit Ornamenten verziert ist, steht vor mir. Könnte sie eine der Frauen sein, die er malt?

Es dauert einen Moment, bis ich mich erinnere. Es ist Frau Emilie Flöge, die mit Herrn Klimt zusammen ist. „Guten Morgen, Frau Flöge“, grüße ich sie.

„Guten Morgen.“ Ssie schaut an mir herab, mustert mein rotes Haar und meine Augen.

„Mein Name ist Walburga Neuzil. Ich habe Ihnen eine Einladung für die Ausstellung von Herrn Egon Schiele mitgebracht.“ Ich überreiche ihr den Umschlag.

„Kenne ich dich nicht?“, fragt sie mich. „Warst du nicht ein paar Mal bei Herrn Klimt?“

„Ja“, erröte ich.

„Und jetzt bist du mit Egon zusammen?“

„Ja“, antworte ich knapp, obwohl ich ihr erzählen möchte, dass ich nicht so bin wie sie. Ich bin Egons einzige Frau.

„Malt er dich auch nackt? Ich erinnere mich an deine roten Haare und deine blauen Augen.“ Sie bittet mich nicht hinein. Den Umschlag nimmt sie mir nicht aus der Hand.

„Ja, er malt nur mich“, antworte ich ihr schließlich.

„Wir werden gerne zur Eröffnung kommen.“ Jetzt nimmt sie den Umschlag entgegen und lächelt mich an. „Wir wollen doch sehen, wer dich besser gemalt hat, Herr Klimt oder Herr Schiele."

„Wir freuen uns sehr auf Ihr Kommen. Schönen Tag noch", antworte ich, drehe mich auf dem Absatz um und gehe zum Tor. Ich spüre mein sehr gerötetes Gesicht.

Vor dem Tor bleibe ich ein paar Minuten stehen, bevor ich mich auf den Heimweg mache, und atme durch. Obwohl sie versucht hat, mich zu beleidigen, bin ich ihr gegenüber souverän geblieben. Ich habe mich nicht beirren lassen. Ich bin ein Rebell, genau wie Egon. Ich sollte mich weder vor ihr noch vor dem Angestellten der Galerie schämen. Ich sollte mich vor niemandem schämen. Ich mache mich auf den Weg zurück in die Stadt und lächle vor mich hin.

Auf der Allee in der Nähe meines Hauses bleibe ich stehen und bewundere das Schaufenster eines Wäschegeschäftes. Ich habe noch nie Strümpfe für mich gekauft. Die, die ich besitze, sind ein Geschenk von Christina. Ich habe sie in der Edelstahlwanne unseres gemeinsamen Badezimmers gründlich gewaschen und benutze sie seither. Ausgenommen das schwarze Paar, das ich nach dem Vorfall in Neulengbach zerschnitten habe. Mein Blick verweilt auf dem schönen Mieder und den Seidenstrümpfen. Ich verspüre das Verlangen, zu feiern. So wie Egon, als er eine Flasche Wein gekauft hat.

„Guten Morgen!" Ich betrete den Laden und betrachte die Auswahl.

„Guten Morgen", antwortet die Verkäuferin. Ich beschreibe ihr, was ich suche. Ich schaue ihr nach, wie sie im Hinterzimmer verschwindet.

„Guten Morgen." Zwei junge Damen betreten das Geschäft.

„Guten Morgen", antworte ich etwas unbeholfen. Sie scheinen etwa in meinem Alter zu sein. Vielleicht ein oder zwei Jahre älter, Anfang zwanzig. Beide haben auffallend blaue Augen und modische, leicht gelockte braune Frisuren. Sie sind in moderne, cremefarbene Morgenkleider gehüllt und sehen sich verblüffend ähnlich, sodass man meinen könnte, sie seien Schwestern.

„Sie sind doch nicht die Verkäuferin hier, oder?", kichern beide.

„Nein, die Verkäuferin holt etwas für mich aus dem Hinterzimmer", lächle ich sie an.

„Wir kennen dich", bemerkt eine von ihnen. „Wir haben dich schon mehrmals hier auf der Straße gesehen."

„Ja, ich wohne hier, in der Nummer 101", antworte ich.

„Wir auch, genau gegenüber von dir", sagt eine von ihnen lächelnd.

„Du bist also das Mädchen, das ab und zu am Fenster steht und die Straße beobachtet oder ein Buch liest", kommentiert die andere.

„Ja, das bin ich", antworte ich und spüre die Röte in mir aufsteigen. Haben sie mich nackt erwischt?

„Freut mich, ich bin Edith Harms", schüttelt mir die hellhaarige Frau die Hand.

„Freut mich, Adéle Harms", die Dunkelhaarige reicht mir die Hand.

„Walburga Neuzil, Wally", stelle ich mich vor und wir setzen uns alle hin.

„Bitte sehr." Die Verkäuferin kommt mit einem Karton aus dem Hinterzimmer, holt die Seidenstrümpfe heraus und präsentiert sie mit zarten Fingern.

„Sie sind wunderschön", sage ich. „Darf ich sie anprobieren?"

„Nur zu", ermutigen mich die Schwestern, während die Verkäuferin zustimmend nickt.

Ich schiebe die Strümpfe über meine Oberschenkel und

stelle mich damit vor den Spiegel. So weiblich fühle ich mich damit.

„Sie sind wunderschön", sagt Edith.

„Probier´ mal die schwarzen. Die werden dir gut stehen", schlägt Adele vor.

„Soll ich Ihnen die schwarzen bringen?", fragt die Verkäuferin.

„Die sind für die Eröffnung einer Gemäldeausstellung", erkläre ich den Frauen.

„Dann muss es schwarz sein", stimmen Edith und die Verkäuferin wie aus einem Munde zu. Ich bleibe vor dem Spiegel stehen und betrachte mein Spiegelbild, während die Verkäuferin zurück ins Hinterzimmer geht. Schwarz wäre für diesen Anlass in der Tat passender.

„Wessen Ausstellung ist das?", erkundigt sich Edith.

„Die eines talentierten Malers. Egon Schiele. Wir sind zusammen."

„Du solltest dir überlegen, noch mehr einzukaufen", flüstert mir Adéle zu, „in diesen Kriegszeiten. Wer weiß, wann die Preise wieder steigen und es unmöglich wird, gute Ware zu bekommen. Dein talentierter Maler wird sich sicher freuen, wenn du schöne intime Accessoires zur Ausstellung trägst." Sie lächelt mich an und kichert.

„Ich hätte noch gerne ein neues Mieder", empfange ich die Verkäuferin, als sie mit den schwarzen Strumpfhosen zurückkommt. Unter den anerkennenden Blicken von Edith und Adéle probiere ich sie an.

„Kommt gerne zur Eröffnung der Ausstellung", verabschiede ich mich von ihnen und gebe ihnen eine Einladung. Noch nie hatte ich Freundinnen, die Zeit mit mir verbracht haben.

Die Ausstellungshalle wirkt am Abend viel weniger bedrohlich als bei meinen früheren Besuchen.

Trotz des Krieges gibt es keine Verdunkelung. Die Laternen auf dem Boulevard gegenüber der Galerie tauchen die Straße in kleine Lichtpunkte. Sie erinnern an Glühwürmchen, die auf einem Feld verstreut sind und den ankommenden Besuchern den Weg weisen. Ich postiere mich am Eingang des Gebäudes, direkt an der Treppe und beobachte, wie die schwarzen Autos vorfahren und Männer in Anzug und Zylinder aussteigen. Mit anmutigen Gesten öffnen sie die Autotüren und reichen den elegant gekleideten Damen, die sie begleiten, die Hand. Paar für Paar schreiten sie die Treppe hinauf, wie Gäste eines großen Balls im kaiserlichen Palast.

„Guten Abend", begrüßen die Eintretenden Egon, der in seinem ewig gleichen braunen Sakko und weißen Hemd neben mir steht und mit seinem Kurzhaarschnitt glänzt.

„Guten Abend, das ist Wally", stellt er mich vor. Ich schüttle allen freudestrahlend die Hände und bemühe mich, mir alle Namen zu merken. Es gelingt mir und gemeinsam stehen wir am oberen Ende der Treppe und begrüßen die Gäste.

„Herr Arthur Roessler", eilt Egon die Treppe hinunter und schüttelt herzlich die Hand eines Herrn Mitte dreißig, der aus einer Kutsche steigt und am Eingang stehen bleibt.

„Wally, das ist Herr Arthur Roessler aus München, der Mann, der meine Bilder ausgestellt hat, als alle mich für pervers hielten", stellt er ihn mir vor. „Herr Roessler, darf ich Ihnen Walburga Neuzil vorstellen, Wally, meine Muse, die rothaarige Frau, die meine Fantasie beflügelt."

„Freut mich sehr." Ich lächle ihn an und schüttle seine Hand. Er hat ein rundes Gesicht mit einem gepflegten schwarzen Schnurrbart und lächelt mich freundlich an.

„Feurige Wally, die Inspiration dieses großen Künstlers!" Er hält an meiner Hand fest. „Egon, verzeihst du mir, wenn ich diese schöne Dame entführe und mir von ihr die wunderbaren Gemälde zeigen lasse?", fragt er ihn und ich lache.

„Natürlich!" Egon streichelt meinen Arm. Er dreht sich um, um eine Frau zu begrüßen, die die Treppe emporsteigt. Sie trägt ein blaues Kleid, das mit Diamanten besetzt ist.

„Gehen Sie voran, rothaarige Prinzessin. Lassen Sie mich Ihre Kreationen sehen." Arthur legt seinen Arm in meinen und führt mich in den überfüllten Saal. Ich schaue mich nach den netten Kellnern um, die mit Tabletts voller Champagnergläser durch den Raum schweben. Es ist, als ob der Krieg keinen Eintritt zu diesem Saal erhalten hätte.

„Meine Liebe, jeder Künstler braucht eine Muse wie Sie", sagt Herr Roessler zu mir, als wir vor einem meiner Aktbilder stehen. „Diese Kunst ist so revolutionär."

„Danke", antworte ich und spüre, wie ich erröte, obwohl ich meine eigene Aktdarstellung auf dem braunen Papier schon so oft gesehen habe.

„Mir ist aufgefallen, dass einige der Bilder, die Egon in München ausgestellt hat, hier nicht zu sehen sind. Ich meine die gewagteren", bemerkt er, während wir von Bild zu Bild gehen. „Hat er sie verkaufen können? Das wäre ja fantastisch."

„Nein", antworte ich und betrachte eines der Bilder, auf dem ich ankleidet zu sehen bin. „Egon suchte ein dezenteres Bild."

„Er ist einfach wunderbar. Eines Tages wird er ein berühmter Maler sein. Ich werde mit ihm über eine weitere Ausstellung im nächsten Jahr sprechen, falls der Krieg es zulässt“, fährt er fort und bleibt an meiner Seite, während ich lächle. Seine Kunst wird Erfolg haben. Er wird sich in der Welt durchsetzen.

Weitere Gäste kommen, um sich das Bild anzusehen. Sie unterhalten sich und ich stelle ihnen Herrn Roessler vor. Dann entferne ich mich und mische mich unter die Gäste. Auf der anderen Seite des Saals sehe ich Egon, der sich mit Herrn Klimt und Frau Emilie Flöge unterhält. Ich verspüre ein leichtes Unbehagen. Ich möchte nicht, dass Herr Klimt mich entdeckt und anspricht. Ich mische mich unter die Menge und verstecke mich hinter zwei Damen in bunten Kleidern, die sich lebhaft über die neueste Sommermode unterhalten.

„Gnädige Frau“, spricht mich jemand von der Seite an. Ich drehe mich um und sehe einen Kellner in schwarzem Anzug vor mir, der mir eine Gänsehaut verursacht. Will mich wieder jemand von hier vertreiben?

„Darf ich Ihnen ein Glas Champagner anbieten?“ Er hält mir das Tablett hin. Ich lächle ihn unbeholfen an, nehme eines der hohen Gläser und nippe entspannt daran. Das Getränk ist süß und bringt mich erneut zum Lächeln.

„Herzlichen Glückwunsch!“ Frau Emilie Flöge kommt mit einem Glas Sekt in der Hand auf mich zu und hebt es leicht an. Wo sind denn Herr Klimt und Egon? Ich suche nach ihnen, kann sie aber nicht sehen.

„Danke“, lächle ich sie an und nippe an meinem Sekt.

„Deine Bilder hier sind sehr beeindruckend. Du bist definitiv der Mittelpunkt der Ausstellung.“

„Danke, Egon ist der Mittelpunkt. Ich bin nur seine Muse. Wir sind zusammen.“

„Du hast also bekommen, was du wolltest?“ Sie sieht mich an und nippt an dem Sekt in ihrer Hand.

„Ja.“ Ich schaue mich nach einigen Herren um, die sich vor meinem Aktbild unterhalten. „Ich bin jetzt hier und unterhalte mich mit Ihnen“, antworte ich ihr, „und niemand wirft mich raus.“ Ist sie diejenige, der ich bei Herrn Klimts Ausstellung meinen Rauswurf zu verdanken hatte?

„Mein liebes Kind, du irrst dich“, sagt sie zu mir und sieht sich unter den Leuten um. „Zeig mir bitte deine rechte Hand.“ Sie dreht sich zu mir um. Ich reiche ihr meine Hand. Warum bittet sie mich um meine rechte Hand?

„Du trägst keinen Ring“, sagt sie und lächelt mich an, „nicht einmal einen Verlobungsring.“ Nach einem Augenblick fährt sie fort: „Du irrst dich, niemand hat dich auf dieser Ausstellung oder bei den Oberen Zehntausend akzeptiert. Sie lächeln dich nur an“, sie trinkt ihr Glas leer. „Es herrscht jetzt Krieg. Also denken alle, dass sich die Welt verändern wird. Aber glaub mir, die Welt wird sich nicht so schnell verändern. Solange du keinen Ring an der Hand trägst, bist du die Geliebte.“ Sie beendet ihren Redefluss und hält weiterhin ihr leeres Glas in der Hand.

„Sie irren sich, Frau Flöge.“ Ich nippe ebenfalls an meinem Sekt und sehe dabei zu ihr auf. „Ich bin hier, um zu bleiben. Niemand wird meinen Platz einnehmen.“

„Ich wünsche dir viel Glück.“ Sie hebt sanft das leere Glas und ich kann nicht umhin, das Fehlen eines Rings an ihren Fingern zu bemerken.

„Ich wünsche Ihnen einen schönen Abend“, erwidere ich mit einem höflichen Lächeln und trete langsam zurück. Es ist mir gelungen, zu antworten.

Ich nähere mich dem Kellner und nehme mir ein weiteres Glas Champagner. Ich brauche nicht darüber nachzudenken, dass Egon mir noch keinen Antrag gemacht hat. Er wird es tun, wenn die Zeit reif ist.

„Wally, da bist du ja. Wir haben dich schon gesucht", begrüßen mich Edith und Adele Harms, die beiden Schwestern in eleganter Sommerabendgarderobe, geschmückt mit exquisiten Perlenketten und dazu passenden Perlenohrringen.

„Hier bin ich", lächle ich ihnen zu und fühle mich in ihrer Gegenwart ziemlich unscheinbar.

„Dein Mann hat sehr beeindruckende Gemälde erschaffen", bemerkt Edith.

„Du bist ganz schön mutig", kichert Adele, „ich hätte nicht den Mut, mich so zu entblößen."

„Ich auch nicht. Du bist sicherlich eine liberale Frau", fügt Edith hinzu, „und außerordentlich mutig."

„Ich habe beschlossen, meine Freiheit zu genießen", antworte ich und nehme einen Schluck aus meinem Glas. Ich will nicht verraten, dass mein einziger Beweggrund darin bestand, Erfolg zu haben und nicht eines von Berthas Mädchen zu werden. Wahrscheinlich haben sie einen solchen Ort noch nie von innen gesehen.

„Man braucht viel Mut, wenn man von all diesen Männern umgeben ist", bemerkt Edith und wirft einen Blick auf die Männer im Anzug, die sich um uns scharren und auf die Bilder starren, auf denen ich zu sehen bin.

„Warum sollte es Mut erfordern?" Ich höre Egons Stimme und wende meinen Blick in seine Richtung, als er sich uns nähert und sich neben mich stellt.

„Egon, darf ich vorstellen? Die Schwestern Edith und Adele Harms."

„Es ist mir ein Vergnügen, Sie kennenzulernen." Er zieht mich näher an sich heran und seine Finger fahren sanft über meine Taille, während er ihre ausgestreckten Hände küsst.

„Schön, den talentierten Künstler kennenzulernen“, lächelt Edith, als er ihre Hand küsst, während ihre andere Hand leicht über ihre Perlenkette streicht.

„Die Perlenkette um Ihren Hals ist wirklich äußerst exquisit und bildet einen perfekten Kontrast zu Ihrer weißen Haut“, lobt Egon.

„Die Kette ist ein Familienerbstück, aber meine Hautfarbe ist einzigartig“, lächelt Edith. „Im Sommer vermeide ich es, auf dem Land Sonnenbäder zu nehmen.“

„Wir haben Frau Wally gerade gesagt, wie mutig sie ist, sich von Ihnen so malen zu lassen“, teilt Adele ihm mit.

„Wally ist wunderbar. Sie ist bereit, mir auf jedem Weg zu folgen, den ich als Künstler einschlage“, antwortet Egon.

„Gab es Zeiten, in denen Sie zu weit gegangen sind?“ fragt Edith ihn, ihren Blick auf seine Finger gerichtet, die mich unablässig streicheln. Was wird er ihr antworten?

„Als Künstler muss man stets Grenzen ausloten“, antwortet Egon. „Aber ein Künstler muss auch wissen, wann er aufhören muss, um zu reifen.“

„Das klingt faszinierend.“ Sie berührt wieder ihre Perlenkette, und mir fällt auf, dass sie weder einen Ehering noch einen Verlobungsring trägt.

„Die Damen Edith und Adele sind unsere Nachbarn“, werfe ich ein, um das Thema zu wechseln. Plötzlich fühlen sich seine Finger, die meine Taille streicheln, sehr unangenehm an.

„Wirklich?“, fragt Egon. „Wie kommt es dann, dass wir Sie noch nie getroffen haben?“

„Kaum zu glauben. Wir wohnen genau gegenüber, in der Nummer 100“, sagt Adele.

„Vielleicht, weil Sie sich immer in Ihrem Atelier verkriechen und malen. Sie sollten öfter an die Sonne gehen“, fügt Edith lachend hinzu.

Ich lege meine Handfläche auf seine umarmende Hand und spüre den fehlenden Ring an meinem Finger.

„Nun, ich bin sicher, wir werden uns wiedersehen. Entschuldigen Sie mich, ich möchte noch mehr Gästen meine Gemälde vorstellen.“ Er nickt ihnen zu, küsst Ediths Hand und führt mich fort.

„Wir werden uns sicher wiedersehen“, versichert ihm Edith. Ich lächle ihr zu, als Egon und ich sie verlassen, um auf weitere Herren zuzugehen. Ich weiß, dass sie Egons Hand um meine Taille bemerkt hat.

12. Die Schwester von der anderen Straßenseite

Ein paar Wochen später gehe ich vom Stadtzentrum nach Hause. Um das Verteidigungsministerium haben sich viele Männer und Frauen versammelt. Alle schauen auf die großen weißen Seiten an der Wand, auf denen die Gefallenen aufgelistet sind. Zum Glück haben sie Egon noch nicht eingezogen. Eine Frau in einem weißen Hemd und einem braunen Sommerhut mit Blumen geht weg und weint bitterlich, während zwei Frauen sie hastig umarmen. Ein Herr mit Baskenmütze kommt dazu, holt ein Taschentuch heraus und reicht es der weinenden Frau, während sie sich an einen Baum auf dem Boulevard lehnt. Trotz des Lärms der vorbeifahrenden Autos höre ich sie weinen.

Ich wende den Blick ab und gehe vom Gebäude weg. Ich kann mich nicht damit beschäftigen. Ich möchte so sehr, dass dieser sinnlose Krieg ein Ende hat. Warum ziehen die Männer in den Krieg und lassen uns Frauen mit den Folgen allein?

In der Nähe der Sezessionsgalerie, in der Egons Ausstellung stattgefunden hat, bleibe ich stehen und betrachte den Pferdezug. Sie stehen in der Nähe des Eingangs und ziehen Karren, die mit weißen Planen bedeckt sind. Auf jede Plane ist ein großes rotes Kreuz aufgemalt. Über dem Gebäude weht eine neue Rot-Kreuz-Flagge. Haben sie das Gebäude in ein Krankenhaus verwandelt? Ich bleibe neben einem der Pferde stehen und streichle ihm sanft die Nase. Was ist an der Front los? Gibt es so viele Verwundete, dass die Lazarette nicht mehr ausreichen? Und was ist mit den Ärzten und Krankenschwestern?

Ich nehme einen Apfel aus meinem Korb und biete ihn dem Pferd an, strecke ihm meine Hand entgegen. Es schnuppert mit seiner zarten Nase daran, erst dann nimmt es mir den Apfel aus der Hand. Ich laufe zur Metzgerei und kaufe mehr Pökelfleisch. Seit Egons Ausstellung haben wir mehr Geld und wer weiß, wann die Lebensmittel knapp werden.

„Wally, wie geht es dir? Wir haben in letzter Zeit viel von dir gesprochen", begrüßen mich Edith und Adele, als wir uns vor der Metzgerei treffen. Ich habe sie seit der Ausstellung nicht mehr gesehen.

„Wir haben uns überlegt, dich einzuladen", fügt Adele hinzu. Beide haben Strohkörbe in der Hand.

„Mich einladen, wohin?"

„Zu einem Treffen bei uns zu Hause", antwortet sie und senkt ihre Stimme.

„Ein Treffen bei euch zu Hause?"

„Wir haben deine Zeichnungen gesehen. Du hast Mut. Wir glauben, dass unsere Bewegung bei dir Anklang finden könnte."

„Eine Protestbewegung", fügt Edith hinzu und blickt sich um, um sicher zu gehen, dass kein Polizist sie belauscht. Aber Polizisten sind in unserem Viertel nur selten zu sehen. Meist sind sie in der Nähe des Kaiserpalastes oder in den Armenvierteln der Stadt stationiert.

„Die Suffragetten", erklärt Adele, „hast du von ihnen gehört?"

„Nein", antworte ich hilflos und komme mir im Vergleich zu ihnen ziemlich gewöhnlich vor.

„Hör zu, ich bin sicher, es wird dein Interesse wecken", sagt

Edith. „Wir treffen uns in zwei Tagen, um acht Uhr abends. Es ist ein reines Frauentreffen."

„Ich werde kommen", verspreche ich und freue mich, dass sie mich dabeihaben wollen.

„Auf Wiedersehen, wir erwarten dich", sagt Adele.

„Vergiss es nicht und grüß Egon von uns." Edith legt mir kurz die Hand auf den Arm, bevor sie sich ihrer Schwester anschließt, die bereits die Allee hinuntergegangen ist.

„Ich werde es nicht vergessen", antworte ich und schaue ihnen nach, als sie von dannen ziehen. Ich spüre noch immer die Berührung ihrer rechten Hand auf meinem Arm, der Hand ohne Ring. Ich streichle über meine blanken Finger und betrete die Metzgerei. Ich sollte mich nicht damit aufhalten. Ich werde zu misstrauisch.

„Wohin gehst du?", fragt mich Egon zwei Tage später. Er trocknet sich gerade in der großen Edelstahlwanne unseres Badezimmers ab.

„Die Schwestern Edith und Adele Harms haben mich eingeladen", antworte ich, während ich mich im Spiegel betrachte und überlege, welches Kleid ich anziehen soll, mein schickes oder ein schlichtes Alltagskleid. Was ist die angemessene Kleidung für solch eine Zusammenkunft?

„Unsere Nachbarinnen?", fragt er und zieht sein Hemd an.

„Ja." Ich folge seinem Blick in den Spiegel. Hat er gerade seinen Tonfall geändert, als er sich nach ihnen erkundigt hat? Oder bilde ich mir das nur ein? „Es ist ein Frauentreffen", füge ich hinzu.

„Viel Spaß", antwortet er, wendet sich von mir ab und bückt sich nach seiner Hose. „Übrigens, du könntest die Gelegenheit nutzen und sie zu uns einladen. Vielleicht sind sie daran interessiert, ein Gemälde zu kaufen. Sie scheinen Geld und Besitz zu haben", schlägt er vor und kommt auf mich zu. „Du siehst wunderschön aus." Er küsst mich kurz und verlässt den Raum.

„Aber anscheinend nicht schön genug", flüstere ich leise vor mich hin, ziehe das einfache Kleid aus und werfe es auf das Bett. Ich entscheide mich für das schicke und beginne mich zu schminken.

„Guten Abend, schön, dass du gekommen bist", begrüßt mich Adele an der Tür und lässt mich ins Haus, „die anderen Frauen sind schon da." Sie führt mich ins Gästezimmer. Ich sehe mich um.

Ihr Haus ist größer als unseres, mit zahlreichen Landschaftsbildern an den Wänden. Im Gästezimmer stehen luxuriöse Sessel um den Wohnzimmertisch herum, die Frauen sitzen jedoch auf Mahagonistühlen im Kreis.

„Darf ich euch Frau Walburga vorstellen", sagt sie zu allen. Sie begrüßen mich. Ich setze mich auf einen Stuhl und betrachte die Teekanne und das Tablett mit den süßen Keksen auf dem Tisch.

„Bitte nennen Sie mich Wally", lächle ich in die Runde.

„Wir haben Wally eingeladen, weil wir glauben, dass sie gut hierher passt", erklärt Edith den anderen Frauen.

„Für die Demonstrationen?", fragt eine von ihnen.

„Wir haben noch nicht den Mut zu demonstrieren", antwortet eine andere.

„Wir müssen unsere Rechte durch Demonstrationen einfordern", meldet sich wieder eine andere zu Wort. „Freiwillig werden sie uns niemals Rechte gewähren, wenn wir nicht darauf bestehen."

„Erinnert Ihr euch daran, was vor drei Monaten passiert ist, als eine Gruppe von Frauen es wagte, zu demonstrieren?", fügt eine Frau entrüstet hinzu. „Sie wurden als Verräter gebrandmarkt. Der Minister beschuldigte sie, die

Kriegsanstrengungen zu untergraben. Männer haben sie beschimpft.“

„Sie haben die Schilder zerrissen, die die Frauen bei sich hatten und geschrien, Frauen bräuchten kein Wahlrecht“, fügen andere Frauen hinzu.

„Männer halten uns für dumm, und das werden sie immer tun“, meint eine weitere Frau. Die Diskussion über das Frauenwahlrecht geht weiter. Sie sitzen in ihren modernen Kleidern da, schlürfen Tee aus zierlichen Tassen und genießen Cremetörtchen, die auf Porzellantellern mit Silbergabeln serviert sind. Ich lausche ihren Gesprächen über die Demonstrationen aufmerksam. Es ist ein gutes Gefühl, dazuzugehören.

„Wie kannst du uns in unserer Sache unterstützen?“, fragt mich eine der Frauen nach einer Weile, und ein Schweigen legt sich über die Gruppe, als sich alle zu mir umdrehen. Ich höre das Klappern der Gabeln auf den Teetellern und spüre, wie ich rot werde. Meine Finger fahren über den Stoff meines Kleides.

„Wally ist ein Modell und mit einem Künstler verheiratet. Sie posiert nackt für ihn. Sie ist mutig“, merkt Adele an. Alle sehen mich weiter schweigend an.

„Um ehrlich zu sein, sind wir nicht verheiratet“, gebe ich offen zu und blicke aus dem Fenster. In der abendlichen Dunkelheit kann ich unser Haus auf der anderen Straßenseite erkennen, in dem die Lichter unserer Wohnung leuchten. Egon kann ich nicht sehen. Er muss im Atelier sein und malen.

„Lebt ihr zusammen, ohne verheiratet zu sein?“, fragt Edith.

„Ja“, wende ich mich an sie. „Er hat mir noch keinen Antrag gemacht.“ Ich lege die Finger in den Schoß, um nicht von den Frauen angestarrt zu werden.

„Genau das ist doch das Problem“, wirft eine der Frauen ein. „Man erwartet von uns, dass wir auf den Mann warten, der uns den Antrag macht. Ohne Männer gelten wir als nichts. Man verweigert uns das Wahlrecht, ein Bankkonto und ein Mitspracherecht bei allem, was über die Frage der Kleiderfarbe hinausgeht.“

„Wir müssen uns bei den Männern mehr durchsetzen“, fügt eine andere Frau hinzu.

„Wir müssen auf jeden Fall selbstbewusster gegenüber Männern sein“, stimmt Edith zu, lächelt und sieht mich an. Die Diskussion unter den Frauen geht weiter, als sie die geplanten Protestmaßnahmen beraten.

„Kommt uns doch mal besuchen. Egon würde sich freuen“, sage ich später zu Edith und Adele, als ich mich verabschiede und ich frage mich, ob es ein Fehler war, sie einzuladen.

„Wir versprechen es“, antwortet Edith und schüttelt mir die Hand zum Abschied. Ich überquere schnell die Straße und blicke zum hell erleuchteten Fenster unseres Hauses hinauf, als wäre es eine Leitlaterne. Warum hat er mir noch keinen Antrag gemacht?

Einen Tag später, draußen prasselt der Regen, sitze ich auf dem Stuhl neben dem Fenster und lese ein Buch. Die Regentropfen klopfen sanft gegen das Fenster. Gelegentlich werfe ich einen Blick auf die grauen Dächer der Stadt und die wenigen Menschen, die die Allee entlangeilen. Ein Lächeln huscht über mein Gesicht, als ich ein Paar entdecke, das sich unter einem großen schwarzen Herrenschirm unserem Haus nähert. Egon besitzt einen solchen Schirm.

Ich lege das Buch auf den kleinen Schrank am Fenster, stehe auf und drücke mein Gesicht gegen die Scheibe. Ist das Egon? Mit wem ist er unterwegs? Die Hose des Mannes ist braun wie die von Egon, aber wer ist die Frau an seiner Seite?

Mein Atem beschlägt die Scheibe, ich wische ihn mit den Händen ab. Ich bin mir nicht sicher. Einen Wimpernschlag lang denke ich, dass ich mich täusche, mir alles nur einbilde. Aber schon nähern sie sich dem Hauseingang und verschwinden damit aus meinem Blickfeld. Ist das Egon?

Ich erhebe mich von meinem Stuhl, gehe zur Holztür und lege mein Ohr daran. Ich vernehme Schritte im Treppenhaus und eile zu meinem Platz am Fenster zurück, richte mein Kleid und versuche, meinen Atem wieder in den Griff zu bekommen. Ist das die Frau, die ich verdächtige?

Ein Schlüssel dreht sich im Schloss, ich atme tief ein.

„Wally, du glaubst nicht, wen ich vor dem Weinladen getroffen habe“, sagt Egon, der vom Regen durchnässt ist. Er hängt seinen Schirm an die Garderobe, ihm folgt Edith Harms. Sie schüttelt ebenfalls den Regen von ihrem Mantel ab.

„Guten Tag, Wally“, begrüßt sie mich lächelnd. „Egon ist ein echter Gentleman, er hat mir den Schirm aufgehalten, damit ich nicht nass werde.“ Sie dreht Egon den Rücken zu und er hilft ihr, den nassen Mantel auszuziehen. In der Hand hält sie eine Flasche Wein.

„Ich habe Edith eingeladen, um ihr das Atelier und meine neuen Bilder zu zeigen.“ Egon hängt ihren Mantel neben den seinen. „Ich hoffe, das ist in Ordnung, wenn ich unangemeldet einen Gast mitbringe.“ Er nimmt Edith die Weinflasche aus der Hand.

„Sicher. Ich mache uns einen Tee“, lächle ich ihr zu, gehe in die Küche und möchte am liebsten laut schreien. Zitternd stelle ich den Kessel auf den Metallherd. Was sollte ich tun? Warum hat er sie mitgebracht? Während die beiden leise miteinander reden, versuche ich, ihrem Gespräch zu folgen. Warum ist sie hier? Ich werde ihn nicht aufgeben. Ich bin die Frau, die er liebt.

Mit den Teetassen auf dem Tablett betrete ich das Atelier. Beide stehen am Fenster und schauen nach draußen. Ich stelle das Tablett auf den kleinen Schrank, reiche ihnen die Tassen, „Bitte sehr“, und umarme Egon, streichle seinen Nacken und sein Haar. „Wie gefällt dir das Atelier meines Mannes?“, frage ich Edith mit einem Lächeln auf den Lippen, obwohl ich sie am liebsten bitten würde, unser Haus zu verlassen.

„Dein Mann ist unglaublich talentiert. Danke für den Tee.“ Edith hält die Tasse, um ihre Hände zu wärmen, und bläst sanft auf die heiße Flüssigkeit. „Und wo stehst du, wenn du zeichnest?“, fragt sie Egon.

„Meistens genau hier.“ Er entfernt sich von mir, geht in die Ecke des Raumes, greift nach der Staffelei und stellt sie vor den Stuhl an der Wand.

„Sitzt hier dann das Modell?“ Edith stellt ihre Teetasse neben die von Egon auf den Schrank und geht auf den Stuhl zu. „Darf ich?“, fragt sie mich.

„Ja, selbstverständlich“, lächle ich ihr höflich zu. Warum geht sie nicht endlich? Ich beobachte sie, wie sie sich auf den Stuhl vor Egon setzt.

„Genau so, jetzt heb‘ mal deine rechte Hand etwas“, weist Egon sie an. Und eh ich mich versehe, bückt er sich, öffnet seinen hölzernen Farbkasten und beginnt, sie zu malen; beide ignorieren meine Anwesenheit komplett.

„Ich zeige es dir“, sage ich zu Edith und platziere mich vor den Stuhl. Sie lächelt mich an und steht auf. „Du setzt dich hin und lehnst dich zurück“, weise ich sie an, „und lässt dein Haar herunter.“ Ich nehme die Haarnadeln heraus, die mein Haar zusammenhalten und werfe sie zu Boden, „und dann lehnst du deinen Kopf an die Wand.“ Ich lehne mich zurück und drücke meine Brust nach vorne. „Und wenn du den Mut hast“, ich sehe sie an und lächle, „ziehst du dich aus.“

Später, als sie gegangen und die Nacht hereingebrochen ist, mache ich mich im Bad fertig. Ich wasche mich in der großen Edelstahlschüssel, schrubbe meine Haut kräftig mit dem Schwamm, bis sie rot ist. Dann gieße ich mir warmes Wasser über den Körper, das ich vorher auf dem Herd erhitzt habe. Ich werde ihn nicht aufgeben.

Vorsichtig, um sie nicht zu zerreißen, lege ich einen Strumpfgürtel und Strümpfe an. Drunter trage ich nichts, so wie es einige der Mädchen in Berthas Herberge tun. Ich erhitze einen Korken über der Kerze, brenne die Spitze ab und trage die Asche, die entstanden ist, nach Christinas Anweisungen vorsichtig als schwarzen Lidschatten auf. Mit Bedacht verteile ich etwas Vaseline auf den Lidschatten, damit er glänzt, gebe ein wenig rosa Lippenstift auf die Lippen und bin fertig. Ich blase die Kerze aus und mache mich auf den Weg ins Schlafzimmer.

Doch als ich neben ihm unter die Decke schlüpfe, ist er bereits eingeschlafen.

Zwei Tage später klopft es überraschend an der Tür.

Es ist Nachmittag und ich befinde mich in der Küche, schäle Äpfel für einen Apfelstrudel und gebe sie in den schweren Metalltopf auf dem Herd. In der Luft liegt der angenehme Duft von Zimt, den ich vorhin auf dem Markt gekauft habe. Durch das Klopfen drehe ich mich zu schnell um, schneide mir dabei versehentlich in den Finger und stoße einen kleinen Schrei aus.

Ich schaue auf meine blutende Wunde und den kleinen dunkelroten Fleck, der sich immer weiter ausbreitet. Es klopft ein weiteres Mal an die Tür, woraufhin ich mir ein Küchentuch um die Wunde wickle und mich auf den Weg zum Eingang mache.

„Guten Tag, Wally", Adele steht in der Tür.

„Guten Tag", lächle ich sie an. Was will sie?

„Tut mir leid, dass ich so uneingeladen komme", schnauft sie, wahrscheinlich wegen der vielen Treppen. „Ist Edith hier? Ich bin auf der Suche nach ihr."

„Nein, Edith ist nicht hier. Bitte komm doch herein." Ich öffne ihr die Tür. Warum sucht sie bei uns nach ihrer Schwester?

„Unsere Eltern sind unangemeldet zu Besuch gekommen, und ich weiß nicht, wo sie ist", sagt sie und sieht sich um, als würde sie mir nicht glauben.

„Wie kommst du darauf, dass sie hier sein könnte?", frage ich sie nach ein paar Minuten. Als Egon am Morgen gegangen ist, hat er von einem Termin mit jemandem gesprochen, der sich für seine Bilder interessiert.

„Weil sie mir erzählt hat, dass sie euch vor ein paar Tagen besucht hat", erklärt mir Adele nach einem kurzen Zögern und schaut sich weiter in der Wohnung um. Sagt sie mir die Wahrheit? Ich schäme mich für unsere schlichte Wohnung im Vergleich zu ihrer, die modern und luxuriös ist.

„Tut mir leid, sie ist nicht hier. Ich habe sie seit ihrem letzten Besuch nicht mehr gesehen“, fahre ich fort und drücke das Küchentuch noch fester auf meinen verletzten Finger. Es schmerzt.

„Verzeih, ich habe dich gestört.“ Sie schaut zum ersten Mal auf das Küchentuch in meiner Hand. „Es tut mir leid, ich werde sie weiter suchen. Mutter und Vater sind sehr streng, wenn sie zu Besuch kommen.“ Sie dreht sich zur Tür und verabschiedet sich.

Nachdem sie gegangen ist, lehne ich mich gegen die geschlossene Tür, entferne das Küchentuch, stecke meinen verletzten Finger in den Mund und schmecke das Blut. Es hat einen metallischen Geschmack, der an Rost erinnert. Sind Egon und Edith zusammen?

Mit dem Finger im Mund trete ich ans Fenster, schaue hinunter auf die Straße und versuche sie unter den Passanten zu entdecken, so wie es vor zwei Tagen der Fall gewesen war. Aber ich kann sie nicht finden unter all den Menschen, die die Straße entlanggehen. Ich müsste zurück in die Küche, aber ich kann nicht. Ich bleibe mit dem Gesicht am Fenster kleben und betrachte jeden Mann und jede Frau, die die Straße entlanggehen.

Erst als es dunkel wird, bemerke ich Edith, die auf der anderen Straßenseite läuft. Sie wird kurz von der Straßenlaterne angeleuchtet, als sie sich ihrem Haus nähert. Ich löse mich vom Fenster, gehe zum Topf und betrachte die geschälten Äpfel, die zu Brei geworden sind. Ich hatte keine Zeit, den Teig zu rühren.

Das Geräusch des Schlüssels lässt mich zur Tür gehen. Wo ist er nur gewesen?

„Was für ein wunderbarer Geruch!“ Egon schließt die Tür hinter sich, legt seine Jacke auf den Stuhl und kommt in die Küche, um mich zu umarmen. „Ich habe so einen Hunger!“

Er küsst mich leidenschaftlich. Bin ich zu misstrauisch? Ich höre auf, ihn zu küssen, nehme an seinem Hals den Duft von Parfüm wahr.

„Wo warst du?", frage ich ihn direkt. Ich kann mich nicht zurückhalten.

„Ich habe dir doch gesagt, dass ich jemanden treffe, der eines meiner Bilder kaufen möchte", erklärt er und umarmt mich.

„Ist sie es?" Ich stoße ihn von mir weg.

„Wen meinst du?"

„Du weißt genau, wen ich meine."

„Nein, weiß ich nicht." Er zieht sich von mir zurück und verlässt die Küche. „Ich versuche, unseren Lebensunterhalt zu verdienen, und du bist so misstrauisch. Jetzt habe ich Hunger." Er kehrt in die Küche zurück und setzt sich an den Esstisch. Die Beine des Holzstuhls knarren auf dem Parkettboden. Es klingt wie das Quieken einer Ratte. Könnte es sein, dass ich ihn grundlos verdächtige?

„Sie war hier", sage ich leise.

„Wer?" Er blickt schnell auf und mustert mich mit seinen dunklen Augen, seine Tolle wirkt wie der Kamm eines Kampfhahns.

„Ihre Schwester, Adele, sie hat sie gesucht", wende ich ihm den Rücken zu und schaue in den Eisentopf mit dem Apfelmus darin.

„Ja, also gut, dann habe ich mich mit ihr zum Kaffee getroffen", erhebt er seine Stimme, „was ist falsch daran?"

„Du hättest es mir sagen müssen. Du hättest mich nicht anlügen dürfen." Ich spreche zu dem schwarzen Eisentopf und spüre, wie mir die Tränen in die Augen schießen.

„Was ist falsch daran, dass ich mich mit ihr treffe?", sagt er wütend. „Sie kommt aus einer bürgerlichen Familie, sie haben Geld, und sie kann meine Bilder kaufen. Willst du nicht, dass wir Geld verdienen?“

„Nicht über den Weg des Schlafzimmers“, ich fahre zu ihm herum und werde laut. Es kümmert mich nicht mehr, ob er meine Tränen sieht.

„Walburga, du bist verwirrt. Dieses Haus ist nicht Berthas Herberge, wo du herkommst. Sie entstammt einer anständigen Familie. Nicht jede Tasse Kaffee endet im Schlafzimmer“, entgegnet er mir.

„Guten Appetit“, hebe ich den Blechtopf mit dem Apfelmus aus dem Ofen und stelle ihn mit Nachdruck vor ihm auf den Tisch. Der Topf schlägt mit einem dumpfen Schlag auf, etwas Fruchtfleisch spritzt heraus. „Lass dir deinen Apfelstrudel schmecken, den ich heute extra für dich machen wollte. Ich hatte nur keine Zeit, den Teig zu machen, weil ich voller Sorge war.“ Ich werfe einen Löffel in den Topf, gehe ins Bad, wasche mir das Gesicht und fange fürchterlich an zu weinen.

„Nicht weinen“, flüstert er mir ein paar Minuten später zu und ich spüre seine streichelnde Hand. „Was soll’s, wenn ich sie getroffen habe. Es geht nur darum, Bilder zu verkaufen. Mehr ist es nicht.“ Er umarmt mich und ich versuche, mich zu entspannen. „Du bildest dir nur ein, dass ich andere Absichten habe.“ Sanft küsst er mich auf den Hals.

Nachts, als ich seinen ruhigen Atem höre, steige ich leise aus dem Bett, gehe in die Küche und zünde eine Kerze an. Barfuß gehe ich mit dem Licht in der Hand in sein Atelier und überprüfe den Stapel seiner Zeichnungen. Ich gehe eine nach der anderen durch, bringe die Flamme näher und suche nach Ediths Gesicht. Aber ich kann es nicht finden.

Schließlich puste ich die Kerze aus, kehre ins Bett zurück und lege mich neben ihn. Vielleicht täusche ich mich ja doch und es ist nur meine Einbildung.

„Einen schönen Tag noch. Ich komme später wieder. Ich liebe dich“, sagt Egon eine Woche nach unserem Streit zu mir und umarmt mich.

„Viel Glück mit den Bildern, egal mit wem du dich triffst“, erwidere ich und umarme ihn, „malst du mich, wenn du zurückkommst?“

„Mit Vergnügen. Du bist meine einzige Muse.“ Er zieht mich nah zu sich und küsst mich leidenschaftlich. Mit seiner Zunge versucht er meine Lippen zu öffnen, aber ich halte sie geschlossen.

„Auf Wiedersehen, meine Rotkirsche“, verabschiedet er sich geht zur Tür hinaus. Seit dem Streit hat er mich besonders liebevoll behandelt. Er hat auch Berthas Herberge nicht mehr erwähnt, auch wenn er sich nicht entschuldigt hat.

Ich schaue aus dem Fenster auf die schwarzen Wolken, die von Westen heranziehen und wende mich der Küche zu. Auf dem Weg dahin fällt mir auf, dass er seine Jacke auf dem Stuhl vergessen hat.

Ich greife nach der Jacke und öffne die Tür: „Egon, du hast deine Jacke vergessen“, rufe ich ihm hinterher. Aber er ist schon draußen auf der Straße und hört mich nicht mehr. Ich hoffe, dass ihm nicht kalt wird.

Ich nehme die Jacke mit ins Schlafzimmer und fühle etwas in der Innentasche. Obwohl ich es nicht sollte, stecke ich meine Finger hinein, ziehe einen Brief heraus, halte ihn in der Hand.

‚Arthur Roessler' steht auf dem Umschlag. Der Herr aus München, der mir Komplimente zu meinen Bildern gemacht hat. Ich atme leise aus. Der Brief ist nicht von Edith, dennoch habe ich ein ungutes Gefühl. Vielleicht bilde ich mir das alles auch nur ein, so wie er mich heute Morgen ‚Rotkirsche' genannt hat. So lange hatte er diesen Namen nicht mehr benutzt. Aber der Brief ist nun schon offen. Warum bewahrt Egon ihn in seiner Jackentasche auf?

Mit zittrigen Fingern öffne ich den Umschlag, falte das Papier auseinander und beginne, den Text zu lesen.

Zeile für Zeile überfliege ich ihn, bis ich auf einen Satz stoße, der mir die Tränen in die Augen schießen lässt: ‚Was Ihre Entscheidung über die richtige Ehefrau an Ihrer Seite betrifft, so stimme ich Ihnen zu, dass Frau Edith Harms besser für Sie geeignet ist als Wally.'

Ich sinke auf den Stuhl und wische mir über die Augen. Dabei bemerke ich eine Träne, die auf das Papier fällt und einige geschriebene Worte benetzt, dass sie sich in einen undeutlichen Tintenfleck verwandeln. Nichts von alldem habe ich mir eingebildet.

Lauf' und verschwinde aus diesem Haus. Der Raum scheint mich zu erdrücken. Ich kann es nicht mehr ertragen, hier zu sein. Ich schnappe mir meinen Mantel, verlasse das Haus und lasse die Tür ins Schloss fallen, ohne abzuschließen. Der mit Tränen verschmierte Brief bleibt auf dem Boden liegen. Was spielt es für eine Rolle, ob er herausfindet, dass ich es weiß? Ich kann nichts daran ändern. Das konnte ich nie.

Am Fluss komme ich zum Stehen, um Luft zu holen. Ich verharre auf der Brücke, halte mich am Geländer fest und schaue auf das grüne Wasser. Zwei Soldaten, die auf der Brücke stationiert sind, sehen neugierig zu mir herüber. Seit Kriegsbeginn bewachen sie die Brücken und lassen niemanden ohne Erlaubnis passieren.

Was wäre, wenn ich ins Wasser fiele? Würde er sich um mich kümmern? Er wird sich jemand anderen aussuchen. Ich kann es mir nicht vorstellen.

Ich hebe einen Stein auf, lehne mich an das Geländer, lasse ihn sanft aus meiner Hand gleiten und verfolge seinen Fall, bis er mit einem angenehmen Klatschen auf dem Wasser aufschlägt, als würde er an seinen rechtmäßigen Platz zurückkehren. Meine Augen füllen sich erneut mit Tränen. Das Atmen fällt mir unendlich schwer.

„Fräulein, kann ich Ihnen behilflich sein?" Einer der Soldaten kommt auf mich zu. Ich schaue ihn durch meinen Tränenvorhang an. Er ist viel älter als ich und trägt eine einfache grüne Uniform. „Fräulein, geht es Ihnen gut?", fragt er mich erneut und sieht mich mit seinen blauen Augen an. Sein brauner Bart bewegt sich leicht im Wind hier oben auf der Brücke. Offensichtlich scheint er zu alt, um an die Front geschickt zu werden.

„Alles in Ordnung", antworte ich ihm, drehe mich um und laufe zurück ans Ufer. Auch wenn ich mich jetzt gerne in seine Arme stürzen würde, brauche ich jemanden, der mich festhält.

Unterwegs komme ich an einem Pärchen vorbei, das sich an den Händen hält und auf die Brücke zuläuft. Es scheint, dass sie auf dem Weg zum Prater sind. Vielleicht werden auch sie mit dem Riesenrad fahren, um die Lichter der Stadt zu betrachten. Vielleicht wird auch er ihr verführerische Worte über Krieg und Liebe ins Ohr flüstern. Aber ich warne die Frau nicht davor, dem Mann, der ihre Hand hält, zu vertrauen. Es ist ihre Geschichte, nicht meine.

Am Abend setze ich mich in ein Café. Ich bin müde und durstig, aber ich will nicht nach Hause gehen und auf ihn treffen. Ich will aber auch nicht in Berthas Herberge gehen und weinen.

Um diese Zeit sitzen nur Männer um mich herum. Der Raum ist stickig von dem nebligen Pfeifen- und Zigarrenrauch. Die Frauen, die am Vormittag hier waren, sind nach Hause gegangen, um Platz zu machen für Gespräche über den Krieg und das Schicksal des Kaiserreiches.

Der Ober bleibt in einiger Entfernung stehen und wartet auf den Mann, der mich begleitet. Die anderen Herren in der Runde schauen mich misstrauisch an.

„Herr Ober, einen Krug Rotwein, bitte", gestikuliere ich ihm, nachdem einige Zeit vergangen ist und er nicht an meinen Tisch gekommen ist. Ich bin es leid, eine höfliche Frau zu sein.

„Vielleicht möchte die Dame draußen sitzen? Das wäre bequemer für Sie", schlägt mir der Ober vor.

„Nein, ich fühle mich hier wohl", entgegne ich und schaue mir die Männer in Anzug und Zylinder an. Alle schweigen und beobachten, wie mir der Kellner einen Krug Wein bringt, ich mir ein Glas einschenke und es in einem Zug austrinke.

„Sie können Ihr Gespräch fortsetzen. Ich werde Sie nicht dabei stören", sage ich zu einem der Herren mit grauem Haar, einem gepflegten Bart und einer dicken Zigarre im Mund.

„Das sind keine geeigneten Gespräche für eine junge Dame", antwortet er mir höflich, während er die dicke

Zigarre im Mund behält wie ein Pferd die Karotte im Maul.

„Wieso nicht?“ Ich schenke mir ein weiteres Glas Wein ein und nippe daran, ohne auf das Brennen in der Kehle zu achten. „Ist es, weil Frauen nicht entscheiden dürfen, wer in den Krieg zieht und wer stirbt? Haben nur Männer dieses Privileg? Ich habe Menschen gesehen, die sich die schwarzen Listen an den Wänden des Verteidigungsministeriums angesehen haben. Es scheint mir, dass am Ende nur noch die Frauen zum Weinen übrigbleiben.“ Ich trinke weiter meinem Wein und kann nicht aufhören. „Ihr sitzt hier bequem in euren Ledersesseln und organisiert das Reich, während wir Frauen das Weinen übernehmen“, leere ich auch dieses Weinglas.

„Fräulein, Sie verleumden das Kaiserreich.“ Wütend nimmt der Mann die Zigarre aus seinem Mund. „Das ist gegen das Gesetz.“ Alle Herren in seiner Gesellschaft nicken zustimmend.

„Das ist so, weil ihr die Gesetze macht.“ Ich zeige ihm meine nackten Finger, an dem kein Ring steckt. „Seht ihr das alle?“ Ich zeige den umstehenden Herren meine nackten Hände. „Ihr schafft auch diese Gesetze“, aber ich fürchte, sie verstehen nicht, wovon ich spreche.

„Junges Fräulein, Sie sind betrunken“, sagt ein Mann um die vierzig, Pfeife rauchend, in einen schwarzen Anzug gekleidet.

„Nein, ich bin nicht betrunken. Ich bin eine Frau“, werfe ich ihm entgegen und schenke mir noch mehr Wein ein. „Ich darf nicht einmal wählen gehen oder Geld auf die Bank bringen, ohne einen Mann, der mich unterstützt.“

„Frauen sollten zu Hause bleiben, kochen und Kinder erziehen. Sie sind hier fehl am Platz. Dies ist ein Männercafé“, brummt der Mann mit der Zigarre, die er sich gerade wieder in den Mund steckt.

„Wir Frauen sind definitiv nicht am richtigen Ort“, versuche ich weiter zu argumentieren, als mir der Rauch plötzlich die Luft zum Atmen nimmt. Mir ist, als würde das Café mit all den gleich aussehenden Männern immer enger auf mich zukommen. „Für euch Männer ist es viel bequemer, wenn wir in Pensionen wohnen, in die ihr abends zu Besuch kommt. Ich kann euch Berthas Herberge wärmstens empfehlen. Dort werdet ihr ausgezeichnet bedient“, sage ich ohne nachzudenken und sehe, wie das Gesicht meines Gegenübers rot wird. „Vielleicht kennen Sie mich von dort“, füge ich noch hinzu, stehe auf, lege eine Münze auf den Tisch und gehe langsam zur Tür, darauf bedacht, nicht zu stolpern.

Die kühle Luft erfrischt mich, ich schlendere durch die gepflasterten Straßen zurück zum Haus und bleibe immer wieder stehen, um mich an eine Hauswand zu lehnen und auszuruhen.

Langsam ziehe ich den Hausschlüssel heraus und kämpfe mit dem Schlüsselloch, bis ich feststelle, dass das Haus offen ist. Ich gehe hinein. Ich weiß nicht mehr, ob ich es am Morgen abgeschlossen habe, als ich gegangen bin. Im Mondlicht, das durch das Fenster scheint, sehe ich, dass der Brief noch am Boden liegt. Egon ist nirgends zu sehen.

Vorsichtig stecke ich den Brief wieder in den Umschlag zurück und verstaue ihn in seine Jackentasche. Dann gehe ich ins Bett und schlafe ein, ohne auf ihn zu warten.

Die späte Morgensonne weckt mich. Ich setze mich im Bett auf, Egon ist nicht an meiner Seite. Mein Kopf tut so weh.

Ich klettere aus dem Bett und sehe, dass Brief und Jacke weg sind. Ich finde einen Zettel, den er mir hinterlassen hat, auf dem er mich bittet, mich um 12 Uhr im Café Eichberger einzufinden.

13. Café Eichberger

1915

Ich betrete das Café und suche den Raum nach ihm ab. Der Kellner am Tresen schaut kurz in meine Richtung. Er scheint mein rotes Haar zu betrachten, bevor er sich wieder seiner Aufgabe widmet. An einem der Tische sitzen drei Frauen in leuchtend hellen Morgenkleidern dicht aneinandergedrängt. Sie sind in ein Gespräch vertieft und stechen mit ihren Gabeln vorsichtig in ihr Stück Sachertorte auf dem Teller. Daneben sind zwei elegant gekleidete Männer in die Lektüre ihrer Zeitung vertieft. Meine Aufmerksamkeit wird auf die Schlagzeile gelenkt, die von der gescheiterten Offensive im Westen gegen Frankreich und England berichtet. Endlich entdecke ich ihn. Egon sitzt an einem Ecktisch. Im Hintergrund hängt ein Gemälde, das einen stillen See und Berge darstellt. Vor ihm steht nur eine Tasse Tee, er beugt sich über ein Blatt Papier, um entweder einen Brief zu schreiben oder etwas zu skizzieren. Er hat mich noch nicht bemerkt.

Ich bleibe einen Moment stehen und frage mich, was er mir zu sagen hat, obwohl ich es eigentlich schon weiß. Ich habe das Gefühl, dass er sich seinen Freunden anvertraut hat. Besonders Herrn Arthur Roessler aus München, der einmal gesagt hat, dass jeder Künstler eine Muse wie mich braucht.

Die Frauen am Sachertorten-Tisch unterbrechen ihr Gespräch und werfen mir neugierige Blicke zu, als würden sie sich fragen, ob ich zu ihrer Gruppe gehöre. Ich gehe hinüber zu Egon, fest entschlossen, stark zu bleiben, ganz gleich, was er mir gleich sagen wird.

„Guten Morgen, meine Kirsche." Er erhebt sich von seinem Stuhl in dem Moment, in dem er mich bemerkt. Er will meinen Hals küssen. Doch ich trete einen Schritt zurück und halte ihn auf. Er kehrt zu seinem Stuhl zurück und sagt: „Komm, setz dich." Er gibt mir ein Zeichen, mich neben ihn zu setzen. „Soll ich dir Tee und Kuchen bestellen?"

„Nein, danke", antworte ich und setze mich ihm gegenüber. Auch wenn ich hungrig bin, bin ich nicht wegen des Kuchens hier. Mein Kopf schmerzt immer noch. Ich werde nicht zusammenbrechen und ich werde nicht vor ihm weinen.

„Wally, wir müssen reden. Ich habe dir etwas zu sagen und ich weiß nicht, wie ich es sagen soll", beginnt er und blickt auf das Papier, das vor ihm liegt. Es ist gefüllt mit Skizzen der vielen Menschen hier im Café.

„Ich glaube nicht, dass es dir jemals an Eloquenz gefehlt hat."

„Ich habe dir einen Brief geschrieben. Es wäre schön, wenn du ihn lesen würdest, nachdem ich gegangen bin." Er legt einen Umschlag auf den Tisch.

„Ich verstehe nicht." Ich schaue auf den Umschlag, fasse ihn jedoch nicht an. „Jahrelang hast du mir Worte ins Ohr geflüstert, die mich haben rot werden lassen. Und jetzt kannst du nicht mehr mit mir reden?" Ich greife nach der Teetasse, kippe den Inhalt über den Brief. Der Umschlag wird durchsichtig und das Papier im Inneren verwandelt sich zu einer Masse formloser schwarzer Tinte. „Herr Ober", hebe ich die Hand und signalisiere dem Mann in seinem Frack an der Eingangstheke, „ich habe Tee verschüttet." Er eilt mit einem sauberen Handtuch herbei und tut sein Bestes, um die Flüssigkeit aufzunehmen. „Den Brief können Sie wegwerfen", sage ich ihm. „Er ist ruiniert." Die ganze Zeit über schweigt Egon, als hätte er Angst, die Aufmerksamkeit der Leute im Café auf sich zu ziehen.

„Ich höre", sage ich zu Egon, nachdem der Kellner gegangen ist. Ich muss ruhig bleiben, auch wenn mir die Tränen über die Wangen zu kullern drohen.

„Wally, ich werde Edith Harms heiraten", sagt er und fährt sich mit den Fingern durchs Haar, richtet seine Tolle und legt beide Hände auf den Tisch. Obwohl ich diese Worte erwartet habe, treffen sie mich wie der Tritt eines Pferdes mitten in die Magengrube. So wie damals, als ich noch ein Kind gewesen war und wir nach Wien gekommen waren. Meine Rippen schmerzen, das Atmen fällt mir schwer. Am liebsten würde ich auf dem Boden des Cafés zusammenbrechen und mir den Bauch halten.

„Kann ich irgendetwas tun, damit du deine Meinung änderst?", bringe ich über die Lippen. Meine Augen tränen, obwohl ich mir versprochen hatte, nicht zu weinen. Aber er schüttelt den Kopf.

„Ich bin seit vier Jahren mit dir zusammen", fahre ich schwer atmend fort. „Ich weiß alles über dich: wie du zusammenbrichst, wie du wütend wirst, wie sehr du nach Erfolg strebst", ich wische mir über die Wangen. „Vier Jahre lang habe ich mich vor dir ausgezogen, habe dir erlaubt, mich zu malen, wie du es wolltest. Ich habe dir erlaubt, meine Nacktbilder Fremden zu zeigen." Ich kann nicht verhindern, dass all diese Worte aus mir heraussprudeln. „Ich bin dir und deiner künstlerischen Rebellion überallhin gefolgt - nach Krumau, nach Neulengbach. Ich habe dir beigestanden, als du Dinge getan hast, die du nicht hättest tun sollen. Ich habe dich nicht im Stich gelassen, als du im Gefängnis gesessen und mich angefleht hast, nicht zu gehen. Als niemand sonst für dich da war. Ich habe dich auf dieser Holzbank sitzen sehen, nachdem sie dir die Haare geschoren hatten. Ich habe dich während deines Prozesses verteidigt. Und jetzt sagst du mir, dass die Rebellion vorbei ist und du mich nicht mehr willst? Was muss ich tun, damit du mich willst?“ Ich flehe ihn an, obwohl ich es nicht sollte. Das Atmen fällt mir schwer.

„Wir können die Zeit nicht zurückdrehen. Es tut mir leid“, sagt er und starrt immer noch auf den Boden. Er holt ein Blatt Papier aus seiner Ledertasche, legt es auf den Tisch und beginnt, etwas Vages zu skizzieren.

„Ist das alles? Es ist zu spät? Du hast dich schon entschieden?“ Ich wische mir erneut über die Wangen, mein Durst ist nicht gestillt.

„Ja“, nickt er und skizziert weiter eine Frau aus dem Café.

„Sie weiß es also schon?“, frage ich mit einem flauen Gefühl im Magen.

„Ja“, nickt er.

„Trägt sie einen Verlobungsring?“ Ich spreche die Worte kaum aus. Ich möchte mich an Ort und Stelle übergeben.

„Ja“, nickt er.

„Ich bin also die Letzte, die erfährt, dass das Schwert in meinem Hals steckt? Die Frau, die dir treu ergeben ist, ist die letzte, die den tödlichen Schlag erhält?“

„Ich habe dich gewarnt, als wir das letzte Mal nach Wien zurückgekehrt sind. Ich habe dir gesagt, dass sich die Welt verändert hat und dass wir uns mit ihr verändern müssen“, sagt er leise und blickt immer noch nicht auf.

„Was hat sich denn verändert? Bin ich dir jetzt auf einmal zu mutig geworden, oder entspreche ich nicht deinen Vorstellungen von gesellschaftlicher Schicht und Geld?“ Ich kann mich nicht zurückhalten.

„Du weißt doch, wie es ist.“

„Ja, es ist die Welt, die Ihr Männer euch geschaffen habt. Ihr wittert Geld und Status und ändert die Regeln, wie es euch passt." Ich greife nach seinem Stift, den er in der Hand hält. „Vielleicht solltest du anfangen, Zeitungen über deinen Machokrieg zu lesen und Zigarre zu rauchen. Der Geruch würde zu dir passen." Ich rede weiter und kritzele grobe Linien auf sein Papier, die seine zarte Skizze mit schwarzen Bleistiftstreifen verunstalten.

„Was?" Er hebt seinen Blick und schaut mich zum ersten Mal seit diesen verletzenden Worten mit seinen dunklen Augen an.

„Vergiss es", breche ich den Bleistift entzwei und werfe ihn auf den Tisch.

„Vielleicht solltest du dir einen wohlhabenden Mann suchen, nicht so einen armen Schlucker wie mich."

„Ich habe mich für dich entschieden, damit wir zusammen sein und gemeinsam Großes erreichen können. Aber ich werde wahrscheinlich nie den Status erreichen, den du dir wünschst. Du hast recht, ich sollte mich woanders nach Reichtum umsehen. Leb wohl, Egon." Ich stehe auf und verlasse den Tisch. Hier gibt es nichts mehr für mich zu sagen. Ich muss dieses Café verlassen.

„Wally, bitte geh nicht!" Er steht auf, ergreift meine Hand. „Es gibt noch etwas, das ich dir sagen muss." Er schaut mir tief in die Augen. „Ich habe es in den Brief geschrieben, den du übergossen hast", lächelt er warmherzig. „Bitte, setz dich."

„Was noch?" Ich setze mich und schaue mich um. Mehrere andere schwarz gekleidete Frauen sitzen an einem Tisch in unserer Nähe und führen leise Gespräche. Die Männer, die vorhin noch Zeitung gelesen haben, sind gegangen, an ihrer Stelle sitzt eine Frau. Sie trägt einen geblümten Hut.

„Ich liebe dich. Ich möchte, dass du ein Teil meines Lebens bleibst", sagt er, während er immer noch meine Hand hält und streichelt.

„Das verstehe ich nicht", sage ich und beobachte, wie seine Finger über meine Handfläche streichen. Habe ich etwa eine Chance? Will er mich doch noch? Gerade hat er mir erzählt, dass er Edith einen Antrag gemacht hat. Habe ich das vielleicht falsch verstanden?

„Edith setzt sich nicht gerne der Sonne aus. Deshalb verlässt sie Wien im Sommer nicht, um an den Seen Urlaub zu machen." Er nimmt den abgebrochenen Bleistift und zeichnet damit zart auf meine Handfläche.

„Und? Du wirst sie heiraten, nicht wahr?" Ich ziehe meine Hand weg und lege sie in meinen Schoß, denn ich will nicht, dass er mich berührt.

„Ich möchte, dass du meine Muse und Geliebte bleibst. Ich möchte, dass wir uns jeden Sommer auf einen Urlaub treffen, nur du und ich, und in dieser Zeit werde ich nur dir gehören."

„Wie soll das gehen?" Ich erhebe mich vom Stuhl und spreche im Stehen weiter. „Wie soll eine solche Vereinbarung zwischen uns funktionieren?", frage ich ihn. „Du wirst mich mit ihrem Geld unterstützen, und einmal im Jahr werde ich dich für zwei Wochen sehen, ohne, dass sie davon weiß? Soll das auf diese Weise laufen?" Wieder dreht sich mir der Magen um, wie stürmische Wellen auf dem Meer, die eine nach der anderen über mich hereinbrechen.

„Du weißt, dass die Welt so funktioniert. Wir haben sie nicht erfunden und wir werden sie auch nicht ändern." Er steht auf und versucht erneut, meine Hand zu halten.

„Nein", erwidere ich fest, „fass mich nicht an." Ich trete zurück. „Weißt du, Egon", schaue ich ihm in die Augen, „du wirst bekommen, was du willst - Status, Geld und das Recht, andere zu zeichnen, aber deine Strafe wird es sein, dass du in deinen Gedanken immer an mich denken wirst." Ich drehe mich um und verlasse das Café. Bei jedem Schritt spüre ich seinen Blick, aber auch die Blicke aller Gäste im Café, die sich in meinen Rücken bohren.

Erst als ich in unserer Wohnung ankomme, wische ich mir die Tränen ab. Es spielt keine Rolle, dass es mir gelungen ist, ihm Paroli zu bieten. Es spielt keine Rolle, dass ich aufgestanden und gegangen bin, um meine Würde zu wahren. Ich bin gescheitert. Ich werde für immer das arme sechzehnjährige Mädchen sein, das aus seinem Zuhause geworfen wurde. Mehr als ein kleines Zimmer in Frau Berthas Wohnheim kann ich nie erreichen.

Ich werfe meine Kleider aufs Bett und stopfe sie wahllos in meinen Koffer. Ich will weg sein, bevor er nach Hause kommt.

Ich stelle den Koffer neben die Tür, durchsuche das Haus und nehme das Geld mit, das ich in einem Glas in der Küche versteckt habe. Ich habe hart dafür gearbeitet, und Fräulein Edith wird ihn mit ausreichend Geld aus ihrer Schicht versorgen. Ein letztes Mal suche ich das Zimmer ab, um sicherzustellen, dass ich nichts vergessen habe. Ich meide sein Atelier. Ich will mir meine Bilder nicht mehr ansehen. Das bin nicht ich, die dort gemalt ist. Es ist ein anderes rothaariges Mädchen, das einmal geglaubt hat, es könne sich überwinden, um im Leben weiterzukommen.

Ich hänge den Türschlüssel an den Haken neben dem Eingang, nehme meinen Koffer und schließe unwiderruflich die Tür hinter mir. Es gibt nur noch einen Ort, an den ich gehen kann. Dort gehöre ich hin.

„Junges Fräulein Walburga, was führt dich hierher?“ Frau Bertha tritt hinter ihrem Tresen hervor. Für einen kurzen Moment scheint es, als wolle sie mich umarmen, aber in letzter Sekunde hält sie sich zurück.

„Ich bin für immer zurück“, sage ich und stelle meinen Koffer auf den Boden der Herberge. Ich hoffe, dass sie mich akzeptieren wird. Ich habe keinen anderen Ort, an dem ich sein kann.

„Was meinst du mit für immer?“ Sie geht hinter den Tresen zurück, holt ihr Zigarettenetui heraus, zündet sich eine Zigarette an und hustet trocken.

„Frau Bertha, geht es Ihnen nicht gut?“, frage ich sie und schaue auf die Zigarette in ihrem Mund, die bläulichen Rauch in den stickigen Raum abgibt.

„Mir geht es sehr gut. Das bisschen Husten wird Bertha nicht umbringen.“ Sie nimmt die Zigarette aus dem Mund. „Also, was soll das heißen, für immer?“

„Sie hatten recht“, sage ich leise zu ihr. „Das hier ist der richtige Ort für mich. Ich werde nie weiterkommen als bis hierher. Ich werde nie die Karriereleiter hinaufklettern können. Er hat sich entschieden, eine andere zu heiraten.“

„Walburga, Mitleid wirst du von mir nicht bekommen. Er ist wie alle Männer.“ Sie bläst den Zigarettenrauch in die Luft.

„Ich will Ihr Mitleid nicht. Ich bin gekommen, um hier zu bleiben“, wische ich mir die Tränen weg.

„Ich nehme an, du willst endlich eines von Berthas Mädchen werden?“ Sie lächelt mich an und nimmt einen weiteren Zug von der Zigarette.

„Ja.“ Ich fische ein Geldstück aus meiner Handtasche und lege es ihr auf den Tresen. „Das ist die Miete für die nächste

Woche. Ich bin nicht anders als Ihre anderen Mädchen, und ich bin schon alt genug. Das Blumensofa ist genau der richtige Ort für mich. Ich habe die richtigen Bewegungen gelernt, um Männer zu verführen." Ich werfe einen Seitenblick auf den Flur, wo nur ein einziges, mir unbekanntes Mädchen auf dem Sofa sitzt. Sie raucht eine Zigarette und ist mit ihren eigenen Angelegenheiten beschäftigt.

„Das junge Fräulein Walburga." Frau Bertha legt ihre Zigarette ab und wird erneut von einem Hustenkrampf überfallen. Sie dreht mir den Rücken zu und geht in ihr Hinterzimmer. Das Geldstück bleibt auf dem Tresen liegen. Wird sie mich hinauswerfen? „Hör auf Frau Bertha. Ich werde dir sagen, was wir tun", vernehme ich sie aus ihrem Zimmer. Nach einem kurzen Moment kommt sie heraus und stellt sich vor mich. „Nimm das Geld und geh. Ich will dich hier nicht mehr sehen." Sie drückt mir einen dicken Stapel Geldscheine in die Hand.

„Frau Bertha, ich verstehe nicht..." Ich halte die Scheine fest.

„Walburga, du irrst dich. Du bist etwas Besonderes. Du hast immer die Möglichkeit gesehen, die Leiter hinaufzuklettern. Und du hast es versucht, im Gegensatz zu meinen anderen Mädchen." Mit den Augen deutet sie auf die junge Frau, das auf dem geblümten Sofa sitzt. „Du hast nur nicht verstanden, dass man die Leiter hinaufsteigt, um die Kontrolle über sein Leben zu erlangen und nicht, damit jemand anders dich kontrolliert. Du bist bereits oben angekommen. Du musst es nur anders angehen." Sie drückt die Zigarette im Aschenbecher aus. „Jetzt nimm das Geld und komm nie wieder."

„Frau Bertha, ich werde Ihnen das nie zurückzahlen können." Ich spüre, wie wieder Tränen in mir aufsteigen.

„Hör auf Frau Bertha. Du hast eine Leiter zu erklimmen.

Und jetzt verschwinde von hier. Und hör endlich auf zu heulen."

„Danke, Frau Bertha", weine ich, laufe hinter den Tresen, umarme sie und spüre ihren warmen Körper.

„Verschwinde von hier. Ich will dich nicht mehr sehen", erwidert sie, lässt sich kurz auf die Umarmung ein, löst sich bald wieder und dreht sich von mir weg.

„Ich verspreche Ihnen hiermit, ich komme zurück und ich gebe Ihnen Ihr Geld wieder." Aber sie antwortet mir nicht. Ich beobachte, wie sie durch den Flur zum Fuß der Treppe geht und ruft: „Los, Mädels, macht euch fertig und kommt runter. Die Kunden werden gleich da sein."

Ich wische mir die Augen, werfe einen letzten Blick auf das geblümte Sofa, schnappe mir meinen Koffer und gehe hinaus auf die Straße, wobei ich die schwere Tür vorsichtig hinter mir schließe.

Auf dem Hauptboulevard, an der Wand des Verteidigungsministeriums, neben den endlosen schwarzen Listen, stoße ich auf ein Plakat mit der Aufschrift 'Werde Krankenschwester und rette Leben'. Ich gehe auf das Plakat zu und beginne, das Kleingedruckte zu lesen.

14. Tod und Mädchen

Sechs Monate später, Frühjahr 1916, der Krieg wütet noch immer

Am Hauptboulevard steige ich aus der Straßenbahn und laufe in Richtung Altstadt. Es ist sechs Monate her, dass ich das letzte Mal an diesem Ort war. Ich schaue mir die vertrauten Straßen an und habe das Gefühl, dass sich nichts verändert hat, wohl aber, dass seit jenem Tag ein ganzes Leben vergangen ist.

In den Geschäften gibt es immer noch Ware, aber die Schaufenster zeigen eine reduzierte Auswahl. Auf den Straßen herrscht kaum noch Verkehr, und obwohl die Straßenbahnen wie gewohnt fahren, sind die Pferde, die die Karren ziehen, fast verschwunden. Wahrscheinlich werden sie an der Front gebraucht. Ich gehe die Hauptstraße hinunter. In den Cafés sitzen immer noch viele alte Männer und lesen die Morgenzeitungen. Die jungen Männer sind fast komplett aus dem Stadtbild verschwunden. Vor der Metzgerei stehen einige Frauen, die meisten tragen schwarze Kleider. Ich schaue nach vorne auf die Straße. So viele Frauen tragen schwarz. Ich gehe an einer jungen Frau in einem schwarzen Kleid vorbei und lächle sie aufmunternd an. Aber sie ignoriert mein Lächeln und geht weiter, als ob sie Löcher in die Luft starren würde und nach etwas suchen, das es nicht gibt.

Ein älterer, Pfeife rauchender Herr mustert mich kritisch, als wolle er etwas zu mir sagen. Aber er schweigt, als ich an ihm vorbeigehe. Ich nehme den Kopf hoch und ignoriere ihn, auch wenn ich mich in meiner grünen Uniform und der Baskenmütze immer noch etwas fehl am Platz fühle.

Auf der Straße vor Berthas Herberge bleibe ich kurz neben einem Mädchen in einem zerlumpten Kleid stehen. Es streichelt eine schmutzige Katze, hält sie auf dem Schoß und schaut mich mit seinen großen blauen Augen an.

„Bist du Soldatin?", fragt sie mich.

„Ja", antworte ich, „ich bin Krankenschwester beim Militär."

„Eines Tages werde ich auch eine Militärkrankenschwester sein", teilt sie mir mit und umarmt die streunende Katze. Ich lächle sie freundlich an, gehe in die Herberge und schließe vorsichtig die schwere Holztür. Ich bin gekommen, um meine Schuld zu begleichen.

„Wally?", ruft jemand meinen Namen, und ich sehe Christina hinter dem Tresen stehen.

„Christina?", frage ich erstaunt und schaue mich um. Der Eingangsbereich sieht sauberer aus und wird von elektrischen Lampen anstelle der alten Gaslampen beleuchtet. Auch das Polster des geblümten Sofas ist neu, und der Zigarettengeruch ist verschwunden.

„Wally? Bist du das?" Sie kommt hinter dem Tresen hervor, geht auf mich zu und nimmt mich fest in den Arm. „Wie erwachsen du ausschaust!" Sie rückt von mir ab und begutachtet meine Uniform. „Was ist denn das für eine Uniform? Sie steht dir ausgezeichnet. Du siehst so gereift und ganz seriös darin aus. Ich bin froh, dass du mich besuchen kommst."

„Ich habe gerade die Krankenpflegeschule abgeschlossen und habe ein paar Tage frei, bevor ich mit dem Zug in ein Krankenhaus nahe der Front fahre", sage ich. „Du siehst aber auch reifer aus. Wo ist Frau Bertha?" Ich blicke auf den

Tresen. Auch der Aschenbecher ist verschwunden.

„Hast du es nicht gehört?“ Sie kehrt hinter den Tresen zurück.

„Was gehört?“ Was ist mit Frau Bertha?

„Oh, Wally“, sie scheint nach den richtigen Worten zu suchen. „Sie war krank und wollte nicht auf den Rat der Ärzte hören. Im Winter ist sie an Tuberkulose gestorben“, sagt Christina langsam. Trotz des hellen Lichts wirkt der Raum plötzlich dunkel. „Viele Menschen sind in diesem strengen Winter an Tuberkulose erkrankt“, fährt sie fort. „Wally, geht es dir gut?“

„Ja, mir geht es gut“, sage ich und stütze mich auf dem Tresen ab. „Mir geht es gut“, wiederhole ich. Seit dieser verdammte Krieg begonnen hat, sind schon so viele Menschen gestorben. Ich sollte mich deswegen nicht so von meinen Gefühlen überfallen lassen. Ich bin Krankenschwester.

„Es tut mir so leid, es war eine schwierige Zeit.“ Sie kommt wieder auf mich zu und umarmt mich. Ich versuche, meine Tränen zurückzuhalten. Was soll ich nur ohne ihre nervtötenden Sprüche machen?

„Hast du ihren Platz eingenommen?“, frage ich schließlich.

„Ja, sie hat mir die Herberge überlassen, als sie sehr krank wurde“, bestätigt Christina langsam. „Sie wollte, dass ich den Namen ändere, aber ich möchte, dass es ‚Berthas Herberge‘ bleibt.“

„Ich bin gekommen, um ihr das Geld zurückzugeben, das sie mir geliehen hat.“ Ich ziehe einen Umschlag aus meiner Uniformtasche und reiche ihn ihr.

„Ich weiß“, Christina sieht mich an. „Sie wusste, dass du nicht auf sie hören und zurückkommen würdest. Sie hat mir gesagt, dass ich das Geld von dir nicht annehmen soll.“ Christina lächelt und gibt mir den Umschlag mit dem Geld zurück. „Also nehme ich es auch nicht an. Sie hat auch etwas für dich dagelassen." Christina geht ins Hinterzimmer und legt mir einen versiegelten Umschlag auf den Tresen.

„Was ist das?" Ich betaste den Umschlag. Etwas Hartes ist darin.

„Ich weiß es nicht. Sie hat mir gesagt, dass ich es dir geben soll, falls du jemals zurückkommst", sagt Christina und zuckt mit den Schultern.

Hastig reiße ich den Umschlag auf. Der Siegelring meines Vaters fällt auf den Tresen und glitzert im gelblichen Licht. Ein kleiner Zettel kommt zum Vorschein.

Ich stecke mir den Ring an den Finger, spüre sein Gewicht und wische mir meine Tränen ab. Dann lese ich den Zettel, der nur eine Zeile enthält:

‚Junges Fräulein Walburga, Sie müssen die Vergangenheit hinter sich lassen, um in die Zukunft gehen zu können. Da kann ein kleines Andenken nicht schaden.'

„Was ist das?", fragt mich Christina.

„Es ist etwas von ihr, ein Andenken an die Vergangenheit", antworte ich und lächle durch meine Tränen hindurch. Ich muss mich hinsetzen, mich fassen.

„Übrigens", fügt Christina hinzu, „hat dich ein Mann mehrmals gesucht. Er sagte, es sei wichtig, dass ich dir sage, dass du zu ihm ins Atelier kommen sollst. Ich glaube, es war der Maler, bei dem du warst. Ich habe ihm nicht erlaubt, die Mädchen zu sehen."

„Wie sah er aus? War er jung oder alt?", frage ich und schaue sie an. War es Herr Klimt? Egon? Was könnte er nur von mir wollen?

„Er war ein bisschen älter als du, und er hatte eine schwarze Haartolle und einen besorgten Blick. Kennst du ihn?"

„Ja", antworte ich. „Ja", wiederhole ich, obwohl ich mir nicht mehr sicher bin, dass er mich wiedererkennen wird.

Ich stehe auf der Straße an der Adresse, die Christina mir gegeben hat, und überlege, ob ich an die Tür klopfen soll oder nicht. Er ist ein verheirateter Mann. Er hat seine Entscheidungen getroffen und ich meine.

Ich klopfe an die Tür und warte. Ich höre das Aufschieben des Riegels, er öffnet sie. Mein Herz rast.

Er steht an der Tür und sieht mich an. Er hat sich nicht verändert. Dasselbe weiße Hemd mit Knopfleiste, dieselben braunen Hosen und glänzende Lederschuhe. Dasselbe schwarze Haar und dieselben dunkelbraunen Augen, die mich ansehen, als wollten sie meinen Körper verschlingen. Genau der gleiche Blick, den er mir an dem Tag zugeworfen hat, als wir uns das erste Mal begegnet sind.

„Meine Kirsche...", setzt er an, hält aber inne, tritt zurück, öffnet mir die Tür und sagt: „Bitte komm rein."

Ich bleibe einen Moment an der Tür stehen, bevor ich eintrete und mich umschaue. Sein Atelier ist größer als das in unserer Wohnung, aber ansonsten sieht alles noch genauso aus wie damals. Die Staffelei steht in der Mitte des Raumes, die Holzkiste mit Farben und Pinseln steht an der Wand, ebenso der Stuhl, auf dem ich schon so oft gesessen habe. Nur die Bilder, die an den Wänden lehnen, sind nicht von mir. Ich gehöre nicht mehr an diesen Ort. Dieses Atelier gehört nun anderen Frauen.

„Du hast nach mir gesucht", sage ich. Es scheint, als suche er nach einer Beschäftigung für seine Hände.

„Du bist einfach verschwunden. Ich habe dich in der ganzen Stadt gesucht." Er kommt auf mich zu und umarmt mich „Ich habe dich sogar in der Herberge gesucht, in der du früher gewohnt hast. Ich war mehrere Male dort. Aber die ältere Vermieterin hat mich weggeschickt. Auch nachdem eine jüngere Frau ihren Platz eingenommen hat, hat sie mir nicht gesagt, wo ich dich finden kann." Er drückt mich fest an sich, seine Arme umschlingen meinen Körper, und ich habe das Gefühl, dass er an mir klebt, aber ich erwidere seine Umarmung nicht.

„Du bist verheiratet", sage ich. Sein Geruch kommt mir plötzlich fremd vor.

„Na und", raunt er mir zu, „du warst doch mal eine Rebellin, genau wie ich. Dir war es egal, was die anderen von uns gedacht haben. Das hat uns so besonders gemacht", er drückt seine Lippen auf meine, will mich küssen, aber ich wende mein Gesicht von ihm ab.

„Nein", weise ich ihn energisch mit meinen Händen zurück. Ich schnappe nach Luft. Ich hätte nicht herkommen sollen.

„Du hast dich verändert", er bleibt dicht bei mir, „die Uniform, die du trägst, ist wie eine Mauer zwischen uns. Ein dichter und rauer Stoff, den ich nicht streicheln kann und durch den ich nicht in deine Seele eindringen kann."

„Nein, das was du getan hast, hat die Mauer zwischen uns entstehen lassen, nicht die Uniform, die ich trage."

„Was ist das überhaupt für eine Uniform?", fragt er, als störe ihn die Anwesenheit dieses Kleidungsstücks.

„Ich bin jetzt bei der Armee, ich bin Krankenschwester. Ich habe die Krankenpflegeschule absolviert."

„Ich dachte, wir sind die Revolutionäre, wir sind gegen das Kaiserreich, gegen den Kaiser, gegen diesen Krieg", versucht er wieder, sich mir zu nähern. „Warum bist du plötzlich eine von denen geworden?"

„Auf Wiedersehen, Egon." Ich drehe mich um und gehe

zur Tür. Plötzlich kommt er mir wie ein Fremder vor.

„Wally, bitte geh nicht", läuft er mir nach und ergreift meine Hand. „Bitte", fleht er.

„Du brauchst mich hier nicht. Du hast das Leben, das du dir selbst ausgesucht hast", antworte ich ihm und ziehe meine Hand weg.

„Bitte, ich möchte dir etwas zeigen. Bitte, nur ein paar Minuten. Geh nicht."

„Was denn?" Ich bleibe in der Nähe der Tür stehen. Die Uniform an meinem Körper gibt mir Sicherheit.

„Nachdem du gegangen bist, habe ich das hier gemalt", er geht zu den Gemälden, die an der Wand lehnen und fängt an, sie eines nach dem anderen durchzuschauen, bis er beim letzten Bild ankommt, das von einem Laken bedeckt ist. „Ich musste es tun. Ich konnte einfach nicht aufhören. Du warst die ganze Zeit in meinen Gedanken. Ich konnte nicht aufhören, an dich zu denken." Er enthüllt das Bild einer jungen Frau, die eine dunkelgrüne, graue Gestalt umarmt. Beide knien und halten sich gegenseitig.

„Was ist das für ein Bild?", frage ich ihn und spüre wie mir ein kalter Schauer über den Rücken läuft.

‚Tod und Jungfrau'. Er sieht mich mit seinen dunklen Augen an. „Du bist die Jungfrau, ich bin der Tod." Er versucht erneut, auf mich zuzugehen, aber ich weiche zurück. „Ich habe dich aus der Erinnerung gezeichnet", spricht er ohne Unterbrechung. „In der Nacht, jedes Mal, wenn ich meine Augen zugemacht habe, sah ich dein Gesicht. Du hattest recht. Ohne dich bin ich gestorben. Du bist meine Frau. Du warst schon immer meine Frau."

„Nein, ich gehöre nicht mehr zu dir", antworte ich ihm. Ich hasse mich auf diesem Bild.

„Bitte, du musst wieder meine Geliebte und Muse sein. Meine Frau wird das verstehen. Sie kann niemals wie du sein. Ich möchte zu dem zurückkehren, was zwischen uns war. Ich brauche dich." Er setzt sich auf den Holzstuhl im Zimmer und sieht zu mir auf.

„Aber ich brauche dich nicht mehr." Ich betrachte ihn. Früher wäre ich jetzt auf ihn zugegangen und hätte ihn umarmt - jetzt nicht mehr.

„Du bist nichts ohne mich. Du wirst nie die sein, die du sein willst. Niemand wird sich an dich erinnern. Nur an meine Bilder, an die wird man sich erinnern." Er steht vom Stuhl auf und stellt sich vor mich.

„Es ist mir egal, wer sich an mich erinnern wird, und wenn es nur ein einfacher Mann ist. Hauptsache, es ist niemand, der mich zusammen mit dem Tod malt", schreie ich ihn an.

„Keiner wird dich jemals wieder zeichnen. Wenn du mich verlässt, werden wir beide sterben. Ich bin jetzt schon tot. Es wird eine Weile dauern, bis du das verstehst, aber irgendwann wirst du sehen, dass ich recht habe. Wir sind beide füreinander bestimmt", sagt er mit zittriger Stimme und ordnet mit den Fingern seine Tolle. „Geh nicht. Du darfst uns nicht aufgeben."

„Ich habe keine Angst vorm Sterben. Und ich bin nicht für dich bestimmt. Ich bin dazu bestimmt, mein Leben selbst zu leben." All das sage ich zu ihm mit ruhiger Stimme. Ich habe die Kontrolle über meine Atmung und lege meine Hand auf die Türklinke: „Ich hätte nur Angst davor zu sterben, ohne selbst gelebt zu haben. Und genau das werde ich jetzt tun. Ich werde mein Leben leben. Auf Wiedersehen, Egon." Ich öffne die Tür, gehe hinaus auf die Straße, spüre die Brise auf meinem Gesicht und lächle.

15. Epilog, Wallys letztes Porträt

Anderthalb Jahre später, Kroatien, an der Adria, an der Südgrenze der österreichisch-ungarischen Monarchie, 24. Dezember 1917

Der Tag, an dem der Tod auf die Jungfrau traf.

Geschrieben von Alfred, einem Kutscher aus der österreichisch-ungarischen Armee.

„Geh", schnalze ich mit der Zunge und lasse die Zügel der beiden braunen Pferde los, die den Wagen die gewundene Straße des Städtchens hinunterziehen. Mit der anderen Hand halte ich meinen grünen Wollmantel fest umklammert und ziehe ihn zu, um mich vor der Kälte und dem Schnee zu schützen, der langsam auf den Boden rieselt und die Straße mit einer weißen Schicht bedeckt.

Ab und zu erhasche ich einen Blick auf die schneebedeckten Berge, die das ferne Tal umschließen. Aber die meiste Zeit bleiben sie von grauen Wolken verdeckt. „Los", treibe ich die Pferde noch einmal an und ignoriere meine tauben Finger. Meine Handschuhe sind zerrissen, sie zu ersetzen kann ich mir nicht leisten. In den letzten Monaten wurden alle guten Vorräte an die Front zu den kämpfenden Soldaten geschickt, während wir, im Hinterland stationiert, mit abgenutzter Kleidung vorlieb nehmen müssen. Auch der Mantel, den ich trage, ist zerfleddert.

Ich führe die Pferde an die Weggabelung. Obwohl sie nicht auf meine Worte hören, reagieren sie auf das Ziehen der Zügel und ziehen den Wagen langsam über die schlammige und schneebedeckte Straße. Es hat eine Weile gedauert, bis ich in der Stadt jemanden gefunden habe, der mir den richtigen Weg gezeigt hat.

Vor ein paar Minuten habe ich noch auf dem Marktplatz unter der Rathausuhr gestanden, die gerade Mittag angezeigt hat. Die Stadt scheint wie leergefegt. Vielleicht sind alle vor Einbruch der Dunkelheit nach Hause geeilt. Vielleicht liegt es auch an den bevorstehenden Feiertagen. Oder es liegt an dem Männermangel. So viele von ihnen sind eingezogen worden, in einen Krieg, der nun schon seit drei Jahren tobt.

Schließlich habe ich eine Frau entdeckt, die aus dem Postamt geeilt kam. Sie hat kurz innegehalten, ohne auf das Schneetreiben zu achten, das ihr Haar mit weißen Tupfen geschmückt hat. Sie hat mir eine Wegbeschreibung gegeben, bevor sie eilig in einer der engen Gassen verschwunden ist, die vom Platz wegführen.

„Wir sind angekommen", murmele ich den Pferden zu, als wir durch das Tor in der weißen Mauer am Ende einer der Straßen fahren. Hinter den Mauern tut sich ein großes Gebäude auf. Wir steuern auf das Schild mit der Aufschrift „Militärkrankenhaus der Österreichisch-Ungarischen Monarchie" zu. Neben dem Tor steht ein weiteres großes Holzschild mit der Aufschrift „Vorsicht, Epidemie", aber ich beachte es nicht. Ich muss Nachschub besorgen.

„Ich bringe den Wagen vor dem Eingang zum Stehen, ziehe die Bremse an, um ihn am Wegrollen zu hindern und hole eilig alte Wolldecken aus dem Wagen, um die Pferde zuzudecken. Ich muss sie nach der anstrengenden Reise warm halten. Gleich werde ich sie von ihren Geschirren befreien und in den Pferdestall am Rande des Hofes führen. Hier werden wir die Nacht verbringen.

„Wir haben Sie erwartet." Eine Krankenschwester in einem militärischen Wollmantel kommt aus dem Hauptgebäude gelaufen, direkt auf mich zu. Während sie zügig geht, bemerke ich, dass sich ihre weiße Uniform bei jedem Schritt unter dem Saum ihres Trenchcoats abzeichnet und ihre Stiefel auf dem gefrorenen Boden knirschen.

„Ich konnte den Ort nicht finden", sage ich, reibe meine verfrorenen Hände aneinander und entferne hastig die Plane, die die Kisten im hinteren Teil des Wagens abdeckt, so dass sie sorgfältig geordnet zum Vorschein kommen.

„Sie waren noch nicht hier?", fragt sie.

„Nein", antworte ich und sehe mich um. In einer Ecke des Krankenhaushofes stehen mehrere mit Planen abgedeckte Verwundetentransporter, die von der russischen Front kommen. Daneben parkt ein neuer benzingrüner Lastwagen, auf dessen Fahrertür das Reichswappen prangt. Diese neuen Lastwagen waren erst vor kurzem in die Armee eingeführt worden.

„Stellen Sie die Kisten in die Haupthalle. Folgen Sie mir", weist mich die Krankenschwester an. Sie dreht sich um und steigt die Treppe zum Krankenhaus empor. Ich greife nach den kalten Metallgriffen einer Kiste und folge ihr eilig. Später, wenn ich die Kiste abgestellt habe, werde ich die für den Pferdestall zuständige Person aufsuchen, um die Pferde zu versorgen.

In dem großen Saal stehen die Betten der Verwundeten ordentlich in Reihen, alle sind mit weißen Laken bezogen. Ich halte einen Moment inne, damit sich meine Augen an das schwache Licht der Öllaternen gewöhnen können, die den Raum spärlich beleuchten. Die Krankenschwester, die mich vorhin begrüßt hat, bleibt nicht stehen, sondern geht weiter durch den Gang zwischen all den Verwundeten hindurch. Ich beeile mich, sie am Ende des Ganges einzuholen.

„Stellen Sie die Kisten hier ab", weist sie mich an und zeigt auf eine Ecke, in der ein Tannenbaum steht, der das bevorstehende Fest am heutigen Abend ankündigt. „Wenn Sie fertig sind, gehen Sie in die Küche. Dort gibt es eine Mahlzeit für Sie. Sie können dort drüben am Ofen übernachten. Da ist es warm und gemütlich." Sie lächelt mich an.

„Danke", erwidere ich ihr Lächeln, aber sie hat sich bereits abgewandt, ihren Mantel ausgezogen, ihren Rundgang wieder aufgenommen und kümmert sich nun um einem der Verwundeten.

Ich stelle die Holzkiste ab und bleibe stehen, um den Tannenbaum zu betrachten. Er verströmt noch immer seinen stechenden Duft, als wäre er in den letzten Tagen frisch aus dem Wald geholt worden. Trotz des Fests heute Abend ist er kaum geschmückt. Er schimmert schwach im Laternenlicht. Husten und Stöhnen ist aus allen Richtungen zu vernehmen, was mich dazu veranlasst, zwischen den vor Schmerzen stöhnenden Verwundeten durch den Saal zu gehen, raus in die Kälte, auf den Wagen mit den medizinischen Vorräten. Ich werde den Stallmeister suchen und mich mit dem Ausladen der Kisten beeilen. Danach kann ich zu Abend essen und mich ein wenig ausruhen.

„Schwester", höre ich jemanden stöhnen, nachdem ich eine weitere Kiste am Ende des Saals abgestellt habe. Ich bleibe stehen, um einen Blick auf die Patientin zu werfen.

Sie liegt isoliert am Rande des Flurs, abseits von den

anderen. Sie ist mit einer weißen Decke zugedeckt und wird von einem fürchterlichen Reizhusten gequält: „Schwester."

Ich schaue mich um, aber die drei Krankenschwestern in weißen Uniformen kümmern sich um die anderen Verletzten im Gang.

„Schwester", sie hustet wieder.

„Ich bin keine Krankenschwester", sage ich langsam zu ihr. Eigentlich muss ich die Kisten weiter auspacken, das ist meine Aufgabe. Sie wirkt winzig in dem weißen Bett. Ihr Kopf ruht auf dem Kissen und ihr kurzes rotes Haar glänzt im Schein der Laterne und dem grauen Licht des Sonnenuntergangs, das durch das Fenster fällt. Sie kommt mir seltsam bekannt vor mit ihrem kurzen roten Haar. Kenne ich sie aus einem anderen Krankenhaus, in dem ich bereits war?

„Kann ich etwas Wasser haben?" Sie sieht mich an, und ich begegne ihren blauen Augen. Einen Moment lang starrt sie mich an, als würde auch sie mich erkennen. Aber nach einer Sekunde schließt sie die Augen und kämpft wieder gegen ihren trockenen Husten.

„Bitte sehr", sage ich und schenke ihr schnell ein Glas Wasser aus dem Emaillekrug neben ihrem Bett ein. „Trinken Sie."

„Danke", sie öffnet die Augen, ich halte ihr das Glas hin. Ihre Finger zittern, als sie meine kalte Hand berühren. An einem ihrer Finger entdecke ich einen silbernen Siegelring, der eigentlich von Männern getragen wird.

„Entschuldigung." Ich reibe meine Hände aneinander, um sie zu wärmen, während sie langsam einen Schluck trinkt. Ihr Gesicht und ihre Hände sind mit kleinen roten Flecken übersät.

„Schon gut", sagt sie, sieht mich weiterhin an und hält die Emaille-Tasse fest in der Hand. Ich spüre, dass sie mich mit jemand anderem zu verwechseln scheint. Vielleicht verwechsle ich auch sie mit jemandem.

„Soldat", höre ich eine Stimme, drehe mich um und entdecke eine der Krankenschwestern, die auf uns zuläuft, „kommen Sie ihr nicht zu nahe. Sie hat Scharlach, Sie könnten sich anstecken." Sie stellt sich neben die Patientin, nimmt ihr die Emailletasse aus der Hand und stellt sie auf einen kleinen Schrank neben das Bett.

„Das tut mir leid", sage ich zu der Krankenschwester und sehe zu, wie die rothaarige Frau ihren Kopf wieder auf das Kissen bettet. Sie schaut mich mit ihren blauen Augen an, als ich weggehe und zum Ausgang eile. Ich muss noch viele Kisten ausladen und es wird schon dunkel.

Später in der Nacht stehe ich an der Tür des Verwundetensaals und blicke auf die dunklen Bettreihen mit den vor Schmerzen stöhnenden Verletzten. Die Kisten mit den Medikamenten stehen fertig ausgeladen am Ende des Saals. Ich habe bereits zu Abend gegessen, die Pferde sind im Stall. Gleich werde ich in der Ecke der Küche neben dem großen Backofen schlafen, der wohltuende Wärme verströmt. Die Fenster am Ende des Flurs sind dunkel. Wegen des seit den Morgenstunden anhaltenden Schneefalls kann ich nicht hindurchsehen. Nur ein paar Kerzen an der Seite des Tannenbaums flackern in der dunklen Halle, die von Stöhn- und Hustengeräuschen erfüllt ist. Langsam nähere ich mich dem Baum und betrachte die Kerzen.

„Soldat", höre ich die schwache Stimme aus dem Bett der Frau am Rande des Flurs.

„Ich soll Ihnen nicht zu nahe kommen. Die Krankenschwester hat es verboten", flüstere ich und gehe ein paar Schritte auf sie zu, bleibe jedoch in einiger Entfernung stehen.

„Bitte!“

„Was brauchen Sie?“

„Setzen Sie sich bitte neben mich, nur für ein paar Minuten.“

Ich werfe einen Blick zurück und halte Ausschau nach den Krankenschwestern. Ich möchte eine von ihnen rufen, aber ich kann sie in der Dunkelheit nicht entdecken. „Bitte“, flüstert sie erneut und hustet. Ich gehe in die Ecke des Flurs, hole einen Stuhl, stelle ihn an ihr Bett und setze mich.

„Danke“, flüstert sie, als ich ihr ein Glas Wasser reiche. Ihre Hand berührt sanft meine ausgestreckte Hand, ihre Finger sind warm.

„Sie werden sich bald erholen, keine Sorge“, versichere ich ihr im gedämpften Licht. Ihr rotes Haar wirkt in der Dunkelheit fast schwarz, und auch ihre blauen Augen, die mich vorher zu erkennen glaubten, wirken jetzt dunkel.

„Ich werde nicht wieder gesund“, stöhnt sie und hustet schwach, „ich werde nicht mehr gesund.“

„Soll ich eine Schwester rufen?“ Ich erhebe mich.

„Nein, bitte nicht. Setzen Sie sich einfach neben mich.“ Sie streckt ihre Hand aus, als wolle sie mich aufhalten.

„Kann ich etwas für Sie tun?“ Ich komme zurück, setze mich auf den Stuhl und rücke trotz der Warnung der Schwester ein wenig näher an sie heran. Im schwachen Licht kann ich erkennen, wie sich ihr Brustkorb unter der weißen Decke langsam hebt und senkt und wie sich ihre Brüste abzeichnen. „Liegen Sie bequem?“

„Ja, ich fühle mich wohl. Jetzt, wo du neben mir sitzt, fühle ich mich gut.“

„Brauchen Sie etwas?“

„Bitte zeichne mich“, flüstert sie mit geschlossenen Augen. Es scheint, als würde sie halluzinieren. Vielleicht verwechselt sie mich mit jemandem.

„Möchten Sie, dass ich jemandem schreibe? Haben Sie jemanden zu Hause, dem Sie schreiben können?" frage ich.

„Nein, habe ich nicht", flüstert sie und schüttelt den Kopf.

„Haben Sie niemanden?" Ich lege meine Hand auf ihre Hand, die auf dem Bett liegt, und spüre ihre warmen Finger.

„Es spielt keine Rolle mehr. Es ist zu spät." Sie dreht ihren Kopf in meine Richtung und hustet schwach. Dann öffnet sie die Augen, als würde sie mich erneut mustern.

„Kennen wir uns? Kennen Sie mich?" Ich frage nach: „Sie sehen mich an, als würden Sie mich kennen. So haben Sie mich schon einmal angeschaut." Ich habe das Gefühl, dass ich sie aus einem anderen Leben kenne. Aus einem Leben vor dem Krieg.

„Wo hast du gelebt? Bevor du hierhergekommen bist?", fragt sie und ich glaube, sie versucht, mich anzulächeln.

„Ich war Kutscher in Neulengbach, westlich von Wien. Kutscher werden immer gebraucht. Auch hier im Krieg müssen Offiziere immer Sachen oder Soldaten von Ort zu Ort transportieren", erzähle ich ihr. Sie schaut mich immer noch mit großen Augen an, als ob sie sich erinnern wollte.

„Ich habe mal in Neulengbach gelebt", sie spricht den Namen langsam aus, „aber du wirst dich wahrscheinlich nicht an mich erinnern." Ihre Finger drücken sanft meine Handfläche und umschließen sie.

„Ich erinnere mich", ich spüre die Wärme ihrer Finger, „an das Mädchen mit den roten Haaren vom Bahnhof." Ich denke an den Tag, als sie mit einem Mann in einem schwarzen Sakko am Bahnhof angereist ist. An den Tag, als sie allein im Schnee am Bahnhof ankam. Am nächsten Tag kam sie mit dem Zug aus Wien zurück, und sie sah so traurig aus. Was ist mit dem Mann passiert, der bei ihr war? Ich möchte sie fragen, aber ich bin zu schüchtern. „Haben Sie Angst?", frage ich schließlich.

„Nein", sie hustet wieder, „ich habe erreicht, was ich wollte und viele Leben gerettet. Ich habe keine Angst mehr, dem Tod zu begegnen."

„Soll ich eine Schwester rufen?"

„Hast du zu Hause eine Frau, die auf dich wartet?", fragt sie.

„Nein, habe ich nicht."

„Hättest du gerne eine Frau?" Ich fühle ihre warmen Finger.

„Ja, ich möchte mit ihr ein einfaches Leben führen und nur sie lieben", flüstere ich ihr zu und rücke trotz meiner Verlegenheit ein Stück näher an sie heran.

„Bitte zeichne mich", keucht sie.

„Ich kann nicht zeichnen."

„Das ist nicht wichtig", sagt sie leise, so dass ich meinen Kopf ganz nah an ihre Lippen bringen muss, um sie zu verstehen „Bitte zeichne mich", fährt sie nach einem kurzen Moment fort, „du musst derjenige sein, der mich zum letzten Mal zeichnet, nicht er."

„Wer ist er?", frage ich, aber sie antwortet nicht. Sie atmet nur langsam und schließt die Augen. Ist das der Mann mit der schwarzen Haartolle, der bei ihr war?

Um uns herum ist nur das Husten und Stöhnen der Verwundeten zu hören. Als ich den Kopf drehe, sehe ich die Silhouette einer Krankenschwester, die sich einem der Verwundeten nähert. Offenbar bemerkt sie mich nicht, als ich mich über das Bett beuge. Ich sollte in die Küche gehen und am Herd schlafen.

Leise stehe ich auf und gehe zu den Medikamentenvorräten, die in der Ecke des Saals neben dem mit Heiligen- und Kaiserbildern geschmückten Weihnachtsbaum lagern. Vorsichtig öffne ich die oberste Schachtel und nehme ein

Stück Pappe heraus, der die zusammengerollten Verbände bedeckt.

„Du bist wieder da", seufzt sie, als ich mich wieder neben sie setze und den Karton in Händen halte. Ich ziehe einen Bleistift aus der Tasche meines Militärhemdes und sehe sie an.

Meine Finger, die den Bleistift halten, fahren sanft über die harte Pappe und zeichnen ihre rosafarbenen Lippen, die in der schummrigen Halle dunkel wirken. Ihre kleine Nase und ihre großen Augen sehen mich an. Ich schließe für einen Moment die Augen und rufe mir ins Gedächtnis, dass sie blau und klar sind, so wie heute Morgen, als sie mich zum ersten Mal angesehen hat. Dann zeichne ich ihr kurzes rotes Haar, das im Dunkeln schwarz erscheint und auf dem weißen Kissen ausgebreitet ist.

„Danke", haucht sie, als ich den Stift schließlich weglege. Ich weiß, dass ich sie nicht so gut gezeichnet habe, wie ich es mir gewünscht hätte.

„Soll ich Ihnen die Zeichnung zeigen? Es tut mir leid, aber es ist nicht gut geworden." Ich erhebe mich vom Stuhl und will mich auf den Weg machen. Morgen steht mir ein langer Tag auf der verschneiten Straße bevor.

„Nicht nötig, danke." Sie streckt mir ihre Hand entgegen. Ich greife nach ihr, obwohl ich das nicht sollte. „Setz dich bitte noch ein bisschen neben mich. Ich habe Angst, in der Dunkelheit allein zu sein."

„Stell dir vor, du bist mein Mädchen", erwidere ich und setze mich auf den Stuhl neben sie, streichle sanft ihre Finger, während meine andere Hand die Skizze festhält.

Lange bleibe ich sitzen und beobachte sie. Ich halte ihre Hand und höre ihren Atem, der langsam immer leiser wird. Und die ganze Zeit über streichle ich ihre Hand und sehe sie an.

Das Ende

Am 25. Dezember 1917, einen Tag nach Weihnachten, starb Wally Neuzil im Alter von 23 Jahren in einem Lazarett in der Stadt Sinj in Sarajevo an Scharlach. Ihr letztes Gemälde wurde nie gefunden.

16. Notizen des Autors, Teile der Geschichte

Wien, im Sommer 2022, Schloss Belvedere, früh am Morgen.

Meine 23 Jahre alte Tochter Dana und ich standen in der Schlange, um in das Museum zu gelangen. Unsere Eintrittskarten für die Eröffnung hatten wir online bestellt, weil wir zu den ersten Besuchern des Tages gehören und überfüllte Räume vermeiden wollten.

Die Türen öffneten sich. Wir entwerteten unsere Eintrittskarten und beeilten uns, den Schildern zu folgen, die uns zu einem bestimmten Raum und zu einem bestimmten Gemälde führten: ‚Der Kuss' von Gustav Klimt.

Es war ein besonderes Gefühl, zwei oder drei Augenblicke lang allein vor diesem großen Gemälde zu stehen - nur wir beide. Wir standen schweigend da, betrachteten dieses Meisterwerk und genossen jeden einzelnen Pinselstrich, bevor der Zauber des Augenblicks vorbei war und andere Besucher den Raum betraten. Sie unterhielten sich angeregt, zückten ihre Handys und begannen, Fotos von sich und dem Gemälde zu machen.

Später im Museum trennten wir uns und vereinbarten, uns später wieder zu treffen. Meine Tochter mag klassische Kunst, ich bevorzuge impressionistische Gemälde.

Als ich durch die Säle ging, stieß ich plötzlich auf eines der berühmten Gemälde von Egon Schiele, „Tod und Mädchen" aus dem Jahr 1915, das den Tod darstellt, der eine rothaarige Frau umarmt.

Ich blieb stehen und betrachtete das Gemälde. Ehrlich gesagt, es gefiel mir nicht. Meiner Meinung nach war es zu düster und deprimierend. Ich mochte seine anderen Gemälde viel lieber. Aber was meine Aufmerksamkeit erregte, war der kleine Zettel, der daneben angebracht war. Darauf stand, dass das Modell für dieses Bild Wally Neuzil war, die auch schon für Gustav Klimt Modell gestanden hatte.

In diesem Moment wusste ich, dass ich Wallys Geschichte niederschreiben wollte, die Geschichte eines jungen Mädchens, das zwischen diese beiden großen Künstler geraten war. Ich wusste, dass Dutzende von Büchern über Gustav Klimt und Egon Schiele geschrieben worden waren, aber ich wollte Wallys Geschichte erzählen und sie einmal die Heldin ihres eigenen Lebens sein lassen.

Später an diesem Tag, als wir im Hotel ankamen, begann ich direkt, über ihr Leben zu recherchieren. Ich erfuhr, dass dies das letzte Bild war, das Egon Schiele je von ihr gemalt hatte. Ich entdeckte auch, dass ihr Leben viel faszinierender gewesen war, als ich anfangs gedacht hatte. Ich setzte mich an den kleinen Tisch im Hotelzimmer und begann, die ersten Zeilen ihrer Geschichte zu schreiben.

Dieses Buch basiert auf dem Leben von Wally Neuzil, aber beim Schreiben habe ich mir viele literarische Freiheiten genommen und mich nicht immer streng an die Fakten gehalten. Ich wollte keine rein historische Geschichte erzählen. Vielmehr wollte ich die Geschichte eines Mädchens erzählen, das daran geglaubt hat, die Zwänge ihrer sozialen Schicht überwinden zu können.

Wallys Geschichte spielt zu Beginn des 20. Jahrhunderts, bevor der Erste und der Zweite Weltkrieg ausbrachen und den Lauf der Menschheit für immer veränderten. Das frühe 20. Jahrhundert war eine Zeit dramatischer Veränderungen, unter denen sich die Welt modernisierte. Erfindungen wie das Flugzeug und das Automobil ersetzten Pferde und Fuhrwerke, und die Elektrizität verbreitete sich und verdrängte Kerzen sowie Gaslaternen. Das alte adelige Europa mit seinen Grafen, Herzögen und Königen wich den aufkommenden Arbeiterorganisationen und Massenbewegungen, die für die Gleichheit innerhalb der Gesellschaft eintraten. Sozialistische und kommunistische Denker gewannen neben rechtsextremen und militaristischen Bewegungen an Bedeutung. Auch Frauen erhoben ihre Stimmen und forderten Gleichberechtigung in Suffragetten-Demonstrationen gegen den männlichen Konservatismus.

In Mitteleuropa markiert diese Zeit das Ende der österreichisch-ungarischen Monarchie. Innerhalb weniger Jahre, am Ende des Ersten Weltkriegs, sollte sie aufhören zu existieren. Bis der Krieg ausbrach war Wien jedoch ein bedeutendes kulturelles Zentrum. Inmitten prunkvoller Paläste und extravaganter Kaiserbälle entwickelte Sigmund Freud in Wien seine psychoanalytische Theorie und gründete die ersten Vereinigungen zur Erforschung der menschlichen Psyche. Auch die Kunst erblühte in diesen Jahren in Wien. Künstler- und Architektengruppen, die sich der modernen Kunst der Malerei und dem Design zuwandten, wagten es, kühne Bilder und einfache Entwürfe mit geraden Linien zu erschaffen und lösten damit die extravaganten Stile ab, die die architektonische Gestaltung dominiert hatten.

Wally wurde 1894 in einer kleinen Stadt in Österreich als zweites von fünf Mädchen geboren. Ihre Mutter war eine einfache Arbeiterin, ihr Vater war Volksschullehrer. Nach dem Tod des Vaters zog die Familie nach Wien.

Wally arbeitete in verschiedenen Berufen und verließ 1910, im Alter von 16 Jahren, ihr Zuhause. Es gibt Spekulationen, dass sie möglicherweise der Prostitution nachging, aber das bleibt unklar. Bekannt ist, dass sie irgendwann für Gustav Klimt Modell stand und möglicherweise eine seiner zahlreichen Geliebten war.

Zu dieser Zeit war Gustav Klimt ein berühmter 44 Jahre alter Maler, und reiche Wienerinnen standen Schlange, um sich von ihm porträtieren zu lassen. Gerüchten zufolge pflegten viele von ihnen auch Liebesbeziehungen zu ihm. Er galt als einer der berühmten Wiener Bohemiens, verkehrte aber nicht oft mit ihnen. Er führte in seinem Haus in der Wiener Vorstadt ein bequemes Leben und malte die wohlhabenden Frauen, die ihn finanziell unterstützten. Während dieser Zeit hatte er eine Katze namens „Katze."

Unter den vielen Geliebten von Gustav Klimt gab es eine ständige Begleiterin, Emilie Louise Flöge, eine bahnbrechende Modemacherin, die entgegen der damaligen Mode weite und bequeme Kleider mit kräftigen Linien und Drucken für Frauen entwarf. Obwohl sie weniger bekannt war als Klimt, ist ihr Einfluss auf seine Gemälde, insbesondere auf seine Mode, offensichtlich. In diesem Buch wird Emilie Louise Flöge lediglich als Nebenfigur aus Wallys Sicht erwähnt, aber im wahren Leben von Gustav Klimt hatte sie großen Einfluss.

1910 war Gustav Klimt auch der Mentor von Egon Schiele, einem talentierten jungen Maler von 23 Jahren. Während Klimt Aktbilder und sogar freizügige Szenen malte, ging Schiele einen Schritt weiter und schuf Gemälde, die bei der konservativen Kunstkritik der Zeit alles andere als gut angenommen wurden.

Gustav Klimt und Egon Schiele tauschten Bilder, was Schiele finanziell half. Etwa zur gleichen Zeit machte Gustav Klimt Egon Schiele mit Wally Neuzil bekannt. 1911 zog Wally bei Schiele ein, wurde seine Geliebte und das wichtigste Modell für seine Bilder.

In diesen Jahren bemühte sich Schiele, seine Bilder auszustellen, unter anderem in München, wo er Arthur Roessler kennenlernte, einen Galeristen, von dem in der Erzählung ebenfalls die Rede ist. Arthur Roessler schätzte Schieles Gemälde sehr, und es entwickelte sich eine Freundschaft zwischen den beiden.

Im Frühjahr 1911 zogen Wally und Egon nach Krumau, der Heimatstadt von Egons Mutter, die damals zu Österreich-Ungarn gehörte und heute in der Tschechischen Republik liegt. In Krumau hatte Egon Freunde. Das Paar blieb dort für einige Monate. Aufgrund ihres freizügigen Lebenswandels wurden sie jedoch von den Einheimischen gezwungen, die Stadt zu verlassen und sich eine neue Bleibe zu suchen.

Im Sommer 1911 zogen Wally und Egon nach Neulengbach, einer kleinen Stadt westlich von Wien. Dort geriet Egon noch mehr mit dem Gesetz in Konflikt.

Egon und Wally nahmen Mädchen aus der Unterschicht bei sich zu Hause auf und Egon malte sie. Im April 1912 wurde er unter dem Vorwurf der Entführung und der unzüchtigen Abbildung junger Mädchen verhaftet.

In Wirklichkeit fuhren Wally und Egon mit einem der Mädchen, das seine Großmutter besuchen wollte, nach Wien und kehrten nach zwei Tagen mit ihr zurück. Während ihrer Abwesenheit meldete der Vater des Mädchens eine

Entführung. In diesem Buch habe ich die Geschichte leicht verändert.

Egon verbrachte vor seiner Gerichtsverhandlung einundzwanzig Tage im Gefängnis. Bei seiner Verhandlung beschuldigte ihn der Richter, obszöne Kunst geschaffen zu haben und verbrannte eines seiner Werke. Am Ende wurde er zu drei weiteren Tagen Gefängnis verurteilt und dann entlassen. Im Mai 1912 kehrten Wally und Egon nach Wien zurück.

In der Geschichte bricht der Erste Weltkrieg aus, als sie auf dem Rückweg nach Wien sind. Historisch gesehen begann der Krieg später, im Juni 1914, mit der Ermordung des Thronfolgers in Sarajevo. Für die Erzählung habe ich den Ausbruch des Krieges jedoch früher angesetzt, um die richtige Atmosphäre zu schaffen.

Der Erste Weltkrieg, der von 1914 bis 1918 dauerte und oft als „Großer Krieg" bezeichnet wird, gilt weithin als einer der unnötigsten Konflikte der Geschichte. Er brach als Folge komplexer Bündnisse zwischen Nationen, Monarchien und Königreichen aus, die nacheinander in den größten Krieg seiner Zeit eintraten. Unmittelbarer Auslöser des Krieges war die Ermordung des österreichisch-ungarischen Thronfolgers Franz Ferdinand in Sarajevo. Dieses Ereignis löste eine Kettenreaktion von Drohungen und Kriegserklärungen aus, die schließlich zu einem vier Jahre andauernden, zermürbenden Grabenkrieg in ganz Europa führte. Die Folgen des Krieges waren verheerend: 16 Millionen Menschen verloren ihr Leben und Europa geriet in eine Phase der Instabilität, die schließlich den Weg für den Aufstieg des Nationalsozialismus und den Ausbruch des Zweiten Weltkriegs ebnete.

Der Erste Weltkrieg markierte auch das Ende der Ära

europäischer Imperien und führte zur Entstehung von Republiken und sozialistischen Bewegungen. Am Ende des Krieges wurden sowohl das Deutsche Reich als auch Österreich-Ungarn aufgelöst und durch Republiken ersetzt.

Nach Egons Verhaftung in Neulengbach und seiner Rückkehr nach Wien nahm seine Malerei einen gemäßigteren Ton an. In dieser Zeit kreuzten sich seine Wege mit Edith und Adele Harms, die ihm gegenüber wohnten. Die Harms-Schwestern gehörten dem Bürgertum an, und in einem Brief an seinen Freund Arthur Roessler gab Egon 1915 seinen Entschluss bekannt, Edith zu heiraten.

Später traf er sich mit Wally im Café Eichberger und teilte ihr seine Entscheidung mit. Bei diesem Treffen schlug er Wally vor, seine Geliebte zu werden und sich einmal im Jahr in den Sommerferien mit ihm zu treffen.

Wally lehnte das Angebot ab und verließ das Café. Historisch gesehen war dies das letzte Mal, dass sie sich sahen.

Nachdem sie gegangen war, malte Egon das berühmte Gemälde „Tod und Mädchen", in dem er sich selbst als Tod und Wally als das Mädchen darstellte. Als Vorlage dienten ihm seine früheren Zeichnungen von ihr.

In der Geschichte habe ich eine zusätzliche Szene eingefügt, in der Wally auf das Gemälde trifft und sich die beiden zum letzten Mal sehen. Nach ihrer Trennung meldete sich Wally als Krankenschwester bei der österreichisch-ungarischen Armee.

Die Galerie der Wiener Sezession und die Sezessionsgesellschaft wurden 1897 (einige Jahre vor Beginn der Erzählung) von Gustav Klimt und einigen anderen Künstlern, darunter Bildhauer und Architekten, als rebellische Bewegung gegen die konservativen Kunstströmungen in der damaligen Zeit gegründet. Die Mitglieder der Bewegung errichteten in Wien ein Ausstellungsgebäude, das mit Wandmalereien von Gustav Klimt geschmückt war. Im Jahr 1905 kam es jedoch zu Meinungsverschiedenheiten unter den Vereinsmitgliedern, in deren Folge Gustav Klimt die Gruppe verließ.

Ich habe dieses prächtige Gebäude für die Beschreibung der Künstlerausstellungen verwendet, obwohl Klimt nach seinem Austritt aus der Vereinigung dort nicht mehr ausgestellt hat. Während des Ersten Weltkriegs diente das Gebäude tatsächlich teilweise als Lazarett, wurde aber später wieder seiner ursprünglichen Bestimmung als Ausstellungsort zugeführt. Egon Schiele stellte hier 1918 seine Bilder aus und entwarf sogar das Ausstellungsplakat.

Was ist aus den Helden der Geschichte geworden?

Egon Schiele

Egon Schiele heiratete 1915 Edith Harms und wurde sofort in die österreichisch-ungarische Armee eingezogen. Er war in Prag stationiert, wo er russische Kriegsgefangene bewachte. Sein Kommandant erlaubte ihm sogar, die Gefangenen zu malen. 1917 wurde Schiele aus der Armee entlassen und kehrte nach Wien zurück. Doch 1918, nach Kriegsende, brach in Europa die Spanische Grippe aus. Egon und Edith starben innerhalb von drei Tagen an der Epidemie.

Gustav Klimt

Klimt war zu alt, um noch zum Militär eingezogen zu werden. Er starb 1918 im Alter von 56 Jahren an den Folgen der Spanischen Grippe.

Emilie Louise Flöge

Klimt vermachte ihr nach seinem Tod viele seiner Gemälde. Leider wurden einige von ihnen und die meisten ihrer Modekreationen bei den alliierten Bombenangriffen auf Wien im Zweiten Weltkrieg zerstört. Emilie starb 1952 im Alter von 77 Jahren.

Die Galerie der Wiener Sezession

Das Gebäude der Wiener Sezession wurde im Zweiten Weltkrieg durch Bomben schwer beschädigt und stand viele Jahre lang leer. In den letzten Jahren wurde es renoviert und in seiner ursprünglichen Struktur wiedereröffnet.

Wally, Walburga Neuzil

Wally diente als Militärkrankenschwester in einem Krankenhaus in Sarajevo. Am 25. Dezember 1917 starb sie an Scharlach. In Sarajevo ist sie auch begraben.

Die Heldin dieses Buches ist eine Frau, die gegen gesellschaftliche Normen kämpft, welche Frauen dazu zwingen, von Männern abhängig zu sein und unter diskriminierenden Bedingungen zu leben. Wir sind in eine solche Welt hineingeboren worden, aber wir müssen uns stets bewusst machen, dass diese Welt keine Selbstverständlichkeit ist und, dass sie hauptsächlich von Menschen geschaffen wurde; Menschen, Frauen wie Männer, müssen handeln, um sie zu verändern. Ich glaube fest daran, dass wir in der Lage sind, dieses Ziel zu erreichen.

Danke, dass Sie dieses Buch gelesen haben

Alex Amit

Printed in Poland
by Amazon Fulfillment
Poland Sp. z o.o., Wrocław

40022971R00228